TERRE FRAGILE

Claire Fuller est née en 1967 à Oxfordshire en Angleterre. Son œuvre est traduite dans une vingtaine de langues. *Les Jours infinis*, son premier roman, a remporté le Desmond Elliott Prize en 2015, et *Terre fragile*, le Costa Novel Award en 2021.

Paru au Livre de Poche :

L'Été des oranges amères
Les Jours infinis
Un mariage anglais

CLAIRE FULLER

Terre fragile

ROMAN TRADUIT DE L'ANGLAIS PAR MATHILDE BACH

STOCK

Titre original :
UNSETTLED GROUND
Publié par Fig Tree, une marque de Penguin Books,
en Grande-Bretagne, en 2021.

ISBN : 978-2-253-25089-0 – 1re publication LGF

À mes parents Ursula Pitcher et Stephen Fuller

« Ô me trouverais-tu un lopin de terre,
Délicieuse sauge, romarin et thym,
Entre l'écume de la mer, le sable de la mer,
Ou ne seras-tu jamais mon amour certain ? »

« La foire de Scarborough »,
ballade anglaise traditionnelle[1]

1. Traduction personnelle de la traductrice.

1

Le ciel du matin se dégage, la neige tombe sur le cottage. Elle tombe sur le chaume, recouvre la mousse et les trous de souris, lisse les ondulations, comble les creux et les fissures, fond en se posant sur les briques de la cheminée. Elle se dépose sur les plantes et la terre nue du jardin de façade, dessine un monticule parfait, comme moulé sous une tasse, au-dessus du portail moisi. Elle dissimule le toit du poulailler, ainsi que ceux des cabinets et de l'ancienne laiterie, laisse une fine couche sur l'établi et le sol, à l'aplomb d'une fenêtre dont la vitre est brisée depuis longtemps. Dans le potager à l'arrière de la maison, la neige se faufile entre les déchirures de la serre en forme de tunnel, le gel a saisi les plants d'oignons sur dix centimètres de profondeur et racorni les jeunes blettes. Seuls les choux pommés de l'hiver précédent refusent encore de succomber et recourbent leurs grandes feuilles vertes sur leurs cœurs, vigoureuses, patientes.

Dans le lit double, en haut de l'escalier de gauche, Dot est couchée à côté de sa fille adulte, Jeanie, qui ronfle doucement. Quelque chose dans la lumière de la chambre s'est altéré, l'a réveillée et Dot n'arrive pas à se rendormir. Elle sort du lit – le plancher est froid, l'air l'est encore plus – et enfile sa chemise de nuit et ses pantoufles. La chienne – celle de Jeanie –, un lurcher couleur biscuit, assoupie sur le palier, dos au manteau de cheminée, lève la tête, manifeste son étonnement en voyant passer Dot si tôt, puis, n'obtenant pas de réponse, rabaisse son museau.

En bas, dans la cuisine, Dot remue les braises avec le tisonnier et enfourne une boule de papier, du petit bois et une bûche dans l'âtre. Elle sent une douleur. Derrière son œil gauche. Entre son œil gauche et sa tempe. Est-ce que cet endroit a un nom ? Il faut qu'elle aille chez l'ophtalmologue faire vérifier ses yeux, et après, quoi ? Avec quel argent paierait-elle de nouvelles lunettes ? Il faut qu'elle apporte son ordonnance à l'opticien, mais elle s'inquiète de ce que cela va lui coûter. En bas aussi la lumière est bizarre. Tremblante ? Tangente ? Éclatante ? Alors qu'elle se touche la tempe comme pour tenter de localiser la douleur, elle aperçoit la neige à travers l'interstice laissé par les rideaux trop courts pour se chevaucher. Nous sommes le 28 avril.

Ses mouvements ont sans doute tiré la chienne de sa torpeur, Dot entend gratter à la porte au pied de l'escalier de gauche et s'avance pour la lui ouvrir. Dot observe sa main qui attrape la poignée en fer forgé, les taches brunes, les hachures, étranges soudain, ne ressemblent à rien de ce qu'elle a vu auparavant : la mécanique de ses doigts, la peau tendue sur les os au niveau de ses jointures enserrant la poignée. Son articulation lui est étrangère – une main d'imposteur. Pousser cette minuscule plaque métallique de son pouce paraît insurmontable, une fatigue physique s'abat sur elle plus violemment encore qu'à l'époque où ses jumeaux avaient trois mois et ne dormaient jamais au même moment, ou bien durant cette terrible année juste après leurs douze ans. En rassemblant toute sa concentration, elle parvient néanmoins à libérer la clenche. La chienne glisse sa truffe dans l'entrebâillement, tout son corps suit. Elle gémit et lèche la main gauche de Dot, retombée, amorphe, contre sa cuisse, elle niche sa truffe dans sa paume, imprime un mouvement de balancier involontaire à la main, comme un pendule. La douleur augmente et Dot craint que les pleurs de la chienne ne réveillent Jeanie, qui dort dans le fossé côté droit du matelas, fossé autrefois creusé par son mari, Frank, mort depuis longtemps, et par cet autre homme aussi, les rares fois où ses enfants étaient absents, cet homme au nom tabou entre ces murs, aux jambes trop longues pour ce vieux lit trop court pour qu'il puisse s'y étirer, creusé, enfin, plus profondément par Jeanie, si brindille soit-elle, Jeanie qui a avalé une lichette du gâteau Victoria préparé pour les soixante-dix ans de Dot le mois dernier, lors de la petite fête qu'ils ont donnée, ici même dans la cuisine, sous l'objectif du téléphone de Bridget, Julius à la vièle, elle au banjo et Jeanie à la guitare, chantant tous à tue-tête, les cordes vocales débridées par une goutte de porto, ainsi que Julius le recommande toujours, et cette sensation que Dot éprouve à présent est si semblable à ce qu'elle a ressenti après son troisième verre, maladroite et embrumée, les pensées éparpillées, étourdie, oubliant le reste du gâteau sur la table de sorte que cette vilaine chienne s'était dressée sur ses pattes arrière et l'avait englouti, et elle l'avait réprimandée et elle avait ri jusqu'à en avoir mal aux… sôtes ? fôtes ?… tous ces êtres chers, tous sauf un, tous autour d'elle, et la chienne aboyant et sautant, aboyant d'excitation, bruyante comme si elle jouait dans la neige, réveillant Julius qui dort d'un sommeil si léger et sursaute au moindre bruit.

Toutes ces pensées, d'autres encore, dont Dot est à peine consciente, traversent son esprit à toute allure tandis que son corps ralentit. Devient tel un manteau humide dont elle voudrait se délester, comme les poules de leur mue automnale. Un poids sourd. De plomb.

Dot s'effondre sur le canapé de la cuisine comme si on l'avait poussée d'une paume fermement plaquée sur la poitrine. La chienne s'assied et pose la tête sur le genou de Dot, cherchant sa main jusqu'à la déposer entre ses deux oreilles. Alors toutes ces pensées de poules et d'enfants, de lits et d'anniversaires, toutes ces pensées dans tous les sens s'évanouissent et se taisent.

Soixante-dix ans d'inquiétudes – l'argent, l'infidélité, les petites trahisons – cessent d'un coup, et lorsqu'elle regarde sa main, elle n'arrive plus à dire où son corps finit et où commence celui de la chienne. Elles sont une seule et même substance, énorme et libre, de même que le canapé, le sol en pierre, les murs, la porte du cottage, la neige, le ciel. Tout est connecté.

« Jeanie », appelle-t-elle, mais c'est un autre mot qu'elle entend résonner. Cela ne la tourmente pas, jamais elle n'a éprouvé autant d'amour pour le monde et tout ce qui s'y trouve. La chienne émet un son qui ne ressemble à aucun autre son canin puis recule, obligeant Dot à ôter sa main de sa tête osseuse. Elle se décale sur le canapé, elle voudrait toucher l'animal, passer son bras autour de lui et se laisser aller contre ses flancs. Mais alors que Dot se penche, elle bascule, son pied gauche pivote vers l'intérieur et elle glisse sur le sol. Elle perd l'équilibre et s'élance face contre terre, la main droite tendue pour stopper sa chute tandis que l'autre se coince sous sa poitrine, l'annulaire et son alliance comprimés sous son poids. La tête de Dot chute, son front heurte le rebord de l'âtre, une dalle en particulier, bancale depuis toujours, et qu'elle décale encore au point que le serviteur de cheminée suspendu à côté de la chaîne tombe à son tour. Dans un dernier éclair de lucidité, le cerveau de Dot s'inquiète : le fracas de la poêle et de la brosse métalliques risque d'avoir perturbé les battements réguliers du cœur de sa fille, jusqu'à ce qu'elle se souvienne que c'est bien là le plus gros mensonge de tous. Le tisonnier, tombé lui aussi, roule sous la table, oscille une fois, deux fois, puis s'immobilise.

2

Jeanie est réveillée par Julius qui lui secoue le bras, gentiment puis plus brutalement. Elle se précipite en bas des escaliers à sa suite, sa chemise de nuit fouette l'air derrière elle, malgré l'ordre qu'il lui intime de ne pas courir. Il fait sombre dans la cuisine, les rideaux sont tirés, les lumières sont éteintes, seule la lueur orange des braises dans la cheminée éclaire la pièce. Leur mère est étendue au sol, face contre terre, inerte. Jeanie porte la main à sa bouche pour y enfermer son cri.

« Aide-moi à la retourner », dit Julius. À la minute où Jeanie touche sa mère, elle sait qu'elle est morte. Les bras de Dot retombent le long de son corps, ses chevilles sont croisées, ses pantoufles à moitié enfilées, et bien qu'elle porte sa chemise de nuit, Jeanie songe qu'on la croirait étendue au soleil, à bronzer, chose que sa mère n'aurait jamais faite ; si on est dehors, c'est pour travailler. Les yeux de Jeanie évitent tant qu'elle peut de croiser la blessure que Dot a au front, puis, pour s'épargner cette vision, elle finit par se couvrir le visage des deux mains. Des hachures de lumière rose dessinent les contours de la cuisine et les fragments du corps de sa mère à travers ses doigts. À l'époque, quand ils avaient douze ans, elle et Julius, là-haut dans le champ du Prêtre, elle n'était pas non plus parvenue à détourner le regard. La chienne, qui s'est réfugiée sous la table, s'avance vers elle en gémissant et Jeanie ôte les mains de son visage.

« Maude ! » Elle claque des doigts et pointe l'index en avant pour lui ordonner de se recoucher sous la table.

« Son cou, appuie sur son cou. Cherche son pouls », lui ordonne Julius. Il est accroupi de l'autre côté de Dot, il n'a que son bas de pyjama sur lui – Jeanie ne l'a plus vu autrement qu'en bleu de travail depuis des années –, il a des poils gris sur le torse ; les bras et le haut du corps musclés par les travaux manuels.

Par habitude, et sans même s'en rendre compte, Jeanie appuie les doigts sur son propre cou, avant de poser l'autre main sur sa mère, sur sa joue, d'un geste rapide. « Elle est froide, c'est trop tard.

— J'ai essayé d'appeler une ambulance mais la batterie de mon téléphone est à plat, dit Julius.

— On n'a pas besoin d'ambulance. C'est trop tard.

— Il a dû y avoir une coupure de courant. L'électricité s'est arrêtée la nuit dernière. Je vais aller vérifier le tableau.

— Elle est partie, Julius.

— Et le truc pour lui masser le cœur ?

— Elle est morte.

— Bon Dieu. »

Le visage de Julius est solennel et la situation si inattendue que Jeanie a envie de rire. Une bouffée d'incrédulité monte en elle comme un renvoi qu'elle contient en se couvrant de nouveau la bouche. Julius écarte les doigts de sa grande main sur son crâne, sur son front dégarni, son corps convulse, tressaute ;

ses sanglots ressemblent aux cris d'un animal exotique. Jeanie l'observe, fascinée. Ils sont nés séparément l'un de l'autre, presque d'un jour entier, lui en premier, elle en second – pas plus attendue que prévue –, mise au monde par leur père paniqué après que la sage-femme était rentrée chez elle. « Mon petit avorton », l'appelait son père avec affection. Jeanie songe souvent que ces vingt-trois heures de décalage entre eux expliquent leurs différences : sa manière à lui d'embrasser le monde et d'extérioriser ses émotions, ouvert aux autres et aux choses ; tandis qu'elle, Jeanie, ne rêve que d'être chez elle, au calme et en sécurité.

Elle tend une main maladroite par-dessus le corps de leur mère pour stabiliser Julius sur ses deux pieds et le guider jusqu'au canapé, où elle s'assied avec lui. Maude lève les yeux comme si elle attendait qu'ils l'invitent à les rejoindre, mais Jeanie secoue vivement la tête et la chienne repose son museau sur ses pattes.

« J'ai dû l'entendre quand elle est tombée », déclare Julius lorsque ses sanglots cessent. Il s'essuie le nez, se frotte les yeux. « Ou au moins le tisonnier et la brosse. J'ai cru que c'était Maude qui jouait les bougresses avec quelque chose. Je me suis rendormi.

— Ce n'est pas ta faute », réplique Jeanie, bien qu'elle ne soit pas encore certaine que ce soit le fond de sa pensée. Son frère tout comme son père avant lui ont dit et répété qu'ils allaient remettre en place cette dalle. Est-ce le moment de rejeter la faute sur l'un ou l'autre quand on retrouve sa mère morte sur le sol de la cuisine ? Elle le soutient, ils restent ainsi quelques minutes jusqu'à ce que Jeanie regarde par-dessus son épaule, dans l'espace entre les rideaux trop courts. « Il neige », fait-elle remarquer.

Ils mettent une couverture sur Dot. Jeanie voudrait l'installer sur le canapé, mais elle ne tiendra pas dessus. Elle pose la bouilloire sur la plaque et prépare du thé, ils prennent place à table pour le boire, à côté de leur mère étendue sur le sol derrière eux, comme si elle était une enfant jouant à cache-cache et qui n'aurait pas trouvé mieux que cette cachette grossière, tandis qu'eux font semblant de ne pas la voir.

« C'était une femme bien, dit Julius. Une bonne mère. »

Jeanie approuve d'un hochement de tête, marmonne dans sa tasse.

« Est-ce que les tréteaux sont encore dans la vieille laiterie ? » demande-t-elle, sachant que Julius verra, comme toujours, où elle veut en venir.

Elle roule le tapis du salon et pousse les chaises sur les côtés. Elle pourrait aussi bien préparer la pièce pour une soirée dansante, mais personne n'a jamais dansé dans cette pièce. Julius dépose une vieille porte sur les deux tréteaux et retourne à la cuisine, où il soulève leur mère en soufflant et en râlant. Il refuse que Jeanie l'aide. La liste est longue des choses qu'elle aurait bien voulu soulever dans sa vie mais n'a pas pu à cause de son cœur fragile : cartons, bottes de foin, bébés, tracteurs. Julius transporte Dot jusqu'au salon. Il y fait froid ; beaucoup plus que dans la cuisine. Une têtière est abandonnée sur le dos d'un fauteuil rembourré, sur une étagère basse en bois lisse sont disposés une vieille tasse et un cadre avec une photo de Dot et Frank le jour de leur mariage devant un paysage italien qu'ils n'ont jamais arpenté, un pan de tissu tapissé dissimule la cheminée qui ne sert jamais dans cette partie du cottage.

Durant la première année de leur mariage, Dot et Frank avaient habité la moitié gauche de cette maison, pourvue d'une unique chambre, mais dès la naissance des jumeaux, Frank avait négocié la location de l'autre moitié, en tout point identique. Il les avait réunies et avait condamné l'une des deux portes d'entrée, de sorte que depuis le portail la bâtisse a l'air bancale, tandis qu'à l'intérieur elle a gardé ses deux escaliers, dont chacun mène à un petit palier avec une chambre.

Julius allonge Dot sur la vieille porte et Jeanie remplace la couverture par un drap propre.

À présent habillés, frère et sœur reprennent place à la table de la cuisine, devant la théière à nouveau remplie. Julius a vérifié le tableau électrique dans le cellier ; rien n'a sauté, pourtant le courant ne veut pas revenir, quoi qu'il trafique avec les fils.

« J'imagine qu'il faut qu'on informe un médecin. C'est ce qu'il faut faire quand quelqu'un meurt, non ? » demande Julius, presque à lui-même. On a bien dû suivre une procédure à la mort de leur père, mais Julius et Jeanie n'en ont rien su à l'époque et ne peuvent que tenter de deviner à présent.

« Les médecins, c'est pour les malades, déclare Jeanie.

— Mais on va avoir besoin d'un certificat de décès. »

Pour quoi faire ? pense Jeanie, mais elle garde sa réflexion pour elle.

« Pour pouvoir l'enterrer, répond Julius comme s'il l'avait entendue. Je vais aller chercher un médecin, il nous donnera le formulaire, et ce sera fini. »

Jeanie désapprouve. Dot n'aurait pas aimé qu'un médecin vienne chez elle, elle n'aurait pas aimé non plus les certificats, les formulaires, l'autorité. Aucun d'entre eux n'a vu un médecin depuis des années.

Mais Julius s'est levé, il enfile ses bottes de travail. « Je vais devoir aller au village à pied », dit-il. Au village, à Inkbourne, il y a un cabinet médical, une halle avec des toilettes publiques, un fish & chips et un petit supermarché avec un comptoir de la poste. La vieille épicerie a été rachetée par un jeune homme de Londres à la moustache luisante, il l'a transformée en épicerie fine où l'on vend du pain hors de prix, du fromage et des olives, ainsi que quelques légumes et des œufs fournis par Jeanie et Dot. Le propriétaire, Max, sert des cafés et des pâtisseries chics sur des tables chromées disposées en terrasse pour attirer les randonneurs de passage sur le sentier qui traverse le village ou bien des hommes à vélo moulés dans des combinaisons en lycra qui sortent un billet de dix livres de la petite poche avant de leurs collants. « À vélo, je n'y arriverai pas, poursuit Julius, et Jeanie se souvient qu'il neige. Si le cabinet est ouvert, j'irai voir Bridget, il faut la mettre au courant et elle pourra demander à un des médecins de venir. Si c'est fermé, j'irai directement chez elle. » Il prend son manteau suspendu au crochet derrière la porte. Maude se redresse, remue la queue.

« Tu n'es pas censé terminer les travaux de plomberie avec Craig aujourd'hui ? demande Jeanie.

— Je vais pas aller monter une baignoire en fonte dans la salle de bains d'une baraque de riches le jour de la mort de ma mère.

— Comment tu vas le prévenir ?

— Il aura vite fait de comprendre que je ne viens pas.

— Il est pas censé te payer aujourd'hui ? »

Julius marque un temps d'arrêt.

«Je ne vais pas te laisser toute seule ici toute la journée.

— Il faut que je nourrisse les poules. Il y a des choses à faire dans le jardin qui ne peuvent pas attendre.»

Elle s'approche de lui. «Tu devrais y aller. Chercher ton argent. On en a besoin.»

La main de Julius est posée sur la poignée de la porte d'entrée. «Je vais voir. De toute façon, si je ne peux pas y aller à vélo, je serai en retard.» Il y a une pointe d'irritation dans sa voix, peut-être s'en rend-il compte car il revient dans la pièce et prend sa sœur dans ses bras. «On va s'en sortir, dit-il dans ses cheveux. Ça va aller.

— Je sais, réplique Jeanie en le repoussant. Vas-y.»

Postée devant la porte d'entrée du cottage, elle le regarde s'en aller, Maude à ses côtés pleine d'espoir puis de déception en voyant qu'on la fait rentrer plutôt que sortir se promener. Jeanie aspire l'air glacé. La boue d'avril a disparu. Tout comme le drap sur le corps de sa mère derrière elle dans la pièce, la neige ne laisse plus paraître que les reliefs et les saillies de la végétation. Peut-être est-ce le choc de voir la neige tomber si tard dans l'année qui a causé la chute de Dot. Si elle l'a vue, elle s'est forcément inquiétée des jeunes pousses de légumes livrées au gel, du temps et de l'argent qu'ils allaient perdre. Plus tard, en rentrant du jardin, Jeanie aurait retrouvé sa mère devant un morceau de papier, mâchonnant le bout de son crayon tout en alignant ses calculs d'une colonne à l'autre.

Le chemin ondule à travers un petit bois sur près d'un kilomètre, entre les haies de deux champs. N'importe quel autre jour, Julius se serait arrêté à l'endroit où l'horizon offre une vue imprenable sur l'escarpement raide et sinueux flanqué de Rivar Down sur la droite et des cinq kilomètres de crête calcaire vertigineuse qui remonte à gauche jusqu'à Combe Gibbet. Les bosquets d'arbres sur les pentes – hêtres, chênes et conifères – sont blancs d'une neige épaisse sous un ciel bas rasant les pâturages. Mais aujourd'hui, il garde la tête basse, il ne remarque pas les traces de petits mammifères et oiseaux qui l'ont précédé dans la neige. Il roule une cigarette et la fume tout en suivant ces mêmes ornières que ses pieds foulent depuis plus de cinquante ans, marchant ou pédalant sur ces traces, même si à présent elles sont invisibles. Vers la fin, le chemin devient plus droit, Julius croise le panneau dentelé planté devant le domaine et sur lequel il est écrit *Privé, Interdit au public.* Il passe encore devant une vaste grange faite de vieilles planches tachées de noir, puis devant des abris en dur, ouverts sur un côté et remplis d'engins oubliés disparaissant sous les orties. À l'angle se trouve la ferme en briques et silex des Rawson, leur jardin soigné, les buissons de topiaire pareils à des bonshommes de neige géants. Il a le choix : marcher encore six kilomètres jusqu'au village ou bien frapper à la porte des Rawson et demander à utiliser leur téléphone fixe ou mobile. La ferme de Pepperwood est dans la famille Rawson depuis trois générations ; Rawson avait vingt ans lorsqu'il l'a héritée de son père mort d'une crise cardiaque. Ses cent vingt acres comprennent les terres arables du bas de la crête jusqu'aux rives de l'Ink, ce cours d'eau boueux auquel le village doit son nom. Le bois de hêtres de part et d'autre du chemin en fait partie aussi, ainsi que la prairie derrière le jardin et, officiellement, le cottage et ses terres également. Julius donne un coup de main de temps en temps à la ferme quand il y a besoin, mais ce sont toujours des missions pilotées par le gérant. Julius croise rarement le chemin de Rawson dans son déguisement de châtelain rustique, veste en tweed, imperméable et pantalon en velours, il s'efforce de l'éviter. Mais six kilomètres de marche le matin de la mort de sa mère, c'est six kilomètres de trop. Aussi se dirige-t-il vers la porte de la ferme.

3

Julius se retrouve nez à nez avec le heurtoir à tête de lion. Il ne s'est encore jamais avancé jusqu'au seuil de la maison. Enfant, il allait souvent à la ferme avec Jeanie et leur père, ils jouaient dans les granges et autour des diverses dépendances disséminées à l'arrière. Ils passaient des heures à se promener à travers champs, à cueillir des mûres, à regarder les blaireaux sortir à la nuit tombée comme si ces terres étaient celles des Seeder et non celles des Rawson. Julius n'est jamais entré que par la porte de service et pas plus loin que l'arrière-cuisine, quand la gouvernante les invitait, lui et sa sœur, à venir boire un verre de limonade.

Il laisse le heurtoir retomber lourdement. Il ne neige plus et déjà les arbres et les buissons se mettent à goutter régulièrement. Quelqu'un a sorti la voiture de l'allée, il y a des traces de roues creusées dans le sol et de la boue sur la neige, mais le soleil du petit jour brille à pleins feux, et là où la neige est vierge encore, les ombres portées se découpent, nettes et bleues.

Aucun bruit ne lui parvient de l'intérieur et Julius a commencé à faire demi-tour lorsqu'il entend qu'on déverrouille la porte. C'est Rawson qui lui ouvre, pantalon et chemise blanche, pieds nus. Julius comprend alors qu'il s'attendait à trouver la gouvernante de son enfance, une gentille femme, ronde sous son tablier, qui doit être morte maintenant bien sûr. Comme sa mère, pense-t-il. Morte. Rawson est grand, il dépasse Julius d'une bonne tête, il doit avoir l'âge de sa mère, il a des cheveux blanc argenté, des sourcils noirs et une moustache blanche qui déborde des deux côtés de sa bouche. Ce matin, une barbe de trois jours parsème de blanc ses pommettes et ses joues. L'effet général est celui d'un putois, pareil à celui que Jenks, le camarade de beuverie de Julius, a attrapé un jour dans un piège et rapporté au pub : souple et fin.

« Julius, dit Rawson en reculant d'un pas étonné, et Julius à son tour est surpris que Rawson se souvienne de son nom. Est-ce que tout va bien ?

— J'ai besoin d'utiliser votre téléphone. » Le portable de Julius, qu'il a mis dans sa poche par habitude, est un modèle de base, pas un smartphone comme tout le monde en a apparemment aujourd'hui, il n'a pas pensé à prendre le chargeur.

« Bien sûr, entre », dit Rawson de sa voix bien élevée, et il recule pour lui laisser le passage. Une cheminée sculptée, des carreaux au sol et des boiseries ornent le grand hall d'entrée. Une cage d'escalier à caissons en bois pivote vers le mur. Le style Arts and Crafts, disait Dot, mais Julius ne savait pas de quoi elle parlait et s'en fichait.

« Est-ce que vous avez eu des problèmes d'électricité ? demande Julius en s'essuyant les pieds sur le paillasson.

— Non, aucun. Vous avez eu une coupure de courant ? Vous avez vérifié le tableau des fusibles ? »

Quand Rawson lui tourne le dos, Julius lève les yeux au ciel. « Bien, où est ce maudit combiné ? Caroline passe son temps à s'en servir et ne le repose jamais sur son socle. » Il ouvre une porte, passe dans une pièce qui donne sur le jardin de façade, il y a là une cheminée en pierre rouge et deux canapés blancs face à face, ainsi qu'un piano à queue. On dirait que personne n'y a jamais mis les pieds : jamais eu de chiens sur les canapés, ni de pieds sur les chaises, ou de cuillères humides dans le sucrier. « Voulez-vous que je cherche le numéro de la compagnie d'électricité ? Vous êtes chez qui ?

— J'ai besoin du numéro du cabinet médical », précise Julius en entrant dans la pièce. Soudain il a très envie d'ôter le chapeau qu'il a pourtant oublié de mettre. Et puis merde, pense-t-il.

Rawson lui jette un coup d'œil puis détourne le regard. Trop coincé, suppose Julius, pour demander pourquoi il a besoin de ce numéro. L'homme farfouille à droite à gauche, finit par dénicher le combiné sur l'accoudoir d'un fauteuil, appuie sur un bouton puis sur un autre pour s'assurer qu'il y a bien une tonalité. « Qui eût cru qu'il neigerait à la fin avril ? » lance Rawson pour faire la conversation, sans attendre de réponse. Il passe le combiné à Julius. « Tout va bien au cottage, n'est-ce pas ? » Rawson cherche le numéro du cabinet sur son portable, il déambule dans la pièce, retourne vers le hall. Julius le suit.

« Ma mère est morte », lâche Julius de but en blanc, histoire de voir si son hôte s'arrête de farfouiller, mais ses propres mots le heurtent lui aussi. Elle est morte, vraiment. Les deux hommes se regardent et Julius voit sa propre expression se refléter sur le visage de Rawson.

« Quoi ? » Rawson pose la main sur le manteau en bois de la cheminée.

Une voix de femme leur parvient de l'étage. « Qui est-ce ?

— Julius, répond Rawson sans le quitter des yeux.

— Du cottage.

— Qu'est-ce qu'il veut ? »

Rawson fixe Julius qui le fixe en retour, guettant sa réaction, jusqu'à ce que Rawson lève les yeux vers l'endroit où la rambarde en bois tourne à angle droit et débouche sur la partie invisible de l'étage, puis revient sur lui. « Ce n'est rien, crie-t-il. Je te dirai plus tard. »

Rien, pense Julius. Voilà ce que sont les Seeder pour les Rawson.

La femme – celle de Rawson, présume Julius – ne répond ni ne descend, si bien que Rawson semble se reprendre pour faire bonne figure.

« Je suis vraiment désolé. Que s'est-il passé ?

— Elle est tombée, elle s'est cogné la tête. Tôt ce matin. Il faut que j'appelle le médecin.

— Bien sûr, bien sûr. » Rawson farfouille encore un peu dans son smartphone en disant : « Ma femme utilise toujours Alexa pour chercher des numéros de téléphone, mais je n'arrive pas à m'en servir. »

Julius se demande un instant si l'homme est devenu sénile ; il n'a aucune idée de qui est Alexa. Rawson lit le numéro à voix haute, pendant que ça sonne il retourne dans le salon, mais Julius est conscient de sa présence de l'autre côté de la porte et du fait qu'il l'écoute sans doute. Une réceptionniste répond – une autre réceptionniste que Bridget –, elle marmonne des bruits compatissants et prend note des détails. Elle recherche Dot dans son ordinateur et Julius se dit qu'elle n'est sans doute plus dans ses dossiers, mais la réceptionniste retrouve son nom et lui annonce que le Dr Holloway passera dès que possible dans la matinée. À la fin de l'appel, Rawson réapparaît dans le hall. Ses yeux brillent.

« Ça ne vous dérange pas que je passe un autre coup de fil ?

— Allez-y. Est-ce que je peux vous servir une tasse de… commence Rawson.

— Non.

— Bien sûr. Je me doute que vous avez des tas de choses à régler.

— Merci », dit Julius sans en penser un mot. Il doit bien ça à ma mère, pense Julius. Et maintenant, c'est à eux, à lui et à Jeanie, qu'il le doit. « J'ai besoin d'un autre numéro. Un fabricant de salles de bains. Je suis censé travailler pour lui aujourd'hui. »

Une fois récupéré le numéro, Julius appelle Craig pendant que Rawson décale un vase de fleurs de quelques centimètres à gauche sur une table en faisant semblant de ne pas écouter cette conversation-là non plus.

Sur le seuil, au moment où Julius prend congé, Rawson le retient : « Attendez. J'ai du courrier pour vous. » Le facteur ne vient plus jusqu'au bout du chemin depuis la fois où son camion est resté coincé et a dû être remorqué par un tracteur. Julius ne sait pas bien comment ni quand sa mère récupérait le courrier. Il ne regarde pas les enveloppes, se contente de les plier en deux et de les fourrer dans la poche de son manteau.

« Est-ce que vous avez pensé à… lance Rawson, avant de s'interrompre et de reprendre : Est-ce que vous allez faire quelque chose pour Dot ? Une cérémonie ? J'aimerais beaucoup lui rendre un dernier hommage.

— Non, répond Julius. Nous n'avons pas pensé à ça. » Dans l'allée, il se retourne. Spencer Rawson est pieds nus sur une bande de neige, qui le regarde.

4

Deux heures plus tard, avant que Julius ait eu le temps de réapparaître au cottage, le docteur arrive. Avec son gros ventre, ses larges épaules et sa tête de taureau, il occupe tout l'espace de la cuisine et bloque le passage de la lumière. La première chose qu'il dit à Jeanie après s'être présenté est qu'il n'a pas beaucoup de temps. Il demande quand Dot a été retrouvée, pourquoi il n'y a pas d'électricité et où se trouve le corps. « Vous n'auriez peut-être pas dû la déplacer », reproche-t-il à Jeanie quand elle le conduit au corps enveloppé dans le salon. Elle ne reste pas pendant qu'il l'examine. Lorsqu'il reparaît dans la cuisine, elle est soulagée qu'il décline le thé qu'elle lui propose.

Le médecin se frotte les mains pour les réchauffer. Dans le contre-jour, Jeanie ne discerne pas ses traits, à peine distingue-t-elle les mouvements de sa bouche tandis qu'il lui explique que Dot a certainement eu une attaque et qu'il doit suivre une procédure, appeler le légiste, afin de pouvoir délivrer un certificat spécifique à Jeanie dont elle aura besoin pour obtenir le formulaire vert. Elle n'a aucune idée de ce qu'il raconte, en entendant le mot *formulaire* elle porte la main à son cœur et appuie sans même s'en rendre compte et sans plus rien entendre des phrases que continue de prononcer le Dr Holloway sur la maladie de Dot, ses signes avant-coureurs et son traitement.

Sur le seuil, il poursuit : « Je vous verrai au cabinet pour le certificat médical », avant de lui pincer l'épaule de sa main charnue, ajoutant que Dot était une femme bien et qu'il est désolé qu'elle ne soit plus de ce monde. Puis il disparaît à son tour, au volant de sa jeep, laissant Jeanie perplexe, ne comprenant ni comment il sait quel genre de femme était sa mère ni pourquoi il n'a pas pu lui délivrer de certificat de décès sur-le-champ, si c'est bien le formulaire dont elle a besoin.

Au bout d'une autre heure, durant laquelle Jeanie arpente le cottage de long en large sans y voir plus clair, comme Julius ne rentre pas, elle suppose qu'il a dû aller travailler avec Craig. Elle allume le poste de radio et écoute quelques minutes une femme qui raconte sa randonnée sur le sentier des Appalaches en Amérique, mais sa voix sort trop râpeuse, même à faible volume, et Jeanie éteint le poste. Elle se surprend à fixer les poules qui tâtonnent dans la neige par la fenêtre du cellier, sans savoir ni comment ni quand elle s'est retrouvée là. Finalement, elle décide que le plus urgent est de récupérer ce certificat de décès et que pour une raison qui lui échappe, il faut qu'elle aille le chercher au cabinet. Elle adresse un claquement de langue à Maude et elles se mettent en route pour le village.

Le cabinet médical est constitué de plusieurs cubes de béton bas de plafond posés au milieu d'un parking, en lisière d'Inkbourne. Jeanie sait qu'il y a là trois médecins en exercice, dont le Dr Holloway, mais elle n'est jamais allée chez aucun d'entre eux. La dernière fois qu'elle a vu un médecin, c'était à treize ans, pour une ultime visite de contrôle à la suite de ses crises de fièvre rhumatismale. À l'époque, le cabinet occupait l'une des larges demeures victoriennes surplombant le square du village. C'était un an et quelque après la mort de son père, sa mère était encore apathique, elle oubliait de préparer le dîner, d'acheter de quoi manger ou de ramener les poules au bercail à la fin de la journée. Cette année-là, ils en avaient perdu six, mangées par les renards. Sa mère avait emmené Jeanie voir un médecin dont elle ne se rappelle plus le nom. Dans la salle où il consultait, il faisait si froid que les carreaux de la fenêtre étaient emprisonnés dans le givre. Il lui avait dit de s'allonger sur un lit médical, dans un coin de la pièce, et de soulever son haut. Derrière lui, sa mère hochait la tête en signe d'encouragement, et quoique timide, Jeanie avait obéi et dénudé son étroite cage thoracique et les pauvres petites bosses qui se développaient derrière ses tétons. Elle se souvient des poils gris qui sortaient en touffes des narines du médecin et du froid du stéthoscope pressé contre sa poitrine. Quand il avait ressorti les deux extrémités de l'ustensile de ses oreilles, il avait secoué la tête, et sa mère s'était mise à pleurer, des sanglots dont Jeanie avait cru qu'ils ne s'arrêteraient jamais. Dot avait sorti un mouchoir de son sac et enfoui son visage dans le tissu, se balançant d'avant en arrière sur la chaise où elle était assise à côté du bureau du médecin. Il avait appelé la réceptionniste, qui avait pris Jeanie par la main et l'avait raccompagnée dans la salle d'attente. Là, les talons sur la chaise, les bras serrés autour de ses genoux, elle avait attendu que sa mère vienne la chercher. Était-ce à ce moment-là, sur le chemin du retour, que Dot lui avait expliqué que les fièvres et les douleurs dont elle avait souffert plus jeune avaient affaibli son cœur et l'avaient rendu fragile, ou bien était-ce plus tard ? Quoi qu'il en soit, sa mère lui avait dit : « Vois ton cœur comme un œuf. Tu sais ce qui se passe si on laisse tomber un œuf ? » Jeanie craignait que sa mère ne se remette à pleurer, parce que alors Jeanie n'aurait pas su quoi faire. Peut-être le médecin avait-il donné un comprimé à sa mère pour arrêter ses larmes pendant que Jeanie patientait dans la salle d'attente. Au fil de ses explications, Jeanie imaginait cette chose dans sa poitrine de la taille d'un œuf de canard mais d'une teinte rosée et la coquille si fine que la créature à l'intérieur était invisible : roulée sur elle-même, ensanglantée et sans plumes, cognant et grattant la couche intérieure de la coquille. Quel genre de chaos provoquerait cette chose si elle se libérait ?

Mises bout à bout, les crises de fièvre rhumatismale lui avaient déjà fait manquer deux ans d'école, et après que le diagnostic de son cœur fragile fut posé, elle en manqua encore davantage, mais Dot était heureuse de la garder à la maison, blottie sur le canapé ou l'aidant dans les tâches faciles au jardin. Elle ne l'avait sans doute pas exprimé aussi clairement, néanmoins le message que Jeanie avait reçu était que l'instruction, pour les gens comme eux – les pauvres, les paysans –, ne ferait que l'arracher à la place qui était la sienne – la maison. Même Julius avait quitté l'école à seize ans, après s'être présenté et avoir échoué à deux examens.

Devant le cabinet, elle tire la laisse de sa poche et attache Maude au poteau métallique. La chienne proteste, gémit pour ne pas être abandonnée là, mais Jeanie la fait taire. Une fois face aux portes vitrées, elle hésite, son cœur s'emballe à l'idée d'entrer, d'être dévisagée par les gens à l'intérieur, jusqu'à ce qu'une femme sorte et lui tienne la porte, alors Jeanie entre. La salle d'attente est pleine de chaises rembourrées, certaines occupées. La pièce sent le désinfectant et le nettoyant multi-usages. Une enceinte diffuse des chansons de variété, un bébé pleure.

Bridget, la meilleure amie de sa mère, est assise derrière le bureau, à côté d'une autre réceptionniste. Lorsque Bridget aperçoit Jeanie, elle se précipite vers elle, son visage bouffi dévasté, ses yeux remplis de larmes.

« Oh, ma chérie », dit Bridget en ouvrant les bras, et Jeanie se laisse étreindre. Les bras de Bridget sont mous, différents de ceux de Dot, vifs et noueux, ou de ceux de Julius, enveloppants et fermes au point d'écraser les poumons de Jeanie. Bridget sent la cigarette et les pastilles à la menthe. Quand elle la libère, elle reprend : « Est-ce que le Dr Holloway est déjà passé au cottage ? J'allais venir dès que j'aurais terminé ma garde ici. » L'autre réceptionniste fait signe à Bridget qu'elle peut y aller et celle-ci articule un merci. « Viens, on va se mettre dans une des salles des infirmières. »

Elles longent l'arrière d'une rangée de chaises où se tient un jeune homme aux cheveux blonds et sales, et aux lèvres épaisses, qui feuillette un magazine, les chaussures posées sur la chaise d'en face. En passant, Bridget lui donne une tape sur l'épaule. « Tes pieds ! » lance-t-elle à son oreille, et Jeanie a beau être saisie par la familiarité de Bridget vis-à-vis de ce patient, l'homme soulève ses pieds l'un après l'autre et les repose au sol. Jeanie lui jette un coup d'œil par-dessus son épaule et l'homme lui répond par une grimace – un grand sourire joufflu – qui lui fait accélérer le pas.

Dans la salle, Bridget demande : « Pourquoi ne m'as-tu pas appelée ? Julius a téléphoné, il a eu une des filles qui faisaient l'ouverture ce matin. Je n'arrivais pas à le croire. Je n'arrive toujours pas à le croire. » Elle presse les mains de part et d'autre de son visage, ouvre la bouche, écrasant ses joues comme un personnage de dessin animé. Jeanie se demande d'où Julius a bien pu téléphoner ; peut-être a-t-il pris le portable de Craig. « Est-ce que c'était une attaque ? continue Bridget. Oh, j'espère que ça a été rapide. » Elle s'écroule de tout son poids sur une chaise pivotante. « Est-ce qu'elle prenait son traitement ? »

Jeanie avait oublié à quel point Bridget peut parler et à quelle vitesse aussi. Le simple fait de l'écouter l'épuise et elle ne peut s'empêcher de lui répondre d'une voix qui donne l'impression qu'elle va s'endormir. « Je ne savais pas qu'elle prenait un traitement.

— Je parie qu'elle n'est même pas allée chercher les médicaments chez le pharmacien, hein ? Je n'arrêtais pas de lui répéter que ce serait gratuit pour elle, comme elle a plus de soixante ans. Avait plus de soixante ans. Mon Dieu. Ça ne lui aurait pas coûté un centime.

— Maman n'aimait pas qu'on lui donne les choses gratuitement. » Jeanie est assise sur la chaise à côté du bureau, la chaise du patient, suppose-t-elle. Derrière Bridget, des placards de cuisine sont alignés en rangs et dans le coin se trouve un lit médical, semblable à celui sur lequel Jeanie a autrefois été examinée. Être dans cette pièce l'angoisse. « Je ne savais même pas qu'elle était malade ou seulement qu'elle était allée chez le médecin.

— Oh, ma chérie, répète Bridget, puis elle se penche en avant pour caresser la joue de Jeanie. Elle avait eu deux petites attaques il y a un mois. Je suis tellement désolée. Elle ne t'avait rien dit ? Non, je vois bien que non à ta tête. Je suis certaine qu'elle ne voulait pas vous inquiéter, Julius et toi. Ça aurait dû s'arrêter là. À condition qu'elle prenne les médicaments au moins. De l'aspirine, rien d'autre. Bon Dieu, je m'en grillerais bien une, moi. Viens, on va se mettre dehors. »

Elles s'appuient, frissonnantes, contre le mur à l'arrière du cabinet, Bridget sort un paquet de cigarettes de sa poche d'uniforme. « De la neige à la fin avril », dit-elle, incrédule, tout en allumant sa cigarette. Il y avait des filles à l'école où Jeanie allait qui fumaient à côté du portail en parlant de garçons, mais elle n'avait jamais fait partie de cette bande.

« Je suis désolée de ne pas avoir réussi à venir au cottage avant, il a fallu que tu fasses tout ce chemin pour venir me voir, s'excuse Bridget. De toute façon, l'autre réceptionniste m'avait prévenue.

— Je n'ai pas fait tout ce chemin pour venir te voir, corrige Jeanie. Je suis venue chercher le certificat de décès.

— Ah, d'accord », dit Bridget, la gorge nouée. Elle laisse tomber l'allumette à ses pieds, près des quelques autres et de mégots écrasés dans la neige sale. « Dans ce cas, c'est le certificat médical du Dr Holloway qu'il te faut en premier, mais il doit sans doute appeler le légiste pour ça. Est-ce qu'il en a parlé ? Il te l'a dit, non ? Ensuite, il faudra que tu apportes le certificat au bureau de l'état civil à Devizes.

— Devizes ?

— Pour qu'on te donne le certificat de décès et le permis d'inhumer – le formulaire vert. »

Jeanie prend appui sur le mur de briques pour ne pas perdre l'équilibre.

« Le docteur ne peut pas me les donner ? »

Bridget tire sur sa cigarette sans la quitter des yeux. « Quand quelqu'un meurt, il faut faire une déclaration, Jeanie. Au bureau de l'état civil. » Elle lui parle comme à une enfant. « C'est comme ça que ça marche. Tu auras besoin du certificat pour le vicaire, ou pour le crématorium, et pour d'autres choses encore sans doute.

— Comme quoi ? » Tout se bouscule dans la tête de Jeanie, elle est près d'exploser.

« Comme le compte en banque de Dot…

— Oh, elle n'a jamais eu de compte en banque. Aucun d'entre nous n'a de compte en banque. On range tout notre argent dans une boîte en fer dans le cellier. » Jeanie éclate de rire, d'un rire de démente, consciente qu'elle n'aurait pas dû dire ça, effarée à l'idée que la veille encore elle était dans le jardin avec sa mère, à désherber ensemble. Le mur contre lequel elle s'appuie paraît mou, elle a l'impression qu'en poussant encore elle pourrait faire plier la paroi et se glisser à l'intérieur pour disparaître.

« Je peux t'emmener à Devizes.

— Je prendrai le bus.

— Ne sois pas bête.

— Je ne suis pas bête. Je suis capable de prendre un bus.

— Écoute. » Bridget frotte la fin de sa cigarette contre le mur, les étincelles dégringolent dans la neige où elles creusent des têtes d'épingle. « Tu vas traverser beaucoup de choses dans les jours à venir. Je le sais – j'ai enterré mon père l'année dernière, tu te souviens ? » Jeanie avait oublié, elle s'en veut. « Il ne s'agit pas juste du certificat, il y a l'enterrement, la réception.

— La réception ? Je ne veux pas de réception. » L'idée d'une cohue de gens agglutinés dans la cuisine, de leurs bavardages, de leurs regards sur elle et sur Julius : plaignant ces pauvres tordus qui vivaient encore avec leur mère à cinquante et un ans.

« Bien sûr qu'il faut faire une réception.

— Maman ne connaissait pas tant de gens que ça. Je ne vois même pas qui voudrait venir.

— Eh bien, Stu et moi pour commencer. » Bridget semble furieuse.

« À part Stu et toi.

— Enfin, ta mère connaissait des tas de gens. Qu'est-ce que tu fais de Kate et Bill du Bed & Breakfast, et de Max ? Je sais que le Dr Holloway aussi viendrait. Les Rawson, ou bien juste M. Rawson.

— Rawson ? Pourquoi est-ce qu'il voudrait venir ? Pas question que l'un ou l'autre mette les pieds à la maison. Il n'y a pas de nombre minimum de toute façon, si ? C'est pas non plus une fête.

— Julius aura peut-être envie d'inviter Shelley Swift.

— Shelley Swift ? » Jeanie ne voit même pas de qui elle parle.

« Ils sont amis, non ? Je suis certaine de les avoir déjà vus ensemble. » Elle dit cela avec un haussement de sourcils.

Jeanie se souvient de la femme en question : jolie, avec des joues duveteuses comme des abricots, même couleur, même forme, des membres épais, c'est une des secrétaires de la briqueterie.

« Enfin, bon sang, il a juste fait un boulot pour elle, c'est tout. Une fenêtre coincée, quelque chose comme ça. Il la connaît à peine. »

Bridget gobe une pastille à la menthe et la fait rouler dans sa bouche.

« D'accord. Alors qu'est-ce que tu dirais que je te conduise à l'état civil mercredi après-midi ? Je vais voir si le Dr Holloway a pu rédiger le certificat médical, ensuite on pourra appeler et prendre rendez-vous, ça t'irait ?

— T'as pas besoin de tout prendre en charge », dit Jeanie sèchement. Elle n'a jamais aimé la manière qu'a Bridget de balancer des ordres et des ragots à tout-va. Bridget était amie avec Dot depuis l'entrée en maternelle de Jeanie et Julius, à l'époque, Bridget travaillait au secrétariat de l'école, c'était son premier poste. Elle est secrétaire au cabinet depuis des années maintenant, en partie, pense méchamment Jeanie, parce que cela lui permet d'être au courant de tous les ennuis de santé des gens du village.

Bridget soupire, exaspérée. « T'es aussi butée que ta mère. J'essaie seulement de t'aider. T'auras qu'à remplir quelques formulaires et ce sera fini. Rien de plus simple. »

Dans l'esprit de Jeanie, ce sera tout sauf simple.

5

Dans l'après-midi, Jeanie observe de nouveau la vue par la fenêtre du cellier mais ne voit toujours rien ; la radio marche mais elle ne l'entend pas. Ses pensées vont d'une chose à l'autre, incapables de se fixer. Elle se souvient d'elle et son père, assis dans l'herbe en haut de la colline de Ham Hill, à regarder les étourneaux virevolter dans le crépuscule d'automne, ondulant en essaim tels un nuage noir. Il appelait ça un murmure. « Je t'écrirai le mot quand nous serons de retour à la maison, avait-il dit. Comme ça, tu pourras le recopier. » Mais en rentrant, il avait lu son journal, abattu quelques corvées et elle ne le lui avait pas rappelé. Elle repense aux épouvantails que Julius et elle fabriquaient avec de vieux CD trouvés près d'une poubelle pour effrayer les oiseaux. Il lui lisait les titres des pochettes : le *Best of de Burt Bacharach* pour éloigner les corbeaux des laitues, cela les avait fait rire. Elle se rappelle aussi sa mère se réveillant en sursaut d'un cauchemar dans le lit qu'elles s'étaient mises à partager après la mort de son père. Dans son rêve, lui avait raconté Dot, elle était au village, elle livrait des tomates et des salades, mais tout était vide – la place, la rue étaient vides, et sans pouvoir dire comment, elle savait qu'il n'y avait personne non plus dans le pub ou dans les maisons autour. L'instant d'après, avait poursuivi Dot, elle était de retour chez elle, transportée d'un seul coup comme on l'est en rêve, et Jeanie et Julius avaient disparu eux aussi, alors sa mère avait compris qu'elle était complètement seule.

Comme Maude se met à aboyer dans la cuisine, Jeanie finit par se rendre compte qu'on frappe à la porte.

« Assise », ordonne-t-elle, et Maude obéit de mauvaise grâce. Peut-être est-ce le médecin qui revient pour une raison ou pour une autre, ou bien Bridget – quoique, elle entre toujours par la porte de derrière et ne frappe jamais. Jeanie ouvre la porte et se retrouve nez à nez avec Mme Rawson et son mari qui grimpe en haut du chemin derrière elle. Maude trottine jusqu'au seuil de la porte, aboie sur Mme Rawson, lui montre les crocs deux ou trois fois, lui renifle l'entrejambe et ne cesse de lui tourner autour que lorsque Jeanie siffle entre ses dents, intervenant légèrement plus tard qu'elle n'aurait pu ; alors seulement la chienne se range derrière ses jambes puis s'écroule devant le poêle.

« Nous avons été absolument navrés d'apprendre la nouvelle pour votre mère », commence Mme Rawson. Elle se penche comme si elle allait embrasser Jeanie, mais se recule au dernier moment.

« Jeanie », la salue Rawson, un peu maladroit, ses dents blanches sous sa moustache blanche. Il se tient bien droit, il a l'air d'un homme qui sait qu'il est encore beau – quoique vieux déjà –, plus grand que l'encadrement de la porte, en pleine possession de ses moyens.

Jeanie se sent obligée de leur tenir la porte et de les inviter à entrer. Elle éteint la radio. Mme Rawson est beaucoup plus jeune que son mari, tout en elle, de son pantalon moulant et court à sa veste boutonnée haut en passant par les lunettes de soleil dans ses cheveux – délibérément teints en gris avec une coupe à la mode – dit qu'elle a de l'argent. Jeanie, elle, se contente de laisser pousser ses cheveux, naturellement gris, et de les retenir en arrière par un élastique. Tous les deux mois, elle les plaque sur une de ses épaules et taille les pointes aux ciseaux de cuisine.

Elle regarde Rawson scruter la cuisine autour de lui avec curiosité, le poêle, le feu, le piano et la guitare posée à côté, les coins sombres et la table au centre récurée jusqu'à briller, le vaisselier bien ordonné et les tasses fleuries dedans. Elle voit tout cela à travers ses yeux à lui, toutes ces choses restées telles quelles depuis la dernière fois qu'il a mis les pieds ici, il y a peut-être quarante ans. Son regard s'arrête sur Jeanie. « Julius est venu tout à l'heure, il a demandé à se servir de notre téléphone et m'a dit ce qui était arrivé. Je n'arrive pas à y croire. » Il a la tête penchée sur le côté, on croirait qu'il s'incline, de pitié ou de chagrin, mais en fait c'est juste le plafond et les poutres qui sont trop bas pour lui.

« Nous n'arrivons pas à y croire », reprend sa femme en écho.

Jeanie est étonnée que Julius ait décidé d'aller chez les Rawson mais elle n'en dit rien.

« Nous voulions venir vous présenter nos condoléances en personne », poursuit Mme Rawson. Elle glisse le bout de ses doigts dans ses poches trop serrées, hausse les épaules. Sa voix se fait douce, pleine de sollicitude. « Ce doit être un tel choc. C'est si soudain. Julius a dit à mon mari que c'était une chute.

— C'était le cœur», corrige Jeanie, le mot lui fait horreur, trop doux et trop beau pour quelque chose d'aussi terrible.

Rawson, qui s'avançait vers le piano, s'immobilise et dit : « Le cœur ? Ce n'était pas une chute ?

— C'était le cœur, répète Jeanie.

— J'avais entendu dire qu'elle était malade depuis un moment. » Avant d'ajouter : « N'est-ce pas ? »

Jeanie se demande comment il est possible que tout le monde, à part ses enfants, ait l'air d'être au courant que Dot était malade. Le cou de Mme Rawson se tend et l'atmosphère de la pièce se charge soudain de choses tues.

Rawson soulève le couvercle du piano. « C'était le piano de votre mère ? » demande-t-il.

Le sourire compatissant de Mme Rawson se crispe, et Jeanie voit bien qu'elle attend juste le moment où il sera décent de quitter les lieux. Elle aussi aimerait bien qu'ils s'en aillent ; elle a besoin d'être seule avec ses pensées qu'elle n'arrive pas à mettre en ordre pour l'instant, avec ces gens dans sa maison. Rawson, lui, semble ne se rendre compte de rien, ignorant, délibérément ou non, les désirs de sa femme, il s'assied devant le piano – le cuir de l'assise est craquelé, le rembourrage de crin s'en échappe – et joue quelques notes d'un air qui paraît tiré d'une vieille comédie musicale. Maude se redresse immédiatement et se met à aboyer, Rawson baisse les yeux sur la chienne. « Ça va, ça va, la calme-t-il avec un sourire.

— Maude ! la rabroue Jeanie, et la chienne se couche sous la table. C'était celui de mon père, déclare Jeanie, et Rawson ôte instantanément les doigts des touches et repose les mains sur ses cuisses, comme s'il les essuyait sur son pantalon.

— Bien… reprend Mme Rawson pour écourter leur visite.

— Est-ce que l'électricité a été réparée ? » s'enquiert Rawson. Il se lève, pose la main sur le haut du piano.

« Non », répond fermement Jeanie. Elle n'a pas de temps à perdre avec cet homme qu'elle méprise. Elle n'aurait pas dû le laisser entrer, sa mère ne l'aurait jamais laissé mettre un pied dans le cottage.

« Julius m'a dit que vous n'aviez plus de courant.

— On se débrouille. On a le poêle.

— Bien sûr, dit Rawson. Bien sûr. » Jeanie voit bien qu'il n'a rien à ajouter, et cependant il s'attarde.

« Bien », répète Mme Rawson. Elle a sorti ses clés de voiture de son sac et les tient ostensiblement à la main. « Surtout faites-nous savoir si nous pouvons faire quelque chose.

— Est-ce que je peux la voir ? demande Rawson. Enfin, si elle est encore là. Son corps, je veux dire. » Ses mots titubent hors de sa bouche, trébuchent les uns sur les autres. Il passe les doigts d'un côté, puis de l'autre de sa moustache blanche crochetée sur sa large bouche.

C'est la dernière chose que Jeanie s'attendait à entendre, et vu l'expression sur le visage de sa femme, elle partage sa surprise.

« Chéri, dit-elle, et le mot sonne comme un avertissement.

— La voir ? s'étonne Jeanie.

— Pardon, laissez tomber. » Il enfonce les mains dans ses poches, la petite monnaie qui s'y trouve cliquette. Il tousse, fuyant.

« Nous ferions mieux d'y aller, je crois, lance Mme Rawson. Vous laisser à vos occupations. »

Elle parle d'une voix mécanique, sans un regard pour Jeanie, les yeux fixés sur son mari.

Sur le seuil, Rawson se retourne une dernière fois. « Vous me tiendrez au courant pour l'enterrement, la réception ? »

Sans réponse à sa question, il suit sa femme qui descend le chemin.

Aussitôt la porte refermée sur eux, Jeanie va à la fenêtre de la cuisine. Elle se fiche qu'ils puissent la voir les observer. Mme Rawson s'installe dans le Land Rover côté conducteur et avant même que le moteur ne soit mis en route, Jeanie entend ses cris résonner jusqu'à elle. La femme fait une marche arrière dans le pré qui mène au champ d'en face, des à-coups vers l'avant, l'arrière, puis le 4 × 4 démarre en trombe vers la ferme.

De l'extérieur du cottage, Julius entend Jeanie chanter et jouer de la guitare. Il colle l'oreille à la porte d'entrée, elle chante le début de « Polly Vaughn » : « *I shall tell of a hunter whose life was undone*[1]. » Il n'est pas surpris, c'est ce qu'ils font, quand tout va, quand rien ne va – jouer de la musique. Il s'immobilise, la clé dans la serrure, il y a si peu de temps encore il aurait entendu le banjo et la voix de sa mère l'accompagner. Maintenant il n'y a plus que Jeanie.

Après sa marche dans le froid, la chaleur de la cuisine s'abat sur lui – épaisse et étouffante. Jeanie est

---

1. Début de la chanson folklorique irlandaise « Polly Vaughn », qui reviendra tout au long du roman, librement traduite ici et plus loin, et dont les paroles originales seront traduites en notes pour le lecteur : « Je dois vous raconter l'histoire d'un chasseur dont la vie fut brisée. » *(Toutes les notes sont de la traductrice.)*

assise sur une chaise, la guitare sur les genoux. Elle est minuscule, songe-t-il, on dirait une enfant, elle cesse de jouer et le dévisage avec un air d'optimisme désespéré sur le visage, comme s'il allait lui annoncer que c'était une erreur ; leur mère est vivante et rien ne va changer. Aucun mot de consolation ne lui vient à l'esprit, mais puisqu'il faut bien occuper le silence qui retombe sur la pièce, il lui dit : « La neige a presque fondu. Il fait frisquet quand même. » Il caresse la tête de Maude qui s'est levée pour lui dire bonjour, lui gratte l'arrière des oreilles.

Jeanie pose sa guitare, quelque chose se prépare, il le sent, et ce n'est pas bon. Pourtant il ne dit rien.

« Le médecin est venu ? » demande-t-il. Il a vu les traces d'un gros véhicule en bas de la route.

« Le médecin a dit que c'était une attaque. Que c'était son cœur. Pas la chute. Je suis allée au cabinet et Bridget a dit qu'elle avait déjà eu deux petites attaques. Ou plus. Je ne sais pas. Je n'arrive pas à croire qu'elle ne nous en ait pas parlé. Le médecin a dit que c'était de ça qu'elle était morte, du cœur. »

Julius tire une chaise et s'assied. « Bon Dieu. » De nouveau il se demande si elle était encore vivante au moment où elle est tombée, si elle a encore respiré étendue sur le sol de la cuisine et si elle serait encore vivante s'il était descendu quand il a entendu le tisonnier et la brosse tomber. Il sait que Jeanie y pense elle aussi, il le lit sur son visage. Il connaît par cœur le visage de sa sœur, ses pensées, il les a toujours connus.

Ils ne parlent plus, ne se regardent pas, conscients tous deux de la présence du corps dans la maison, dans la pièce d'à côté. Julius retire ses bottes de travail sans défaire les lacets, il pense au nombre de fois où sa mère lui a répété de ne pas les enlever sans défaire les lacets, qu'il allait bousiller ses chaussures, et où trouveraient-ils l'argent pour lui en acheter de neuves ? Il ôte ses chaussettes, il y a un trou au talon de l'une, et masse ses pieds douloureux d'avoir tant marché.

« Je n'ai rien préparé. Je n'ai même pas réfléchi à ce qu'on pourrait manger. » Jeanie se lève. Il y a toujours eu un repas prêt pour son retour, le couvert mis par Jeanie ou Dot chaque fois qu'il passait la porte. Chaque jour de sa vie, à part aujourd'hui.

« Assieds-toi. Ne t'inquiète pas pour le repas », la rassure-t-il, et son estomac râle si fort que Jeanie l'entend et sourit, il rit et la tension accumulée dans l'atmosphère retombe.

Jeanie se rassied et reprend sa guitare, ses doigts forment quelques accords, appuient sur les cordes par habitude. « Est-ce que tu es allé t'occuper de cette salle de bains finalement ? » demande-t-elle.

Il sait que c'est pour l'argent qu'elle se fait du souci mais qu'elle n'en parlera pas directement. Le fric, toujours le fric. Il forme une boule avec ses chaussettes et la lance sur Maude, allongée les pattes étalées sur le canapé. D'un geste habile du cou, elle attrape les chaussettes dans sa gueule mais les laisse retomber et se rendort.

Il avait ramené la chienne à la maison pour faire la surprise à Jeanie l'année précédente. C'était après une de leurs rares disputes, pour une bêtise – il ne se souvient même plus du point de départ, Dot n'était pas à la maison, elle était au village ou ailleurs, Julius avait dit à Jeanie que lui aussi finirait par partir un jour. Un jour, ou quand leur mère serait morte, il s'en irait. Il n'en pouvait plus de vivre là, de s'inquiéter pour elle, pourquoi était-ce toujours à lui de s'inquiéter pour elle ? Elle lui avait crié qu'il n'avait qu'à s'en aller tout de suite, qu'elle n'avait pas besoin de lui. Entre ses dents, sifflant presque, il avait répondu : « Un jour, tu remonteras du jardin, et je ne serai plus là. » Durant quelques jours, ils ne s'étaient pas adressé la parole, les rares mots qu'ils prononçaient rouvraient leurs plaies plus douloureusement. Leur mère les avait harcelés de questions pour savoir ce qu'il s'était passé jusqu'à ce qu'il la rabroue vertement : « Laisse tomber, maman. » Une semaine plus tard, il avait accepté une mission pour Craig chez un éleveur de chiens à une quinzaine de kilomètres, il raccordait des arrivées d'eau entre la maison et les enclos extérieurs. Il y avait trop de chiens, trop de merde et d'aboiements pour que ce soit un travail agréable. Maude aboyait seule dans un enclos, sans personne, lapait un peu d'eau, marchait dans ses propres excréments. Il entendit dire qu'elle allait être abattue : elle avait été vendue à une famille qui, n'ayant aucune notion de dressage, n'était pas parvenue à la maîtriser et l'avait rendue. Elle était entêtée, elle mordait, disait l'éleveur, et il était trop tard à présent pour corriger le tir. Lorsque Julius l'avait ramenée au cottage, sa mère avait dit : « Pas un autre chien », mais cette fois-là Jeanie et Julius l'avaient emporté.

Dans la cuisine, Jeanie s'enquiert :

« Comment ça s'est passé ?

— Bien, répond Julius. On a monté la baignoire à l'étage. On a dû s'y mettre à quatre. Ça pesait une tonne. Pendant des années, j'ai pas arrêté d'enlever ces trucs de leurs salles de bains et maintenant ils veulent tous les y remettre. »

Elle continue de jouer doucement tandis que son estomac à lui se remet à hurler.

« Je me suis renseigné sur les enterrements, aujourd'hui, dit-il. J'ai appelé les pompes funèbres avec le téléphone de Craig.

— Et ?

— Et bon Dieu. » Il rabat ses cheveux en arrière d'une main leste. « Ça coûte une fortune. Des mille et des cents. Ils ont pas voulu me donner les prix par téléphone, ils arrêtaient pas de marmonner, d'interroger, insistaient pour que je prenne rendez-vous pour venir voir des cercueils. *Toutes nos condoléances*, ce genre de conneries, alors que tout ce qu'ils veulent, c'est ton fric. Ils ont dit qu'il y avait une sorte de fonds social mais qu'il fallait toucher les allocations.

— Des mille et des cents ? répète Jeanie.

— Tu te souviens de cette conversation qu'on a eue il y a quelques années sur la façon dont on voulait être enterrés ? demande Julius.

— Non.

— Mais si. On était assis autour de la table, ici. Tu avais entendu quelque chose à la radio à propos des enterrements écolos, un truc dans ce genre. Tu as dit que tu voulais être enterrée dans un cercueil en osier sous un arbre.

— Je n'aurais jamais dit une chose pareille.

— Eh ben si, pourtant. Je m'en souviens très bien. Et maman a dit : "Tu plaisantes, j'imagine. Moi, je veux tout le tralala. Un cercueil rembourré de satin et un grand corbillard tiré par des chevaux noirs avec des plumes noires jusqu'à l'église."

— Et tous les gens du village debout sur le trottoir pour la regarder passer. »

Il savait bien qu'elle s'en souvenait. « Chapeaux et têtes baissés.

— Et des chants, aussi, hein que c'est ce qu'elle voulait ? Des chants et des larmes. Beaucoup, beaucoup de larmes. »

Ils sourient et Jeanie pose sa guitare derrière elle, calée dans le coin entre le mur et le piano. Ils ne se regardent pas, le temps d'intégrer le coût d'un tel enterrement. Ils n'ont jamais eu des mille et des cents, n'en auront jamais. Jeanie se sent nauséeuse à cette pensée.

« Il y a combien dans la boîte en fer ? » l'interroge Julius.

Dans le cellier, Jeanie cherche derrière le rideau du lavabo, derrière le paquet d'insecticides, tend la main vers la boîte en fer réservée aux dépenses du foyer. Elle est ronde, rouillée, avec une image de danseuse espagnole sur le couvercle, il devait y avoir des biscuits à l'intérieur avant. C'est la première fois que Jeanie l'ouvre elle-même. Dot tenait les cordons de la bourse familiale et se chargeait de toutes les dépenses. Chaque semaine, Jeanie lui donnait les quelques pièces qu'elle récoltait dans la tirelire de confiance vissée à la vieille table au bout du chemin, où elle dispose les légumes invendus – carottes à trois jambes, navets rongés – et le surplus d'œufs, en vérité les gens ont rarement l'honnêteté de payer. Quant à Julius, il donnait lui aussi l'argent qu'il arrivait à gagner des petits boulots qu'il grappillait à droite à gauche – un coup de main pour un déménagement, dans une ferme, quelques jours comme carreleur, petite main sur un chantier – et qu'on lui payait en liquide. Jeanie sait bien qu'il en garde un peu pour les bières et le tabac, et pour acheter du crédit pour son téléphone. Dot mettait ce que Max lui donnait en échange des produits que Jeanie et elle livraient à l'épicerie, ainsi que l'argent des œufs et des fruits qu'elle vendait à Kate Gill pour son Bed & Breakfast. Ils avaient toujours fait attention, en particulier quand Dot devait payer la taxe d'habitation et d'autres factures au comptoir de la poste dans le magasin du village. Mais chaque fois que Jeanie avait eu envie de quelque chose, Dot était toujours d'accord pour économiser, même si Jeanie n'avait jamais eu envie de grand-chose. Avant Maude, le seul désir qu'elle avait exprimé était d'avoir un autre chien – celui qu'ils avaient autrefois était mort de vieillesse, Jeanie avait quinze ans à l'époque –, mais Dot avait toujours refusé, elle disait que c'était trop de soucis, trop de dépenses. Ils s'en sortaient avec très peu et Jeanie avait toujours supposé que c'était parce que Rawson avait accepté des années plus tôt de ne pas leur faire payer de loyer pour le cottage.

Assise à la table de la cuisine, elle soulève le couvercle de la boîte en fer. Combien elle s'attendait à trouver, elle ne le sait pas, mais certainement plus que la petite monnaie qui se débat au fond. Julius glisse les doigts à l'intérieur, sort les pièces et commence à compter. Jeanie a toujours eu du mal avec les colonnes de chiffres, les mathématiques qu'on lui enseignait à l'école, pour lesquelles il fallait écrire des opérations. *Détaillez votre calcul* – la consigne lui donnait l'impression d'être mise à nu, en danger, et pour éviter les mathématiques, elle se rebellait jusqu'à ce que l'enseignant la mette dehors ou l'envoie chez le proviseur. Jeanie n'a cependant jamais eu le moindre problème avec l'argent ou le calcul mental. Elle voit bien qu'il y a trois livres et cinquante-quatre pence dans la boîte. De quoi s'acheter quatre miches de pain au magasin du village.

« Trois livres et cinquante-quatre pence, annonce Julius. C'est pas possible. »

Jeanie serre les doigts autour de son poignet, recompte, resserre. « Comment va-t-on payer l'enterrement ? » dit-elle.

Julius secoue la tête. « Il y a forcément plus d'argent quelque part. » Il remet le couvercle sur la boîte.

« Le coût du cercueil ? Du transport jusqu'à l'église ou ailleurs ?

— Je ne sais pas, répond Julius.

— Et le reste ? Les fleurs, tous les autres trucs.

— La réception.

— Pourquoi tout le monde s'entête à vouloir organiser une réception ? s'énerve Jeanie. Les Rawson sont venus ici tout à l'heure, ils étaient bizarres, ils voulaient savoir quand elle aurait lieu.

— Je me suis servi de leur téléphone ce matin.

— J'avais compris. De toute façon, on n'a pas besoin d'en faire une.

— Il faut bien que les gens boivent quelques verres après.

— Pourquoi il faut ?

— C'est l'usage.

— On n'a besoin de personne d'autre qui vienne traîner ici, fumer et nous prendre en pitié.

— J'en ai déjà parlé. » Julius s'appuie contre le placard. Ses pieds sont incroyablement blancs et osseux. Cette manière de se tenir, ce qu'il raconte, jamais elle ne l'a trouvé aussi agaçant.

« À qui ? À qui est-ce que tu en as parlé ? »

Il s'avance et prend sa vièle sur le dessus du piano. « On joue ? » Il accorde son instrument en vitesse, pose l'archet dessus et entame l'accompagnement du morceau que Jeanie jouait tout à l'heure. « Bridget voudra venir », dit-il.

Le sang de Jeanie bat dans sa gorge. Elle prend de longues et profondes respirations par le nez. « Qui d'autre ? »

« *I shall tell of a hunter whose life was undone...* » Julius répète l'introduction de « Polly Vaughn » et joue les longues notes tristes sur sa vièle. « *By the cruel hand of evil at the setting of the sun*[1]. »

« Shelley Swift ? » Elle s'efforce d'avoir l'air détendu.

« Shelley Swift ? Pourquoi je l'inviterais ? » L'archet continue d'onduler sur les cordes, lentement. « Je la connais à peine. Je dois me rendre chez elle demain pour réparer sa fenêtre.

— Et ça s'est bien passé avec Craig aujourd'hui ? »

Julius ôte la vièle de sous son menton et la tient par le manche, l'archet dans son autre main. « Il m'a retenu soixante-quinze billets parce que j'ai vomi dans son van.

— Oh, Julius. » Elle s'avance vers lui mais il recule, refuse de croiser son regard. Cela faisait longtemps qu'il n'avait plus été malade en voiture, en même temps cela faisait longtemps qu'il n'était plus monté dans une voiture.

« Je n'avais pas d'autre choix que de monter dans le van. Impossible d'y aller à vélo avec la neige. C'est trop

1. « Je dois vous raconter l'histoire d'un chasseur dont la vie fut brisée Par la main cruelle du diable à la nuit tombée. »

loin pour y aller à pied et Craig voulait en finir avec cette saleté de baignoire en fonte à soulever.

— Tu lui as dit pour maman ?

— Bien sûr que je lui ai dit. Mais il a commencé à m'expliquer que le créneau était réservé depuis longtemps avec le client, que je ne pouvais pas laisser tomber les autres gars, et tous les trucs habituels. Je n'avais pas le choix. Et puis ce n'est pas toi qui m'avais dit qu'il fallait que j'aille travailler ? » Le cou de Julius est dressé fièrement, tendons bandés. « Il m'a récupéré devant le pub. Je m'en suis à peu près tiré à l'aller, je lui ai fait arrêter le van. J'ai vomi sur le bord de la route. » Pour la première fois depuis la mort de leur mère, Jeanie sent les larmes lui monter aux yeux, mais ce n'est pas pour Dot qu'elle pleure ; c'est pour Julius et ce qu'il a vu – ce qu'ils ont vu tous les deux – quand ils avaient douze ans. « Au retour, je ne sais pas ce qui s'est passé. Ça m'a pris par surprise, j'imagine. C'est sorti plus vite que d'habitude. Il y en avait plein la porte, au bord du siège et sur le côté. Presque rien sur moi. » Il laisse échapper un rire amer. « Craig pense qu'il faut un nettoyage industriel pour récupérer le van, il a sans doute raison. Impossible de nettoyer le siège avant sans l'enlever complètement. » La vièle et l'archet dans la même main, il fouille dans sa poche arrière de l'autre main. « Il faut que j'aille me changer, mais voilà l'argent. Il a dû m'offrir le déjeuner aussi, je n'avais rien emporté. » Julius pose un billet de vingt sur la table. Vingt livres pour un jour de travail.

« Ne t'en fais pas. On va y arriver. » Jeanie sait qu'aucun d'entre eux n'y croit. Ils regardent l'argent sur la table.

« Rien ne va changer, dit-il.

— Vraiment ? »

Il coince la vièle sous son menton et passe l'archet sur les cordes. « On est toujours restés tous les trois, non ? Eh bien maintenant, ce sera juste nous deux. »

Elle s'assied, croise les jambes, installe sa guitare et joue.

6

Le demi-hectare de jardin est limité sur trois côtés par des haies broussailleuses et du bois de récupération – des planches, des panneaux, une autre vieille porte – pour boucher les trous. Derrière les terrils de compost, la serre tunnel et la grande serre, les lapins creusent, si bien que le sol et les bordures sont constamment menacés d'effondrement. Sur le quatrième côté, face au cottage, la clôture conçue pour bannir les poules du potager est mieux maintenue. Un portail central ouvre sur une longue allée pavée, des briques surtout, intercalées de manière aléatoire de morceaux de béton ou de pierre là où les briques se sont effondrées. Un échafaudage robuste de planches sépare chaque bande de plantations, disposées autour du chemin central comme des côtes autour d'une colonne vertébrale. Le jardin remonte peu à peu la pente de la colline, de telle sorte qu'en s'asseyant sur le banc qui la domine on contemple l'ensemble des bandes de terre, toutes les plantations, jusqu'aux pommiers et aux cerisiers derrière l'ancienne laiterie, et vers le chemin et le bois de hêtres au-delà. Du romarin et du thym poussent près de la maison, de la livèche et de l'angélique, et en été du basilic et de l'estragon. En bordure ouest du jardin se trouve la cage de fruits remplie d'anneleurs du framboisier, de cassissiers et de groseilliers. Le jardin est orienté au sud, à l'abri, et les plantations, qui n'ont jamais été aspergées de fertilisants chimiques ou d'insecticides, prospèrent dans ce sol limoneux. Julius a souvent tenté de persuader Dot et Jeanie de consolider le sol et de se borner à deux ou trois cultures sur l'ensemble du jardin. Il soutenait que les opportunités de ventes supplémentaires compenseraient le risque de perdre une des deux cultures contaminées par un virus, mais les deux femmes avaient persisté à cultiver des légumes et des fruits très variés et n'avaient pas laissé Julius arracher quoi que ce soit.

Jeanie passe la matinée à réensemencer les trous laissés là où les jeunes pousses n'ont pas supporté la neige, mais la plupart ont survécu, des fleurs commencent même à se former au bout des premières tiges vertes d'ail, chapeautées et prises au piège de leur cocon de papier. Accroupie dans le froid depuis une heure, elle commence à avoir mal aux genoux. Ses articulations se raidissent ces temps-ci, elle a des douleurs matinales ; c'est de plus en plus fréquent depuis un an. À mesure qu'elle s'affaire, elle ne cesse de se demander pourquoi Dot ne leur a pas dit qu'elle était malade. Elle était têtue et fière, c'est vrai. Elle leur avait appris à ne jamais accepter de cadeau de quiconque, parce que, d'un jour à l'autre, ils – en particulier si ce *ils* était le gouvernement – pouvaient revenir frapper à la porte et réclamer qu'on le leur rende, avec des intérêts. Jeanie n'est pas étonnée que sa mère ne soit pas allée chercher ses médicaments gratuits, elle n'est pas non plus choquée outre mesure qu'il y ait si peu d'argent dans la boîte, mais elle ne peut s'empêcher de calculer les dépenses encore et encore dans sa tête : l'enterrement ou la crémation, un cercueil, les croque-morts, le corbillard, les fleurs. Qu'est-on censé faire quand on ne peut pas se permettre toutes ces choses – enterrer sa mère dans le jardin ?

Près de la porte arrière, elle arrache quatre tiges de romarin et les frotte entre ses mains pour en libérer l'arôme. Le buisson est de plus en plus chétif, il faudra le remplacer bientôt, elle se note mentalement de prélever quelques semailles. Les tiges sous ses narines, elle respire l'odeur.

Dans le salon, elle les dispose autour du corps de sa mère et en fiche une autre à la boutonnière de sa robe. Elle a laissé la porte fermée pour empêcher Maude d'entrer, et les fenêtres fermées également pour éviter les mouches et ce qui pourrait se passer ensuite. Sa respiration forme des nuages dans le froid, l'odeur réelle est bien moins présente que sa peur de sentir une odeur dans l'atmosphère. Elle découpe la chemise de nuit de sa mère d'un coup de ciseaux au milieu de la robe et autour des manches, de ces mêmes ciseaux qui ont taillé le romarin. Le corps de Dot a la couleur des champignons fraîchement cueillis, et Jeanie le lave avec soin à l'eau chaude versée dans un bol déposé sur la petite commode dans un coin de la pièce. Elle commence par le visage, puis les seins et le ventre, la peau douce et avachie. Les membres sont raides déjà, et peu maniables. Une fois sa tâche achevée, elle sort dans le jardin de façade et vide l'eau sur les parterres de fleurs. À l'étage, elle choisit une des robes de Dot, une robe d'été, banale mais jolie, jaune pâle avec un motif de lierre. Il faudra bien, à un moment ou un autre, qu'elle fasse le tri – dans les vêtements de sa mère, ses affaires.

L'année suivant la mort de son père, Jeanie avait hérité de la lourde tâche de déplacer ses effets de la chambre qu'il avait partagée avec sa femme durant treize ans. Dot en était incapable, elle n'arrivait à rien d'autre cette année-là que rester assise dans la cuisine ou suivre sa fille partout où elle allait. Tous les vêtements mettables avaient déjà été donnés à Julius, on avait fait des ourlets aux pantalons, raccourci les manches, le beau costume et le manteau de Frank avaient été rangés dans la naphtaline en attendant qu'il ait l'âge de les porter. Jeanie avait donné les autres vêtements à l'Armée du Salut, les chaussures également – à seulement douze ans, Julius faisait déjà une demi-pointure de plus que son père. Ne restait plus à vider que la commode du côté du lit où dormait Frank. Quand Jeanie ouvrit le tiroir du haut, l'odeur poivrée de ses bonbons préférés lui monta au visage, mélangée à un parfum viril de cire. Toutes sortes de choses avaient atterri dans ce tiroir : le journal qu'il lisait sans doute la veille de sa mort, un coupe-ongles, son rasoir avec quelques lames de rechange dans un étui en papier. Quelques pièces du fond de ses poches reposaient dans un petit bol en cuivre, avec des vis, un morceau de pierre pointu, des boulons, des morceaux de joints. Dot avait demandé à Jeanie de tout jeter à la poubelle et d'y installer ses affaires à elle à la place, de les déménager de la chambre qu'elle partageait avec Julius. Elle avait menti et dit à sa mère qu'elle s'était débarrassée des affaires de Frank, alors qu'elle s'était contentée de poser ses gilets et ses pulls au-dessus des vestiges de son père, de telle façon que pendant quelque temps – plusieurs mois au moins – ses vêtements avaient senti un mélange des bonbons, des écrous et des clous de son père.

On frappe à la porte, Jeanie regarde par la vitre, mais le visiteur est dans son angle mort. Si elle ouvre la fenêtre, on l'entendra, elle se fera repérer et il faudra qu'elle descende. Elle soupire, abandonne la robe jaune sur le lit et descend.

Mme Rawson est sur le seuil, Jeanie doit s'y reprendre à deux fois pour faire cesser les aboiements de Maude et la renvoyer dans la cuisine. Mme Rawson porte un pantalon en cuir couleur crème, une sorte de blouse en soie avec des dessins de magasins imprimés dessus, un imperméable beige à col large et des lunettes de soleil. Elle a un grand sac à main sous le bras. « Il faut que je vous parle », dit-elle, et Jeanie est si saisie qu'elle ouvre la porte en grand et laisse entrer cette femme chez elle pour la seconde fois en deux jours.

En 1979, à l'âge de vingt ans, Caroline May avait été sacrée reine des crémières des jeunes fermiers du Wiltshire, quelques mois plus tard, elle avait épousé l'homme qui présidait à ce prix. Jeanie tient cette histoire de Bridget qu'elle a entendue la raconter à Dot, elle est également au courant que leur mariage a rapidement connu des épreuves – des grossesses inachevées ou impossibles. Bridget racontait cela en secouant lentement la tête comme si le fait de ne pas avoir d'enfant était la pire chose qui pouvait arriver à une femme. Mme Rawson a toujours été agréable avec Jeanie quand elles se croisaient sur le chemin ou se rencontraient au village. Polie, à défaut d'être amicale, et cela lui convenait très bien. C'est son mari que Jeanie déteste férocement.

La cuisine n'est éclairée que par quelques lampes à huile et le peu de lumière naturelle qui filtre par la fenêtre basse de la façade et le cellier à l'arrière, cependant Mme Rawson n'enlève pas ses lunettes de soleil.

« Je suis navrée de revenir vous voir si vite », commence Mme Rawson. Elle sourit, mais son sourire ne dure pas.

« Voulez-vous vous asseoir ? Je vais faire bouillir de l'eau.

— Pas de thé. Merci. Ça ne prendra pas longtemps. » Elle reste debout, les deux femmes se tiennent de part et d'autre de la table.

« Malheureusement je suis venue pour vous parler d'une dette en souffrance, reprend Mme Rawson froidement.

— Quelle dette ? demande Jeanie.

— Celle du cottage.

— Que voulez-vous dire ?

— Des arriérés.

— Sur le cottage ? Il ne peut pas y avoir de dettes sur le cottage. Nous ne payons pas de loyer. Nous avons un arrangement. » Jeanie ne laisse rien paraître de ses émotions. Elle aussi peut être glaciale si elle le veut, mais dans son cœur l'animal s'agite.

« En effet. Un compromis. Selon lequel votre mère, vous et votre frère pouviez rester dans le cottage après la mort de votre père, et elle payait…

— Le meurtre », la corrige Jeanie.

Mme Rawson continue en couvrant sa voix. « … et elle payait toutes les semaines jusqu'à il y a quelques mois, quand, d'après ce que mon mari m'a expliqué, elle a commencé à laisser s'accumuler les arriérés.

— Quoi ? » Jeanie agrippe le haut d'une chaise de cuisine.

« Elle faisait face à des difficultés. » Mme Rawson parle comme si elle récitait un texte appris par cœur.

«Je suis désolée, dit Jeanie, bien qu'elle ne soit absolument pas désolée. Il n'y a pas de loyer à payer, il n'y en a jamais eu.» Son cœur cogne dans sa poitrine, mais elle s'efforce de maintenir le ton de sa voix à un niveau égal, se concentre sur sa respiration. Si elle regarde bien, elle voit son propre reflet, déformé et enténébré, dans les lunettes noires de Mme Rawson. «L'arrangement, le compromis, quel que soit le nom que vous lui donnez, était que nous pouvions rester dans le cottage sans payer de loyer même après la mort de notre mère.» Elle appuie sur les mots «sans payer de loyer».

«Votre mère...» À la manière dont Mme Rawson prononce le mot *mère*, on la croirait sur le point de se plaindre que Dot ait laissé Maude faire ses besoins sur la pelouse des Rawson. «... paie un loyer pour le cottage depuis trente-huit ans. Plus ou moins. Elle a commencé à payer un an après la mort de votre père. Je m'étonne, même si ce ne sont pas mes affaires, qu'elle ne vous en ait rien dit.»

Jeanie veut que cette femme s'en aille. Elle et son parfum qui poisse toute la cuisine. Elle a envie de lui dire qu'elle a des choses plus importantes à faire que de discuter de ces bêtises. Elle doit encore rassembler les poules, arroser les plantations de la serre et du tunnel, trouver quelque chose à préparer pour le repas. Privé d'électricité, le frigo du cellier commence à sentir le rance même s'il n'y a guère plus à l'intérieur qu'une demi-motte de beurre, un demi-litre de lait et un petit morceau de cheddar. Elle peut faire une omelette, cuire quelques vieilles pommes de terre. Elle doit finir d'habiller sa mère. Le cadavre de sa mère. Qui est morte la veille, et elles sont là à discuter de dettes ridicules qui ne sont même pas dues.

«C'est tout bonnement impossible», dit Jeanie en croisant les bras.

Mme Rawson rit comme si elle était la personne la plus affable du monde. «J'ai un registre avec l'historique des versements si vous souhaitez le voir, il est à la ferme, les initiales de votre mère sont apposées à la fin de chaque ligne. Elle n'avait pas payé la totalité du loyer depuis quelques mois au moins à cause de sa maladie. Enfin, c'est ce que mon mari m'a expliqué.

— Et combien, selon vous, devons-nous ?» Jeanie a glané, d'après d'autres conversations entre Bridget et sa mère, que Mme Rawson fait du bénévolat, de la collecte de fonds pour une association qui vient en aide aux familles de bébés prématurés et qu'elle ne se mêle absolument pas des finances de la ferme. C'est Rawson qui gère leur argent – notamment un important héritage.

«Deux mille, lâche-t-elle d'un trait, comme si elle venait d'inventer cette somme.

— Deux mille livres ?» Cette fois Jeanie ne parvient pas à contenir le choc dans sa voix.

«Oui, confirme Mme Rawson. J'étais surprise moi aussi quand j'ai constaté ce qu'elle avait accumulé d'arriérés. C'est dommage mais, bien sûr, si vous voulez rester dans le cottage... » Elle prend ses clés dans son sac, les fait cliqueter. «Je suis certaine que vous arriverez à trouver une solution avec votre frère.»

Au retour de Julius, une fois de plus il n'y a pas d'eau chaude, ni pour le thé ni pour sa toilette. Jeanie est assise sur la même chaise que la veille, penchée sur sa guitare, elle joue. Seule Maude lève la tête pour le saluer. Cette fois-ci, au lieu de la compassion et du chagrin qu'il a éprouvés hier, il a la sensation brûlante et irritée que sa sœur n'a rien fait de sa journée pendant que lui travaillait et gagnait de l'argent pour eux deux. Comment se fait-il qu'elle n'ait même jamais eu un travail ?

Jeanie prononce des paroles trop basses pour qu'il les entende.

« Quoi ? » demande-t-il en s'asseyant sur le canapé, bousculant Maude sans ménagement. La chienne ouvre de grands yeux et Julius se penche en avant pour coller le front contre celui de Maude en guise d'excuses.

Jeanie cesse de jouer, elle croise son regard, et il voit le rouge à ses joues. « Caroline Rawson est venue ce matin.

— Encore ? » Il est perdu.

« Elle a dit que nous lui devions des mois de loyer.

— Quels loyers ? » Il pose les coudes sur ses genoux.

« Eh bien, des loyers, quoi. » Elle élève la voix.

Julius lève les mains en l'air pour la calmer.

« Qu'est-ce que tu veux dire ?

— Pour le cottage.

— Il est à nous. Il n'y a pas de loyer.

— C'est ce que je lui ai dit, mais elle a répondu que maman payait un loyer depuis l'année suivant la mort de papa.

— Tu as dû mal comprendre.

— J'ai très bien compris. Tu n'étais pas là. » Jeanie crie à présent.

« Eh bien, c'est un mensonge. Et l'arrangement alors ? Rawson nous a donné le cottage en échange de… » Il ne termine pas sa phrase. Il ne comprend pas ce que Jeanie est en train de dire. Ou bien il comprend mais cela n'a aucun sens.

« Caroline Rawson savait que maman était malade. Tout comme Bridget et le Dr Holloway. Apparemment tout le putain de village en sait plus que nous sur notre situation. Elle a dit que maman n'arrivait plus à respecter les échéances. Elle était affreuse, Julius. Affreuse et glaciale. On aurait dit quelqu'un d'autre.

— Calme-toi, Jeanie. » Julius s'assied sur le rebord du canapé, il retire ses bottes, ses chaussettes. Apprécie la sensation du sol frais sous ses pieds endoloris après une journée de travail. « Ce n'est pas bon pour toi. S'il te plaît. Rawson n'a parlé d'aucun loyer quand je suis allé téléphoner chez lui. Ce doit être une erreur. » Il roule ses chaussettes en boule et les envoie sur Maude, elles rebondissent sur sa tête. Sans qu'elle réagisse.

« Je ne crois pas. Elle a dit que nous leur devions deux mille livres.

— Deux mille livres ! » Julius n'en revient pas. « C'est n'importe quoi. Tu crois que maman aurait payé un loyer depuis quoi ? trente-huit ans ? » Il lâche un rire sarcastique.

« Pas moi ! Les Rawson croient ça.

— Eh bien, si Rawson s'imagine que je vais lui donner le moindre centime, il ferait mieux d'oublier.

— Ne crie pas, dit Jeanie.

— Désolé, je suis désolé. » Il se passe la main dans les cheveux et pousse un grand soupir.

« Il faut que tu ailles là-bas et que tu lui parles », reprend Jeanie.

Julius se lève. « Quoi ?

— Que tu aies une conversation avec lui. » Elle pose sa guitare au sol et le front sur la table. Sa voix est étouffée. « Tu as raison. C'est forcément un malentendu.

— Pourquoi je devrais y aller ? »

Elle relève la tête d'un coup, sa voix se fait tranchante, impatiente. « Parce que tu es meilleur que moi. Pour parler aux gens. »

Il soupire. Il vient de rentrer, d'enlever ses bottes, il ne va pas ressortir maintenant. Ce n'est rien d'autre qu'une erreur stupide.

« Je préférerais que tu ne fasses plus ça, dit Jeanie.

— Quoi ?

— Jeter tes chaussettes sur la chienne. »

Le courant n'est toujours pas revenu malgré les bidouillages de Julius sur le disjoncteur. Jeanie allume deux lampes à gaz et les emporte avec elle dans le salon. Maude est de nouveau enfermée dans la cuisine.

« Je peux demander à Bridget, propose Jeanie.

— Non. » Julius est de l'autre côté du corps recouvert de leur mère. Qu'ils fassent cela tous les deux, c'est une bonne chose, il va y arriver, c'est son devoir. Même s'il entend son cœur battre jusque dans ses oreilles et que sa bouche est sèche.

« Prêt ? »

Julius hoche la tête et Jeanie tire le drap vers le sol. Les yeux de Julius circulent sur la surface du corps, sans se fixer sur un point particulier. Il est expert en matière d'oubli depuis qu'il a découvert ce premier corps autrefois. Les images qu'il en garde sont floues, sans détails, comme une photo tachée par la pluie, aucune odeur n'y est associée, aucun bruit. Seule la sensation d'un engin écrasant ses os – les basses résonnant dans tout son corps – est indissociable pour lui de sa réaction physique.

« Je n'ai pas réussi à lui enlever sa chemise de nuit ni sa robe de chambre par en dessous, précise Jeanie. Il faut que nous la roulions sur le côté.

— Vers moi », dit Julius. Il tire le corps à lui, tandis que Jeanie extirpe les vêtements de nuit. La chair est froide, bien sûr, le corps raide, les muscles bandés.

« Enlève-les », lui ordonne Julius tout en tenant le corps. Il ferme les yeux et pense à Shelley Swift. Il est allé à son appartement aujourd'hui, au-dessus du fish & chips. La fenêtre à guillotine de sa cuisine, dont se sert son chat pour aller et venir, était coincée en position ouverte. Le câble était cassé à un bout mais en graissant le mécanisme, il est parvenu à la récupérer sans avoir à démonter toute la fenêtre et a pu la réparer. Shelley Swift préparait du thé avec son chat qui ronronnait assis à côté d'elle sur le comptoir de la cuisine. Tandis qu'il vérifiait que la fenêtre fonctionnait à nouveau, Julius observait Shelley du coin de l'œil : elle pressait les sachets de thé contre les rebords des tasses, les jetait dans l'évier, et croyant qu'il ne la regardait pas, ajustait le col élastique de sa blouse style paysanne pour dégager ses épaules et les taches de rousseur sur sa peau. Elle avait pris le chat dans ses bras et l'avait câliné comme un énorme bébé à poils. « Pixie, Pixie, Pixie-chérie », fredonnait-elle, frottant sa joue contre son pelage. Le chat, sans bouger le museau ou les yeux, affichait une expression d'ennui tolérant. Shelley Swift s'était rapprochée de Julius, berçant son animal de compagnie en disant : « Pixie, je te présente Julius. L'adorable monsieur qui a réparé ta fenêtre. » Le félin ronronnait dans ses seins, dont le haut dépassait de sa blouse. Lorsqu'elle l'avait libéré, il avait sauté, étonnamment souple et léger pour sa corpulence. Shelley Swift avait baissé les yeux sur sa poitrine et ramassé quelques poils de chat collés à sa peau en pestant un peu. Julius regardait et il savait que Shelley Swift savait qu'il regardait.

Ensuite, elle avait parlé de son appartement, de l'odeur des toilettes publiques qui refluait de temps en temps, recouvrait celle du fish & chips, des thrillers qu'elle adorait lire et de son travail – des histoires avec son responsable et de ses sandwichs qui, même en les mettant dans une boîte en plastique, avaient un goût de poussière de brique le temps d'arriver au déjeuner. « Elle s'infiltre partout. » Elle avait tiré sur l'élastique de son haut et regardé son décolleté de nouveau, avec un rire râpeux et rauque qu'il s'était surpris à trouver charmant. Entendre Shelley Swift rire le lendemain de la mort de sa mère lui faisait du bien.

Il n'avait pas prévu de lui raconter ce qui était arrivé, mais elle lui avait tiré les vers du nez et ils avaient passé un peu plus d'une heure dans la cuisine après qu'il avait fini de réparer la fenêtre. Son expression de tendresse et de compassion, c'était presque trop pour lui.

Jeanie tire sur la chemise de nuit et la robe de chambre de Dot, cette fois elle arrive à les lui enlever, Julius repose le corps. Elle remonte la culotte taille haute en coton grisé, que Julius trouve plus embarrassante encore que la nudité de sa mère. Jeanie la passe sur les deux pieds et en faisant remonter un côté puis l'autre elle parvient jusqu'au-dessus des genoux, mais reste coincée ensuite.

Le frère et la sœur reculent d'un pas. « Si seulement elle avait porté des sous-vêtements pour dormir, dit Julius.

— Mieux vaut que ça respire, réplique Jeanie en répétant une formule de sa mère.

— Vraiment ? demande Julius. C'est ce qu'elle te disait ? Moi elle me disait de toujours porter un pyjama. Pour empêcher que je me tripote, j'imagine.

— Julius ! » rit Jeanie. Elle regarde la culotte. « Qu'est-ce qu'on va faire ?

— Peut-être que la robe descendra assez bas pour recouvrir la culotte ?

— On ne peut pas l'enterrer avec une culotte à moitié enfilée. » Jeanie se plaque une main sur la bouche pour ne pas éclater de rire à nouveau. « Si ?

— C'est déplacé. » Julius rit lui aussi.

« Indécent.

— Personne ne l'a jamais vue nue. On ne va pas commencer maintenant. »

Les mots fusent entre leurs rires.

« Même pas papa ?

— Surtout pas papa.

— Même pas pendant leur nuit de noces ?

— Non, sûrement pas.

Et tout à coup, aussi vite qu'il était venu, le rire disparaît.

« Pauvre maman.

— C'était à peine une vie, hein ? lance Julius.

— Elle était heureuse, je crois. Elle nous avait nous, le jardin, le cottage. La musique.

— Ça suffisait, tu crois ?

— Bien sûr que ça suffisait. Moi ça me suffit. »

Ils retombent dans le silence, jusqu'à ce que Jeanie dise : « Je me demande bien comment on va lui mettre la robe.

— Elle n'en a pas une qui se boutonne entièrement devant ?

— Elles se boutonnent toutes dans le dos, à part sa robe d'intérieur qui s'attache sur le côté. Mais c'est la robe dans laquelle elle faisait le ménage. Ce ne serait pas correct.

— Un tablier ?

— Enterrée avec un tablier. » Jeanie se remet à rire.

« Il va falloir qu'on les découpe, conclut Julius. La culotte et la robe. De haut en bas, les manches et la jupe aussi, comme ça on pourra les poser sur elle et les coincer sur les côtés pour qu'elle ait l'air habillée. On sera les seuls à les voir. Nous et le croque-mort. »

Jeanie s'immobilise, silencieuse.

« Et Dieu », ajoute Julius.

Jeanie bat des mains dédaigneusement. Elle sait bien que Julius plaisante. L'un comme l'autre n'ont jamais cru en Dieu ni même mis les pieds dans une église.

« Il ne prête aucune attention à l'apparence des morts.

— Même s'ils ont la culotte aux genoux ?

— Surtout s'ils ont la culotte aux genoux. » Jeanie retire le sous-vêtement. « Je réfléchissais. Je me demandais si on ne ferait pas mieux de ne pas faire d'enterrement ni de cérémonie ? On l'habille, on l'enveloppe dans un drap et on l'enterre dans le jardin ? »

Julius fronce les sourcils. « On peut faire ça, tu crois ?

— Qui a dit qu'on ne pouvait pas ? Ce sont nos terres. Notre mère. Il y a un coin près des pommiers qui serait très bien. Qu'aurait-elle préféré à ton avis ? Reposer près de son potager ou se retrouver dans un cimetière avec plein d'inconnus ? Ou pire encore, réduite en cendres et rangée dans un coin ? J'ai entendu à la radio que quatre-vingt-dix-huit pour cent des cendres qui sont dans ces petites boîtes ne viennent pas des gens qui ont été incinérés. Les cendres de tous les corps brûlés le même jour sont mélangées et réparties dans des urnes qu'on distribue aux familles.

On pourrait aussi bien se retrouver à répandre les cendres de quelqu'un d'autre. »

Elle pense à son père dont le corps a été incinéré et les cendres répandues sur les champs qu'il aimait tant, et au regard que lui renvoie Julius, elle sait que c'est à cela qu'il pense lui aussi. Impossible d'imaginer un cercueil ouvert ou un moment de recueillement sur le corps de Frank. Quant à sa crémation, songe à présent Jeanie, c'était sans doute une tentative de la part de Dot d'effacer de l'esprit de ses enfants le souvenir de ce qu'ils avaient vu.

« Si on décide de le faire comme tout le monde, on ne sait toujours pas comment on pourra payer, ajoute-t-elle.

— D'accord.

— Quoi ? » s'exclame Jeanie. Elle ne s'attendait pas à ce qu'il soit d'accord. Elle n'avait même pas vraiment réfléchi à cet endroit sous les pommiers jusqu'à ce qu'elle lui en parle.

« D'accord. On l'enterre dans le jardin. Pas besoin de le dire à qui que ce soit. On n'aura qu'à raconter qu'on fait une cérémonie dans l'intimité. »

Après avoir pris si vite et si facilement cette décision, Jeanie découpe la culotte et pendant qu'elle la dispose sur le corps, Julius s'attaque à la robe.

« Au moins, c'était rapide, dit-il. Elle n'a pas souffert. »

Jeanie forme un son rauque en guise d'approbation, quoiqu'elle ne soit pas certaine que cela ait été si rapide. Elle s'efforce de ne pas penser au temps que sa mère a bien pu passer étendue sur les dalles froides seule et consciente, mais incapable de bouger ou de crier.

« Elle n'aurait pas voulu passer le restant de ses jours assise dans une chaise à regarder par la fenêtre sans même pouvoir faire ses besoins seule.

— Personne ne voudrait une chose pareille », renchérit Jeanie.

Une fois les vêtements solidement bordés autour du corps, Julius demande : « Et son alliance ?

— Quoi son alliance ?

— On devrait la lui enlever, non ?

— Mais c'est la sienne.

— Elle ne va pas en avoir besoin.

— Nous si ? » La question sort de la bouche de Jeanie avec une force qui l'étonne elle-même. « De son vivant, elle ne l'a jamais enlevée, alors pourquoi on devrait le faire maintenant ?

— Si, elle l'enlevait.

— Non. » Soudain, Jeanie est furieuse que Julius puisse penser qu'il connaissait leur mère mieux qu'elle. « Pas même pour jardiner. Je m'en souviendrais.

— Elle la déposait dans cette petite coupelle à fleurs en porcelaine, sur le rebord de la fenêtre, derrière le lavabo du cellier.

— Elle ne l'enlevait jamais.

— Peu importe, tu crois qu'on devrait en faire quoi maintenant ?

— Prends-la si tu la veux vraiment. Si tu crois que tu auras l'occasion de t'en servir.

— Tu pourrais avoir l'occasion, toi. » Il lui adresse un clin d'œil.

« Et pourquoi donc ? Ne sois pas ridicule. » Elle refuse de sourire.

« On ne sait jamais. Et… Doug Fletcher ? Il paraît toujours si joyeux.

— Doug du fish & chips ?

— Qu'est-ce qu'il y a de mal à ça ? De la friture gratuite à la fin du service tous les soirs.

— Il est marié, pour commencer. »

Ils recouvrent le corps de Dot.

Le lendemain matin, après le départ de Julius pour le travail, Jeanie se penche de nouveau sur sa mère, dégage la moitié supérieure du drap. L'alliance a disparu.

7

Jeanie entrebâille son sac à main et vérifie que le certificat médical est bien dans la poche intérieure. À côté d'elle, Bridget, une main sur le volant, ouvre un paquet de cigarettes de l'autre pour en prendre une. Elle tâtonne dans le vide-poche sous le tableau de bord, en sort une boîte d'allumettes, fouille à nouveau et tire un briquet qu'elle allume et porte au bout de sa cigarette. Bridget fume trop, pense Jeanie en tâchant de trouver une place pour ses pieds au milieu des vieux paquets de chips vides, des feuilles mortes, bouteilles en plastique et autres morceaux de boue séchés sous les semelles de ses bottes. Elle appuie sur le bouton pour ouvrir sa fenêtre, la remonte et s'y reprend encore à deux fois pour l'ouvrir d'un cran seulement. Elles roulent si lentement que toutes les voitures qui arrivent derrière elles les doublent.

«J'aurais pu prendre le bus», dit Jeanie. En fait, il n'y a qu'un bus par jour pour aller à Devizes et il l'aurait déposée là-bas trop tard pour qu'elle ait le temps de faire ses démarches et d'attraper le bus de retour. Et, bien sûr, Jeanie est reconnaissante à Bridget de lui faire économiser le prix du trajet. Elle ne sait même pas s'il y avait assez dans la boîte en fer pour le payer.

« C'est dur de gérer ces grands bouleversements sans aide extérieure », rétorque Bridget. On dirait qu'elle récite les formules du dépliant que lui a donné le médecin en même temps que le certificat médical. Julius en a lu des extraits à voix haute la veille à la maison, avant de les jeter au feu. Jeanie regarde les vaches dans les champs, les haies et les rangées de chênes qui défilent le long de la route. Sa mère est morte et cependant les chênes continuent de pousser, les vaches continuent de brouter l'herbe. Bridget abaisse sa vitre et tape les cendres de sa cigarette à l'extérieur. La cendre reflue à l'intérieur, le vent la soulève et la disperse. Elle prend une nouvelle bouffée et jette le reste de sa cigarette par la fenêtre.

« C'est gentil de ta part d'avoir proposé de venir avec moi mais, à bien y réfléchir, je préfère faire ça toute seule. » Jeanie agrippe son sac à main, déterminée.

« Ne sois pas bête, dit Bridget. Ça me va très bien. Je suis passée par là quand papa est mort, je sais comment ça marche. Stu y est allé tout seul à la naissance de Nath, j'étais à l'hôpital. Il voulait attendre que je sorte pour qu'on puisse le faire ensemble, mais ils m'ont gardée deux semaines. Des problèmes de femme, tu sais. C'est pour ça que nous n'avons pas eu d'autre enfant. » Bridget porte la main à son ventre, Jeanie n'a aucune idée de ce qu'elle lui montre. « Je trouvais ça mignon qu'il veuille que nous allions déclarer la naissance ensemble, il était tellement heureux d'être papa.

— Non, la coupe Jeanie. Je peux le faire. Merci. »

Les yeux de Bridget quittent la route pour se poser sur Jeanie, si bien que la voiture fait une embardée sur l'accotement et rebondit sur le bas-côté avant que Bridget ne redresse la trajectoire.

« Comme tu veux. »

Plus un mot n'est prononcé jusqu'à ce qu'elles arrivent en ville et commencent à chercher à se garer sur le parking de la grande place. Bridget est trop hésitante, elle met son clignotant d'un côté, puis de l'autre, laisse filer deux places, refait un tour complet. Elle n'a appris à conduire que récemment. « J'imagine que vous allez continuer d'habiter au cottage ? » Elle se gare finalement en oubliant de mettre son clignotant, effleure au passage une voiture déjà garée.

Jeanie ne sait pas quoi répondre à cela. Que peut savoir Bridget des réclamations de Caroline Rawson ? Du peu d'argent qui se trouve dans la boîte en fer ? Jeanie laisse échapper un *hmm* évasif, qui pourrait signifier tout et son contraire. Bridget tire sur le frein à main et pose les doigts sur la manche du manteau de Jeanie. Jeanie observe ces doigts – la bague de fiançailles, l'alliance, le vernis à ongles, un rouge écaillé couleur *Winifred*, une des roses qui poussent sur les parterres à l'avant du cottage. « Je suis au courant pour ta mère et ses liens avec Rawson, dit-elle doucement, comme si elle vérifiait que Jeanie est au courant elle aussi.

— L'arrangement, tu veux dire ? » demande Jeanie. Bien sûr, Bridget est au courant de l'arrangement, ce n'est pas une surprise. « La mort de maman n'y change rien. Ça a toujours été valable pour Julius et moi également. Nous pouvons rester au cottage sans payer de loyer jusqu'à notre mort. »

Bridget l'examine attentivement, ses yeux vont d'une pupille à l'autre. « L'arrangement, oui », répète-t-elle, quoiqu'avec une note factice dans la voix. Elle coupe le moteur. « Est-ce que c'est ça que tu veux ? Rester vivre au cottage ?

— Pourquoi voudrait-on autre chose ? »

Bridget prend son sac à main sur la banquette arrière. « Tu ne trouves pas que c'est un peu contre-nature ? » Elle sort un tube de pastilles à la menthe, en met une dans sa bouche et en propose à Jeanie.

Jeanie secoue la tête. « Contre-nature ? Qu'est-ce que ça a de contre-nature ?

— Eh bien, je ne sais pas. Vivre avec son frère à cinquante et un ans. Jardiner. Ce cottage. » Bridget frissonne. Jeanie sait qu'elle n'aime pas cet endroit, qu'elle le trouve lugubre, oppressant. Elle n'utilise même pas les toilettes quand elle leur rend visite. Elle prétend qu'elles sont pleines d'araignées.

« C'est notre maison. Nous avons toujours vécu là.

— Justement, insiste Bridget. Écoute, moi, tout ce que je dis, c'est que tu devrais vivre ta vie un peu. Trouver un boulot peut-être. Gagner de l'argent. T'acheter de nouveaux vêtements.

— De nouveaux vêtements ? Ma mère vient de mourir. Qu'est-ce que j'en ai à fiche des nouveaux vêtements ?

— Ce n'est pas ce que j'ai voulu dire. » Bridget froisse le paquet de pastilles à la menthe. « Je suis désolée, c'est juste que, qu'est-ce qui se passera si vous ne pouvez pas continuer à vivre là ? Il faut que vous réfléchissiez à ça.

— Bien sûr que nous allons continuer de vivre là. C'est ce qui était convenu. »

Peut-être Bridget est-elle au courant des loyers prétendument impayés d'après Mme Rawson. Elle n'en a pas rediscuté avec Julius depuis qu'elle lui a dit que Mme Rawson était revenue, et il n'est pas encore allé voir son mari, comme elle le lui a recommandé. Il ne s'est rien passé. Il ne va rien se passer. Cependant, elle a beau s'efforcer d'ignorer ce montant exorbitant, il ne cesse de voler d'un coin à l'autre de son esprit telle une mouche bleue tentant de traverser une vitre, et son cœur en bourdonne d'angoisse.

Bridget semble réfléchir un moment, commence une phrase, puis renonce. « En tout cas, si vous avez l'intention de rester, il faut que cet homme vous fournisse une installation de plomberie décente, une salle de bains avec des toilettes intérieures, qu'il fasse refaire le chaume. Cet endroit a besoin d'un coup de neuf. » Elle prend son porte-monnaie dans son sac à main et fouille à l'intérieur. « Est-ce que tu as une pièce d'une livre ? Je crois qu'il en faut une pour le parcmètre. »

Jeanie voudrait pouvoir poser les doigts sur son cœur pour empêcher la créature qui s'y trouve de s'emballer mais elle regarde dans le soufflet de son propre porte-monnaie, où elle range les pièces. Elle sait combien il y a exactement, trois livres et cinquante-quatre pence – toute la ferraille qui se trouvait dans la boîte. Julius a repris le billet de vingt qu'il avait posé sur la table, elle ne se fait pas d'illusions, il a acheté du tabac, des feuilles à rouler, des allumettes et peut-être du crédit pour son téléphone avec. Elle a besoin de cette petite monnaie pour acheter du pain, de la margarine et du lait, un peu de fromage si elle arrive à y aller. Bridget jette un coup d'œil par-dessus son épaule et prend la pièce de cinquante pence. « Ça fera l'affaire », dit-elle, et elle sort acheter le ticket.

Sur le trottoir à côté de Jeanie, Bridget consulte l'heure sur son téléphone. « Ton rendez-vous est dans quinze minutes, ça devrait aller. » Bridget a appelé pour réserver. Jeanie et Julius se sont demandé s'ils devaient quand même déclarer la mort de leur mère alors qu'ils prévoient de l'enterrer dans le jardin, ils ont décidé que oui. Jeanie a la nausée rien que de penser aux formulaires à remplir, elle aurait préféré que Julius s'en charge, mais Devizes est à une heure de route, et il n'aurait jamais réussi à arriver jusque-là sans vomir.

« Je viendrai te rechercher à la demie », précise Bridget.

La salle d'attente du bureau de l'état civil est vide. Un air de musique classique flotte dans l'air, au mur un tableau représente un bouquet de fleurs dans un vase – du muguet et des roses –, des fleurs qui ne fleurissent pas à la même saison normalement. Jeanie donne son nom à la femme derrière le bureau, puis s'assied sur une chaise. C'est le même genre de chaise, avec le même rembourrage, que dans la salle d'attente du médecin. Si ça se trouve, il y a les mêmes dans toutes les salles d'attente du pays, du monde ; si ça se trouve, c'est une seule et même entreprise qui a le monopole sur la fabrication des chaises de salle d'attente. À part l'affreuse musique – censée convenir aux trois situations possibles : naissance, mort et mariage –, tout est calme, jusqu'à ce qu'elle entende un rugissement venant de derrière une porte, tout en acclamations et en huées comme une marée de supporters de football, et tout à coup la salle d'attente se remplit de gens vêtus de couleurs vives sortant en congratulant et en applaudissant un couple qui se tient la main et rit aux éclats. Jeanie se lève et sourit également, emportée par la fête. Le groupe quitte les lieux, leur rumeur s'évanouit dans la rue, et Jeanie se retrouve abandonnée, retenant sa respiration pour ne pas laisser couler ses larmes d'avoir été oubliée tandis que la fête se poursuit, ailleurs, comme toujours. La musique fluette redevient audible et on appelle son nom.

Le responsable a pris place d'un côté du bureau et l'a invitée à s'asseoir de l'autre côté tout en murmurant des formules de condoléances, ses yeux vont et viennent de son écran au document que Jeanie lui a donné. Il lui demande le nom complet de Dot, son âge et son adresse. Jeanie répond facilement, et peu à peu, à mesure qu'il tape sur son clavier, elle se détend, rassurée de songer qu'elle n'a sans doute pas d'autres formulaires à remplir. Il épelle son nom et son adresse pour confirmation, elle opine. Ses deux index tapent sur le clavier et Jeanie observe son expression, étonnée par sa concentration et le mécanisme qui véhicule sa voix jusqu'à son cerveau, puis prend la forme d'une instruction qui voyage jusqu'à ses bras et met en mouvement ses doigts, ce qui crée des mots sur l'ordinateur, que d'autres personnes, dans plusieurs années peut-être, pourront regarder et concevoir dans leur propre cerveau. L'officier du registre lui demande si elle a apporté les certificats de naissance et de mariage de Dot, mais elle ne les a pas et cela n'a pas l'air si important. Tout le long de la procédure, l'homme sourit et hoche la tête. Au bout d'un moment, Jeanie s'appuie contre le dossier de sa chaise et desserre ses doigts agrippés aux poignées de son sac à main.

« À quelle société funéraire avez-vous fait appel ? » demande-t-il en la regardant par-dessous ses lunettes.

Jeanie le fixe, mais c'est Dot qu'elle voit étendue sur la table du salon sous sa robe découpée.

« Si vous n'avez pas encore décidé, ce n'est pas grave. Est-ce que vous savez déjà quel crématorium ou quelle église ? »

Elle pense au carré de terre qu'ils ont délimité avec Julius sous les pommiers la veille, il a dit qu'il aurait le temps de commencer à creuser aujourd'hui.

« Je peux le noter comme indéterminé, il faudra juste nous en aviser une fois que vous aurez pris votre décision. Je vais vous donner un formulaire vert que vous devrez passer à la personne qui s'occupera de l'enterrement ou de la crémation du corps de votre mère, elle n'aura qu'à nous retourner le bas du formulaire. »

Jeanie patiente pendant qu'il pianote encore sur quelques touches de son clavier. « J'ai juste besoin que vous vérifiiez que ce que j'ai noté est correct. » Une imprimante derrière le bureau aspire une feuille de papier. Il place le document sous les yeux de Jeanie, elle fixe les mots indéchiffrables. Des doigts de sa main droite, elle appuie subrepticement sous son sein gauche, palpant la pulsation de la créature. Se pourrait-il qu'elle tombe malade d'un seul coup ? se demande-t-elle. Souffrante sans crier gare ? Un brouillard se forme au-dessus du morceau de papier, elle cligne des paupières pour le dissiper.

« Pardon ? » dit Jeanie.

L'homme désigne la feuille et lit à voix haute, à l'envers. À l'envers ! pense Jeanie. Il parcourt les lignes les unes après les autres, elle opine. « Si vous êtes d'accord, je signe ici. » Il reprend le formulaire et signe, puis le lui présente à nouveau. « Et vous signez là. » Elle scrute la page, puis le visage de son interlocuteur. Il lui tend son stylo à encre. « Attention, il peut être capricieux.

— Pardon ? » répète Jeanie.

Il approche le stylo d'elle, elle le prend. De nouveau elle baisse les yeux : les mots imprimés, la signature de l'homme. Tout nage, danse et flotte devant elle. Elle pose la pointe du stylo sur le papier, consciente du regard de l'officier. Ses doigts sont bien trop éloignés de la pointe, le stylo ne tient pas dans sa main, il glisse ; avant qu'il lui échappe tout à fait, elle déplace ses doigts, appuie si fort que l'encre gicle, et du coin de l'œil elle voit l'officier grimacer, mais un trait se dessine qui zigzague et crépite sur la page. Elle garde la tête baissée et relève le stylo, s'attend à être blâmée pour son incompétence, mais l'officier lui prend le stylo des mains et retourne la page vers lui. Sans faire de commentaires sur la signature.

« Voulez-vous une copie du certificat de décès ? demande-t-il.

— C'est le papier que je suis venue chercher, non ? » réplique-t-elle, confuse.

Tout ce que Jeanie entend est que la copie du certificat de décès coûte onze livres. Elle n'a pas cette somme sur elle. Julius a peut-être encore assez de monnaie sur lui, et Shelley Swift lui doit de l'argent, non ? Il travaille aujourd'hui, nettoie des gouttières, mais elle ignore quand il sera payé. Une goutte de sueur roule le long de sa colonne vertébrale, ses cuisses et ses fesses la brûlent, elle craint de laisser une trace de sueur sur la chaise en se levant. Elle n'a qu'une envie, sortir de là, sa mère avait raison, les services publics veulent toujours vous prendre quelque chose. L'officier lui explique qu'il existe un autre formulaire, gratuit, qui pourra faire l'affaire. Puis il lui annonce que c'est terminé, lui tend un dossier contenant différents documents et la raccompagne jusqu'à la porte. Elle se retrouve sur le trottoir, respire l'air du dehors, victorieuse, comme si elle était parvenue à s'en tirer, à s'échapper, puis elle entend une voix crier son nom. Elle se retourne et voit l'officier s'avancer vers elle avec un livret brillant à la main. «J'ai oublié de mettre ça dans votre dossier, dit-il. C'est pour vous indiquer la suite des démarches. Vous avez quelqu'un à la maison qui peut vous le lire, ou vous voulez que…» Elle lui arrache le livret des mains et, sans un regard, le fourre dans son sac et part à grandes enjambées.

Lorsqu'elle regagne la voiture, un oiseau a souillé tout le pare-brise et Bridget n'est pas là. Jeanie traîne pas loin, pas trop près de peur qu'un agent de la circulation vienne lui demander de déplacer son véhicule ou de remettre de l'argent dans le parcmètre. Bridget finit par arriver, au petit trot, respirant difficilement entre deux excuses, les bras chargés. Jeanie n'a pas pu faire ses courses. Dans la voiture, Bridget met en marche les essuie-glaces et les fientes d'oiseau se déplacent du côté de Jeanie, s'étalant à chaque passage des balais.

«Je me disais que je pourrais trouver un travail, déclare Jeanie sur le chemin du retour.

— Que fais-tu du jardin et des poules ? demande Bridget en suçotant une pastille à la menthe.

— Ce n'est pas toi qui m'as dit que je devrais trouver un travail ?

— Je ne vois pas comment tu vas réussir à t'occuper de cet énorme jardin toute seule. Tous ces légumes. Je n'ai jamais compris comment Dot et toi vous vous en sortiez, désherber, creuser, pas étonnant que… »

Jeanie l'arrête. «Quelque chose qui rapporterait plus que de fournir des légumes à l'épicerie et au bed & breakfast.

— C'est pour le prix de l'enterrement que tu t'inquiètes ?

— Il ne va pas y avoir d'enterrement, rétorque Jeanie, mais Bridget ne l'écoute pas.

— Je n'en revenais pas de ce que ça coûtait pour papa. Une belle arnaque, si tu veux mon avis. Je peux t'envoyer Stu. Il t'aidera à trouver un cercueil convenable et peut-être qu'il pourra le transporter. Son copain Ed nous a aidés pour papa. Il faut que je vérifie avec lui qu'il serait d'accord pour mettre un cadavre à l'arrière de son van. Ce serait une première. » Elle éclate d'un rire bourru, puis jette un regard d'excuse à Jeanie.

Jeanie est offensée – à l'idée de sa mère à l'arrière du van de Stu. À côté des vieux pots de peinture et des autres détritus.

« Un travail pas loin, reprend Jeanie. Si tu entends parler de quelque chose.

— J'ai entendu dire que la briqueterie cherchait quelqu'un pour les aider avec l'administratif. Cela dit, tu te retrouverais dans le même bureau que Shelley Swift. Est-ce que tu sais taper ? » Elle passe du rire à un air horrifié qui trahit ce qu'implique sa question. Maintenant que Dot est morte, Julius est le seul à savoir que Jeanie a du mal à lire et à écrire. Mais elle est certaine que Bridget s'en doute.

« Non, répond Jeanie, piquée au vif, et revoyant les doigts de l'officier courant sur son clavier d'ordinateur. Je ne sais pas taper. »

Bridget regarde droit devant elle à travers le pare-brise.

De temps à autre, Jeanie considère ses problèmes comme des échecs personnels qui lui font honte, la plupart du temps elle est surtout furieuse que le monde soit entièrement fait pour les gens qui savent lire et écrire sans problème. Après une de ses crises de fièvre rhumatismale, elle était retournée à l'école et avait eu l'impression que les enfants de sa classe avaient tous soudainement appris à tenir un stylo et à former des cercles et des lignes compris de tous. Elle avait été placée en cours de soutien pour la lecture et l'écriture, mais les modèles, la méthode lui échappaient sans cesse et au bout d'un moment elle n'en pouvait plus d'essayer. Elle aimait l'histoire, apprendre comment le Grand Incendie de Londres avait commencé, colorier les images des maisons le long de la Tamise, son crayon rouge à l'état de mine. À la maison, lorsqu'elle en parlait à Dot, sa mère répondait : « Quand j'avais ton âge, je savais faire un feu dans le poêle *et* préparer un gâteau sans le brûler. Ça me suffisait bien. »

Une ou deux fois, quelqu'un de l'école était venu poser des questions sur les absences répétées de Jeanie, quand ses deux jours de maladie se transformaient en dix sans un mot du médecin. Chaque fois, Jeanie se réfugiait sur le canapé, blottie sous une couverture, et après quelques recommandations et doigts qui s'agitent, le type de l'école s'en allait. Il n'y avait jamais eu de livres dans le cottage, même s'il arrivait que son père lise le journal, dont les pages usées servaient à calfeutrer les fenêtres en hiver. Il avait tenté de l'encourager quelques fois : l'avait assise sur ses genoux en dépliant le journal devant eux. Elle aimait bien se retrouver avec lui sous cette tente de papier, mais les mots ne l'attiraient absolument pas et elle n'avait pas non plus de patience. D'autres parents lisaient sans doute des histoires à leurs enfants avant de les mettre au lit, mais chez les Seeder, Julius et Jeanie jouaient de la musique avec leurs parents avant de se brosser les dents dans le lavabo du cellier et de monter se coucher. Jeanie avait quitté l'école dès qu'elle avait pu, à seize ans, sans aucune compétence.

Dans la voiture, Bridget poursuit : « Les annonces de travail sont toutes en ligne aujourd'hui. Le moindre job de serveur. Tu peux toujours te présenter dans une bibliothèque, tu trouveras quelqu'un pour t'aider à aller sur Internet. »

Jeanie regarde par la fenêtre ; elles arrivent au village. Elle n'a jamais mis les pieds dans une bibliothèque et n'en a aucune intention – tous ces livres lui claquant au visage. Elle est incapable d'utiliser Internet, d'aller sur un site, de chercher du travail, de remplir un dossier de candidature, d'envoyer un e-mail. Pas même, et peut-être encore moins, avec l'aide d'un bibliothécaire. Un gardien des mots. Par ailleurs, il lui faudrait pour cela acheter un billet et prendre le bus jusqu'à Devizes ou Hungerford, avant de trouver une bibliothèque.

« Tu veux que je te dépose au cottage ou t'as besoin de quelque chose au village ? demande Bridget.

— Au cottage. Merci », dit Jeanie calmement. Elle est trop épuisée pour réfléchir à ce dont ils ont besoin et ce qu'ils peuvent se permettre.

À la sortie du village, Bridget reprend, plus gentiment : « Il y a des affichettes placardées au magasin, tu sais, des vieux qui revendent ces anciens postes de télévision énormes dont plus personne ne veut. Parfois il y a des annonces pour des femmes de ménage ou des jardiniers. »

Jeanie sait bien qu'elle devrait inviter Bridget à entrer, pour la remercier de l'avoir emmenée au bureau de l'état civil, pour son aide, mais elle sait aussi que si elle s'aventurait à servir une tasse de thé à Bridget, le lait ne se mélangerait pas à l'eau, qu'il formerait des paquets parce que le frigo n'est plus froid, et elle ne veut pas non plus que Bridget voie le trou que Julius a commencé à creuser. Bridget, quant à elle, ne manifeste aucune envie de sortir de la voiture.

Une fois à l'intérieur, Jeanie appelle Julius, mais n'obtenant aucune réponse, elle s'effondre sur le canapé. Maude lui saute dessus, lui lèche le visage et les mains, jusqu'à ce qu'elle la prenne dans ses bras et la serre contre elle, respirant dans son cou son odeur de chien mouillé.

Jeanie fait un feu dans la cuisine, met l'eau à bouillir sur le poêle et se sert une tasse d'eau chaude. Elle l'emporte avec elle dans le salon, la chienne sur ses talons. Le corps de sa mère est étendu sur la table, la pièce est froide et sent le romarin.

« Qu'allons-nous faire ? » dit-elle. Elle parle au corps peut-être, ou bien à Maude. L'un des deux reste sans réaction, l'autre penche la tête sur le côté et guette, attendant que Jeanie fournisse une réponse.

8

Dans le magasin, Julius tergiverse. Il n'a plus beaucoup de tabac ni de papier à rouler, et il a envie – non, il a besoin – d'aller boire une pinte au pub. Que faire de l'argent des gouttières ? S'il veut trouver du travail, il lui faut du crédit sur son téléphone portable. Il achète pour dix livres de crédit et un peu de tabac. Il met son téléphone à charger sur la prise du pub. Il s'installe au bar, près de Jenks, sirote une pinte de bière amère qu'il fait durer et se roule une cigarette très fine.

« J'ai appris pour ta mère. » C'est Jenks, un Écossais maigrichon, que Julius a rarement croisé ailleurs qu'au bar du Plough, il porte son verre à ses lèvres, Julius observe la supérieure étirée vers sa bière tel un serpent se faufilant sur la mousse. « La poisse, ajoute Jenks après avoir avalé sa gorgée.

— Ouaip, dit Julius en léchant son papier à cigarette, avant de le coller vers le bas. Merci. » Il salue Jenks d'un geste de sa cigarette et sort fumer à l'arrière. Il a une ampoule à la main à force de creuser, il frotte la bulle contre ses lèvres, sent le liquide se déplacer sous la peau. Il s'interroge sur les dimensions légales pour la profondeur d'une tombe ; se demande de nouveau si ce qu'ils s'apprêtent à faire est permis. Et puis merde, tant pis si ce n'est pas le cas. Il a ôté toute la pelouse et creusé sur une longueur de pelle, ce qui ne suffit pas. Pour Jeanie, cela ne suffira pas, c'est sûr, et ce serait affreux si les renards, ou Maude, se mettaient à creuser la terre. Il gratte sa barbe de trois jours, fume, pense à l'argent que les Rawson prétendent qu'ils leur doivent, revoit Rawson crier *Rien* à sa femme dans les escaliers, se souvient du contenu des enveloppes dans la poche de son manteau. Fais chier, pense-t-il. Fais vraiment chier.

De retour au bar, après dix minutes supplémentaires, Jenks lui dit : « T'as un texto. De la p'tite gonzesse qu'habite au-dessus du fish & chips. À propos d'un chauffe-eau.

— Putain, Jenks. Lis-le complètement pendant que t'y es. Tu veux que je te rapporte mon journal intime la prochaine fois ? »

Jenks grimace, et après avoir jeté un coup d'œil à son téléphone, Julius finit le reste de sa bière d'un trait.

Les chauffe-eau, c'est pas sa spécialité – il n'a pas vraiment de spécialité – et il n'a pas sa trousse à outils avec lui, mais son vélo traverse quand même le village pour le déposer devant chez Shelley Swift.

Elle ouvre la porte dans un haut imprimé léopard et une jupe en jean, elle porte un rouge à lèvres mauve qu'elle n'a sûrement pas mis au travail.

« Fichu chauffe-eau. Je n'ai plus d'eau chaude », peste-t-elle en l'invitant à la suivre dans les escaliers.

Le chauffe-eau est fixé au mur de la cuisine, au premier coup d'œil sous le couvercle il voit que la flamme de l'allume-gaz s'est éteinte. Il appuie sur deux boutons, libère le gaz et fait réapparaître une petite flamme bleue dans le trou, aussitôt le chauffe-eau se remet en route. « Tu es incroyable », dit Shelley Swift et lorsqu'il se retourne, elle ne recule pas. Son nez et sa bouche sont hors de son champ de vision mais ses yeux, ses cils collés par des paquets de mascara et ses iris noisette cerclés d'un brun plus foncé soutiennent son regard. Il a envie de l'embrasser mais il a le sentiment d'être trop grand, trop voûté, tout en coudes et en genoux. Il n'a pas l'habitude de ce genre d'interaction, pas le mode d'emploi.

« Est-ce que je peux utiliser tes toilettes ? » demande-t-il, et elle éclate de son rire rauque en le libérant. Sous la fenêtre de la salle de bains, il y a une petite bibliothèque bourrée de livres. Il en sort un. *Tout le portrait de sa mère*, annonce le titre en lettres argentées. Sous les lettres, un plan serré sur des buissons broussailleux et un carré de terre nue. On aperçoit dans la terre une oreille de femme avec une boucle d'oreille dans le lobe. Il remet le livre à sa place.

Sur le palier en haut des escaliers, pendant qu'il lui dit qu'elle peut toujours lui envoyer un texto s'il y a quoi que ce soit d'autre, Shelley Swift l'embrasse, la bouche légèrement ouverte, la langue caressant ses lèvres, il sent le goût cireux de son mauve à lèvres. Sous le choc de la sensation, du goût de sa bouche, il ne lui rend pas tout à fait son baiser. Quand ils s'éloignent l'un de l'autre, elle éclate encore une fois de rire, il dévale les escaliers en courant presque et sort. Tout le long du chemin pour rentrer à la maison, il pédale sans s'arrêter comme s'il avait treize ans de nouveau, bougeant le guidon avec ses genoux pour pouvoir porter les doigts à ses narines et respirer le parfum citronné du savon de la salle de bains de Shelley Swift.

Pendant que Julius est encore au pub, Jeanie est au bout du jardin, fauchant les ronces autour du banc. Elle vient d'aiguiser la lame jusqu'à ce qu'elle brille et se recourbe sur son ouvrage lorsqu'elle entend quelqu'un appeler. Un homme. Elle se redresse, cambre le dos dans l'autre sens pour étirer la raideur qui s'en est emparée et voit Stu venir à sa rencontre. Bon sang, elle ne pensait pas que Bridget enverrait bel et bien son mari. Il a déjà franchi le jardin de façade, le portail, dépassé les pommiers et les cerisiers qui ont perdu leurs fleurs ces derniers jours à cause de la neige et répandu des confettis blancs et roses sur les plates-bandes de légumes. Près du plus ancien pommier – celui qui donne des reinettes, noueux et presque blanc de lichen –, Julius a coupé la couche supérieure d'herbe grasse, retournée en un monceau. Cela fera du bon compost. Le trou fait maintenant une trentaine de centimètres de profondeur, les racines rouges de l'arbre jaillissent des parois bien droites. Pour Jeanie, ce trou dans la terre ne peut pas être autre chose qu'une tombe.

Stu est un homme imposant. Un jour, elle a eu la malchance de le voir en haut d'une échelle, son gros ventre noiraud de poils rebondissait sur la ceinture de son short. Il ne porte que des shorts, même en hiver. En s'approchant, il ôte sa casquette, dévoile son front haut dont la moitié supérieure voit rarement le soleil et luit de clarté. Les vestiges de ses cheveux forment des épis désordonnés. La casquette, que Jeanie connaît, porte l'inscription *Stu Clements Peinture et Décoration* et des traces graisseuses sur les rebords. Stu ne se contente pas de peindre et de décorer, il est prêt à faire n'importe quoi moyennant espèces sonnantes et trébuchantes. Le voilà qui baisse la tête et dit qu'il est désolé pour sa mère, il ne parle même pas du rectangle de terre nue, sans doute est-ce une plate-bande de légumes de plus à ses yeux. Maude se lève de l'endroit où elle était couchée, renifle la main de Stu, puis reprend sa place. Elle le connaît.

« Bridget m'a demandé de passer », poursuit-il.

Jeanie hoche la tête. Elle n'a aucune envie de parler avec cet homme, elle veut juste s'en débarrasser le plus vite possible. Elle laisse les ronces derrière elle et remonte vers la maison en le gardant sur sa gauche pour qu'il ne voie pas la tombe.

« Je peux t'avoir un cercueil pour vendredi si je peux prendre les dimensions tout de suite. C'est mon copain Ed qui les vend, mais je peux t'arranger ça, explique-t-il. Elle est encore là, non ?

— Je ne suis pas certaine de… commence Jeanie.

— Ou demain si c'est mieux.

— On va peut-être faire appel à une société funéraire finalement », lance-t-elle. Elle l'escorte vers le jardin de façade, franchit le portail, quelques poules caquettent en s'égaillant. « Désolée que tu aies fait tout ce chemin pour rien.

— C'est vrai ? demande-t-il derrière elle. C'est que, Bridget a dit que vous aviez des petits problèmes. Elle a dit que vous étiez un peu juste avec l'enterrement et tout le reste. »

Jeanie sent le rouge lui monter aux joues à l'idée que Bridget parle de leur situation financière avec qui que ce soit, même avec son mari. À qui d'autre est-elle allée raconter qu'ils n'ont pas les moyens d'enterrer leur mère ? Tout le village doit être au courant. Jeanie pose le pouce sur son poignet opposé et appuie fort. « Je ne sais pas ce qu'elle a voulu dire par là », réplique-t-elle sans se retourner. Son intention était de raccompagner Stu jusqu'à l'avant du cottage pour qu'il reparte d'où il est venu, mais à présent, devant l'affront, elle éprouve le besoin de lui montrer qu'elle n'a aucune idée de ce à quoi il fait allusion, alors elle entre par l'arrière de la maison, Stu et Maude sur ses talons.

« Elle est dans le salon », lui indique Jeanie en lui faisant traverser la cuisine et la porte d'entrée. Durant un moment, elle l'observe debout à côté du corps recouvert de sa mère, avant de retourner dans la cuisine. Au bout de quelques minutes, elle entend tousser sur le seuil de la pièce.

Quand Stu entre, Jeanie remue le feu avec un bâton – ils ont égaré le tisonnier – pour avoir l'air occupée plutôt que de donner l'impression d'avoir écouté et imaginé ce qu'il était en train de faire avec son mètre à ruban. Elle se redresse d'un seul coup.

« Ed a un beau morceau de pin dans son atelier », annonce Stu en coinçant un petit carnet dans la poche arrière de son short. La partie molle de sa casquette est fourrée dans l'autre poche. Il s'approche du feu pour se réchauffer.

Jeanie se frotte le visage, secoue la tête, elle ne veut pas de cercueil.

Et comme s'il s'imaginait que c'est le type de bois qui la dérange, il reprend et dit : « Ou bien je pourrais trouver un morceau de chêne, sinon. Ce sera un petit peu plus cher que le pin mais les finitions sont beaucoup plus jolies.

— Du chêne ? répète-t-elle.

— Cela dit, bien sûr, ça s'ajoutera au reste.

— À quel reste ?

— Le reste de l'argent que ta mère avait emprunté.

— Maman avait emprunté de l'argent ? » L'animal dans sa poitrine lui envoie une bourrade dans les côtes. Stu la dévisage, il s'apprête à dire quelque chose. « Ah, ça, fait-elle. Bien sûr. » Son cœur bat dans sa gorge, la bile remonte. Elle a envie de lui demander s'il sait pourquoi Dot a emprunté cet argent, est-ce qu'elle avait prévu de le donner aux Rawson pour payer les arriérés de loyer.

« Je peux rajouter le prix du cercueil à la dette existante si tu veux, propose gentiment Stu. La dernière chose dont on a besoin dans ces moments-là, c'est de s'inquiéter pour des histoires d'argent. Ed dit que c'est un beau morceau de chêne. » Stu a toujours été un bon vendeur. « Bien séché, aucun risque qu'il joue ou se fende. » Il se racle la gorge, déconcerté sans doute par l'image qu'il vient de convoquer. « Bien sûr, c'est plus difficile à travailler que le pin, mais c'est un bois de bonne qualité. »

Jeanie va dans le cellier et remplit un verre d'eau. Elle n'arrive pas à croire que sa mère a emprunté de l'argent à Stu. Dot, qui leur a toujours dit de ne jamais accepter ni emprunter quoi que ce soit à qui que ce soit le gouvernement, des œuvres de charité ou des voisins. Le fait de ne pas payer de loyer pour le cottage, cela ne comptait pas après ce que Rawson avait fait. Stu la suit à l'intérieur, la pièce est étroite, ils sont serrés. Elle sent l'odeur de l'assouplissant que Bridget utilise pour leurs vêtements, floral, artificiel.

« Combien va coûter le cercueil ? » Elle prend une gorgée ou deux.

« Normalement, Ed compte deux cent cinquante pour un cercueil fait à la main, mais je suis certain qu'il sera ravi de vous le faire à deux cent, sachant que ta mère était une femme bien. Une femme très bien, honnête, cette Dot Seeder. Je peux te laisser un peu de temps pour en discuter avec Julius, si c'est ton frère qui décide. L'enterrement est prévu pour quand ?

— Non, réplique Jeanie. Je peux décider seule.

— Si quelqu'un voit ce bois, il va partir tout de suite. Ed ne pourra pas le garder longtemps de côté.

— D'accord pour le chêne », tranche Jeanie. Il est trop près d'elle, il faut qu'il sorte de la maison maintenant. Julius n'aura qu'à creuser un trou plus grand.

« Il y aura un petit extra pour l'emmener à l'église ou au crématorium. Ed et moi, on peut mettre des costumes, tu sais, faire en sorte que ce soit un peu chic.

— Ce ne sera pas nécessaire. » Jeanie repose son verre et Stu hausse les sourcils. « Julius va se débrouiller.

— Je croyais que c'était pas son truc, les véhicules, à Julius. » Il détache les syllabes du mot *vé-hi-cules*. « Est-ce qu'il n'a pas le mal des transports ? »

Elle croise les bras. Stu est parfaitement au courant que le simple fait de mettre un pied dans un quelconque appareil motorisé donne la nausée à Julius en moins de quinze minutes, et il sait aussi très bien pourquoi. « J'ai dit qu'il allait se débrouiller.

— Dacodac », abdique Stu en reculant hors du cellier et en remettant sa casquette, visière vers le bas. Elle marche derrière lui comme si elle poussait un animal vers la porte d'entrée. « Et des bières pour la réception ? Je peux t'avoir quelques caisses pour bien moins que ce que te facturera le Plough.

— Il n'y aura pas de réception », dit Jeanie fermement.

Parvenu à la porte, tandis qu'il est dehors sur le seuil, Jeanie redemande : « J'ai oublié combien maman a emprunté. Tu peux me le rappeler ? »

Stu plisse les yeux et elle s'interroge : essaierait-il de deviner si elle connaît le montant ou pas ? « Huit cents livres », annonce-t-il.

Après son départ, Jeanie fouille la maison en quête de l'argent. Stu peut se montrer sans scrupule, elle l'imagine très bien augmenter le montant que Dot a emprunté de cinquante livres ou cent, mais même lui n'inventerait pas une dette pareille. Peut-être pourrait-elle arguer du fait que ce n'est pas leur dette, à elle et à Julius, pourquoi devraient-ils en hériter après tout ? Mais elle a conscience que ça ne passera jamais, ni avec Stu ni avec Bridget. Elle inspecte des piles de cartes postales, d'articles de journaux, de photos découpées dans des magazines et fourrées dans les tiroirs de la commode, elle ouvre toutes les boîtes métalliques du cellier et regarde à l'intérieur, cherche dans le bazar rangé sous le lit qu'elle partageait avec Dot, glisse ses mains sous le matelas et tâtonne à droite à gauche. Assise à la table de la cuisine, elle s'efforce de réfléchir : où sa mère aurait-elle pu cacher une liasse de billets ? Si elle a emprunté l'argent pour rembourser les Rawson et si la somme n'est jamais arrivée jusqu'à eux, alors sa mère, cette femme bien et honnête, a dû cacher l'argent dans un endroit où elle pensait que Jeanie n'irait jamais mettre le nez. L'ancienne laiterie est pleine d'objets cassés et d'ustensiles de jardin rouillés, de paniers, de cartons, il y a la chambre de Julius également et les trous entre toutes les lattes déglinguées du parquet de la maison. Cela fait beaucoup trop d'endroits.

9

Jeanie prépare une tourte au lapin d'après une recette qu'elle connaît par cœur. Julius a abattu les bêtes dans la prairie hier, de colère cette fois, après qu'elle lui a raconté que leur mère avait emprunté de l'argent à Stu. Quand Julius a demandé de combien il s'agissait, elle a menti et dit mille livres, ajoutant que Stu incluait le cercueil gratuitement. Elle n'est pas certaine que Julius l'ait crue, mais il est devenu fou en entendant ce chiffre, il s'est mis à chercher partout, comme un enragé, tirant tous les tiroirs, ouvrant tous les placards que Jeanie avait déjà fouillés de fond en comble. Il n'a pas compris non plus pourquoi elle avait commandé un cercueil – maintenant il faut qu'il creuse un trou plus grand. Elle a tenté de le calmer mais il a sorti deux enveloppes froissées de sa poche de manteau et les a plaquées sur la table en frappant de ses gros poings dessus. C'est le bruit de plastique des fenêtres d'adresse tandis qu'il lisait les courriers qui a achevé de paniquer Jeanie.

« Qu'est-ce que ça dit ? a demandé Jeanie.

— Celle-ci… » Il en a brandi une et la lui a agitée sous le nez. « C'est un avis de coupure d'électricité. Elle date de plus d'une semaine. Et celle-là… » Il ramasse l'autre. « C'est une lettre du conseil municipal nous informant que notre taxe d'habitation est en retard. J'en ai remboursé un peu à la poste avec l'argent des gouttières mais il en reste encore beaucoup.

— Tu as payé la taxe d'habitation mais pas la facture d'électricité ? Et je me retrouve à cuisiner à la lampe à gaz sur un poêle qui n'a pas servi depuis trente ans.

— Tu n'étais pas là. Il fallait que je prenne une décision. Il y a des frais de reconnexion pour récupérer l'électricité. Des frais de dossier, quelque chose dans ce genre, avant même de commencer à rembourser les factures impayées. J'ai dû faire un choix.

— D'accord, dit-elle. D'accord. »

Julius se penche en avant, secoue la tête. « Bon sang, Jeanie. Toutes ces dettes. Je suis à court d'idées. Qu'est-ce qu'on va faire ? »

Julius a toujours été plein de ressources, d'idées farfelues, ridicules même – construire un four dans le jardin et démarrer une affaire de livraisons de gâteaux, louer la prairie aux Rawson pour y cultiver des asperges ou y planter une yourte et la louer sur Airbnb. De grands projets qui s'effondraient avant même d'avoir commencé parce qu'il lui aurait fallu un ordinateur, une connexion, un site Internet pour pouvoir envoyer des e-mails à tous ces types à barbe de Londres. Julius n'a jamais réussi à aller jusqu'au bout d'un seul de ces grands projets. Mais voir son frère sans plan de secours fait paniquer Jeanie.

« Craig te donnera plus de travail, dit-elle.

— Craig ne me donnera plus jamais de travail ! » crie Julius. Il plonge la main dans ses poches de pantalon, en sort de la petite monnaie et l'envoie valser sur la table. Trois pièces d'une livre et trois pennies. « C'est tout.

— On peut appeler la compagnie d'électricité. Échelonner les paiements, ou autre chose.

— Avec quel argent ? Comment on paiera la prochaine échéance à ton avis, et celle d'après ? Comment on va faire, Jeanie ? Et Stu ? Comment on va faire pour rembourser Stu ? » Ses mains se sont transformées en poings, ses jointures blanchies. « Putain. » Il attrape une chaise de cuisine et fait claquer les quatre pieds au sol. « À quoi elle pensait ? » Aucun d'entre eux n'a mentionné la dette de Rawson et Jeanie ne lui a pas non plus demandé où il avait passé l'après-midi et la soirée, elle a senti l'odeur de bière dans son haleine et le parfum sur son manteau.

À présent, Jeanie est en cuisine, elle vide, dépouille, sectionne les pattes du lapin, vérifie qu'il n'y a pas de balles coincées dans sa chair. Julius est un bon tireur d'ordinaire, il les tue d'une seule balle dans la tête. Mais cette fois, les douilles ont perforé la viande et elle est obligée de creuser les trous avec une vieille pince à épiler pour nettoyer le plomb. Elle fait mijoter les morceaux de lapin avec un oignon et une pomme toute fripée qu'elle a sortie d'un journal de l'année passée. Elle s'installe sur la table de la cuisine pour faire la pâte, mélange la graisse et la farine en ajoutant des cuillères d'eau. Tout du long, elle pense au livre de recettes de sa mère, derrière elle, sur l'étagère. Des années durant, elle a regardé Dot suivre de son doigt la liste de chaque ingrédient et chaque instruction et les énoncer à voix haute, hésitant sur les mots de sa propre écriture. Sans avoir besoin de réfléchir à ce qu'elle fait, Jeanie détache les morceaux de viande de lapin des os, exactement comme si Dot était encore à côté d'elle, à parler de choses banales tout en étant consciente des gestes de l'une et de l'autre, tendant la main pour attraper un bol, une cuillère, un couteau. Jeanie étale la pâte, pose le couvercle sur le moule et découpe des silhouettes de lapin dans les chutes de pâte. Appliquée à sa tâche, elle songe à une autre tourte au lapin, il y a des années de cela.

La dernière fois qu'elle a vu Nick, ils avaient onze ans, aujourd'hui, bien sûr, il doit avoir son âge – cinquante et un ans. Tout en nappant la pâte de jaune d'œuf, elle rit en l'imaginant sous les traits d'un homme mûr, d'un adulte. Où peut-il bien être ? Nick était arrivé dans sa classe à la toute fin du CM2, il n'avait pas le bon uniforme, une chemise crasseuse qui s'effilochait aux poignets. Il s'était affalé, maussade, sur la chaise à côté d'elle au fond de la classe. Jeanie ne voyait pas l'intérêt de ce dernier mois d'école – les enseignants ne s'embêtaient même plus à enseigner et les élèves rapportaient des jeux de société de chez eux. Quand ils n'étaient pas assis dans la classe à bavarder, ils faisaient du sport dans la cour. Elle n'allait pas à l'école souvent, mais un jour, alors qu'elle et Nick traînaient les pieds à l'arrière du groupe, tentant de se faire oublier pour ne pas être sélectionnés comme coureurs, il avait lâché : « Qu'ils aillent se faire foutre, je rentre chez moi. Tu veux venir ? », et ils s'étaient éloignés sans bruit et sans être repérés. Il vivait dans une des quatre caravanes garées dans une vieille carrière de craie à l'extérieur du village. Jeanie savait qu'il y avait des caravanes là, elle avait entendu Bridget se plaindre du bazar, des choses qui disparaissaient dans les abris agricoles dès que les Gitans s'installaient quelque part, que ce n'était pas normal cette vie à déménager tout le temps – néfaste pour la scolarité des enfants, pour commencer. Dot avait répondu que les gens du voyage avaient toujours été des boucs émissaires, que le voyage était leur mode de vie, tout comme habiter dans des maisons était le nôtre. Bridget n'avait rien répliqué.

Jeanie et Nick avaient lancé des bâtons aux chiens et fourragé dans les ordures qui jonchaient les ronces au pied de la falaise blanchie. La majorité de ces ordures semblait être là depuis des années. La mère de Nick leur avait apporté des tranches de tourte au lapin froide, la viande était prise dans une gelée délicieuse – Jeanie n'avait pas été invitée à entrer dans leur caravane, elle aurait pourtant été curieuse de voir comment trois personnes et quatre chiens parvenaient à s'y caser. Ils s'étaient assis sur une roche de craie et avaient mangé leurs parts de tourte – elle était meilleure que celle de sa mère –, puis ils avaient dessiné des bonshommes blancs sur l'aile d'un camion rouillé. Elle était retournée plusieurs fois sur l'aire des caravanes, elle et Nick extirpaient des choses d'entre les broussailles, jouaient et mangeaient tout ce que sa mère voulait bien leur donner, assis dehors, même s'il n'y eut plus jamais de tourte au lapin.

La dernière fois qu'elle alla à l'école, après plusieurs jours d'absence, quelque chose dans la classe avait changé. On avait fait asseoir Nick au premier rang, et il refusa de croiser son regard. Une fille à la table voisine se balança sur sa chaise, en équilibre sur les deux pieds arrière, et lança à la cantonade que Jeanie était « la petite amie de Nickie le gypsie ».

« C'est pas vrai », se défendit Jeanie, consciente qu'en niant elle trahissait en quelque sorte son amitié avec Nick, même si elle n'avait aucune envie d'avoir un petit ami, dont elle ne voyait même pas l'utilité. Le lendemain, l'école était finie et lorsque enfin elle se décida à retourner sur l'aire des gens du voyage, les caravanes et les chiens avaient disparu.

La porte d'entrée s'ouvre en trombe avant même que Jeanie ait eu le temps de terminer de préparer sa tourte au lapin – c'est Stu et Ed avec le cercueil, en chêne, comme convenu. Ed est un homme petit, avec d'énormes valises sous les yeux et une bouche sans lèvres déformée en sourire salace. Jeanie est à peu près certaine de l'avoir déjà vu dans le village mais elle ne lui a jamais adressé la parole auparavant. « C'est bon ? lui demande-t-il. Ici, hein ? » Stu, Ed et Julius transportent le cercueil dans le salon, l'inclinent pour arriver à le passer dans les coins et les encadrements de porte étroits. Il est bien plus gros que ce à quoi Jeanie s'attendait, et tandis qu'ils manœuvrent la boîte devant elle, elle repère quatre minuscules trous sur le couvercle, là où il devait y avoir une plaque vissée, puis enlevée. Une commande annulée. Ils ont acheté un cercueil d'occasion.

Ed dit : « Posez-le par terre, les gars. Attention, attention. » Il parle comme s'il avait une langue trop épaisse, trop grosse pour sa bouche, on dirait qu'il zézaye. Les yeux de Stu évitent le corps enveloppé sur la table de fortune. Jeanie, elle, s'est habituée à sa présence dans la maison avec eux. Depuis que Dot est dans le salon, l'atmosphère du cottage est différente, l'air est plus dense, leurs mouvements, à elle et son frère, sont plus lents, comme s'ils évoluaient dans une nappe de fumée, se frayant un chemin les mains tendues devant eux dans une maison autrefois familière. Même chacun à des coins opposés du cottage, ils demeurent silencieux : aucun d'entre eux n'oserait crier pour appeler l'autre ou laisser une porte claquer. Elle sait qu'Ed et Stu pensent qu'ils sont bizarres de garder leur mère à la maison, mais elle s'en fiche. Elle a l'habitude que les gens les trouvent bizarres, ce qu'elle ne supporte pas c'est la pitié. Elle s'apprête à râler pour le cercueil, à leur dire de le remporter avec eux, mais Stu enchaîne, dos au corps : « Bridget voulait savoir quand et où le service aurait lieu. »

Julius, derrière les deux hommes, secoue la tête en direction de Jeanie. « Lundi, répond-il. Mais on a décidé qu'on allait faire ça tous les deux. Maman n'aurait pas aimé qu'on fasse tout un cirque. Enfin, remercie Bridget. » Julius hausse les sourcils et fait de nouveau signe à Jeanie, comme quand ils étaient petits et qu'elle était censée appuyer un de ses mensonges.

« C'est ça, renchérit Jeanie en croisant les bras. S'il te plaît, remercie-la pour nous, et merci à toi aussi, bien sûr. » Elle s'adresse à Stu, elle voudrait pousser Ed dans son cercueil de malheur, taillé pour une personne deux fois plus grande que sa mère, au lieu de quoi Jeanie retourne à sa tourte au lapin. Elle chantonne pour elle-même la chanson de la pauvre Polly Vaughn, pleurée par l'amant qui l'a tuée, mais sa voix ne couvre pas les coups de marteau qui scellent le cercueil dans le salon mitoyen.

Une fois Stu et Ed partis, Jeanie et Julius restent debout à côté du cercueil.

« Tu ne pourras jamais creuser un trou aussi grand, fait remarquer Jeanie.

— On n'arrivera même pas à le transporter dehors. Je ne vais pas te laisser prendre un bout. J'ai pas envie que ton cœur lâche à toi aussi. » Elle sait que ces mots sont sa façon à lui de s'excuser d'avoir crié.

Pendant le week-end, Julius termine de creuser le trou, et sans même en discuter davantage, ils décident d'enterrer Dot le lundi matin, comme ils l'ont dit à Stu. Jeanie a le sentiment qu'ils n'arriveront pas à se concentrer sur leurs problèmes d'argent tant qu'ils ne se seront pas acquittés de cette tâche immense. Julius n'aura qu'à aller voir Rawson et régler ce malentendu, de son côté elle fouillera tout le cottage jusqu'à ce qu'elle trouve l'argent que Dot a emprunté, et elle peut aussi appeler la compagnie d'électricité pour voir comment éponger les impayés. Cet après-midi, elle ira apporter des légumes à Max. Une fois que leur mère sera sous terre, plus rien ne sera insurmontable.

Dans le buffet du salon, il y a des tabliers et des nappes qui n'ont jamais été utilisés. Pliés dans l'humidité depuis si longtemps qu'ils sont mouchetés de taches de rouille et marqués de plis et faux plis dont plus aucun fer à repasser ne pourra venir à bout. Sur la vieille machine à coudre à pédale, Jeanie les coud les uns aux autres dans un drap assez grand pour faire plusieurs fois le tour de Dot pendant que Julius soulève le couvercle du cercueil au pied-de-biche, jurant dans l'effort. C'est pour extirper le corps du cercueil, si profond, et le hisser par-dessus la porte sur les tréteaux qu'il a le plus de mal. Jeanie coud, pendant que Julius soulève et jure, jusqu'à ce que le corps soit dans ses bras. À présent l'odeur est comme matérialisée. Jeanie le suit quand il traverse le parterre de fleurs devant la maison, le devance pour ouvrir le portail du jardin. Arrivé à côté de la tombe, il s'écroule à genoux et le corps manque de rouler dedans, mais il le rattrape à temps, et presque entièrement allongé au sol, perpendiculaire à la tombe, il descend leur mère à l'intérieur à bout de bras. Jeanie dispose des branchages de pommier en fleur sur le corps enveloppé, ni l'un ni l'autre ne sait quoi dire. Ils trébuchent sur les mots et finalement Julius déclare que Dot les a toujours fait passer avant tout le reste, tandis que Jeanie ajoute combien elle aimait ce jardin et ce cottage. Aucun d'entre eux ne dit qu'elle a rejoint un monde meilleur.

10

Ensemble, Jeanie et Julius raccordent la petite remorque en bois de Dot à sa vieille bicyclette. Cela fait longtemps que Jeanie n'est plus montée sur un vélo – elle préfère promener Maude à pied. Elle installe un panier dans la remorque, rempli de boîtes d'œufs et des légumes qu'elle a ramassés. Il n'y en a pas beaucoup – quelques bottes d'asperges, des bulbes d'ail frais et des bottes de radis et d'oignons frais de la serre tunnel. Les clients de Max semblent du genre à acheter un peu de tout, plutôt que de faire des stocks. Il ne paie que ce qu'il arrive à vendre, c'est ce que sa mère a convenu avec lui quand il a ouvert l'épicerie, et Jeanie a toujours trouvé que c'était injuste.

Julius lui fait promettre d'aller doucement et de ne pas s'essouffler. Il a une hache à la main, avec laquelle il s'apprête à détailler le cercueil pour en faire du petit bois. Refusant de penser au prix que ce bois de chauffage leur aura coûté, elle se laisse aller à la sensation de l'air sur sa peau lorsqu'elle passe devant la ferme de Pepperwood et descend l'allée. Les produits qui étaient sur la table ont disparu, il y a deux livres et cinquante et un pennies dans la tirelire de confiance ainsi qu'une vieille pièce – plus utilisée depuis avant sa naissance. Il n'y a personne dans le village ; le fish & chips n'est ouvert que le soir et personne n'est assis aux tables disposées devant l'épicerie. Max est à l'intérieur dans son tablier marron, il trafique quelque chose sur son téléphone. Il n'y a pas beaucoup de clients.

« Jeanie », dit-il en levant enfin les yeux. Il s'extirpe du rayon réfrigéré où sont exposés sous vitrine des fromages luxueux, des pâtés et de la salade en barquettes. Derrière lui, sur une étagère haute, des miches de différentes formes sont présentées. « J'ai appris pour Dot. Je n'arrive pas à le croire. Je suis absolument navré. » Max fait de grands gestes, ses mains se joignent dans les airs comme s'il priait. « Est-ce qu'il y a quelque chose que je peux faire ? » Il pose les doigts sous son menton.

« J'ai apporté quelques asperges et d'autres choses », annonce Jeanie. C'était Dot qui se chargeait de cela – livrer des légumes à Max ; Jeanie n'a mis les pieds à l'épicerie qu'une poignée de fois.

« Aujourd'hui ? s'écrie-t-il. Vous n'aviez pas besoin de venir aujourd'hui, surtout pas. »

L'espace d'une seconde, elle a l'impression qu'il sait qu'ils ont enterré le corps de Dot dans le jardin il y a quelques heures. Elle fronce les sourcils. « Eh bien, je suis là maintenant. » Elle tient le panier sous son bras, il regarde à l'intérieur.

« Encore des radis, constate-t-il. Je peux les mettre en rayon mais la majeure partie des précédentes livraisons m'est restée sur les bras. Il est un peu tôt dans l'année, les gens n'ont pas encore envie de crudités. » Il lui prend le panier des mains et le pose à côté de la vitrine réfrigérée. « Les asperges, en revanche, c'est formidable. Je peux vous en prendre autant que vous voulez. » Il n'y a plus d'asperges dans le jardin, en revanche il y a encore plein de radis, et si elle ne les cueille pas rapidement, ils vont devenir farineux et secs. « Laissez-moi noter tout ce que vous avez rapporté », dit-il. Il compte les bottes dans le panier, pose son pouce sur un écran derrière le comptoir et le fait défiler, touche des endroits du bout de son index, tout va trop vite pour Jeanie. Quand il a terminé, il relève les yeux vers elle et lui sourit. « Voilà. Je peux vous servir un café ? »

Elle adorerait prendre un café, mais elle n'est pas certaine qu'il ne va pas lui faire payer et elle n'a pas envie de se retrouver empêtrée dans ce moment de gêne. « Non, merci, refuse-t-elle.

— Je suis vraiment navrée pour votre mère. C'était une femme merveilleuse. »

Après un silence, Jeanie sait qu'il attend qu'elle parte mais ils restent là, à attendre. Elle finit par contracter ses abdominaux et réagit vite : « Est-ce qu'il y a quelque chose à récupérer, de l'argent de la dernière livraison ?

— Oh », fait Max, et elle voit bien qu'il est embarrassé lui aussi. Ils s'évitent du regard. « Non, enfin… Dot ne vous a rien dit ? Je lui avais donné une petite avance, pour l'aider, vous savez. J'en ai gardé une trace sur le tableau. » Il rallume son écran, pour Jeanie c'est juste un bidule accroché par-derrière qu'il consulte d'une seule main. « Je vous montre si vous voulez ?

— Ça va aller, dit-elle, reculant au-delà des jarres de piccalilli chic, des pots de moutarde, des paquets de pâtes scellés d'un rectangle de carton riveté au plastique. Je reviendrai jeudi ou vendredi avec ce que j'aurai de prêt. » Elle atteint la porte ouverte, Max la suit.

« Alors à plus tard, lance-t-il, tandis qu'elle appuie sur les pédales de son vélo et tire la remorque sur la route. Au cottage. » Elle n'a aucune idée de ce dont il est en train de parler.

Au magasin du village, Jeanie tâche de fixer les prix des choses dans son esprit, de faire les additions. Leur stock de provisions de base diminue : papier-toilette, farine, savon, pain, pâte, thé. Elle a encore ses règles et elle a besoin de tampons. Il n'y a plus de beurre, ni de shampooing, ni de nourriture pour chien. L'huile pour les lampes est presque finie, même si elle a trouvé deux boîtes de bougies sous le lavabo. Elle coince un panier métallique dans son coude et arpente les trois rayons étroits. Elle a cinq livres et cinquante-cinq pence dans son porte-monnaie. Une bouteille d'huile de cuisine premier prix est plus chère qu'une motte de margarine, cela dit cette dernière pourrait servir à la fois pour cuisiner et pour tartiner, mais combien de temps va-t-elle durer sans frigidaire pour la conserver, et cela ne vaut pas le coup d'en acheter si elle ne peut pas acheter également une miche de pain. Les boîtes de nourriture pour chien sont complètement hors budget, elle opte pour un paquet de granules de sauce Bisto – elle peut en faire cuire une poignée et les mélanger avec des légumes et un œuf pour Maude. Julius et elle peuvent manger la même chose. Elle reconnaît l'emballage de la marque mais il y en a deux sortes : rouge et orange. Elle place son doigt sous le mot écrit sur la boîte orange, prononçant les lettres du début : *po*. Poulet. Le goût bœuf a plus de chances de convenir à l'estomac de Maude, mais la boîte au poulet semble plus volumineuse et coûte moins cher. Jeanie met la boîte de Bisto au poulet dans son panier. Elle n'arrive pas à se décider entre un paquet de quatre rouleaux de papier-toilette et une bouteille de liquide nettoyant qui pourrait servir à la fois de savon, de lessive et peut-être même de shampooing. Un stock de vieux journaux dans la laiterie pourrait être utilisé comme papier-toilette ; elle garde le liquide nettoyant. Une miche de pain et une bouteille de lait, et elle aura atteint sa limite. Elle longe le rayon des barres chocolatées avec avidité, s'efforce de ne pas humer leur parfum. Arrivée à la caisse, elle prie pour ne pas s'être trompée en additionnant les articles mentalement. Il y en a pour cinq livres et trente-cinq pence au total.

Près de la porte, sur le chemin vers l'extérieur, elle remarque une grande boîte avec un panneau, plein de produits variés : des pâtes, des conserves de haricots, une boîte de tampons. Elle passe devant sans s'arrêter.

11

Bridget et Stu sont les premiers arrivés au cottage, les bras chargés de deux grands cabas de nourriture et d'une caisse de bières. Julius s'efforce de ne pas penser à l'argent que Stu va lui demander pour les bouteilles de bière blonde IPA. Il a enfilé une chemise propre et une ancienne veste de son père mais il lui reste des croûtes de terre sous les ongles. Bridget le prend dans ses bras. Lorsqu'elle relâche son étreinte, elle a les larmes aux yeux.

« Comment c'était ? demande-t-elle. J'aurais tellement aimé que vous me laissiez venir. » Elle agite la main devant sa bouche comme pour se réduire au silence, s'essuie les joues et laisse échapper un rire timide.

« Ça a été, dit-il, et comme elle semble en vouloir davantage, il ajoute : C'était beau.

— Une crémation ?

— Non, répond-il, mais il se rend compte qu'elle va demander où Dot est enterrée alors il se reprend immédiatement : Oui. » Il esquisse une grimace forcée. « Pardon, la journée a été longue.

— J'imagine que tu ne sais plus où tu habites. » Elle dépose les cabas sur la table. « Je sais, je sais, tu ne voulais pas que j'apporte trop de choses, mais… »

Elle hausse les épaules et sort un plateau de sandwichs couvert de film plastique qu'elle déballe, de même que trois grandes tourtes à la viande. « Où est Jeanie ? » Bridget découpe des parts de tourte et dispose la nourriture sur la table. Stu est retourné chercher le reste des bières dans le van.

« Elle est allée livrer des légumes chez Max », lâche Julius.

Bridget s'interrompt au milieu de son geste tandis qu'elle sort une quiche lorraine de son emballage. « Tu ne lui as rien dit, c'est ça ? » Il détourne le regard. « Oh, Julius. Elle ne va sûrement pas rester aussi longtemps que ça au village. Elle va bien finir par rentrer et trouver sa maison pleine de gens. »

Avaient-ils donné une réception pour leur père ? Julius est incapable de s'en souvenir, il regarde Bridget installer des tranches de pain de malt beurré et le souvenir qui lui revient c'est celui du gâteau d'anniversaire de Frank : avec un glaçage rose raté par Jeanie. Julius avait dessiné des lettres bleues à la poche à douille, son *Joyeux Anniversaire Papa* était à peine lisible du dessus. Après sa mort, le gâteau était resté plus de trois semaines abandonné à côté du lavabo dans le cellier. Aucun d'entre eux ne pouvait se résoudre à le jeter. Le glaçage avait durci, il se craquelait, pareil aux flaques gelées que Julius adorait fendre de son talon l'hiver. Il se forma une sorte d'urticaire moucheté gris, fissuré d'une mousse vert pâle. Bridget finit par emporter le gâteau tandis que leur mère demeurait assise à la table de la cuisine, dans un silence triste et aveugle.

« Jeanie ne m'aurait jamais laissé organiser une réception, dit Julius à Bridget. Elle y était fermement opposée. »

Luke Emerson, le couvreur d'East Grafton, Richard Letford, qui emploie Julius de temps en temps quand il a besoin d'un extra pour monter une cuisine, et Jenks arrivent au même moment. Ils se rassemblent autour des bières et font signe à Julius de les rejoindre, entre le buffet et la table.

« C'était une femme bien, faut dire », relève Luke comme s'il poursuivait une conversation. On se passe des bouteilles de bière. Jenks, cigarette au bec, serre la main de Julius. « J'apprécie l'invitation », le remercie-t-il. Julius n'est pas certain qu'il a réellement invité Jenks, ou que Jenks avait jamais rencontré Dot. « Je me souviens de ta maman », poursuit-il avant de sembler réfléchir à la suite. Julius tente de récupérer sa main mais Jenks la lui empoigne plus fermement et la lui serre de plus belle. « Des légumes, dit-il avant de le libérer et de remplacer sa cigarette par sa bière. Des carottes. Les chics, avec les feuilles encore dessus. J'sais pas pourquoi, parce que c'est plus de boulot d'enlever les feuilles. Ça devrait être moins cher plutôt.

— Et des betteraves », ajoute Luke.

Jenks fait des moulinets avec ses mains. « Des pommes de terre avec plein de boue dessus, comme si une patate boueuse était meilleure pour la santé.

— On peut pas se tromper avec quelques choux de Bruxelles, renchérit Richard.

— Mais les tiges, quand même, reprend Jenks. C'est quoi le truc avec les tiges ? »

Julius se penche vers Richard et lui demande : « Tu vas avoir du boulot bientôt ? Je suis un peu juste en ce moment.

— Désolé, mon gars, répond Richard. C'est assez calme en ce moment. Personne ne lance de gros chantiers.

— Chez moi non plus, continue Luke. Le putain de calme plat. C'est à cause de ces Européens de l'Est qui travaillent pour des clous.

— Plus tôt on sera sortis de là, mieux ce sera », dit Richard.

La conversation se poursuit, Julius regarde derrière lui et constate que la pièce s'est remplie d'une douzaine de personnes supplémentaires. À travers la cohue massée dans la pièce, il épie Shelley Swift de profil près de la porte à côté de l'escalier de gauche, elle discute avec le gars qui installe les stands du marché le mardi. Elle s'est fait couper les cheveux, et alors que ce qu'il a déjà vu de sa peau est d'une nuance rouge – son visage, ses épaules, son décolleté, ses bras, ses mains et ses jambes à partir du genou –, sa nuque est d'un blanc laiteux. Il se souvient de la sensation de sa langue sur ses lèvres, de l'odeur de son savon au citron, bien qu'elle ait disparu de ses doigts à présent.

Comme si elle savait qu'il était en train de l'épier Shelley Swift pivote et le regarde droit dans les yeux en souriant, elle trempe les lèvres dans son verre et se retourne vers le gars des stands du marché. Soudainement Julius se sent desséché et boit au goulot et d'un trait le reste de sa bière. Jenks lui en tend une autre et Julius se fraie un chemin entre les gens et le brouhaha qui augmente, en direction de Shelley Swift.

« Je suis vraiment désolée pour Dot. » Julius fronce les sourcils en sentant la main de femme qui se pose sur son bras, il n'arrive pas à se souvenir de son nom. Il sait que c'est la propriétaire du bed & breakfast du village.

« Kate Gill, dit-elle.

— Kate », répète-t-il, gêné par son oubli, même si Dot et Jeanie se sont toujours chargées de la livraison des œufs. Bridget a dû lui parler de la réception. Kate est en train de lui dire quelque chose, il tâche de se reconcentrer.

« Est-ce que Jeanie va s'occuper d'elles toute seule maintenant ?

— S'occuper de qui ? demande Julius.

— Des poules. Cela représente beaucoup de travail, non ? La taille du jardin – Dot m'a fait visiter une fois. J'imagine que vous pourrez l'aider. »

Julius fixe sa bouteille de bière et constate qu'elle est déjà vide. « Je peux vous offrir autre chose à boire ? » s'enquiert-il en lui prenant son verre des mains avant même qu'elle ait eu le temps de répondre. Il se sauve juste au moment où Stu arrive. Julius s'ouvre une nouvelle bouteille et tourne dans le sens inverse des aiguilles d'une montre autour de la table, poursuivant son chemin vers Shelley Swift. Bridget l'intercepte.

« Voici le Dr Holloway », dit-elle en lui présentant un homme imposant. Ils se serrent la main.

« Comment était la cérémonie ? » l'interroge le médecin. Julius sait qu'il aurait dû préparer une réponse toute faite à cette question, tout le monde va la lui poser.

« Bien, bien », répond-il. Il regarde ses mains, se cure un ongle. « C'était simple. Beau. Beau et simple.

— Rien que vous deux, n'est-ce pas, Julius ? insiste Bridget, et il se demande si elle est seulement contrariée de n'avoir pas été invitée ou si elle soupçonne autre chose.

— Julius, lance le médecin. Julius Seeder ! » Et il éclate d'un rire caverneux. « Ça y est, j'ai compris.

— C'était le choix de Frank, non ? réplique Bridget. Dot m'avait raconté qu'il trouvait que ton nom faisait forte impression, qu'il te grandissait, ni l'un ni l'autre n'avaient compris ce qu'ils avaient fait jusqu'à ce que tu commences l'école à six ans[1]. »

Julius se contrefiche de son nom. Dans la cour de récréation, dès qu'il avait su se servir de ses poings, plus personne ne l'avait taquiné à ce sujet.

« À la fin, il est impossible de ne pas devenir ce que les autres croient que vous êtes », déclare le Dr Holloway.

Julius n'écoute que d'une oreille, il a un œil et son autre oreille dans le coin de la pièce entre le canapé et l'escalier de gauche.

« C'est une citation de Jules César. Plus je vieillis, plus je la trouve juste. » Un silence, puis le médecin reprend : « Comment va votre sœur ? Est-ce qu'elle est là ?

— Excusez-moi, dit Julius. Il faut juste que… » Il désigne l'autre bout de la pièce d'un geste vague et se glisse devant le médecin et Bridget, bousculant de la hanche les tranches de pain d'épice.

« Attention », s'écrie un homme qui arrive de l'autre côté et rattrape au vol l'assiette. C'est le gars des stands du marché. Julius essaie de voir avec qui parle Shelley Swift à présent.

« Vous savez ce que je n'oublierai jamais à propos de votre mère ? » l'interroge l'homme.

Julius fait non de la tête. Impossible de se souvenir de son nom à lui aussi.

---

1. Julius Seeder sonne presque exactement comme Julius Caesar, Jules César en anglais.

« L'hiver, les matins où il gèle tellement qu'on en a les couilles pétrifiées, tellement froid que si on a le malheur de se mouiller les doigts, ils collent aux poteaux métalliques, Dot se pointait avec deux ou trois œufs durs dans les poches. Elle me les a passés une fois. Ils étaient chauds. Elle a dit qu'ils me tiendraient les doigts au chaud et qu'ensuite ça me ferait un casse-croûte pour plus tard. Ça, c'est une femme avec la tête bien vissée sur ses épaules, je me suis dit. Une femme pleine de bon sens. Une femme bien. »

Que diront-ils de lui quand il sera mort ? se demande Julius. Qu'il vécut avec sa mère, puis avec sa sœur. Qu'il travailla dur, mais sans jamais gagner assez d'argent. Ne fit jamais rien de sa vie. N'alla jamais nulle part. Qu'il avait le mal des transports. Ses pensées vagabondent, loin des conversations, l'instant d'après Shelley Swift se tient près de lui. Elle porte une robe dont sa mère aurait dit qu'elle est trop courte pour une réception d'enterrement, tout son corps est moulé. Bon sang, qu'est-ce qu'on en a à faire de ce que sa mère aurait pensé ? Alors qu'elle est six pieds sous terre, sous le pommier. Que diraient-ils tous s'ils savaient ? Il manque d'éclater de rire. Il est un peu étourdi, ivre presque, mais à ce stade agréable, détendu. Il se penche sur Shelley Swift, sur ses seins énormes débordant de son décolleté, et respire son parfum de savon au citron.

« Merci d'être venue », dit-il, et elle lui sourit. Puis à l'homme qui s'occupe des stands du marché : « Vous avez raison, c'était une femme bien. »

Jeanie a laissé derrière elle la ferme, elle pédale plus vite qu'elle ne devrait, elle le sait, la remorque brinquebale derrière elle. N'importe quoi pourrait se produire : elle pourrait faire un vol plané par-dessus le guidon, l'animal dans sa poitrine pourrait exploser, mais en cet instant elle n'en a absolument rien à secouer. Si Rawson ou sa femme apparaissait, elle leur foncerait dessus sans s'arrêter. Après la vaste grange, les dalles de béton où ses roues tressautent en passant sur les joints qui ressortent entre chaque dalle, elle bifurque vers le chemin, où elle voit une première voiture garée, puis une autre, et encore une autre, rangées en file indienne, le long de l'accotement. Une demi-douzaine, peut-être plus. Il y a là le van de Stu mais elle ne reconnaît aucune des autres voitures – elle ne se souvient jamais des voitures, elles sont toujours soit grises, soit noires. Elle comprend immédiatement que Julius a invité des gens pendant son absence. Le chemin devient trop étroit pour qu'elle reste sur son vélo avec la remorque qui cahote à l'arrière. Elle descend et pousse son attelage. Arrivée au portail, elle aperçoit des silhouettes en mouvement à travers la fenêtre de la cuisine, les corps cadrés sous les cuisses et sous les épaules, leurs têtes coupées par la fenêtre basse. Hors de question qu'elle entre, au lieu de cela elle fulmine en faisant le tour par l'arrière du cottage, traverse le jardin où on a remisé Maude et se réfugie dans la serre.

Dans l'atmosphère tiède et chargée d'odeurs, elle remplit de compost une douzaine de pots en argile, la terre s'effrite entre ses doigts, bien plus fine que celle, tassée, à côté de laquelle elle se tenait il y a quelques heures. Julius a-t-il pris le temps de terminer de boucher la tombe avant de laisser bêtement tous ces gens envahir leur maison ? Elle creuse un trou dans le compost, prend un jeune plant de tomate dans sa paume et en enterre les racines dans la terre. De même que la cuisine, ce sont des tâches dont elle s'acquitte aux côtés de sa mère depuis près de cinquante ans, à présent le manque, le vide laissé par son absence est tangible : la manière que Dot avait d'osciller d'un pied sur l'autre quand elle restait debout trop longtemps, le geste qu'elle faisait de la tête pour repousser ses cheveux qui lui tombaient dans les yeux, son habileté à attraper les abeilles dans son poing fermé sans jamais se faire piquer.

La serre, c'est l'endroit où elles se parlaient entre mère et fille, ou bien l'endroit où elles partageaient un silence serein. C'est l'endroit où elles se tenaient côte à côte tandis que Dot expliquait des choses à Jeanie dans sa jeunesse. C'est ici que Dot lui a appris comment écouter le rythme de son cœur, comment prendre son pouls en posant les doigts sur sa gorge ou sur son poignet, là qu'elle lui a appris à respirer lentement.

À présent Jeanie s'affaire, rageuse, elle met les tomates en pots, fourre trop brusquement leurs racines délicates dans le sol, sachant très bien qu'elles pousseront de travers et s'en fichant. Elle va de pot en pot, furieuse, jusqu'au moment où elle en saisit un et, le bras levé, prête à l'envoyer valser à travers la vitre de la serre, elle entend un brouhaha de voix, quelqu'un a ouvert la porte arrière du cottage pour aller aux toilettes. Elle repose le pot. Elle lève la tête, écoute, se demande si quelqu'un remarquerait si elle s'en allait du jardin, avançait dans l'allée tranquillement et disparaissait. Puis elle essuie ses doigts noircis par la terre sur sa jupe, sort de la serre et rentre dans la maison.

Elle traverse le cellier et débouche en se faufilant dans le coin sombre de la cuisine, Maude sur ses talons.

La chienne observe les gens et ressort furtivement. La pièce est encore plus bondée que Jeanie ne s'y attendait : dans la cuisine, une douzaine de personnes se massent autour de la table, sur le canapé l'atmosphère bourdonne de conversations multiples, la fumée des cigarettes vire à l'orange dans la lueur des lampes à huile ; cette huile qu'ils ne peuvent pas se permettre de gâcher. Personne n'a jamais eu le droit de fumer dans la maison du vivant de Dot.

Entre les silhouettes, elle distingue des bouteilles de bière vides sur le buffet, ainsi qu'une bouteille de porto à moitié pleine, dont elle comprend, lorsqu'elle voit l'étiquette, que quelqu'un l'a prise dans le buffet. Sur la table il y a de grandes assiettes de nourriture – la participation de Bridget, suppose-t-elle. La grande théière marron qu'ils n'utilisent jamais est sortie, et à côté, des restes de sa tourte au lapin. Peut-être, avec un peu de chance, qu'elle rendra quelqu'un malade – elle date de trois jours et n'a pas été conservée au frigo. Elle a envie de leur crier à tous de s'en aller, de les pousser dehors comme du bétail. Elle ne veut rien d'autre que le feu, la chienne et son frère. Cette pièce remplie, tous ces gens, c'est beaucoup trop pour elle ; la sueur perle à la naissance de ses cheveux. Bridget est en grande conversation avec Kate, Jeanie tend l'oreille, persuadée qu'elles doivent être en train de médire sur ces pauvres bougres de cinquante et un ans qui vivaient encore avec leur mère, jusqu'à récemment, bien sûr ; jamais eu de vrai boulot ; jamais été fichus d'apprendre à lire et à écrire correctement comme tout le monde. Mais non, elles parlent de la vie qui est trop courte et de l'amour qu'il faut accepter où qu'on le trouve, peu importe ce que pensent les gens. Jeanie observe le médecin, debout à côté de Max, dégustant une part de tourte à la viande. Une miette tombe sur le revers de sa veste, atterrit sur le sol.

Julius est dans le coin près de l'escalier de gauche, une cigarette entre les doigts, il parle avec une femme qui tourne le dos à Jeanie, il lui faut un moment pour reconnaître Shelley Swift avec sa nouvelle coupe de cheveux qui dégage un cou épais et des épaules dodues, attifée comme si elle allait à un mariage et non à un enterrement. Personne ne remarque Jeanie qui s'avance dans la pièce, prête à bondir, comme la chienne. Elle prend sa guitare et s'assied sur le tabouret de piano, la tête penchée sur les cordes de sa guitare pour que surtout personne ne lui parle, elle se met à l'accorder. C'est une manière de faire signe à Julius, et à lui seul. Quand elle relève les yeux, il a posé la main sur le bras de Shelley Swift. Quelqu'un, Stu, lui tend un verre, et il prend une gorgée en grimaçant. D'habitude on ne boit pas d'alcool à la maison, à part pour les anniversaires et Noël, et même là, jamais plus d'un doigt de porto, elle sait bien que Julius va au pub, mais il n'est jamais rentré ivre. Elle appuie plus fort sur les cordes pour attirer son attention.

« *We roamed through the garden, down the green avenue* », fredonne-t-elle doucement. Bridget et Kate interrompent leur conversation et la remarquent, tandis que Jeanie laisse la pièce et les gens disparaître de son champ de vision. « *Felt the ground start to harden, saw the sky turn its blue.* » Les petits groupes agglutinés à proximité se taisent à leur tour et regardent autour d'eux, reculent légèrement, s'entassant pour lui laisser un peu d'espace. L'instant d'après, elle a conscience de la présence de Julius à côté d'elle, sa vièle sous le menton. Ses notes à lui portent plus loin encore que les siennes, et même les gens près de la porte d'entrée se taisent. Ils chantent tous les deux :

« *Like a morning bird's song*
Or a light summer's rain
Like a place to belong
That you cannot sustain
Do you know? Where, then we'll go[1]. »

Lorsqu'ils achèvent la chanson, l'assemblée pousse un soupir et Jeanie imagine les haleines des gens, dont elle sait que certains ne sont venus que pour la bière et la nourriture, ces haleines qui s'élèvent dans les airs, au-dessus de leurs têtes et se mélangent au dernier souffle de sa mère, se déposent sur les poutres et dans les fissures du bois, du plâtre, de sorte qu'un peu d'eux, tout comme un peu de Dot, restera pour toujours.

Ils commencent une nouvelle chanson, le jeu de Julius est plus relâché que d'habitude, moins contrôlé, ses mouvements de tête sont plus prononcés, on dirait l'une de ces figurines qui hochent la tête sur les tableaux de bord. Jeanie entend la place vacante laissée par le banjo de sa mère dans le morceau ; il manque

---

1. « Nous avons sillonné le jardin, déambulé le long des arbres de l'avenue,

Sous nos pieds le sol devenait plus dur, au-dessus de nous le ciel devenait plus bleu.

Comme un chant d'oiseau à l'aurore
Une pluie d'été légère
Comme l'endroit où tu voudrais dormir
Que tu ne peux plus entretenir
Comprends-tu ? Où, alors, irons-nous ? »

l'élan, le liant entre les trois instruments, sa voix. Peut-être est-ce ainsi que les choses se produisent : en fin de compte, après que toutes les activités ont repris, même une seule fois, sans la présence de Dot – empoter les tomates, préparer une tourte au lapin, jouer chaque chanson –, Jeanie finira par ne plus remarquer l'absence de sa mère. Elle n'est pas certaine d'en avoir envie.

Julius dégage sa vièle de sous son menton et prend une gorgée du verre qu'il a posé sur le piano. Jeanie sent l'odeur du whisky.

« Une autre ! réclame une voix.

— Joue-nous-en une autre, chérie », lance un homme aux yeux torves et à l'accent écossais. Il se penche si loin en avant qu'elle craint qu'il ne trébuche. Elle jette un coup d'œil à Julius, il hausse les épaules et entonne une longue note tremblante, jouant avec ses nerfs car elle ne peut pas deviner de quel morceau il s'agit jusqu'à ce qu'il libère les notes suivantes et laisse échapper « Polly Vaughn » – comme un gage de paix, peut-être, pour avoir organisé cette réception.

« *I shall tell of a hunter whose life was undone* », chante Jeanie. Sa voix est enrouée, mélancolique.

« *By the cruel hand of evil at the setting of the sun*
His arrow was loose and it flew through the dark
His true love was slain as it shaft found its mark[1]. »

1. « Je dois vous raconter l'histoire d'un chasseur dont la vie fut brisée
Par la main cruelle du diable à la nuit tombée.
Sa flèche au hasard fendit l'obscurité
Et son amour tua, lorsque sa pointe l'eut transpercée. »

Julius se joint à elle, en harmonie, leurs mots entremêlés :

« *She'd her apron wrapped about her and he took her for a swan*

And it's so and alas, it was she, Polly Vaughn[1]. »

Jeanie repose sa guitare dans le coin derrière elle, et tandis qu'elle se retourne vers la pièce, dans un espace entre deux silhouettes, elle aperçoit quelqu'un près de la fenêtre, la tête courbée sous le plafond, la lumière blafarde de la fin d'après-midi éclaire un côté de son visage, son corps s'effondre en avant comme s'il se vidait de l'air qu'il contenait. Rawson, pense-t-elle. Les gens se décalent et elle le perd de vue, et lorsqu'ils se déplacent de nouveau, un autre homme se tient à sa place – un des amis de Julius – qui n'a rien à voir avec Rawson. Puis le Dr Holloway se plante devant elle : « Est-ce que vous vous êtes déjà produits devant un public avec votre frère ? » Sa voix grave porte et deux ou trois personnes tendent l'oreille autour d'eux.

« En public ? demande Jeanie.

— Oui, en concert.

— On ne joue jamais en dehors de la maison.

— Mais il faut que vous le fassiez. Vraiment. Vous êtes très doués, tous les deux. Votre mère m'avait raconté qu'elle jouait, elle aussi. »

Quelqu'un fait tinter un couvert contre un verre, la pièce retombe dans le silence et Jeanie voit Julius à l'autre bout de la table, un verre et une fourchette à la main. Une fois le silence complet, il relève le menton,

1. « Enveloppée dans son tablier, il la prit pour un cygne
C'est ainsi, c'est hélas, que finit Polly Vaughn. »

oscille vaguement, se redresse, la main agrippée au dossier d'une chaise.

« Je voulais vous dire merci. » Il a la bouche pâteuse, il cherche ses mots. « Tout d'abord à Bridget et à Stu pour m'avoir aidé à organiser cette petite réunion. Pour la nourriture et pour la bière ! » Il brandit sa bouteille, un peu de bière s'échappe du goulot. Tous les gens dans la pièce lèvent leurs verres et leurs bouteilles et trinquent. « Ma mère, Dot Seeder, était une femme bien, une bonne mère, aimante pour moi et pour Jeanie, là-bas. » Il la désigne de sa bouteille, elle se recroqueville sur elle-même sous les regards. « Il y avait toujours de bons petits plats sur la table et un feu dans la cheminée pour nous tenir chaud. Elle était besogneuse et douce pour ses enfants. » Jeanie ne peut pas s'empêcher de lever les yeux au ciel et comme il s'interrompt, elle se demande si ça y est, c'est fini, si c'est vraiment tout ce qu'il y a à dire sur Dot. « Quand ma sœur Jeanie et moi avions douze ans, nous étions là-haut dans le champ du Prêtre… »

Tu n'as pas le droit de leur raconter ça, pense Jeanie. Cette histoire n'appartient qu'à eux.

« Quand ma sœur Jeanie et moi avions douze ans, notre père a été assassiné… » La voix de Julius se brise. Il bafouille, vacille sur ses jambes, son menton tremble, ses larmes coulent. « Assassiné dans un putain de champ », ajoute-t-il en redressant à peine la tête.

Jamais ils n'ont parlé de ce qu'ils ont vu ce jour-là, à personne, et cela les a liés l'un à l'autre depuis trente-neuf ans, et voilà que pour un verre de trop et la mort de leur mère, Julius est prêt à le raconter à qui voudra bien l'écouter. Jeanie est écœurée.

Un homme, sans doute un ami de son père, même s'il a l'air beaucoup plus vieux que dans les souvenirs de Jeanie, donne une tape dans le dos de Julius et lui avance une chaise pour s'asseoir. Son frère résiste, roule de l'épaule pour en chasser la main de l'homme.

Jeanie voit quelque chose briller sous la table de la cuisine. Elle se met à quatre pattes, et sans prêter attention aux questions de Bridget et au regard sidéré de Kate, elle se faufile dessous. Julius continue de parler mais d'autres gens tentent de le faire taire à présent. Couché sur le sol en pierre, parmi les miettes et la poussière qu'elle n'a pas eu le courage de balayer depuis la mort de leur mère, le tisonnier semblait perdu. Elle le ramasse et ressort à reculons et avant d'entendre davantage de ce que Julius s'est mis en tête de raconter, elle traverse le cellier et remonte vers le jardin, Maude sur ses talons, jusqu'au carré de terre nue. Là où devrait se trouver une pierre tombale, si une telle dépense avait jamais été envisageable, elle plante le tisonnier dans le sol. Le soleil de fin d'après-midi tente de percer d'entre les nuages et étire l'ombre du tisonnier sur la terre, découpant la tombe en deux. « Où as-tu mis l'argent, maman ? » Jeanie a parlé à voix haute, Maude la regarde. Elle va ensuite à la serre avec la chienne et constate le chaos qu'elle a semé parmi les plants de tomates, le compost et les pots. Il va falloir tout recommencer. Elle retourne une caisse en bois pour se faire un siège et, derrière, trouve les gants de jardinage de sa mère, égarés depuis des mois. Le cuir est sale et raide, et les doigts trapus, légèrement recourbés, évoquent la forme des mains de Dot. Jeanie glisse ses doigts là où ceux de sa mère furent autrefois, puis plonge son visage dans ses paumes et pleure, des sanglots lourds qui lui soulèvent le corps, Maude à côté d'elle la cherche du museau, perdue. Les gants finissent par être mouillés, le front de Jeanie souillé, et elle pleure jusqu'à ce qu'elle ait le nez plein de morve, les yeux bouffis, jusqu'à ce qu'elle entende les gens s'en aller au loin.

12

Le lendemain de la réception, Julius passe la journée au lit et Jeanie ne monte pas le chercher dans sa chambre, elle lui en veut d'avoir encore rallongé la liste de leurs dettes auprès de Stu, d'avoir bu, d'avoir laissé tous ces gens pénétrer dans le cottage, d'avoir raconté ce qui s'était passé dans le champ du Prêtre. Elle espère qu'il n'est pas parvenu à aller au bout de son histoire. Quand il finit par descendre les escaliers, au lieu de ramasser son instrument et de se mettre à jouer avec elle comme ils l'auraient fait autrefois, ils parlent de l'arrangement. Julius déclare que par principe il ne rendra plus aucun service à Rawson, même si le peu qu'on lui a demandé a été chapeauté par le gérant de la ferme, Simons. Jeanie, cramponnée à son opinion, espérait encore que toute mission dont il aurait pu s'acquitter à la ferme aurait permis de réduire le montant de leur dette – si dette il y a bel et bien. De nouveau, ils remâchent les mêmes questions : Comment peut-il exister une dette sur le cottage alors qu'il n'y a jamais eu de loyer ? Si l'argent que Dot a emprunté à Stu était destiné à payer les Rawson, pourquoi ne le leur a-t-elle pas donné ? Et où est-il passé ? Ils n'ont pas la moindre réponse. Les discussions à propos d'argent étaient rares autrefois, ils sont maladroits et n'ont jamais exploré en profondeur le sujet de l'arrangement, tout ce qu'ils en savent, c'est qu'il a été négocié entre Dot et Rawson un an après la mort de leur père – événement qu'on n'évoquait qu'incidemment, chacun d'entre eux repoussant hors de son orbite un accident si atroce qu'ils étaient incapables de s'en approcher.

Frank était mort la veille de ses trente-deux ans. Aujourd'hui, Jeanie est sidérée par la jeunesse de son père à l'époque, la vie immense qui l'attendait encore, mais à douze ans, elle le voyait vieux et sage. Elle n'avait pas encore atteint le stade où elle aurait pu le remettre en question ou s'agacer de ses idées et de ses manières négligées. Toutes les conversations quotidiennes du mois qui précédait les moissons cette année-là – 1980 – tournaient autour de l'arrivée imminente du nouveau tracteur de Rawson. Frank et Julius ne parlaient plus que de ça autour de la table de la cuisine. Le vieux tracteur était devenu capricieux, s'arrêtait au milieu d'un champ et ne redémarrait qu'après une ou deux heures passées à le bricoler. Le nouveau Massey Ferguson avait été livré trop tard pour tirer les remorques destinées à la moisson, mais il arriva peu de temps après, avec une nouvelle lame de labour.

Jeanie ne se souvenait pas de la livraison du tracteur ni de la lame, mais elle en conservait une image : le sommet des pneus arrière avec leurs chenilles surélevées plus haut que sa tête, la carrosserie rouge rutilante, le siège en vinyle noir avec ses branches enveloppantes et la lueur aiguisée et brillante des lames de labour. Frank et Julius avaient essayé le siège à tour de rôle, Rawson l'avait démarré pour l'épate. Il y avait eu un jour de retard, un problème avec la fixation de la nouvelle lame sur le tracteur, mais il était enfin prêt.

Ils étaient tous – Frank, Julius et Jeanie – dans le champ du Prêtre, creusant le premier sillon. Frank avait décrété que le labour n'était pas un travail de fille, il avait quand même laissé Jeanie les accompagner en lui précisant bien qu'elle n'aurait pas le droit de monter sur le tracteur. Elle arpentait les herbes hautes en lisière du champ, les bras croisés, furieuse de devoir se contenter de regarder alors que Julius était assis entre les jambes de leur père, les mains sur le volant, piaffant de joie. Elle s'était maintenue à leur hauteur pendant un moment, marchant à côté, observant les lames de labour découper et retourner la terre. L'odeur de la terre nouvelle recelait une angoisse douceâtre à cette époque : la fin de l'été et, avec elle, la reprise de l'école. Elle se lassa vite – la chaleur de septembre accablait les champs, elle détestait la puanteur des gaz d'échappement, le vacarme assourdissant du moteur –, aussi laissa-t-elle le tracteur, son père et son frère à son bord écraser la pente sans elle. Elle s'assit et observa la danse d'une mouche syrphide autour des cardères. Le claquement rauque du tracteur atteignit le bout du champ. Elle somnolait vaguement, envisageait de s'allonger, quand il y eut un bruit mat, une explosion sifflant jusqu'à elle, aussitôt suivie d'un hurlement de moteur. Lorsqu'elle se leva, les mains en visière devant les yeux, elle ne voyait plus le tracteur mais le hurlement persistait et tandis qu'elle s'élançait, le bruit, continuel et aigu, était encore pire que la fois où un des chevaux de Rawson avait envoyé valser un des chiens de ferme d'un coup de sabot. Le hurlement n'était plus métallique, c'était un cri humain.

Elle ralentit en voyant le tracteur renversé sur le côté, le moteur tournant toujours mais la lame de labour comme décrochée de sa base en dessous. C'était Julius qui hurlait, il avait été projeté si violemment contre la haie qu'il était resté fiché dans la clôture.

« Où est papa ? » cria Jeanie.

Son frère se débattait, se tordait dans tous les sens, les ronces fichées dans sa peau et dans ses vêtements. « Ne regarde pas, ne regarde pas ! »

Jeanie vit la main de son père, son bras pris au piège sous une roue. Elle reconnut ses longs doigts de pianiste, ses ongles rongés. « Papa ? » s'écria-t-elle. Coincé entre les ronces, Julius se démenait et lui criait de rester éloignée, d'aller chercher quelqu'un. Mais Jeanie s'était accroupie et avait vu le haut du bras de son père, le blanc de sa chemise rayée de boue, et une fleur écarlate grossissant sur le tissu. De nouveau elle l'appela. Elle n'arrivait pas à démêler le tracteur de l'homme et l'homme de la lame jusqu'à ce qu'elle repère le haut de sa chemise, ses boutons sur son épaule et son cou qui s'arrêtait, sanguinolent, comme s'il avait la tête profondément enfoncée dans le sol. Puis elle vit et elle comprit. Quand elle se plaqua les mains sur les yeux, Julius finit par se taire et s'immobiliser.

Pour Julius, ce moment n'était que bruit et lumière : les hurlements du tracteur, de Jeanie, le soleil si brillant qu'il lui écorchait les yeux, lui brûlait le visage, fixant l'image calcinée dans son esprit. Cette image est dans une boîte qu'il ouvre rarement. Le souvenir qu'il lui en reste date d'un peu après l'accident. Quelques jours peut-être, mais le blé avait bien poussé déjà et l'aubépine était pleinement fleurie, à ce moment-là la police, l'ambulance étaient passées par là, la ferme avait fait l'objet d'une enquête de sécurité, d'une enquête sanitaire, l'enterrement avait été décalé par les investigations : mort accidentelle. Ce jour-là aussi était chaud, Dot les avait emmenés, lui et sa sœur, au champ du Prêtre, à l'endroit où leur père était mort. À l'école, il s'était taillé une réputation de respectabilité en utilisant le mot *décapité* sans tressaillir. Il l'avait prononcé tellement de fois que le mot en avait perdu son sens.

Cet après-midi-là, il s'ennuyait. Sa mère et sa sœur – à qui on avait récemment diagnostiqué une maladie cardiaque – étaient assises sur une couverture avec un pot de thé et des tranches de gâteau dans une gamelle. Jeanie ramassa une brassée de silène dioïque qu'elle déposa à l'endroit où Frank était mort, Julius trouva l'idée stupide : l'herbe qu'ils foulaient en regorgeait déjà. Il refusa de s'asseoir avec elles, au lieu de cela il fit les cent pas entre les plants de blé, le soleil lui brûlait la nuque. De temps à autre il ramassait un morceau de pierre, en éprouvait le tranchant sur son pouce. Sa mère lui cria qu'elles s'en allaient, après quoi il vit un objet briller dans la terre sèche. En se penchant dessus, il vit que c'était, ou avait été, un gros boulon, dont l'écrou avait disparu, le métal luisait là où il avait été disjoint par quelque force extraordinaire. Une météorite, imagina-t-il, ou mieux un morceau de vaisseau spatial dont les autorités auraient étouffé le crash. Peut-être même qu'en creusant assez profond il trouverait le vaisseau entier enseveli et pourrait ramener ses copains de l'école dans le champ et leur faire payer cinquante pence chacun pour regarder.

« Qu'est-ce que tu as trouvé ? » demanda sa mère. Il s'avança vers elles, la main tendue, tout fier de sa trouvaille. Sa sœur s'exclama, mais sa mère se contenta d'un commentaire « c'est des saletés » et lui prit le boulon des mains.

Peu de temps après cet épisode, autour de l'anniversaire de la mort de Frank, Dot leur expliqua que le tracteur et la lame avaient été livrés sans les chevilles d'attelage – les pièces métalliques censées maintenir le tracteur fermement accroché à la lame –, ou bien qu'ils avaient été perdus en route, on en avait fabriqué de nouveaux avec des écrous et des boulons. Elle leur avait raconté cette histoire avec tant de circonvolutions, tout en refusant de répondre à la moindre question, que les jumeaux n'avaient jamais clairement saisi tous les détails. Cependant, à trois reprises, Rawson vint rendre visite à Dot au cottage, tard le soir, à l'heure où Jeanie et Julius étaient censés dormir. La première fois, quand Julius entendit la voix de Rawson, il se faufila en bas et tenta d'écouter leur conversation à travers la porte du salon. La deuxième et la troisième fois, Jeanie écouta elle aussi, assise sur les marches de l'escalier côté gauche. Le lendemain matin, ils avaient mis en commun les bribes de conversation qu'ils avaient pu grappiller, finissant les phrases l'un de l'autre, assemblant les pièces du puzzle : l'année passée, Rawson, enthousiaste à l'idée d'avoir enfin reçu son nouveau tracteur et sa nouvelle lame mais frustré qu'il manque des pièces, avait voulu les fabriquer lui-même à partir de boulons ; une solution bricolée et ô combien dangereuse, les écrous avaient été mal façonnés, avec les conséquences que ni Jeanie ni Julius ne pouvaient à présent ignorer. Ils discutèrent et parvinrent à la conclusion que Rawson savait forcément qu'il était coupable – d'un massacre, d'un meurtre – et que par honte, remords ou terreur, Dot finirait par aller raconter à la police ce qu'il avait fait, alors il avait accepté l'arrangement qu'elle lui proposait et les avait laissés rester au cottage gratuitement. Jamais ils n'avaient revu Rawson rendre visite à leur mère.

Jeanie est dans le jardin, en train de planter des mini-carottes. Max dit que ses clients les aiment de la taille d'un doigt, Jeanie estime que c'est un gâchis de plates-bandes et de temps de pousse. Lorsqu'elle se relève, le dos douloureux, elle aperçoit une silhouette dans le cellier. Depuis la mort de Dot, elle s'efforce de bien penser à verrouiller la porte d'entrée quand elle est dans le jardin, mais il lui arrive d'oublier parfois. Ce n'est pas Julius – il est allé à la ferme Wheilden pour aider à démonter un poulailler. Elle se penche pour mieux voir et déterminer s'il s'agit de Stu ou, Dieu l'en garde, d'un des Rawson. Elle s'imagine brandir la fourche de jardin pour les embrocher contre le mur du cottage, les dents transperçant d'un même coup chaux, barbillons et caroncules.

La silhouette – dont elle n'aperçoit que le torse par la fenêtre basse du cottage – semble aller et venir dans le cellier comme si elle en inspectait les différents articles. Elle prend la fourche avec elle, dents en avant, et entre par la porte arrière ouverte. La personne a quitté le cellier et lorsqu'elle arrive dans la cuisine, un jeune homme jette un coup d'œil vers le haut de l'escalier de gauche.

« Je peux vous aider ? » lance Jeanie sur un ton dont elle espère qu'il suggère l'outrage et non la peur. Au son de sa voix, l'homme sursaute et pivote vers elle, puis recule d'un pas en voyant la fourche pointée dans sa direction. C'est le jeune homme à qui Bridget a mis une tape sur la tête dans la salle d'attente du cabinet il y a une dizaine de jours. Il porte des vêtements différents : un costume bon marché, au tissu brillant, trop juste pour sa musculature.

« Jeanie ? » demande-t-il. Il sourit, et elle percute tout à coup qu'il s'agit du fils de Bridget et Stu, devenu adulte, ses cheveux blonds plaqués au gel sur les côtés et vers le haut comme si le vent les soufflait par en dessous. La forme de sa tête, de son menton, de ses pommettes le rend étonnamment beau. Est-ce que c'est à cela que Stu ressemblait quand il était plus jeune ? Elle est incapable de l'imaginer. Elle se souvient d'une histoire d'alcool dans le parc du village tard la nuit, et aussi qu'il était devenu si invivable à la maison que Stu l'avait fichu à la porte. Jeanie ne l'a pas revu depuis des années.

« Nathan. » Elle baisse la fourche. « Qu'est-ce que tu fais ici ?

— Est-ce que ton frère est là ? » Il humidifie ses lèvres épaisses.

« Non », dit Jeanie. Cependant dès les mots prononcés, elle songe qu'elle aurait dû faire semblant que Julius était là, malade, alité ou dans le jardin. Quelque chose dans l'attitude de Nathan et sa confiance apparente la met mal à l'aise. « Est-ce que je peux t'aider ? »

Il hésite puis répond : « Je suis venu vous donner l'avis d'expulsion.

— Je te demande pardon ? »

Nathan se penche au-dessus du buffet. « Vous allez être expulsés. » À force de l'étirer, son sourire se transforme en grimace.

Elle rit presque. « Ne sois pas ridicule.

— Je dois placarder l'avis sur la porte d'entrée ce lundi, ensuite vous aurez une semaine.

— Une semaine ? Une semaine pour quoi ? » La voix de Jeanie monte dans les aigus. Elle a toujours la fourche à la main et ses doigts se resserrent autour du manche.

« Pour vider les lieux. » Nathan croise une cheville sur l'autre. Maintenant qu'il a délivré son message, il semble plus détendu.

« Nous avons un arrangement avec Rawson qui nous autorise à rester. C'est n'importe quoi. C'est notre maison. Et si lui ou sa femme pensent que nous leur devons de l'argent, ils doivent au moins nous donner un peu de temps pour le leur rembourser. » Elle se dit qu'elle ou Julius auraient dû essayer d'aller voir Rawson. Régler ce problème.

Nathan se redresse et passe devant elle en plastronnant, il pose la main sur l'étui du banjo de Dot. « On m'a envoyé pour vous faire part de l'avis d'expulsion. Pour vous prévenir. Je n'ai connaissance d'aucun arrangement ni d'aucun échéancier de remboursement.

— C'est ça, ton travail, maintenant, faire le sale boulot pour Rawson ? Est-ce que ta mère est au courant de ce que tu trafiques ? » Jeanie appuie la fourche contre la table, elle lui retire l'étui du banjo de la main et le serre contre elle pour lutter contre la rage qui explose en décharges électriques sous sa peau.

Il ne répond pas, il prend une photo encadrée de Jeanie et Julius bébés allongés aux deux extrémités d'un berceau. Il la retourne, en inspecte l'arrière, le cadre, comme s'il en estimait la valeur, avant de le reposer sur le buffet.

« Ce n'est pas un homme de parole, et tu ferais mieux de te méfier, Nathan, si tu dois faire son sale boulot.

Il faut que je m'y remette. » Elle tremble de tout l'intérieur de son corps mais elle tend le bras, invitant Nathan à prendre congé.

« Lundi, lance-t-il par-dessus son épaule une fois sur le seuil. Je reviens lundi avec l'avis. »

Elle le regarde redescendre le chemin depuis la porte, d'un pas relâché, conscient, pense-t-elle, de son regard sur lui. Lorsqu'il arrive à hauteur du portail, elle crie : « C'est notre maison. Nous ne la quitterons que les pieds devant. Tu peux le dire à Rawson. » Elle claque la porte et pose la main à plat dessus, s'efforçant de contrôler sa respiration, de ralentir les battements de son cœur.

Lorsqu'elle raconte la visite de Nathan à Julius, il explose de colère dans la cuisine, comme la fois où elle lui a raconté celle de Caroline Rawson. Il crie qu'il va aller voir Bridget et exiger qu'elle et Stu contrôlent leur fils, ou bien qu'il ira voir Rawson pour lui dire le fond de sa pensée. Elle le laisse décharger sa violence, opine, compatit, apaise. Aucun de ces plans ne semble susceptible d'arranger les choses dans l'état où Julius se trouve. Et le montant de leur dette selon les Rawson – la dimension de cette somme – est si éloigné des pennies et des livres que Jeanie a l'habitude de comptabiliser qu'il semble fantaisiste, inventé. Ce serait deux millions que ce serait pareil. Mais elle n'arrive plus à dormir la nuit, et ce soir-là, devant leur repas de spaghettis mélangés à de la soupe de champignons instantanée et aux légumes qui traînaient là, Jeanie enroule les pâtes autour de sa fourchette sans jamais les porter à sa bouche.

Il lui reste vingt pence des commissions qu'elle a faites au magasin. Julius y ajoute la petite monnaie qui traîne dans ses poches et les trente livres qui se trouvent dans son portefeuille, qu'il a gagnées en démontant le poulailler. Rien à ajouter dans le porte-monnaie de Dot, ils l'ont déjà fouillé, de même que son sac à main, à la recherche de l'argent disparu.

« J'ai entendu dire qu'il y avait une banque alimentaire à Devizes, dit Julius sans la regarder.

— Nous n'allons pas faire appel à une banque alimentaire, Julius. Nous avons tout un jardin plein de nourriture. » Elle désigne l'extérieur et ne mentionne pas la boîte qu'elle a vue dans le magasin.

« Quand vas-tu comprendre qu'il n'y a aucun mal à demander de l'aide, ou à l'accepter si on te l'offre ? Tous ces gamins de la classe moyenne, eux, ils n'ont qu'à demander à la banque de papa et maman quand ils ont besoin. Ça n'a rien de différent.

— Mais on n'est plus des gamins.

— Non, on a cinquante et un ans et on a besoin d'un coup de main. Ça ne veut pas dire qu'on a quelque chose qui ne va pas.

— Mettons, poursuit Jeanie. À qui es-tu allé raconter qu'on n'a pas de quoi se payer à manger ? »

Julius secoue la tête, ne répond pas. « J'ai demandé à Wheilden s'il avait plus de travail pour moi, il n'a rien.

— Je suis certaine que tout le monde ne t'a pas payé ce qui t'est dû. » Jeanie parle de Shelley Swift, hors de question, néanmoins, qu'elle prononce son nom. « Tu dois réclamer ton dû.

— Je le ferai.

— Quand ?

— Quand tu arrêteras de te prendre pour ma mère et de me dire ce que je dois faire.

— Et l'argent pour le tabac ? J'imagine que tu en as gardé un peu de côté, pour tes pintes avec tes potes de beuverie au Plough.

— Et toi, tu n'as pas prévu de dépenser un centime pour cette chienne j'imagine ? »

Maude, sur le canapé, dresse les oreilles, comme si elle savait qu'on est en train de parler d'elle.

« Je crois que tu n'as pas compris. Nous allons perdre le cottage. » Jeanie pose ses paumes à plat sur la table. La créature remonte dans sa gorge. Si elle ouvre la bouche assez grande et hurle, elle va jaillir, pareille à un nourrisson gluant, prête à se battre.

« J'ai très bien compris, putain ! » Il pousse la table vers elle, elle a un mouvement de recul. « On ne doit pas un sou à Rawson et il ne peut pas nous expulser. Je vais aller le voir. Je vais aller le voir tout de suite.

— Maintenant ? Il est dix heures passées. » Vu l'état dans lequel est Julius, elle a peur qu'il ne fasse encore empirer les choses.

« Maintenant. » Il attrape son manteau et sa casquette sur la patère, enfonce ses pieds dans ses bottes et ramasse les trente livres sur la table. L'espace d'une seconde, il considère l'argent dans sa main, puis il claque un billet de dix sur la table et s'en va avant même que Maude ait eu le temps de descendre du canapé.

Jeanie reste assise à la table durant cinq minutes, puis dans un élan fugitif d'économie, elle éteint les trois lampes à huile, allume une bougie et reprend ses fouilles à travers la maison en quête de l'argent disparu.

Au bout d'une demi-heure, Julius revient. Jeanie est à genoux, en train de remettre en place de la vaisselle rarement utilisée dans le placard du buffet. « Alors ? dit-elle.

— Ils n'étaient pas là. » Il s'affale dans le canapé à côté de la chienne. « Aucune lumière allumée, rien. Je suis même allé réveiller Simons. Il était fumasse. Il a dit qu'ils étaient partis. Dix ou quinze jours, il n'était plus sûr. En Grèce, ou dans le coin. Ils n'en ont même pas besoin, de notre argent. »

Le lendemain matin, Jeanie dépense neuf livres cinquante-sept au magasin dans les choses essentielles qu'elle n'a pas pu acheter lundi : des pâtes, des rouleaux de papier-toilette, des boîtes de haricots, du dentifrice. À l'extérieur, elle étudie les quelques annonces sous plastique affichées de l'intérieur, tente de les déchiffrer. Dans le magasin, un jeune homme au front piqueté d'acné dispose des magazines de papier glacé dans des étagères.

« On m'a dit qu'il y avait une affichette dans la vitrine avec une annonce pour une femme de ménage, dit Jeanie, agitant vaguement la main vers l'avant du magasin. Mais je ne la vois pas.

— Elle a probablement été jetée, répond-il sans s'interrompre. Elles ne restent affichées qu'une quinzaine de jours.

— Mon amie m'a affirmé qu'il y avait une annonce pour du ménage. »

L'homme soupire, et son paquet de magazines serré contre son torse, il sort, suivi de Jeanie. Il passe les annonces en revue. « Nan, elle a dû être retirée. » Il fait un pas en direction du magasin.

« Est-ce qu'il y en a une pour du jardinage ? » Jeanie se penche et plisse les yeux. « Est-ce que c'est vous qui les rédigez ? L'écriture est terrible. »

Il revient et les étudie de nouveau, tapote la vitre. « Celle-là. » Il la lit sans enthousiasme : « Propriétaire femme cherche jardinier femme pour entretien du gazon et autres travaux de base. Un à deux après-midi par semaine.

— Est-ce que vous avez un stylo ? » Elle tâtonne dans son sac.

« Prenez une photo avec votre téléphone, suggère-t-il.

— Vous pourriez peut-être noter le numéro pour moi ? » Elle sait qu'il n'y a pas de stylo dans son sac, pour quoi faire, et par ailleurs les numéros n'arrêtent pas de danser devant ses yeux. Le jeune homme est déjà rentré. Au bout d'un moment, elle le suit et fait semblant de s'intéresser aux journaux posés sur un présentoir près de la vitrine. Quand il a le dos tourné, elle retire l'affichette de sa pochette plastique et la glisse dans son sac.

13

Sur le chemin du retour, Jeanie fait un détour par Cutter Hill. Elle descend de vélo et le pousse lentement, consciente de l'accélération de ses battements de cœur ; elle fait des pauses chaque fois qu'elle sent qu'elle en a besoin. C'est un détour de trois kilomètres environ mais, exactement comme dans ses souvenirs, la cabine téléphonique rouge est juste devant l'hôtel Rising Sun, qui a fermé ses portes depuis deux ans maintenant. Enfant, quand elle n'était pas à l'école, elle faisait le chemin jusqu'à cette cabine qui sentait l'urine et le tabac froid avec sa mère. Dot apportait un petit sac de pièces de deux pence et l'utilisait pour passer des coups de fil ennuyeux à propos de factures, de rendez-vous, et parfois Jeanie avait le droit de mettre les pièces dans la fente, Dot la portait pour l'atteindre. Les appels, que Jeanie passait assise entre les jambes de sa mère à souffler de la buée sur la vitre pour y dessiner des animaux, lui semblaient interminables. Une fois ces coups de fil achevés, sa mère appelait souvent une dénommée Sissy, dont Jeanie pensait qu'elle avait un drôle de nom. Encore aujourd'hui elle se souvient précisément d'une de ces conversations avec Sissy, sa mère avait dit et répété encore et encore : « Je ne peux pas » et Jeanie avait dessiné ses propres *Je ne peux pas Je ne peux pas* en traçant de petites croix sur la vitre. « À cause des enfants, et où est-ce que nous irions, et comment on ferait ? C'est un homme bien, et j'ai fait une promesse. Cela veut dire quelque chose, non ? » Sa mère semblait sur le point de pleurer, et les mères ne pleurent pas. « Je n'ai rien à te raconter, disait-elle. Il ne s'est rien passé. » Sa mère avait écouté la réponse de Sissy et sorti un mouchoir. « Je vais très bien. Je t'appellerai un autre jour. Jeanie est à côté de moi, il faut que j'y aille. » Jeanie s'était levée. Dot lui avait tendu le téléphone. « Dis au revoir à Sissy.

— Au revoir, Sissy », avait murmuré Jeanie dans le combiné chargé d'haleine, mais on entendait déjà la tonalité.

À mesure que Jeanie se rapproche de la cabine téléphonique, ses sacs de courses se balançant sur le guidon, elle sent bien qu'il y a quelque chose de différent et lorsqu'elle ouvre la porte, elle découvre que le téléphone a disparu, à la place, sur le mur au fond de la cabine, il y a une étagère remplie de livres. De gros livres de poche aux couleurs chamarrées et aux tranches pliées et repliées. Il s'en entasse encore d'autres sur le sol, dont les pages gondolées par l'humidité ont gonflé.

Une fois à la maison, quand il a le dos tourné, elle retire le téléphone portable de Julius de sa poche de manteau et l'emporte avec elle au bout du jardin. Il est chargé, c'est donc qu'il est allé au pub. Suivant du doigt le numéro de l'affichette chiffre après chiffre, elle appuie sur les boutons. Elle n'a pas envie de dire à Julius ce qu'elle est en train de faire, pas tant qu'elle ne peut pas lui annoncer qu'elle a décroché le poste.

Le jour suivant, Jeanie se présente devant un portail à barreaux en acier, grand ouvert sur une vieille voiture et une pelouse envahie par la végétation, au milieu des broussailles un dallage irrégulier serpente jusqu'à la porte d'entrée d'un bungalow. La peinture s'écaille sur le bois et les feuilles mortes de l'année passée s'enroulent dans un coin sous le porche en faïence brune. La sonnette joue l'air de « Twinkle Twinkle Little Star ». La femme qui vient ouvrir est habillée d'une robe à fleurs descendant jusqu'aux chevilles, dessous elle a chaussé des sandales avec juste une bande de cuir marron qui retient ses orteils. Elle est plus jeune que Jeanie ne s'y attendait, la trentaine sans doute, avec un bijou dans la narine qui attrape la lumière, comme un phare éclairant au loin.

« Je vous reconnais, dit-elle en voyant Jeanie devant le porche. Vous êtes une des femmes qui cultivent les légumes. Je travaille à l'épicerie certains matins. » Sa robe ondule comme si un courant d'air traversait la maison de part en part, une petite fille surgit de derrière sa jupe. Dans un tintement de bracelets, la femme tend la main vers Jeanie. « Je suis Saffron, se présente-t-elle et Jeanie lui serre la main. Et voici Angel. » Elle hisse la petite sur sa hanche, lissant sa chemise trop grande sous laquelle apparaissent les mollets et les cuisses rebondies de l'enfant. Angel a des traces de peinture jaune dans les cheveux et sur les doigts, qu'elle essuie dans le cou de Saffron dont la peau paraît pâle à côté de celle couleur noisette de l'enfant. La femme invite Jeanie à entrer tout en lui expliquant qu'elle a acheté cette maison six mois plus tôt, grâce à un peu d'argent hérité de son père, qui au passage était un sacré connard, elle s'était dit qu'elle pourrait la démolir et en faire construire une nouvelle, mais cela fait deux mois qu'elle est là et elle s'y est déjà attachée. Jeanie songe aux propos de Julius sur tous les autres qui ont toujours la banque de papa et maman pour retomber sur leurs pieds. Saffron continue de parler, elle lui explique qu'Angel adore tourner en rond en courant d'une pièce à l'autre car elles communiquent toutes entre elles, et voilà la cour centrale qu'elle envisage de transformer en véranda. Sans le moindre embarras, elle lui dit qu'elle souhaite qu'Angel ne soit entourée que de femmes positives, c'est la raison pour laquelle elle recherche une femme pour le jardin et non un homme. Jeanie se demande si elle devrait admettre devant elle ne pas se sentir toujours positive. Elles traversent la cuisine, la table est jonchée de pots de peinture et de papiers.

Saffron franchit les portes-fenêtres et pose Angel par terre – Ces noms ! pense Jeanie – tout en lui disant qu'elle se sent incapable de s'occuper du jardin, elle ne saurait même pas par où commencer. Elle habitait à Oxford avant d'arriver à Inkbourne, elle n'est pas certaine encore d'être taillée pour la campagne, mais elle voulait se rapprocher de sa mère pour Angel. « Enfin, pour avoir une baby-sitter à proximité, pour être tout à fait honnête, ajoute-t-elle. Je suis une formation post-diplôme en thérapie psychodynamique à Oxford. » Jeanie ne demande pas de quoi il s'agit ; elle a trop peur de comprendre moins encore l'explication que le nom de la chose. « Cela représente beaucoup de travail, beaucoup plus que je ne pensais et c'est difficile de tenir le rythme avec cette demoiselle dans les pattes. Il n'y a qu'Angel et moi. Avec le père d'Angel, c'était une histoire d'un soir, voyez-vous. Je ne l'ai jamais revu. » Saffron rit. Toutes ces informations sur sa vie se déversent si naturellement que Jeanie est partagée entre la gêne et l'envie que lui inspire cette absence totale de réserve. Elles sont debout, dans un patio en dalles de béton surplombant la pelouse. L'herbe a atteint sa hauteur maximale, un abreuvoir à oiseaux en pierre a presque disparu au milieu, de part et d'autre des parterres de fleurs se confondent avec la pierre. Jeanie promène son regard d'un arbre en fleur jusqu'à l'extrémité du jardin et les champs au-delà, puis plus haut, le long d'une ligne de chênes remontant sur une falaise basse au loin. Les ombres des nuages traversent les collines, il n'y a aucune autre maison à l'horizon. Tout est vert et doré.

« C'est beau, hein ? dit Saffron. Mais que dois-je faire ? Tondre ? Ça va prendre des siècles.

— Non, répond Jeanie. Pas tondre, pas tout. Juste découper un chemin ondulant dans l'herbe, planter quelques fleurs sauvages, dégager un peu d'espace autour des arbres pour que votre fille puisse jouer. Une prairie.

— Une prairie, répète Saffron tout en prenant le bras de Jeanie avec un tintement métallique. Meadow, c'était censé être le prénom de cette jeune fille, n'est-ce pas, Angel ? »

L'enfant les regarde en souriant. « J'avais une banane, lance-t-elle à Jeanie, puis elle attend.

— Est-ce qu'elle était bleue ? demande Jeanie.

— Jaune, t'es bête, dit Angel avant de détaler dans l'herbe en criant : Banane, banane ! »

Saffron et Jeanie avancent jusqu'à l'arbre que Jeanie reconnaît : un marronnier d'Inde. Elle obtient le poste. C'est aussi simple que cela, elle se demande pourquoi elle n'a jamais pensé à le faire auparavant.

Elles se mettent d'accord sur dix livres l'heure, deux après-midi par semaine pour commencer. Les jours qu'elle veut. Il y a un cabanon plein d'outils, ceux du père de Saffron, y compris une tondeuse et un bidon dont elles concluent à l'odeur qu'il doit contenir de l'essence. Jeanie demande si elle peut amener Maude mais elle est trop soulagée d'avoir obtenu le travail pour oser mentionner qu'elle souhaiterait être payée en liquide et à la fin de chaque semaine. De retour dans la cuisine, Saffron prépare du thé et Jeanie s'installe avec Angel, qu'elle regarde peindre une forme brune, pareille à un noyau d'abricot avec des lignes fuyantes, des coulures trop humides, qui dégoulinent de la page que l'enfant tient debout pour la lui montrer. « Est-ce que c'est une graine géante ? s'enquiert-elle. Ou bien un gros œil brun avec des cils ?

— C'est Maur, dit Angel en poussant l'œuvre vers elle.

— Je crois que c'est votre chienne », précise Saffron en y jetant un coup d'œil.

Quand Jeanie arrive à la maison, elle scotche la peinture d'Angel au mur et annonce à Julius qu'elle a trouvé un travail.

Elle est survoltée, épatée par ce qu'elle a accompli si facilement, et elle a beau savoir que ce qu'elle va gagner n'épongera pas leurs dettes, l'idée d'accomplir un travail autre que juste tenir sa propre maison et son propre jardin lui donne le sentiment que quelque chose en elle – aussi minuscule qu'une graine d'oignon – s'est ouvert en deux pour libérer ses fruits. Mais Julius lève la tête de son assiette d'œufs frits et d'épinards, et lâche seulement : « C'est génial. » Il est distrait, préoccupé par les dettes, l'argent disparu, suppose-t-elle, et comme il ne lui pose aucune question sur la nature et le lieu de son travail, la graine en elle se flétrit et Jeanie songe qu'il est trop tard, trop tard pour eux et trop tard pour le cottage.

Cependant, l'après-midi suivant, sec et venteux, elle pédale lentement jusqu'au bungalow, Maude courant dans sa roue. Une fois dans la maison, Jeanie présente Angel à la chienne et l'enfant caresse le dos de Maude si fort que Saffron soulève la petite en lui disant qu'elle doit être plus douce, alors Angel se met à pleurer et à battre des jambes. Maude ne semble pas se formaliser d'avoir le dos labouré par de petites mains, Jeanie la sort néanmoins, elle boude dehors, dans un coin, couchée dans le patio, la tête entre les pattes. Jeanie tire la tondeuse hors du cabanon, prenant garde à ne pas s'essouffler à la tâche, étonnée de constater que la machine est relativement neuve ; et démarre au quart de tour. Le cabanon déborde de tous les outils dont elle pourrait avoir besoin, et le tri qu'elle effectue, tout comme la distance qu'elle a mise entre le cottage, Julius et elle, sont une distraction parfaite face à tout ce qui pourrait lui traverser l'esprit : Nathan bluffait-il à propos de l'expulsion ? Quand Stu va-t-il réclamer son argent? Où sa mère a-t-elle pu ranger ces billets ? Jeanie dessine les contours d'un chemin avec de petits morceaux de bois qu'elle découpe à l'aide d'une hache trouvée dans le cabanon, et s'enthousiasme de le voir ainsi apparaître, ondulant à travers le jardin, promenant le visiteur d'un parterre de fleurs à un autre, vers un arbre, une urne en pierre qu'elle a découverte dans un buisson.

Jeanie revient le dimanche après-midi, et lorsqu'elle a terminé son travail, Saffron sort de la maison avec verres d'eau, tasses de thé et biscuits au chocolat.

Elles s'asseyent au patio – il n'y a ni table ni chaises – et Angel refait une tentative d'approche de Maude.

« Laisse-la renifler ta main d'abord, lui conseille Saffron. Tends-la bien à plat. Sois douce.

— Elle est très inoffensive, dit Jeanie. Peureuse, même. » Maude lèche la main d'Angel, puis son visage, si bien qu'Angel bascule lourdement sur les fesses, se cogne le menton et se mord la lèvre inférieure. Avant même que les cris ne sortent, Saffron marche à quatre pattes, ses bracelets cliquetant, et vient se nicher dans le cou d'Angel, puis lui lèche le visage à son tour, Jeanie se souvient alors de Julius et elle jouant à se bagarrer avec leur père, se cramponnant à son cou tandis qu'il rugissait pour de faux. Angel éclate de rire et la chienne saute dans le jardin.

Elles se rasseyent, Angel est concentrée sur son biscuit au chocolat, qui fond dans ses mains potelées, et Jeanie déclare : « Je vais devoir commencer par tailler le chemin à la faux. L'herbe est trop haute pour tondre tout de suite.

— C'est embêtant ?

— C'est juste plus de travail. » Elle pense à la somme d'efforts physiques que cela représente et aux possibles conséquences, puis elle décide qu'à présent elle s'en fiche.

« D'accord, répond Saffron. J'imagine qu'il faudrait tout tailler à la faux si je voulais tout tondre.

— Je me disais que je pourrais l'ouvrir un peu plus vers le bas, dessiner un cercle de pelouse que vous pourriez voir d'ici pour qu'Angel ait un endroit où jouer.

— Ce serait merveilleux. » Saffron saisit le poignet d'Angel juste avant qu'elle ne pose la main sur le sol et lèche le chocolat sur chacun de ses gros doigts.

« Comme un chien, fait remarquer Angel.

— J'ai votre argent. » Saffron sort quelque chose de la poche de sa robe – la même que la veille et le jour précédent. « Nous n'avons pas parlé de la fréquence des paiements, mais je me suis dit que toutes les semaines c'était bien, non ? Dix heures cette semaine, c'est ça ? Et vous ferez la même chose la semaine prochaine ?

— Je ne suis pas sûre des jours, en revanche, l'avertit Jeanie.

— Pas de problème. Quand vous voulez. » Elle tend le morceau de papier qu'elle a sorti de sa poche – ce ne sont pas des billets –, Jeanie l'accepte, le déplie et constate qu'il s'agit d'un chèque. La chaleur rend la peau de sa gorge moite, son cœur se met à cogner. Peut-être est-ce visible sur son visage car Saffron lance : « Je peux vous faire un virement la prochaine fois. Vous n'avez qu'à m'envoyer votre RIB par mail.

— Non, dit Jeanie. Un chèque ça va très bien. »

Après la réception, il se passe quatre jours complets sans un message ou un appel de Shelley Swift.

À de nombreuses reprises, Julius prend son téléphone et compose laborieusement un message mais chaque fois il l'efface et repousse son portable, sentant monter du plus profond de lui des doutes sur l'intérêt qu'elle lui porte. Quand Julius avait une vingtaine d'années, la salle du village tenait scène ouverte pour les groupes locaux, ce n'était pas forcément son genre de musique, mais il y allait toujours. Trois étés successifs, Julius coucha avec trois femmes différentes à la fin des concerts. Une fois à l'arrière d'une voiture de luxe, une autre fois sur un matelas à l'arrière d'un van, et la troisième contre le mur derrière les toilettes publiques. Il aurait aimé leur donner son numéro, elles étaient toutes intéressantes, chacune à sa manière, mais il n'avait pas de numéro à donner, et elles ne lui avaient jamais proposé les leurs. Des villageois plus âgés s'étaient plaints des concerts – du bruit et du désordre occasionnés – et au bout du troisième été c'en était fini des groupes de musique comme des femmes. Puis, alors qu'il allait sur ses trente-cinq ans, il avait rencontré Amy. Il l'aimait bien, il aurait même pu tomber amoureux, cela ne lui faisait rien que Jeanie le taquine sur son installation, son déménagement, sur le fait qu'il était temps que l'un d'entre eux s'en aille, et cependant même si c'étaient des plaisanteries entre frère et sœur, il savait, sans qu'elle ait besoin de le lui dire, que tout en le lui souhaitant elle craignait de se retrouver seule avec Dot, craignait de ne plus jamais pouvoir s'en aller s'il partait le premier. Il n'avait pas parlé d'Amy à sa mère, c'est Dot qui raconta un jour, en passant, qu'elle l'avait vue embrasser un type devant le Plough. Après cela, Julius n'avait plus jamais revu Amy.

Le vendredi, encore un jour sans travail, il prend son vélo et va au Little Bedwyn, songeant qu'il n'aura qu'à frapper à quelques portes pour voir si quelqu'un avec qui il a déjà travaillé par le passé n'aurait pas besoin de main-d'œuvre. Il déteste aller quémander du boulot comme ça, la suspicion sur le visage des gens, l'idée qu'il doit avoir l'air désespéré, comme un mendiant. Il se rend dans une ferme où il a travaillé un an plus tôt, mais il y a un panneau *à vendre* devant la maison, alors il s'élance dans l'allée gravillonnée d'une maison de campagne où il a autrefois aidé à couler les dalles de béton dans les garages. Ils étaient en plein boulot quand le propriétaire était apparu, un vieux monsieur avec une canne et un labrador fauve, qui venait lui dire qu'il y avait un appel pour lui. Ils s'étaient tous arrêtés – Julius et les deux hommes avec qui il travaillait. « Pour moi ? » avait-il demandé, et son patron avait froncé les sourcils, mais le vieil homme avait déjà fait demi-tour et chancelait en direction de la maison, Julius l'avait suivi. Quelqu'un devait être mort, avait-il pensé, sa mère ou sa sœur, il avait envie de dire au vieux de se dépêcher. Impossible de se souvenir aujourd'hui à quoi ressemblait l'intérieur de la maison sauf le hall d'entrée qui était immense avec un énorme lustre scintillant. En décrochant le téléphone, il avait entendu les tintements des pièces qui tombaient dans la fente, sa mère était à l'autre bout du fil.

« C'est Jeanie, avait-elle dit d'une voix tremblante.

— Est-ce qu'elle va bien ? Qu'est-ce qu'il s'est passé ?

— Je m'inquiète pour elle. Pour son cœur.

— Pourquoi tu m'appelles ? avait-il crié. Appelle une ambulance, pour l'amour du ciel !

— Il faut que tu rentres à la maison. »

Quand il était rentré, Jeanie se portait comme un charme, bien entendu, du moins aussi bien qu'elle avait toujours été. Alors il avait commencé à s'inquiéter pour sa mère.

Avant d'arriver devant la porte d'entrée, Julius décrit une grande boucle et pédale tout le chemin dans le sens inverse. Après quoi il essaie encore deux autres fermes semblables mais ne récolte aucun travail. À cinq heures et demie, il reprend lentement le chemin qui mène à la briqueterie. Il n'a pas vraiment réfléchi à l'éventualité de tomber sur Shelley Swift, aussi lorsqu'il voit s'avancer vers lui une Nissan rouge, il n'envisage pas réellement que cela puisse être elle. Il lève la main, incapable de voir à travers le pare-brise. Il s'arrête dès que la voiture est passée et regarde en arrière, la voiture s'est arrêtée elle aussi et fait une marche arrière rapide et bruyante dans sa direction. Shelley Swift baisse sa vitre et bien que le timing de Julius soit absolument parfait, il n'a pourtant pas envisagé davantage que de la croiser et se retrouve à la fixer, à fixer son visage, son bras appuyé sur la porte, sa peau couverte d'une fine pellicule de poussière de briques.

« Est-ce que ton chauffe-eau marche bien ? » lâche-t-il finalement, et aussitôt sortis de sa bouche les mots sonnent comme une plaisanterie dont même Jenks serait capable.

Elle éclate de rire et dit : « Il marche à plein régime, merci. Et le tien ? »

Il rougit et marmonne une vague réplique.

« Qu'est-ce qui t'amène dans ce coin ? s'enquiert-elle, et puisqu'il ne trouve rien à lui répondre, elle parle à sa place. Tu prends l'air ? C'est une belle soirée pour se balader. » Elle lui fait un clin d'œil. « Je me disais que j'allais aller me promener. Tu veux venir avec moi ? »

Elle gare sa voiture sur le bas-côté, il accroche son vélo et ils traversent le champ des Deux-Lièvres. Elle n'est pas du tout vêtue pour une promenade : jupe moulante, blouse, il voit bien que ses talons s'enfoncent dans l'herbe humide. Il lui fait traverser un échalier pour passer dans le bois de Foxbury.

« Je me souviens de toi à l'école, dit-elle. Tu étais dans la classe en dessous de moi, toujours le nez en sang, toujours à te bagarrer. Déjà à l'époque, tu me plaisais. »

Il ne sait pas quoi dire. Il n'en a absolument aucun souvenir.

Cette fois-ci c'est lui qui l'embrasse en premier, et lorsqu'elle se plaque contre lui, il sent ses gros seins sous sa blouse soyeuse, qui se pressent mollement contre son torse. Elle pose les mains sur ses joues et l'embrasse en retour. Elle se recule, le tient en respect du regard, tire sur le nœud en soie autour de sa gorge – rattaché on ne sait comment à la blouse – et le déboutonne jusqu'en bas avant de sortir un de ses seins de son soutien-gorge. Il est aussi pâle que son cou, lézardé de bas en haut par une veine bleue. La taille et le poids de son sein tirent sur son téton qui forme un ovale marron. Il pose sa main en coupe dessous, excité par sa rondeur et sa tiédeur merveilleuses, et le porte à sa bouche tandis qu'il penche la tête.

« Tu veux bien t'allonger avec moi ici ? demande-t-il au bout d'un moment, regrettant de ne pas avoir apporté de couverture ou de ne pas porter un plus gros manteau.

— Ici ? s'écrie Shelley Swift. Dans un bois ? » Et elle rit si fort qu'il se dit qu'elle va peut-être vomir.

Lorsqu'ils reviennent à la voiture et se disent au revoir, il est intimidé, mais elle rit de plus belle. Il voudrait convenir d'un prochain rendez-vous mais il ne sait pas comment lui demander ni ce qu'elle pourrait bien lui répondre. Ce n'est qu'en pédalant vers chez lui qu'il se souvient qu'elle ne l'a pas payé, pour aucun des deux boulots qu'il a faits chez elle, et à présent il est totalement impossible de lui réclamer son argent.

14

Jeanie et Julius verrouillent la porte du cottage et remontent le long du chemin, vers la ferme, puis ils s'engagent sur la piste qui serpente jusqu'au sommet de Rivar Down. La pente est raide, ils avancent penchés, leurs cuisses chauffent. Julius insiste, ils font une pause tous les cinq pas pour que Jeanie, que cela agace, reprenne sa respiration, elle se plie à sa volonté. À l'intersection avec le parcours de randonnée, ils tournent à gauche, le long de la falaise, puis à travers un bosquet de chênes où le sentier est délimité par une clôture barbelée et l'herbe rase à cause des chèvres qui y broutent. Déjà Jeanie sent le soleil cogner contre son front et se rend compte qu'ils auraient dû emporter des chapeaux. Comment a-t-il pu neiger il y a seulement deux semaines ? Comment leur mère peut-elle être morte ? La réalité la prend encore de court, l'idée que Dot n'est pas à la maison en train de laver des œufs dans le cellier ou de faire du compost dans la serre. Il y a des flaques sur le sentier et des essaims de mouches qui se soulèvent au passage de Maude. Julius n'a pas de chantier où aller, mais l'un comme l'autre pourraient aussi bien – devraient – passer la journée dans le potager. C'est aujourd'hui que Nathan a prévenu qu'il afficherait l'avis d'expulsion, et bien qu'ils n'en aient pas discuté, ils semblent avoir décidé tous les deux de se tenir à l'écart du cottage, ils se sont donc retrouvés là, avec dans le sac à dos de Julius une bouteille d'eau, une thermos de thé et des sandwichs de pain en tranches premier prix, de la margarine et de la confiture de framboises de l'année précédente. De quand date leur dernière promenade tous les deux ? Jeanie n'arrive pas à s'en souvenir. Ils agissent comme si c'était normal : une balade comme les autres, sans destination particulière, un pique-nique comme les autres. Le thé dans le thermos est noir. Il n'y a pas de lait, pas de sucre.

Sur Ham Hill, ils font une halte à flanc de colline, contemplent la pente abrupte sous leurs pieds, les sillons des pistes du chevrier, au loin le relief s'aplatit et dessine une mosaïque de champs bordés par des haies, ponctuée de bois et de maisons isolées, entre lesquels ondule le filet noir de l'Ink. Birkshire sur leur droite ; Inkbourne et Wiltshire sur leur gauche. Ils aperçoivent le toit noir de la ferme Rawson, une partie de sa maison, mais le cottage et le jardin sont cachés sous les arbres. Ils poursuivent leur marche sur le chemin principal, croisent un couple en manteaux et bottes de pluie, les chaussettes retroussées sur leurs chaussures, l'homme a une carte sous plastique pendue autour du cou. Ils dépassent un groupe d'adolescents étrangers, las et fatigués, harcelés par un guide exaspérant. Au pied du gibet – un poteau de huit mètres de haut planté sur la balise –, un idiot quelconque a déposé un bouquet de chardons, arrachés avec leurs racines et un reste de terre, en guise de gerbe pour les hors-la-loi qu'on pendait là autrefois. Jeanie et Julius marchent en canard dans la pente raide et s'asseyent sous l'accotement de la colline, hors de vue des marcheurs.

Julius jette un bout de son sandwich à Maude. Elle l'attrape au vol et le fait disparaître d'un coup de dent.

« Tu vas lui donner de mauvaises habitudes, dit Jeanie. Elle va venir mendier à table, et alors tu ne seras plus si content de lui donner à manger. » Elle ne le réprimande pas franchement, elle aime bien le voir nourrir la chienne. Elle se sert une pleine tasse de thé.

« Tu te souviens qu'on venait là avec papa ? demande Julius.

— On allait à Ham Hill, corrige Jeanie, pas ici.

— Non, c'était ici, j'en suis sûr, pour notre huitième anniversaire. C'est ici qu'il m'a donné mon couteau suisse.

— C'était à Ham Hill. Il t'a laissé seul avec et tu t'es entaillé la jambe.

— C'était plus tard. Et ce n'était pas ici, et pas le jour de notre anniversaire.

— Mon Dieu, tout ce sang. » Jeanie souffle sur la surface de son thé et y trempe les lèvres. « C'était un père complètement irresponsable. » Elle rit. « Tu as encore la cicatrice ? »

Julius retrousse le bas de son jean et lui montre son tibia barré d'une raie blanche.

« Ouille, dit-elle en lui passant la tasse. C'est encore pire que dans mon souvenir. »

Julius boit, remet son jean en place. « Mais c'était un bon musicien. »

Jeanie s'allonge sur le dos, Maude court vers elle et lui renifle le visage comme si elle vérifiait qu'elle n'était pas morte, et lorsque Jeanie rouvre les yeux, tout ce qu'elle voit, c'est le ciel : du même bleu que cette chemise de nuit qu'elle portait enfant, traversé de nuages blancs dentelés sur les rebords, flottant d'une extrémité à l'autre de son champ de vision.

« Tu penses parfois à ce qui arrivera à notre musique quand nous ne serons plus là ? »

Julius met tellement de temps à réagir, à répondre, qu'elle songe que peut-être il ne l'a pas entendue, mais il finit par s'allonger à son tour, les mains derrière la tête.

« Non, lâche-t-il.

— Toutes ces chansons que maman et papa nous ont apprises, et c'est fini. Nous n'avons personne à qui les transmettre à notre tour.

— Je n'arrête pas de te dire qu'on devrait faire ce concert au Plough.

— Je ne le ferai pas, tu peux économiser ta salive. Avec tout ce monde qui regarde, juge, murmure. Ce que je vois chaque fois que je vais au village me suffit.

— Personne ne fait attention à toi, Jeanie. Ils sont tous trop préoccupés par eux-mêmes. Fais-moi confiance. On devrait essayer. Je parie que tu adorerais. On serait payés. Holloway a dit qu'il pourrait bien faire venir quelqu'un pour nous écouter. Un gars qui s'intéresse aux chants folkloriques régionaux, quelque chose comme ça. »

Elle le coupe. Jamais de la vie elle ne jouera ni au Plough ni nulle part ailleurs en public. La réception lui a suffi. « Tu n'as pas envie de transmettre ta musique, de l'apprendre à quelqu'un ?

— Qu'est-ce que tu veux dire ? Donner des leçons ? »

Elle se demande s'il fait exprès d'être pénible. Mais pas question de dévoiler le fond de sa pensée, pas directement. « Pas à n'importe quel gamin.

— Aaah… », dit-il dans une voyelle longue et fastidieuse. Il voit où elle veut en venir. « Mes propres enfants. Nan. Jamais envisagé.

— Tu y as forcément pensé à un moment. Aux enfants, au mariage.

— Qui te dit que je n'ai pas déjà une tripotée de gamins éparpillés dans tout le pays ? »

À quelques reprises, quand Julius était plus jeune, il a découché, rentrant en douce au petit jour en demandant à Jeanie de garder le secret. Un jour, tard un dimanche matin chaud, après quelques heures de sommeil à peine, il avait mis la bassine dans le jardin et l'avait remplie d'eau chaude. Jeanie épluchait des légumes dans le cellier, elle l'avait observé, assis dans le baquet, son dos large et ses genoux cagneux émergeant de l'eau. Il s'était retourné et lui avait adressé un clin d'œil, elle lui avait balancé une patate crue. Il l'avait esquivée, mais trop tard, et elle avait rebondi sur sa tête. Puis elle lui avait jeté la partie dure d'un panais avec une colère si déroutante que lorsqu'elle avait atterri sur son épaule, il avait jappé. Un autre projectile, puis encore un autre et un autre suivirent jusqu'à ce qu'il sorte de l'eau, attrape sa serviette et batte en retraite, tandis qu'elle braillait avec une férocité surprenante pour elle-même. Jeanie ne voulait pas ce qu'il avait – du sexe ou une relation amoureuse –, ces choses-là la laissaient de marbre ; mais elle savait que seule une femme l'éloignerait du cottage, et d'elle.

Jeanie se rassied sur le sentier. « Laisse tomber, dit-elle en portant son regard sur la gauche. C'est impossible d'avoir une vraie conversation avec toi.

— Pardon, s'excuse-t-il en tirant sur sa chemise. Allonge-toi. » Elle se rallonge, et il déclare : « Je ne prévois d'épouser personne.

— Tu n'as pas besoin d'épouser quelqu'un pour vivre avec, avoir des enfants. Maintenant que maman est partie, tu peux faire ce que tu veux.

— J'ai toujours fait ce que je voulais.

— C'est vrai ?

— C'est dingue. » À présent c'est lui qui se redresse. « On dirait que tu cherches la bagarre depuis le jour où on l'a enterrée. » Elle le regarde, il forme une ombre entravant la lumière, les genoux pliés, les bras ballant dessus, et pour la première fois elle n'a aucune idée de ce qu'il a en tête.

« J'ai vu que tu avais pris l'alliance. » Elle contemple un cerf-volant rouge qui vole là-haut. Il ne dit rien, cependant elle attend une explication, une explication qui n'aurait rien à voir avec une femme, avec Shelley Swift. « Je me suis souvenue, tu sais.

— De quoi ? » Il jette un coup d'œil vers elle par-dessus son épaule.

« Que maman posait son alliance dans la coupelle sur le rebord de la fenêtre du cellier. Je me rappelle l'avoir vue à cet endroit, et pas pendant qu'elle était dans le jardin ou en train de faire de la pâtisserie. J'ai essayé de réfléchir à une raison qui pourrait justifier qu'elle l'ait enlevée, mais je ne trouve rien.

— Elle la posait là quand elle allait voir Bridget l'après-midi et parfois le matin aussi.

— Bridget ? » interroge Jeanie en se redressant. Elle ne s'attendait pas à cela.

« Pendant un moment, j'ai même cru que maman se tapait Stu.

— Une liaison ? » Le choc fait tousser Jeanie. « Avec Stu ?

— Ou juste un flirt. Mais je sais. C'est peu probable.

— Jamais de la vie elle n'aurait fait une chose pareille. Elle prenait le mariage beaucoup trop au sérieux, le sien et celui des autres. Les serments, toutes ces choses. Jamais elle n'aurait eu quoi que ce soit avec Stu Clements.

— Tu te souviens du deuxième Noël après la mort de papa ? demande Julius. Pas le premier ; qui était sinistre. Non, le deuxième… elle m'avait envoyé dehors couper un sapin. Le plus petit que tu trouves, elle avait dit. Mais il n'y en avait pas de petit et il a fallu que je coupe cette saleté en deux pour réussir à la faire rentrer dans la cuisine. À la fin, il n'en restait plus qu'une souche et un tas de branches hérissées dessus.

— Et pour aller au lit, il fallait que tu sortes par la porte de derrière et que tu rentres à nouveau par celle de devant, ajoute Jeanie.

— Durant tout ce Noël, maman était heureuse. Elle riait. Dansait dans la cuisine. Tu te souviens ? C'est à cette époque que j'ai vu son alliance sur le rebord de la fenêtre pour la première fois. »

Ils restent silencieux un moment.

« Pourtant, de temps en temps, reprend Julius, tu ne souhaiterais pas qu'elle ait connu quelqu'un d'autre après la mort de papa ?

— Une liaison avec Stu ? Non.

— Bon, pas avec Stu, pas même une liaison, mais peut-être qu'elle aurait pu connaître quelque chose d'extraordinaire, pour elle. Sans quoi c'est toujours le même sempiternel chemin, monter la colline et la redescendre, encore et encore. S'inquiéter pour l'argent. Parfois, je crois, on a besoin qu'un truc se passe, on a besoin d'un croc-en-jambe au moment où on ne s'y attend pas. Sinon, un jour on est un gamin qui joue avec un tuyau d'arrosage et le lendemain un corps étendu sur une vieille porte dans un salon. »

Jeanie tente de penser à ce qui pourrait bien lui arriver comme croc-en-jambe maintenant, à cinquante et un ans. Pas une expulsion ; hors de question qu'une telle chose se produise. Peut-être que si elle avait été en meilleure forme elle aurait pu s'attaquer à des collines plus hautes, à des montagnes, elle aurait pu parcourir les deux mille cinq cents kilomètres du sentier des Appalaches.

« Peu de chances que ça arrive. » Jeanie ressert le thé. Lui passe la tasse, tandis qu'il suit le cours de ses pensées. « Ces Rawson, du flanc. Envoyer Nathan pour nous effrayer.

— Il faut que j'en parle à Stu.

— On peut se débrouiller tout seuls. » Elle prend appui sur ses coudes, les jambes tendues. « C'est un malentendu. La maison est à nous. C'est juste une menace en l'air pour nous faire rembourser.

— Mais on n'a pas remboursé.

— Parce qu'on ne leur doit rien. »

Jeanie et Julius rentrent à la maison tard dans l'après-midi. Aucun des deux n'évoque l'expulsion, chacun se rengorge de la confiance qu'a l'autre que rien ne se sera produit, de sorte que lorsque Jeanie voit le papier punaisé à la serrure de la porte d'entrée, elle n'arrive pas à y croire, jusqu'à ce que Julius passe devant elle en la bousculant avec un « Putain ». Même elle est capable de déchiffrer le début des mots en lettres rouges. Alors la nausée la reprend, le désir d'aller au lit et de dormir pour oublier les dettes, leur impuissance, ce qu'ils vont bien pouvoir faire. Seul le sommeil brise ces pensées circulaires, bien que dormir devienne de plus en plus difficile, désormais, même travailler dans le jardin de Saffron n'empêche plus ses mains d'être moites, son cœur de cogner.

« Des putain de conneries, lance Julius en rentrant. Une semaine. Nous avons une semaine.

— C'est tout ? demande Jeanie, même si elle avait déjà cette information.

— Peut-être qu'on pourrait apporter cet avis à un avocat. » Julius se passe la main dans les cheveux, qui restent collés sur un côté.

« Et où est-ce qu'on trouverait l'argent pour payer un avocat ? »

Il se retourne vers elle et grogne : « J'en sais rien. On n'a qu'à vendre le piano ?

— Ou bien l'alliance de maman ? crie-t-elle.

— Aucun des deux ne vaut un clou.

— C'est de la folie. Nous ne leur devons pas un sou. » Jeanie a l'impression qu'elle va vomir pour de bon. « Et la mairie ? » Elle s'assied sur une chaise de la cuisine. Maude s'installe sous la table. « Ils sont obligés d'aider les gens qui se retrouvent à la rue, non ? Le conseil communal, un truc comme ça. » Elle n'arrive pas à croire qu'ils en sont là.

« J'en ai déjà parlé à quelqu'un, dit Julius plus calmement.

— Quoi ?

— Ce type qui s'occupe d'installer les stands du marché, celui qui est venu à la réception. Il travaillait au logement avant. Aucune chance que ça marche. On est trop vieux, ou pas assez. Il faudrait qu'on soit mariés, ou qu'on ait des enfants, quelque chose. »

Le dimanche matin, lorsque Jeanie entend Julius partir travailler comme extra à la traite des vaches, un petit boulot qu'il a trouvé pour deux jours, elle descend en chemise de nuit et robe de chambre. C'est à peine si elle a dormi, elle n'a fait que penser à ce qui va se passer le lendemain. Chaque fois qu'elle a voulu parler de l'expulsion qui approchait à son frère, ils se sont disputés. Au début, elle avait décidé de rassembler quelques affaires – deux ou trois cartons au cas où il faille vraiment qu'ils s'en aillent demain. Elle se dit qu'il ne s'agit pas d'abandonner, juste de se préparer. Mais que faut-il emballer quand on ne sait ni où on va ni pour combien de temps ? Elle s'était souvenue d'un jour durant cette longue période de fièvre, elle avait dans les six ans, elle n'était pas allée à l'école, en ouvrant un œil, elle s'était réveillée sur le canapé, un homme était debout dans la cuisine, il se fourrait une tartine beurrée dans la bouche. Le manteau qu'il portait était ceint d'une ficelle à la taille, la barbe grise, assez longue pour reposer sur son torse, était parsemée de miettes. Son odeur rance lui était parvenue de l'autre bout de la pièce, et lorsque Jeanie avait poussé un cri, il avait enfourné la nourriture encore plus vite – des morceaux de jambon, un œuf dur tout entier qu'il n'avait même pas pris le temps d'écaler –, les yeux révulsés, les joues gonflées. Il avait glissé un autre œuf et une pomme dans la poche de son manteau. Entendant le cri de Jeanie, sa mère avait déboulé comme une furie du cellier, et le clochard, sans doute habitué à être chassé, avait commencé à se diriger vers la porte d'entrée.

« Monsieur Jackson, avait dit Dot calmement. Vous ne préférez pas vous asseoir pour manger ? » Elle avait tiré une chaise et l'homme s'était installé prudemment.

« M. Jackson est notre invité, Jeanette. Il est venu prendre le thé. » Sa mère était retournée chercher à manger dans le cellier, M. Jackson s'était détendu, avait recraché l'œuf dur, entier, la coquille intacte. Il l'avait glissé dans une de ses oreilles et ressorti par l'autre avant de le taper contre la table et de commencer à l'écaler.

Elle s'était souvenue de son sac en toile jeté contre le pied de la table – c'était tout ce qu'il possédait, en plus des vêtements sur son dos. Que transportait-il donc ? se demande-t-elle maintenant.

Dans le cellier, Jeanie reste debout un long moment à regarder un rayon de soleil obliquer sur l'évier en porcelaine. S'ils sont expulsés demain, que vont-ils faire pour le corps de leur mère ? Impossible de le laisser là et de prendre le risque qu'il soit découvert, plus impossible encore de l'emporter avec eux. Jeanie n'a pas de solution. Dans un sursaut et un soupir, elle se précipite à la vieille laiterie où une demi-douzaine de cartons pliés ont été rangés dans un coin. Le carton est humide, et il lui faut une éternité pour mettre la main sur un rouleau de scotch, mais elle réussit à les reformer et les remplit d'assiettes et autres pièces de vaisselle de base enroulées dans des serviettes. Elle emballe aussi le poste de radio, la lampe de poche, des couteaux, deux casseroles et une poêle, ainsi que toute la nourriture qu'elle peut trouver dans les placards. La peinture d'Angel représentant Maude est posée au-dessus du reste, enroulée dans un élastique. Mardi, se dit-elle, elle déballera tout et remettra chaque chose à sa place, riant de sa prudence. Elle remplit un autre carton avec deux sacs de couchage, des oreillers et des couvertures, et entrepose le tout dans la vieille laiterie. Elle se prépare, juste parce qu'elle ne supporte pas de ne pas être préparée.

15

Jeanie est assise dans la cuisine, toujours en chemise de nuit, elle gratte les mêmes notes encore et encore sur sa guitare. Le besoin urgent d'arriver à jouer cet enchaînement trois fois de suite avec exactement les mêmes accents et le même tempo la retient sur cette chaise depuis une heure. Elle entend la porte de derrière s'ouvrir et la voix de Bridget qui annonce : « Jeanie, ce n'est que moi. »

Elle se raidit, garde la guitare sur ses genoux, guette Nathan à sa suite. Mais Bridget est seule et embraye immédiatement sur la côte interminable qu'il faut gravir pour arriver au cottage et sa pauvre voiture qui n'est pas faite pour supporter tous ces nids-de-poule, la chaleur qui règne dans la cuisine, pourquoi, pour l'amour du ciel, n'allument-ils pas les lumières, et qu'est-ce que Jeanie fabrique encore en chemise de nuit à cette heure de la journée, elle se montre si enjouée et si loquace que Jeanie en déduit qu'elle ignore tout du nouveau travail de Nathan ou de la menace d'expulsion qui pèse sur eux.

Bridget pose une grande boîte plate sur la table. « Il y a une bonne pizza pour votre dîner et j'ai acheté deux, trois sandwichs pour le déjeuner. » Elle tire de son sac à main deux ciabattas emballées dans du film plastique. « L'épicerie fait toutes sortes de choses maintenant, enchaîne-t-elle. Des pâtisseries, des macarons. Je me suis assise à une des tables à l'extérieur et j'ai pris un cappuccino délicieux avec un cygne de lait sur le dessus. Tu devrais y aller une fois, sortir de cet endroit. » Elle balaie les lieux du regard. « J'imagine que tu n'as rien mangé, je me trompe ?

— Je n'ai pas faim. » Jeanie pose la guitare contre le mur. Bridget a manifestement l'intention de rester.

« Ça, c'est ce que ton cœur te dit, mais ton corps a besoin de carburant. D'énergie. » Bridget sort deux assiettes du buffet et les essuie rapidement du plat de la main. Si elle remarque au passage qu'il y en a moins que d'habitude, elle ne fait aucun commentaire. Elle déballe ses achats et soulève le haut de chaque rouleau. « Pâté et roquette, ou brie et mûres ? » Elle s'assied à table. « Je me suis dit que tu avais peut-être besoin d'un coup de main pour trier les vêtements de Dot. C'est pas le plus drôle à faire, mais il faut bien s'y coller, hein ? Enfin, je n'imagine pas Stu ou Nath s'en charger quand je ne serai plus de ce monde. Ils élèveront sans doute un bûcher dans le jardin et mettront tout à brûler dedans. Y compris moi. »

Jeanie pense à Dot sous la terre, à côté du pommier. Elle fait glisser une assiette devant elle, affamée soudain. « Peut-être que Stu partira le premier, dit-elle, la bouche pleine.

— Non, ce sera moi, reprend Bridget. Épuisée par mon mari et mon fils. J'avais quarante ans quand j'ai eu Nath, tu sais…

— Tu l'as vu récemment ?

— Nathan ? Il vit avec un ami à Newbury. Il vient nous voir quand il a envie d'un repas maison ou qu'il a besoin d'emprunter de l'argent. Dieu sait ce qu'il fabrique. Rien de bien, je suppose. » Elle rit, Jeanie n'a plus faim. Elle envisage de dire à Bridget que Nathan est venu au cottage il y a un peu plus d'une semaine, qu'elle risque de le voir revenir demain, mais elle se tait. Si elle ne dit rien, peut-être que rien ne se produira. Une fois que Bridget a fini de manger, elles grimpent l'escalier de gauche vers la chambre. Bridget ouvre la marche, cramponnée à la rambarde, tout essoufflée, Maude sautille dans ses jambes pour la dépasser avant de se rouler en boule dans son coin du palier une fois résignée à ce que rien d'intéressant ne se produise.

« L'ampoule a dû griller. » Bridget appuie sur l'interrupteur de la chambre. « Là-dedans ? » lance-t-elle en ouvrant l'armoire. Jeanie n'a aucune envie de faire ça maintenant. Elle espère aller chez Saffron tout à l'heure et commencer à tondre, avec un peu de chance le bruit de la tondeuse suffira à couvrir la rumeur de ses pensées.

« Ses affaires sont du côté droit », indique Jeanie en tendant la main sans les toucher. Lorsqu'elle est montée pour chercher quelque chose à mettre sur le corps de sa mère, Jeanie n'a pas pu résister à la tentation de porter une des robes de Dot à son visage pour sentir son odeur. Mais l'odeur était surtout celle de la lessive. Tous les lundis, Jeanie et Dot sortaient le grand double baquet de la vieille laiterie, entassaient le linge sale d'un côté puis de l'autre dans la centrifugeuse. La machine était si violente que si elles avaient eu le malheur de s'éloigner quelques minutes, à leur retour le bac aurait boitillé à travers la pièce aussi loin que le fil électrique le lui permettait, comme s'il tentait de s'échapper. Jeanie n'a pas fait de vraie lessive depuis que Dot est morte, elle s'est contentée de rincer leurs sous-vêtements dans l'évier de la cuisine et de les suspendre au fil dans le jardin. «Les sous-vêtements de maman et d'autres trucs sont dans sa commode, précise Jeanie.

— Il y a des vêtements que tu vas vouloir garder, j'imagine.» Bridget descend un cintre avec une jupe et le brandit. «Ta mère la portait à la fête du village, l'année dernière.

— Je ne m'en souviens pas», dit Jeanie. Elle n'y était pas allée. Elle ne va jamais aux soirées du village. Trop de monde, trop de bruit, trop d'excitation. «Je ne veux rien. Tout peut partir. Au premier magasin de charité venu.» Elle éprouve le besoin de tout débarrasser. Si le cottage était vide, au moins elle n'aurait pas à se demander quoi emballer.

«Mais si, il y a forcément quelque chose.

— Il faut tout vider aujourd'hui.» Jeanie ressent le même sursaut d'énergie que lorsqu'elle est parvenue à extirper les cartons de la vieille laiterie. Des deux mains, elle empoigne une demi-douzaine de cintres du côté de sa mère et les balance sur le lit. Une jupe à fleurs atterrit au sol, Bridget la ramasse. «C'est joli. Ça vient d'une boutique chic, non?» Bridget regarde l'étiquette à l'intérieur. Jeanie n'a jamais vu cette jupe auparavant et c'est vrai qu'elle a l'air chère.

«Je ne vois pas comment, répond-elle. Est-ce que tu peux emporter le tout dans ta voiture?» Jeanie n'a jamais compris tout le foin que les gens – les femmes – font avec leurs cheveux, leur maquillage et leurs vêtements. Les vêtements, c'est fait pour tenir au chaud ou au sec. Elle s'avance vers la commode. «Tout ça aussi?» Elle tire sur un des tiroirs qui sort de travers et refuse ensuite de rentrer ou sortir davantage, sa tête pend contre sa poitrine, elle marque une pause, tâche de se calmer sans que Bridget la voie.

« Et ce manteau d'hiver ? l'interroge Bridget. Il t'irait peut-être. Même si tu es un peu plus petite que ta maman.

— Le manteau aussi, réplique Jeanie sans se retourner.

— C'est de la bonne qualité. »

Quand Jeanie pivote pour la regarder, Bridget tâte la laine entre ses doigts. Jeanie soupire et d'un geste qu'elle sait grossier lui prend le manteau des mains, le défait de son cintre et fourre ses bras dans les manches.

« C'est trop grand, tu vois ? » Ses doigts dépassent à peine des manches. « Tout peut partir. » Jeanie enfonce ses mains dans les poches du manteau. « Bridget, il y a quelque chose que j'ai besoin de te dire – de te demander en fait.

— Ça te va très bien, la complimente Bridget, couvrant sa voix. Tu pourrais repriser les manches et prendre un peu de poids ne te ferait pas de mal. »

Au bout des doigts de Jeanie, tout au fond de la poche, il y a un papier plié. Elle le sort : un billet de vingt.

« Eh bien, tu vois », dit Bridget avec un sourire.

Jeanie rit. Ravie et surprise, elle le déplie et le tient devant la fenêtre.

« Peut-être que tu devrais le garder. Ce manteau porte chance. »

Jeanie met l'argent dans la poche de sa robe de chambre. De quoi faire les prochaines commissions. Elle enlève le manteau et le jette sur le lit avec les autres vêtements. « Non, je ne peux pas les garder. » Elle s'assied sur le rebord du lit. « J'ai fait un grand rangement.

— Un grand rangement ?

— Par le vide. Il y a tellement de bazar dans cette maison.

— Le ménage de printemps.

— En quelque sorte.

— Mais trop de changements d'un coup, ce n'est pas bon. Il faut un moment pour s'accoutumer après un grand bouleversement. Quand il a fallu que je vide la maison de papa…

— Nous n'avons pas le choix.

— Et pourquoi ça ? » Bridget sort les derniers cintres suspendus du côté de l'armoire appartenant à Dot.

« Julius et moi allons probablement déménager, annonce Jeanie les dents serrées, le menton redressé, comme si elle défiait Bridget de l'en dissuader.

— Déménager ? » répète Bridget. Mais sa surprise ne semble pas très authentique. « Quel dommage pour Julius et toi de devoir déménager maintenant.

— Je croyais que tu trouvais que cet endroit était invivable ? Avec les seaux dans les coins dès qu'il pleut. Gelé l'hiver, humide le reste du temps.

— Je ne suis pas certaine d'avoir dit tout ça. En revanche, j'ai sans doute suggéré que Rawson se bouge un peu et fasse des réparations.

— Eh ben, il s'est bien bougé.

— Ta mère serait tellement triste. C'était important pour elle, de garder ce toit au-dessus de vos têtes, de s'assurer que vous aviez tout ce qu'il vous fallait.

— Oh, Bridget, s'effondre Jeanie, vaincue. Rawson nous expulse – demain. Demain ! Si c'est bien vrai. Dieu sait où nous allons pouvoir aller. Julius refuse d'en parler. Je ne sais pas si c'est parce qu'il refuse d'y croire ou si c'est juste qu'il fait comme si cela n'existait pas, mais…

— Eh bien, c'est terrible », l'interrompt Bridget sur un ton suffisamment étrange pour que Jeanie lève les yeux. Bridget, face à l'armoire, continue de s'affairer, les vêtements par-dessus son bras, et pérore : « On ne va pas vous laisser devenir des sans-abri. Je vous connais, Julius et toi, depuis que vous êtes nés presque, je ne voudrais pas qu'une chose pareille arrive. Tu sais quoi, si cela se produit bel et bien, vous n'aurez qu'à venir vous installer chez Stu et moi un petit moment. Une semaine ou deux jusqu'à ce que vous trouviez une solution.

— Je ne crois pas que ça marcherait. Mais merci. »

Bridget finit par se retourner, un sourire trop large plaqué sur le visage. « Bien sûr que si. Tu n'auras qu'à te mettre dans l'ancienne chambre de Nath, et Julius sur le canapé. On se débrouillera quelque temps. »

Le moment où elle aurait pu lui parler de Nathan est passé. À présent ce serait comme de révéler à une épouse que son mari a une aventure, ou à une mère que son enfant fume de l'herbe dans le parc du village ; pas ses oignons et bonjour les ragots. Peut-être vaut-il mieux la laisser découvrir par elle-même, ou pas.

« Et Stu ? Qu'est-ce qu'il va dire ?

— Stu sera d'accord. »

Plus tard, une fois les vêtements de Dot emportés par Bridget, Jeanie s'allonge sur le lit dans la chemise de nuit et la robe de chambre qu'elle n'a pas quittées de toute la journée. Elle n'a jamais réussi à aller jusque chez Saffron. Sous les couvertures, elle glisse la main dans la poche de sa robe de chambre et y retrouve le billet de vingt livres. Avant que Bridget ne les emporte, elle a fouillé toutes les autres poches des vêtements, mais elle n'en a pas trouvé davantage. Jeanie se rejoue le film de leur conversation et se remémore la maladresse de Bridget. Elle déplie le billet et le tient devant elle. Dot aurait-elle plié un billet avant de l'oublier dans une poche ? Dans le noir, le visage de Jeanie s'empourpre, rouge de honte de sa propre naïveté, quand soudain elle comprend que c'est Bridget qui l'y a mis, ce qui ne peut vouloir dire qu'une chose : Julius l'a mise au courant du degré de désespoir de leurs ennuis d'argent. Il lui a certainement parlé de l'expulsion également et ils ont déjà discuté de déménager chez Stu et elle. A-t-il aussi tenté d'évoquer l'implication de Nathan ? Ce soir, pendant qu'ils mangeaient la pizza, Julius a fait semblant d'être surpris par la proposition de Bridget et s'en est tenu à l'idée qu'ils n'auraient pas besoin de l'accepter ; ils ne déménageraient pas le lendemain, quoi qu'il arrive. Peut-être sa suggestion de venir habiter chez eux ne venait-elle même pas d'elle ; peut-être qu'il est allé la supplier.

16

Jeanie est réveillée par une odeur de cigarettes. Il a fallu plusieurs jours pour que le nuage de fumée et de bière de la réception pour Dot se dissipe, et voilà que l'odeur réveille les mêmes palpitations dans son for intérieur. Comment se fait-il que la nuit dernière, entre toutes les nuits, elle soit parvenue à dormir ? Elle entend des voix fortes dans la cuisine – Julius et plusieurs autres personnes – et s'habille à la hâte tandis que Maude la tourmente, grogne, sentant que quelque chose ne tourne pas rond. En bas, Nathan paresse, appuyé contre l'encadrement de la porte entre le cellier et la cuisine. Il semble plus à l'aise que lors de sa dernière visite, il porte le même costume, mais déjà le tissu fait des bosses aux genoux et les poches ont pris la forme du téléphone portable et du trousseau de clés. Un autre jeune homme est calé dans le coin d'un canapé, les yeux fermés, la bouche ouverte. Il se réveille en sursaut, des yeux de fou, fixes. Un troisième homme, plus fin que les autres, les joues creuses, les yeux enfoncés dans leurs orbites cerclées de rouge, se tient près de la porte d'entrée, il fume en écoutant Julius fulminer sur la propriété privée et l'entrée par effraction. L'homme ne dit pas un mot, il se contente de sourire, de ses dents trop petites pour sa bouche.

Trois, pense Jeanie. Pourquoi Rawson a-t-il envoyé trois personnes ?

« Qu'est-ce qui se passe ici ? » lance-t-elle, et ils se retournent vers elle. Elle tente de bloquer Maude derrière elle dans les escaliers, mais la chienne se faufile autour de ses jambes et grogne, lèvres retroussées. L'homme avec qui Julius est en train de se disputer frappe de sa botte devant elle et Maude file se réfugier sous la table.

« Jeanie, dit Nathan en se redressant. Mademoiselle Seeder. Je ne savais pas que vous étiez à la maison.

— Où d'autre pourrais-je bien être à neuf heures du matin, Nathan ? »

Il enfonce les mains dans les poches de son pantalon, on voit les formes de ses poings à travers le tissu.

Un quatrième homme apparaît près de la porte d'entrée, avec une caisse à outils. « C'est bon, Tom, déclare-t-il en tendant un trousseau de clés.

— Pour l'amour du ciel, s'exclame Julius. C'est notre maison. » Il ne porte que son bas de pyjama. Sa tenue de prédilection pour les urgences, pense Jeanie.

« Pourquoi tu les as laissés entrer ? demande-t-elle.

— Tu ne les as pas entendus ? Ils allaient défoncer la porte. »

Tom donne une tape dans le dos à l'ouvrier. « Salut, mon gars. On se voit plus tard, ok ? »

Jeanie regarde par la fenêtre de la cuisine le serrurier déambuler le long du chemin comme si c'était un boulot comme un autre. Le vent lui soulève de longues mèches de cheveux qui retombent en pagaille autour de sa tête. Tom tire sur sa cigarette, lance son mégot dans le jardin et tape dans le pied de l'homme sur le canapé, le fait sursauter de nouveau. « Allez, Lewis. Tu peux pas passer la journée à dormir, putain. On a du boulot.

— Sortez de ma maison », ordonne Julius. Il est devant la porte d'entrée, la main sur la poignée.

Jeanie, elle, est devant les plaques, dont la chaleur résiduelle irradie contre sa jupe, elle se dit qu'elle devrait refaire du feu – ils auront besoin d'eau et d'une plaque chaude pour le petit déjeuner – jusqu'au moment où elle comprend qu'ils ne vont probablement pas prendre de petit déjeuner. Sans doute les œufs brouillés qu'elle a préparés l'autre jour sans même les manger sont les derniers qu'elle aura faits dans cette maison. Puis elle pense aux poules – qu'est-ce qu'ils vont faire avec les poules ? Nathan vient se poster à côté d'elle. « Je croyais que vous auriez pris les devants et déménagé, dit-il calmement, comme pour demander pardon.

— Eh bien, non. Allez, on arrête tout ça, maintenant, plaide-t-elle. On ne leur doit pas un sou. Il n'y a jamais eu de loyer. On va parler à Rawson et trouver une solution. »

Lewis promène son regard autour de lui, hagard. Il se lève d'un pas somnolent et attrape une chaise, Tom en prend une autre. « Là », lance Tom en jetant une chaise à Nathan par-dessus la table de la cuisine. La réaction de Nathan est lente mais il réussit à l'attraper.

« Attendez, dit Julius. Où est-ce que vous allez avec ça ?

— Vous auriez mieux fait de vous débarrasser de ces merdes avant, répond Tom.

— Ton papa va venir nous déménager aujourd'hui », affirme Jeanie à Nathan, même s'il n'y a rien de convenu. Jeanie s'interpose entre lui et la porte d'entrée, elle entend Maude s'agiter sous la table. Nathan balaie l'air d'un geste de la main. « On va habiter avec lui et ta maman pendant un moment. » Elle espère que c'est encore possible.

« C'est toi qui t'occupes de cette expulsion de petits vieux, Nath ? » Tom attrape une autre chaise. « Ou bien c'est moi ? » Il contourne Julius.

Nathan bombe le torse, durcit les traits. « C'est mieux si c'est toi », affirme-t-il en regardant Jeanie. Elle a envie de lui prendre la chaise des mains et de la lui fracasser sur la tête.

« Vous pouvez sûrement attendre qu'il arrive avec le van ?

— Je ne veux rien avoir à faire avec ce vieux bouc, plus jamais. Je bosse pour qui je veux, quand je veux.

— On n'a qu'à tout foutre sur le chemin, les gars », dit Tom. Les hommes hissent les chaises au-dessus de leurs têtes et Jeanie se retrouve plaquée contre le feu pour laisser le passage à Nathan.

« Alors il t'a parlé ? demande Jeanie. Il t'a dit de ne pas faire ça ? » Il fait exprès de ne pas l'écouter.

Julius, près de la porte, s'avance et agrippe la chaise que tient Lewis, tente de la lui arracher des mains. Ils luttent, s'injurient, et l'un des châssis de la chaise se brise.

« Allons, allons, lance Tom depuis le seuil. Nous ne faisons que notre travail, monsieur Seeder. » Le ton qu'il emploie provoque un éclat de rire comme si c'était une blague et qu'il s'apprêtait à reposer la chaise en disant *Je te faisais marcher*.

Julius lâche la chaise d'un coup et Lewis dégringole, ouvre la porte du salon dans sa chute et retombe lourdement sur le dos. Chaises et jambes s'emmêlent jusqu'à ce que Julius se dégage de l'enchevêtrement et se retrouve dans le salon. Jeanie siffle Maude et rejoint son frère. Tandis qu'elle referme la porte du salon sur les hommes, Tom lui sourit de ses petites dents carrées et tachées et trace de l'index une ligne en travers de son cou.

« Appelle Stu, ordonne Jeanie à Julius. Dis-lui de venir tout de suite. » Depuis la fenêtre du salon, ils voient les hommes balancer les chaises par-dessus le portail et remonter le long du chemin.

« Je n'ai plus de batterie, déclare Julius.

— Bon sang, mais pourquoi ?

— Parce qu'on n'a pas payé la facture d'électricité, tu te souviens ? » Il crie. « Parce que je n'ai pas réussi à le recharger pendant la traite parce que les types là-bas me surveillaient constamment. Et je ne suis pas allé au pub après le boulot parce que je savais que tu me le reprocherais. Ça te va comme ça ?

— D'accord, dit-elle doucement. D'accord. Je te demande pardon. » Elle s'assied dans le fauteuil et se recroqueville sur ses cuisses. « J'ai fait quelques cartons hier. Il faut juste que je rassemble nos vêtements. On va y arriver. Ça va aller. » Elle ne parle que pour parler, pour que les choses paraissent plus normales, moins insolubles.

Julius s'accroupit, lui empoigne les bras sous les épaules et la regarde droit dans les yeux. « Je vais aller m'habiller et ensuite j'irai trouver Stu et lui dire qu'il faut qu'il vienne maintenant. Peut-être qu'il pourra essayer d'arrêter Nathan. » Ainsi donc Julius avait bien parlé de Nathan à Bridget, pense Jeanie. Elle ne croit pas que la deuxième fois puisse être plus efficace que la première, pas maintenant qu'elle a vu Tom, mais elle hoche la tête. « Reste ici avec Maude, tout ira bien. »

Pendant que Julius est à l'étage, Jeanie est attirée vers la fenêtre d'où elle voit leurs affaires brinquebalées jusqu'au bas de l'allée, puis déversées sur le chemin : la table de la cuisine, dont les hommes ont ôté les pieds, le tabouret du piano, les coussins du canapé, un des tiroirs du buffet et puis le canapé lui-même. Le vent se lève, soulève les étoffes, les papiers. Elle ramasse une photo de ses parents encadrée posée sur la commode du salon, elle la glisse dans la poche de son gilet. Elle prend la tasse décorée aussi et l'enfonce dans la poche de sa jupe, déchirant la couture au passage. Dans une troisième poche, elle fourre un cendrier jamais utilisé, c'est un petit pot coincé entre les pattes d'un ours en bois sculpté avec des billes à la place des yeux, puis elle reporte son attention sur l'extérieur.

Avant de s'en aller, Julius la serre contre lui. « Je fais aussi vite que possible. » Elle le regarde passer devant les hommes sur le chemin, il y a de nouveaux cris et bousculades, après quoi il enfourche sa bicyclette et disparaît. Après son départ, elle monte les escaliers avec Maude jusqu'à la chambre de Julius. Sur le plancher branlant, les deux lits jumeaux de son enfance sont toujours là. Elle dormait dans celui de gauche jusqu'à la mort de leur père, quand Dot avait déclaré qu'elle était trop âgée pour partager une chambre avec son frère, elle avait alors déménagé dans le lit double à côté de sa mère. Jeanie savait que la raison en était que Dot craignait d'être seule. Où Jeanie aurait-elle dormi si son père avait vécu ? Et pourquoi Julius n'avait-il pas pris le lit double seul ? Ces sujets, comme celui du meurtre de son père, n'avaient jamais été discutés. Elle jette un coup d'œil par la fenêtre, elle se souvient des rangées de crânes d'oiseaux que Julius collectionnait – qui tombaient du rebord chaque fois qu'elle fermait les rideaux. Les hommes ont pris les fauteuils du salon, Tom dirige les opérations, pendant que Nathan et Lewis les emportent au bout de l'allée. Les coussins des fauteuils dégringolent et Lewis trébuche dessus avec ses bottes pleines de boue.

Sous le lit qui était autrefois le sien, Jeanie tombe sur une vieille valise qu'elle bourre des vêtements qu'elle trouve dans les tiroirs et l'armoire de Julius : des jeans et des chemises délavés à force de lessive, des chaussettes élimées, des sous-vêtements et des T-shirts, son pyjama qu'il a laissé par terre. Elle emballe le pistolet non chargé de Julius et le cale entre les étoffes molles. Ensuite elle retourne le tiroir de sa table de chevet au-dessus de la valise sans même regarder ce qu'il y a dedans. Quelque chose tombe en cliquetant et roule par terre. Jeanie fouille sous le lit mais ne sent que des moutons de poussière et autres déchets. Par-dessus le tas de reliefs dans la valise, elle met la photo, le cendrier ours, la tasse et la referme.

Lorsque Julius revient, il s'empoigne de nouveau avec Lewis dehors, c'est un idiot mais un idiot plus jeune et plus agile que lui. Ils ont tous les deux saisi une poignée de la cuve en étain, chacun tente de la tirer à soi et de pousser l'autre, jusqu'à ce que Julius bascule en arrière, les fesses dans le parterre de fleurs. Lewis éclate de rire et balance la cuve par-dessus la clôture du jardin où elle atterrit à l'endroit sur le chemin. Julius se redresse laborieusement, Jeanie sort du cottage. Elle époussette la saleté sur les vêtements de son frère, tout à coup il est embarrassé par sa sœur, vieillotte et empressée, même devant ces hommes qui sont en train de dépouiller sa maison. Il ne se souvient pas de s'être senti honteux à cause d'elle auparavant, protecteur seulement, mais là, avec un mélange de culpabilité et d'humiliation, il repousse ses mains. Sur le chemin, Lewis a grimpé dans la cuve et fait semblant de se brosser le dos avec un balai qui traîne par là, devant Nathan hilare et Tom qui bondit dans tous les sens comme un singe.

Julius informe Jeanie que Stu va venir dès qu'il pourra, il omet de lui dire qu'il n'a pu que laisser un message à Bridget qui lui a répondu que Stu était parti travailler pour la journée et qu'elle doutait que Nathan daigne écouter son père. Julius passe le bras autour des épaules de sa sœur, les joues rouges, mutique, et l'emmène s'asseoir loin du grabuge, en haut du jardin, après les poules encore dans leur poulailler, et au milieu des arbres déchaînés sous le vent.

« Peut-être qu'on devrait tout mettre dans la vieille laiterie, dit Julius, soudain frappé par l'idée. On devrait pouvoir faire rentrer une grande partie.

— Ce serait encore sur le terrain des Rawson, rétorque Jeanie d'une voix blanche. Ils pourraient le réclamer.

— Le chemin leur appartient aussi. »

Jeanie hausse les épaules sans le regarder.

Enfin, lorsqu'ils entendent les moteurs démarrer, ils se relèvent et redescendent le long du jardin, boitant, raides, comme s'ils avaient été physiquement blessés par les actes commis ce jour.

Julius s'arrête au pied de la tombe de sa mère. « Je vais trouver une solution. » Il sait que les mots sont creux et que Jeanie pense qu'il n'a pas fait ce qu'il était censé faire : assurer sa sécurité.

« Fais chier », lâche Jeanie, et Julius, choqué d'entendre ces mots dans la bouche de sa sœur, la voit se diriger vers le haut du monticule de terre et arracher du sol le tisonnier. Il ne l'avait pas revu depuis la mort de leur mère et sent un frisson lui remonter dans le cou en comprenant qu'il était là depuis le début, pour marquer l'endroit de la tombe, comme si Dot l'avait elle-même emporté et planté là.

Dans le jardin, il attend que Jeanie ait fini de nourrir les poules. Puis sa sœur et lui contournent le cottage et prennent le chemin de devant sans un regard pour l'intérieur.

Stu arrive en fin d'après-midi. Il descend la vitre de son van et observe, médusé, le contenu du cottage empilé en travers du chemin. Tout ce que Nathan et les autres ont réussi ou voulu se donner la peine d'embarquer a été sorti et entassé : poêles, bols, assiettes disparates, trois matelas tachés dénudés à même le sol, la cuisinière arrachée au secteur, le frigo qui n'avait plus servi depuis trois semaines, quatre tables de chevet, des bougies, théières, cruches et carafes, des tapis élimés et toutes ces vieilleries cachées dans les recoins sombres d'une maison mal éclairée. La commode du salon est renversée sur le côté, son contenu est tombé : ce qui restait du linge de maison est encrassé de boue, les documents et dossiers administratifs de la famille sont éparpillés. De nombreux morceaux de papier ont été emportés par le vent et disséminés dans les haies et les champs environnants. Des semailles de mots. Jeanie et Julius, emmitouflés dans leurs manteaux, sont assis sur des chaises de cuisine dont les pieds s'enfoncent dans la terre.

« Nom de Dieu, dit Stu. Bridget m'avait parlé de deux valises. Je doute que tout ça rentre à l'arrière, et jamais ça ne rentrera dans la maison. » Il sort et se plante les mains sur les hanches devant le spectacle. Il porte ses éternels shorts et bottes, ses mollets poilus entre les deux.

Julius ramasse les valises que Jeanie a préparées – une pour lui et une autre pour elle. « On s'en va », déclare-t-il solennellement. Il n'a plus de colère, rien que de l'humiliation. Ils chargent les cartons de vaisselle et nourriture à l'arrière du van, plus un de draps. La caisse à outils de Julius est également emportée, ainsi que les trois étuis à instruments. Julius charge le vélo de Dot – celui de Jeanie à présent – à l'arrière du van. La remorque ne rentre pas, il la harnache à l'arrière de son propre vélo. Jeanie siffle Maude qui furète entre les piles, renifle frénétiquement.

« Et le reste ? demande Stu. Vous n'allez pas laisser ça là, si ?

— On s'en va », répète Julius. Le moindre de ses mouvements lui demande un effort surhumain, il semble avoir vieilli de vingt ans en une journée. Jeanie s'installe sur le siège avant et hisse Maude à ses pieds par le collier. Julius tente d'accrocher son regard, de lui sourire ; c'est un sourire de façade pour lui faire croire qu'il est confiant, qu'il a un plan, mais elle fixe un point droit devant elle, lèvres scellées, comme si elle avait prononcé ses derniers mots tout à l'heure quand ils étaient dans le jardin. Il voit qu'elle a gardé le tisonnier à la main, il s'imagine qu'elle s'en servirait bien pour le frapper.

Moi aussi, je t'emmerde, pense-t-il, renonçant à essayer de rester positif.

« On se retrouve là-bas », dit-il en claquant la porte côté passager.

17

La chambre de Nathan est peinte en bleu avec une frise au motif de bateau à voile dessinée au crayon qui fait le tour des murs, passe au-dessus de la tête du lit simple et va jusqu'à la porte de l'armoire, laissée ouverte. Certains de ses vêtements d'enfant sont encore suspendus à l'intérieur, au-dessus sont stockés des cartons de jouets et une demi-douzaine de puzzles. Un diplôme encadré est suspendu au mur, un prix de hockey apparemment, une guirlande de Noël orne le haut du cadre. Des vêtements s'entassent sur l'ordinateur et le clavier sur le bureau. Des piles de DVD et de CD encombrent le rebord de la fenêtre. Une balle en plastique orange géante est calée dans un coin avec ce qui ressemble à un petit trampoline.

Bridget prend Jeanie dans ses bras, pendant que Stu continue de décharger le van. La maison, une ancienne mairie des années cinquante en crépi, est coincée entre deux autres bâtisses, elle a été avalée par le nouveau lotissement en bordure d'Inkbourne. Autrefois les fenêtres donnaient sur les champs, aujourd'hui depuis la fenêtre de la chambre de Nathan Jeanie aperçoit les jardins proprets des voisins et la même maison moderne répétée à l'infini, avec pour seul élément de distinction les portes d'entrée peintes de couleurs différentes.

«J'ai essayé de le raisonner», dit Bridget. Jeanie détourne le regard. «Il a refusé de m'écouter.» Bridget secoue la tête. «Et puis Stu s'est emporté, il est entré dans une rage terrible, mais Nathan s'est juste entêté davantage. Il a dit qu'il n'obéirait plus jamais à son papa, plus jamais. Pourquoi je ne suis pas étonnée qu'il se soit retrouvé mêlé à tout ça ? Qu'il travaille pour les Rawson ?» Jeanie baisse les yeux sur la moquette, bleue également, elle aurait besoin d'un coup d'aspirateur. «C'était un si gentil petit garçon.»

À l'étage chez Bridget se trouvent deux chambres et une salle de bains au carrelage vert – «Attention à l'eau chaude, indique Bridget quand elle fait visiter la maison à Jeanie. Il n'y en a pas beaucoup.» En bas, dans le séjour encombré, un canapé et deux fauteuils couleur pêche aux énormes accoudoirs rembourrés entourent une gigantesque télévision à écran plat. Côté façade arrière se trouvent encore une cuisine et un espace que Bridget appelle le solarium. Difficile de distinguer les meubles et le sol de la maison car chaque surface vacante, en dehors des énormes accoudoirs, est recouverte de magazines people, de piles de journaux locaux, de courrier non ouvert, il y a aussi des pots de confiture avec des pinceaux collés à l'intérieur, des boîtes de rangement en plastique remplies de choses et d'autres, des ventilateurs électriques, des radiateurs portables, un étendoir croulant sous le poids de draps empilés dessus, une planche à repasser avec un panier à lessive d'où dépasse quelque chose qui ressemble à une scie en pièces détachées.

«Voilà notre chez-nous, lance Bridget en allumant une cigarette quand elles atteignent la cuisine, seule pièce que Jeanie connaissait auparavant. Stu pense que je devrais prendre ma retraite cette année, mais pour quoi faire ? Le ménage et le repassage ? Non merci. » Elles sont toutes les deux devant l'évier ; une poêle à frire et des assiettes tachées d'œufs attendent sous le robinet. Elles observent Maude à l'extérieur qui creuse la terre de ce qui fut autrefois des plates-bandes fleuries désormais envahies par les mauvaises herbes. Bridget coince sa cigarette dans sa bouche et frappe du plat de la main sur la vitre. « Hé ! » crie-t-elle. Maude relève la tête un instant, les dévisage et reprend ses fouilles de plus belle. « Mieux vaut qu'elle reste dehors », conclut Bridget.

Une fois qu'il a terminé de décharger le van, Stu entre dans la cuisine : « Que dirais-tu d'une tasse de thé, ma chérie ? » Il pose son bras autour des épaules de Bridget et, d'un geste affectueux, pince l'un de ses seins en donnant un coup de klaxon sonore.

Elle rit en le repoussant. « Je tuerais pour une tasse de thé, mon Stu », répond-elle.

Jeanie s'écarte et Stu remplit la bouilloire.

À dix-neuf heures, le vélo de Julius n'est toujours pas là. Bridget et Stu discutent du menu du dîner et Bridget sort quatre poulets à la Kiev du congélateur qu'elle met au four avec un plat de frites. Jeanie leur donne la nourriture qu'elle a rapportée du cottage : un pot entamé de confiture maison, du bouillon de poule, le reste de pain, des œufs, des légumes du jardin et une moitié de barquette de margarine.

Tandis que Bridget retourne les poulets dans le four et met quelques petits pois au micro-ondes, Jeanie déplace le contenu de l'évier dans le lave-vaisselle, tentant de deviner l'emplacement de chaque chose et de se faire la plus discrète possible. Elle se demande où peut bien se trouver Julius – au pub ou chez Shelley Swift. Il a bien le droit de faire ce qu'il veut, tout comme elle. Ils gardent de quoi dîner pour Julius, servent le reste sur des plateaux que Stu et Bridget emportent dans le salon. Avant de les rejoindre, Jeanie sort le porte-monnaie de Bridget de son sac à main suspendu à une chaise. Dans la partie portefeuille, il y a plus de billets qu'elle ne peut en compter. Tout au fond de sa poche, les vingt livres qu'elle a trouvées dans le manteau de Dot. Elle les sort et les fourre avec le reste de l'argent de Bridget avant de remettre le porte-monnaie dans le sac.

« Allez, viens, lance Bridget depuis le salon. Ça commence. » Jeanie prend son plateau. Bridget et Stu sont tous les deux enfoncés dans leurs fauteuils, leurs plateaux sur les genoux. La télévision est allumée, sur l'écran défile le générique d'un programme. « Fais-toi une petite place au bout du canapé », dit Bridget, et Jeanie pose son plateau sur le sol, déplace ce qui ressemble à une paire de rideaux sur le dossier du canapé avant de s'asseoir enfin. Ils regardent une série policière dans laquelle deux détectives enquêtent sur le meurtre d'un garçon sur une plage d'une ville de la côte anglaise. La famille du garçon passe tout l'épisode sans échanger un regard ou un geste.

« Elle ressemble à Jeanie, non ? lâche Bridget sans quitter la télé des yeux.

— Qui ? demande Stu.

— La policière.

— Détective, corrige Stu.

— En moins grisonnante, bien sûr, mais avec des dents assez grandes. Ça lui va bien, n'empêche. » Bridget se retourne vers Jeanie. « Et la détective est plus jeune. »

Stu se penche en avant, tend le cou en contournant Bridget pour jeter un coup d'œil à Jeanie. Jeanie les scrute en retour, sans un mot.

« Elle est plus mince », affirme Stu.

Du ruban bleu et blanc délimite la scène de crime, gardée par un policier dont le métier semble se résumer à soulever le ruban pour laisser passer les détectives. Bridget et Stu en sont aux épisodes trois et quatre et il faut une bonne demi-heure à Jeanie pour comprendre de quoi il retourne. Les détectives arrêtent un homme, lui demandent de se déshabiller et récupèrent ses effets personnels dans un grand sac en plastique. Ils effectuent des prélèvements à l'intérieur de sa bouche avec un coton-tige géant et relèvent ses empreintes digitales.

« C'est pas lui le meurtrier, dit Stu.

— Trop tôt pour que ce soit lui, explique Bridget. Ils n'attrapent jamais les coupables au début de la série. »

Ils mangent sans jamais quitter l'écran des yeux. De temps à autre ils se tournent l'un vers l'autre quand un rebondissement survient et lâchent un « Oh, mon Dieu ! ». Dès que le programme touche à sa fin et que le générique commence, Stu propose : « Un autre épisode, Bridgie ? »

Elle sourit. « Vas-y. » Bridget sélectionne le nouvel épisode avec la télécommande tandis que Stu se tient planté devant Jeanie, qui l'espace d'un instant se demande ce qu'il veut, il finit par se baisser pour ramasser son plateau sur ses genoux et le rapporter à la cuisine.

« Vous voulez du thé ? lance-t-il depuis la cuisine.

— Allez », répond Bridget.

Jeanie prépare le dîner de Maude – des légumes bouillis avec de la graisse de poulet et un œuf cru mélangé, la coquille brisée sur le dessus. Elle semble s'y être habituée. Jeanie dégote une truelle et ramasse les besoins de Maude qu'elle enterre derrière le garage de Stu. Lorsqu'elle se retourne vers la maison, Bridget est à la fenêtre de la cuisine, elle fume et l'observe. Dans la serre à l'abandon, Jeanie aménage un lit de fortune avec quelques sacs en toile, la chienne gémit quand Jeanie pousse sur son museau pour refermer la porte sur elle. De retour à l'intérieur, quand Jeanie ouvre le lave-vaisselle pour le vider, les tasses et les bols sont remplis d'une eau trouble et poussiéreuse. Elle les dépose dans l'évier et les relave à la main. Bridget est assise sur un tabouret haut devant le comptoir, elle lui désigne du bout de sa cigarette un placard après l'autre et la place de chaque chose à l'intérieur. Le fond du lave-vaisselle est gluant d'une matière que Jeanie n'a pas envie d'étudier de plus près. Peut-être, délire-t-elle, qu'elle pourrait faire le ménage, Julius s'occuperait du jardin et ils pourraient vivre tous ensemble sous le même toit. Elle aimerait bien habiter dans une maison avec une salle de bains, des toilettes à l'intérieur et le chauffage central, un frigo qui marche, peut-être même une télévision, mais elle sait déjà qu'elle ne pourra pas rester longtemps avec Stu et Bridget. D'une manière ou d'une autre, elle trouvera un moyen de les ramener au cottage, elle et son frère.

«Je pensais, commence Jeanie en séchant les verres qui sont sortis étrangement embués comme s'ils avaient été passés au jet de sable, à l'arrangement. Celui que nous avions avec les Rawson pour le cottage.» Elle regarde

Bridget du coin de l'œil, dont la cigarette lui indique une étagère d'angle près de la fenêtre.

« Je n'arrive pas à croire que Nath se soit retrouvé mêlé à toute cette histoire ce matin, dit Bridget. Il aurait pu faire tout ce qu'il voulait, tu sais, quand il est sorti de l'école. Pompier, électricien, n'importe quoi. S'il avait bien voulu se décider.

— Est-ce qu'il a jamais été mis par écrit ? » Jeanie range les verres sur l'étagère. Des rires retentissent dans le salon – ceux du public à l'intérieur de la télévision et celui de Stu qui les recouvre. Jeanie songe aux documents qui étaient consignés dans la commode du salon et qui se sont envolés par-dessus le chemin et les haies.

« Trop influençable, c'est ça son problème. Tu as dit qu'il était avec qui déjà ?

— Un dénommé Lewis, et un autre type.

— Crâne rasé ? Mince ? » Bridget creuse les joues en tirant sur sa cigarette.

Jeanie opine. « Tom, il s'appelait Tom.

— Ils vivent ensemble, Nath et Tom. Tom a toujours été un gamin à problèmes, depuis tout petit. À l'école c'était une terreur, c'est encore pire depuis qu'il est devenu adulte. Sa mère est morte quand il avait cinq ans, tu sais – d'un cancer du sein. C'est allé tellement vite. » Bridget claque des doigts. « Elle était là et puis c'était fini, comme ça. » Jeanie se demande si Bridget claque des doigts aussi quand elle raconte la mort de Frank aux gens. « Pauvre gosse. Son père était un bon à rien, il l'a laissé devenir un petit sauvage. D'après ce qu'on raconte, alors qu'il avait une dizaine d'années, on l'a surpris ramassant les cadavres des bestioles écrasées sur la route pour les ramener à la maison et les manger. Mais je suis désolée que ça se termine comme ça. Ta mère doit se retourner dans sa tombe. »

Jeanie détourne vivement les yeux et ramasse une fourchette.

« Pas besoin de les prendre une par une, tu sais. Tu peux sortir tout le panier d'un coup. » Bridget écrase sa cigarette dans un cendrier déjà plein.

« Alors, est-ce qu'il y a jamais eu une trace écrite ? retente Jeanie.

— Oh, je ne pense pas. Ce n'était pas le style de ta mère, je me trompe ? D'officialiser les choses. »

Elles entendent le rire de Stu.

« J'ai trouvé un boulot. » Jeanie vide les couverts du panier dans un tiroir où rien ne semble rangé et où des miettes s'accumulent dans les coins.

« Vraiment ? dit Bridget comme si elle estimait impossible que Jeanie soit parvenue à accomplir une chose pareille.

— Pour une femme qui vit à Cutter Hill. Elle voulait une femme jardinière. Je tonds la pelouse, des choses de ce genre.

— Cutter Hill ? répète Bridget. Près de l'ancienne cabine téléphonique transformée en bibliothèque ?

— C'est Saffron qui a fait ça.

— Saffron ? C'est son nom ? » Bridget semble incrédule, et Jeanie a envie de prendre la défense de sa nouvelle employeuse, son amie. Jeanie a encore le chèque que Saffron lui a donné, plié en deux et glissé dans la poche de son manteau. Il n'y a pas d'endroit où elle pourrait l'encaisser au village et elle n'est même pas certaine qu'elle pourrait le faire même si elle arrivait à attraper un bus pour Devizes ou Hungerford.

« Et sa fille s'appelle Angel.

— Saffron et Angel ! » Bridget pousse un soupir dédaigneux.

Stu crie depuis le salon et Bridget a l'air ravie de l'interruption. « Quoi ? » s'exclame-t-elle en retour.

Il rit. « Génial ! »

Bridget s'extrait du tabouret et va voir ce qui se passe. Jeanie referme le lave-vaisselle et entend Bridget éclater de rire à son tour.

L'heure de se coucher approche et toujours pas de Julius. Bridget donne un drap, un oreiller et une couette à Jeanie pour lui faire un lit sur le canapé, une fois son ouvrage terminé, elle s'assied sur le rebord du lit de Nathan et attend jusqu'à ce que Stu et Bridget aient fini dans la salle de bains. Elle passe de la colère qu'elle éprouve à l'égard de Julius pour l'avoir abandonnée là toute seule à la terreur qu'il lui soit arrivé quelque chose sur la route entre ici et le cottage, elle l'imagine dans un fossé enchevêtré sous son vélo. Peut-être ne reviendra-t-il plus jamais, et que fera-t-elle alors ? Comment s'en sortira-t-elle ? Enfin, après une heure à regarder le mur, elle entend un bruit en bas – le fracas d'une chute –, elle sursaute et court voir ce qui se passe. Julius est dans la cuisine, il se cramponne au comptoir et oscille dans le noir. La lumière du couloir l'éclaire de derrière, Stu est là aussi.

« Comment t'es entré, putain ? » demande Stu en allumant la lumière de la cuisine, qui les éblouit. Il porte un T-shirt et un caleçon à carreaux. Jeanie se rend compte qu'elle a dû laisser la porte de derrière ouverte. Elle n'en dit rien. « Tu te pointes au milieu de la nuit ? continue Stu. Et bourré, le mec est bourré. » Bridget est là aussi à présent, en chemise de nuit, nouant sa robe de chambre. Jeanie voit leurs reflets à tous dans la fenêtre de la cuisine, éclairés comme la famille dans l'écran de la télévision.

« Désolé, désolé », bredouille Julius.

Des morceaux d'un saladier en porcelaine sont dispersés à ses pieds. Trois vieilles pommes sont alignées contre une plinthe. Jeanie enjambe les pieds de Stu et Bridget et commence à ramasser les gros morceaux de porcelaine.

« Vous n'êtes là que parce que Dot était l'amie de Bridget, rappelle Stu à Julius. Tu ferais mieux de t'en souvenir. Si t'as les moyens de te saouler, t'as les moyens de te loger.

— Stu, dit Bridget en lui tirant sur la manche. Leur mère vient de mourir, et notre fils a trempé dans toute cette histoire, n'oublie pas.

— Il rentre bourré au milieu de la nuit, il fout le bordel dans la cuisine. Réveille tout le monde. Il faudrait peut-être qu'il commence à se soucier du toit au-dessus de sa tête. »

À quatre pattes, Jeanie pense au cottage, sa maison lui manque, son lit, ses affaires. Elle se relève et dépose les morceaux de porcelaine dans la poubelle.

« Attention à tes pieds, l'avertit Bridget.

— Je le mets au lit, ensuite je nettoierai. » Jeanie prend Julius par la taille. « Allez-y, dit-elle à Bridget et à Stu. Je m'en occupe. »

Elle fait boire un grand verre d'eau à Julius, le met au lit dans la chambre de Nathan puis s'allonge sous la couette qu'elle avait installée pour son frère sur le canapé. Elle tente de s'endormir – c'est la première fois de sa vie qu'elle dort ailleurs qu'au cottage – mais elle reste allongée, les yeux grands ouverts dans le désordre du salon, à se demander ce que Julius et elle vont devenir maintenant.

Le matin, Jeanie est debout, les draps rangés avant même que Bridget et Stu ne bougent un sourcil. Elle s'est répété encore et encore le discours furieux qu'elle compte servir à Julius au réveil, mais il est le premier à débouler dans le salon, dans ses vêtements de la veille, traînant sur lui une odeur de tabac froid et de bière aigre. Les yeux injectés de sang et le teint jaunâtre. Elle a envie de lui demander s'il a dépensé tout l'argent qu'il avait gagné à la traite des vaches, mais elle ne veut pas s'entendre employer le même ton que Stu avec lui. Julius passe le bras autour d'elle, elle reste raide un moment, puis se détend, soulagée qu'il soit rentré.

« Je suis en train de nous trouver un endroit où vivre, déclare-t-il.

— Je ne peux pas rester ici, dit Jeanie. C'est au-dessus de mes forces, je préfère aller camper dans les bois s'il le faut. »

Il la serre plus fort encore. « Je sais, je sais. Une ou deux nuits de plus et c'est bon. »

18

Éviter le centre d'Inkbourne rajoute dans les deux kilomètres au chemin à vélo entre chez Bridget et le cottage, mais aux yeux de Jeanie, c'est mieux que de prendre le risque de tomber sur quelqu'un qui aurait entendu parler de leur expulsion. Comment pourrait-elle expliquer pourquoi Julius et elle se sont retrouvés sans toit au-dessus de leurs têtes ? Qu'est-ce qu'elle dirait si quelqu'un lui demandait où ils vont bien pouvoir vivre maintenant ? Elle décroche la remorque du vélo de Julius, l'accroche au sien et fait monter Maude à l'intérieur pour qu'elle s'habitue doucement à son nouvel attelage dans l'allée avant de prendre la route. Après leur départ, Jeanie se retourne et voit Maude, face au vent, la gueule ouverte et les bajoues battant dans l'air.

Jeanie passe devant la ferme et s'élance sur le chemin, le choc du spectacle de leurs affaires entassées sur l'accotement est intact. Des choses, des objets qu'elle avait toujours pensés siens lorsqu'ils étaient à l'intérieur – l'armoire bleue qui trônait sur le palier de l'escalier de droite, une vasque en porcelaine au rebord écaillé, la gêne de ce pot de chambre renversé, une boîte de bonnets et gants assortis –, le tout étalé en rangs d'oignons sans logique, comme si une main géante avait ramassé le cottage et l'avait secoué pour rire, laissant le contenu se déverser à terre avant de redéposer le bâtiment sur ses fondations. Il n'a pas plu cette nuit mais la rosée du matin a laissé des traînées d'humidité sur le bois des meubles et imprégné les tissus. Maude saute de la remorque et gambade autour de l'amoncellement, elle court jusqu'au bas du chemin, heureuse d'être de retour chez elle.

Bien qu'une seule nuit et une seule matinée se soient écoulées depuis qu'ils sont partis, Jeanie s'attend à trouver les lieux différents ; sans eux, forcément, quelque chose a changé – d'autres gens se sont installés ou bien des ouvriers ont commencé des travaux. Mais il n'y a aucun véhicule sur le chemin, et lorsqu'elle scrute l'intérieur par les fenêtres de devant, le désordre du salon est tel qu'il était la veille, tandis que dans la cuisine, le buffet est toujours adossé au mur et le piano placé au milieu de la pièce, là où Nathan, Lewis et Tom l'ont abandonné à cause de son poids. Elle a beau savoir qu'elle sera forcément fermée, elle s'acharne sur la poignée de la porte d'entrée, puis elle fait le tour du cottage et la porte arrière est bien entendu verrouillée de l'intérieur. Elle libère les poules et leur donne à manger et de l'eau fraîche. Les bêtes sont nerveuses à cause de l'heure tardive, la petite marron s'est un peu déplumée, mais il y a des œufs à ramasser qu'elle peut prendre avec elle et donner à Bridget. Elle remonte le long du jardin, évite la tombe et se dit qu'elle pourrait rassembler tout ce qui brûle et fabriquer un bûcher pour que Rawson, ou quiconque s'installerait à côté, n'en tire pas bénéfice. Mais cela représente trop d'années à creuser, trop de dos brisés, trop de pierres ramassées et de plantes soignées pour détruire ce jardin, et par ailleurs, qu'y aurait-il à brûler ? Les clôtures grossières, les bacs à compost ? Jeanie remplit l'arrosoir au robinet extérieur et arrose les plants de tomates qui s'affaissent sous la serre.

Une fois les tâches urgentes effectuées, elle est de nouveau attirée vers le cottage. Les mains en coupe autour de ses yeux, elle scrute l'intérieur par la fenêtre du cellier et découvre un désordre similaire aux pièces du devant. Dans la vieille laiterie, elle soulève une échelle en bois suspendue à des rivets dans le mur et manœuvre laborieusement pour la sortir et la déplacer à l'avant de la maison. Julius n'aimerait pas la voir faire, mais il n'est pas là. Elle appuie l'échelle contre la fenêtre de sa chambre, enfonce les pieds dans la terre pour la sécuriser et grimpe. Maude, en bas des échelons, lui aboie dessus. La fenêtre de la chambre de Jeanie n'a jamais fermé correctement, en hiver, Dot et elle la calfeutraient avec des torchons et des boules de papier journal. À présent elle glisse les doigts dans le creux, tire la fenêtre à elle et se hisse à l'intérieur.

Après seulement une nuit inhabité, le cottage sent l'abandon. L'armoire et le lit double à cadran métallique sont encore dans la pièce – apparemment les hommes n'ont pas trouvé de clé Allen à la bonne taille pour démonter le lit – mais le sommier, le matelas et les draps sont dehors. Elle pose un œil neuf sur ces choses autrefois sans importance, quand c'était encore sa chambre : l'endroit autour de la fenêtre où le plâtre a éclaté, les taches écloses sur les murs formant de grands cercles mycosiques, le trou dans un coin du plafond par lequel les souris et l'eau s'infiltrent parfois et sous lequel elles posaient un seau par temps de pluie. Les pas de Jeanie résonnent au rez-de-chaussée, la maison ressemble à une caverne. Dans une semaine, deux, dans un mois, sans personne dedans, elle sait bien que le cottage partira totalement à vau-l'eau. Les dalles de la cuisine se soulèveront davantage encore, la suie dégringolera des cheminées, les rats viendront tout ronger et griffer, et finalement la maison s'amenuisera et ne sera plus que terre, herbe, pierre et bois.

Elle se tient devant le poêle en métal dont le froid irradie contre ses jambes. Jamais auparavant le feu n'avait été complètement éteint. Souvent, quand les flammes reprenaient, Dot disait que c'était le même feu que celui qu'elle avait allumé lorsqu'elle avait dix-huit ans, le jour où Frank lui avait fait franchir le seuil dans ses bras. Elle se demande où est l'alliance de sa mère ; Julius l'a-t-il mise à l'abri ? Une série de lampes à huile repose au sol, leurs verres brisés, elle les enjambe, déverrouille la porte arrière et siffle Maude, encore en train d'aboyer devant la maison. De retour dans la cuisine, elle tire le panier rempli de bûches à travers la pièce, s'installe les fesses perchées sur le rebord, soulève le clapet du clavier et appuie sur une touche mineure. Elle a appris le piano en copiant sur son père, même si elle a toujours préféré la guitare. Le piano est encore plus désaccordé qu'auparavant, mais elle joue une introduction et chante :

« *It was on one fine March morning when I bid my home adieu*

And took the road to London town my fortune to renew

I cursed all foreign money, no credit could I gain
Which filled my heart with longing for the trees of Hadlington[1]*.* »

Le piano émet des cliquetis lourds, sa sonorité désaccordée comme amplifiée. Jeanie fredonne tout en s'efforçant de retrouver les notes justes. C'est une chanson qu'elle n'a jamais jouée qu'à la guitare.

Elle chante un autre couplet, hésitante, mais l'écho du son dans la pièce vide lui plaît. Elle ferme les yeux, imagine le feu rallumé derrière elle, Julius attablé devant une assiette pleine, Maude frissonnant dans son sommeil sur le canapé.

« *If it weren't for the wolves and the bears, I'd sleep out in the woods*[2]*...* »

Une autre voix se joint à la sienne, la faisant sursauter sur son tas de bûches, tandis que le clapet manque de se refermer sur ses doigts. Julius se tient contre le chambranle de la porte, sourire aux lèvres.

« Je savais que je te trouverais ici, dit-il.

— Tu n'es pas censé installer une clôture quelque part ? » Elle se rassied.

---

1. Libre adaptation de la chanson de Christy Moore, « Lakes of Pontchartrain », ici, la « maison » remplace le New Orleans de la version originale et « London town » remplace Jackson town. Les paroles peuvent être traduites ainsi :

« Par un beau matin de mars, je fis mes adieux à ma maison
Et pris la route pour la ville de Londres où j'allais chercher la fortune
L'argent venu d'ailleurs me semblait maudit, je ne pouvais rien gagner
Qui remplisse dans mon cœur le vide laissé par les arbres de Hadlington. »

2. « N'étaient les ours et les loups, je dormirais dans les bois... »

« On dirait déjà que ce n'est plus chez nous, hein ? » Il regarde autour de lui. « Déjà ce n'est plus un foyer. Ce n'est plus qu'une horrible petite maison moisie. »

Sa description l'offense. « Retourne travailler, Julius. Il faut qu'on donne un peu d'argent à Bridget pour les repas. Et qu'on rembourse Stu. » Elle n'ajoute pas *et Rawson*.

« En fait, le boulot était à vingt-cinq kilomètres. Il aurait fallu que j'y aille en van.

— Oh, Julius. » Elle se redresse à moitié dans sa direction mais il a un mouvement des épaules, une rebuffade face à sa compassion. Se rendant sans doute compte de son geste, il tente de contrebalancer en ayant l'air inquiet. « Tu n'aurais pas dû soulever cette échelle toute seule.

— Tout va bien. Je m'en suis bien sortie.

— J'ai appelé Richard Letford tout à l'heure. L'installateur de cuisines, tu sais ?

— Un autre boulot ?

— Pas exactement. » Il sourit. « J'avais besoin de vérifier quelque chose qu'il avait dit à la réception pour maman. » Julius s'approche du panier à bûches, pousse Jeanie d'un mouvement de hanche, elle se décale. Il ouvre le clapet et joue quelques notes enjouées de la main gauche.

« J'ai des nouvelles, annonce-t-il en couvrant le son du piano, tandis que sa main droite se joint à la gauche pour faire swinguer la musique.

— Quelles nouvelles ? » Elle est impatiente, elle n'a pas le temps pour le suspense et cette manière qu'il a de la faire lanterner.

Il continue le morceau joyeux et chante :

« *When I was a little girl, I wished I was a boy*

I tagged along behind the gang and wore my corduroys
Everybody said I only did it to annoy
But I was gonna be an engineer[1]*.* »

« Julius. » Elle lui donne une bourrade, il bascule presque à l'horizontale avant de revenir droit, sans cesser de jouer et de chanter.

« Julius, de quelles nouvelles parles-tu ? » Elle rit à présent. Ce n'est pas la première fois qu'elle l'entend jouer cette chanson.

« *Mamma said, "Why can't you be a lady?*
Your duty is to make me the mother of a pearl
Wait until you're older, dear
And maybe you'll be glad that you're a girl[2]*".* »

« Dis-moi. » Elle referme le piano sur ses doigts, le forçant à s'arrêter de jouer.

« Je crois que je nous ai trouvé un endroit où vivre.

— Vraiment ? » Elle a tellement envie d'y croire.

« Je n'ai pas encore vu l'endroit, mais je crois que ça fera l'affaire. On l'arrangera. Ce sera toujours mieux que de vivre avec Bridget et Stu. » Il se lève.

« N'importe quoi vaudrait mieux. Où est-ce que c'est ? Qu'est-ce que c'est ? Un autre cottage ?

---

1. Chanson folk de Peggy and Pete Seeger,
dont les paroles peuvent se traduire ainsi :
« Quand j'étais une petite fille, je voulais être un garçon
Je restais à la traîne derrière ma bande, dans mon pantalon
Tout le monde disait que je faisais mon intéressante
Mais je savais déjà que je serais ingénieure en grandissant. »
2. « Maman a dit : "Qu'est-ce qui t'empêche d'être une femme ?
Ton devoir est de faire de moi la mère d'une perle
Attends de grandir, de devenir une dame
Peut-être que tu seras heureuse d'être une fille." »

— Richard m'y accompagne cet après-midi. Laisse-moi aller voir en premier, ensuite je t'emmènerai.

— Il t'accompagne en voiture ? Est-ce que ça va aller ?

— Ce n'est pas loin. Dix minutes de route.

— Pourquoi je ne viendrais pas, moi aussi ? Si on peut s'installer aujourd'hui, on pourrait enlever nos affaires du chemin avant qu'il se mette à pleuvoir.

— Il vaut mieux que j'y aille. » Il consulte l'écran de son téléphone pour regarder l'heure. « Richard passe me prendre au village. » Il va dans le cellier, Maude et Jeanie sur ses talons.

« Mais tu ne m'as rien dit.

— Et ce que je voulais te dire, c'est que je suis tombé sur le Dr Holloway aujourd'hui. Il nous a trouvé un concert.

— Un concert ? Non, Julius.

— Au Plough. Il a dit qu'il avait raconté à Chris, le propriétaire, que nous étions très bons.

— Non, je ne peux pas jouer devant les gens.

— Tu as joué devant tout le monde après l'enterrement de maman.

— C'était différent.

— Tu n'auras qu'à jouer en tournant le dos au public. Et d'ailleurs, on n'en aura peut-être même pas, de public. » Il la serre dans ses bras rapidement et sort. Il repasse une tête à l'intérieur. « Je vais enlever l'échelle. »

Julius retourne au village, sa vièle dans son étui ficelé à la selle de son vélo. Il a faim et chaud mais il ne peut pas aller chez Bridget et Stu car ils ne lui ont pas donné de clés, et puis qu'est-ce qu'il irait faire là-bas ? Il ne dirait pas non à une bonne pinte de bière là tout de suite, avec un bon steak et une tourte à la bière du pub. Mais pour l'instant il n'a pas assez de liquide sur lui, même si demain il commence une nouvelle semaine de boulot à la traite des vaches. Il se demande si Chris accepterait de lui faire crédit d'une part de tourte et d'une pinte, mais il finit par acheter une bouteille de Coca, un sandwich et un sachet de chips au magasin, et les avale debout sur le trottoir, tout en lisant les annonces dans la vitrine. Quelqu'un vend un piano droit : gratuit pour quiconque viendra le chercher – le vieux piano de Frank ne vaudra plus rien, lui non plus.

Julius attend Richard en face du fish & chips, sous les fenêtres de Shelley Swift. Elle est au travail à cette heure-là, il a rendez-vous avec elle plus tard, il se dit qu'il lui jouera un morceau sur sa vièle. Il n'a pas l'intention de lui parler du concert au pub ; il n'assume pas vraiment ses pensées, mais la vérité est qu'il ne veut pas qu'elle le revoie avec sa sœur – ses vêtements, ses cheveux bizarres, son absence de maquillage. Holloway a parlé de leur musique à un type – un journaliste, féru de chansons folk régionales, Julius n'a pas bien écouté –, cet homme espère venir assister à leur concert. Le temps que Richard arrive, Julius décide qu'il ne jouera pas ses morceaux folk habituels pour Shelley Swift, mais autre chose. Du classique.

Le dimanche quand il était enfant, pendant que sa mère et sa sœur préparaient un rôti dans la cuisine, il s'asseyait à côté de son père dans la vieille laiterie face à tout le bricolage en retard de Frank entassé sur l'établi : un panier à l'anse cassée, la semelle décollée du cuir d'une chaussure, de vieux outils à aiguiser. Sur le rebord de la fenêtre, une minuscule radio, assez petite pour tenir dans la poche, était branchée sur Radio 3.

Le troisième programme, comme l'appelait son père. Frank aimait Beethoven, Chopin et Bach – Mozart était écarté, trop sirupeux, de la musique pour dames. La voix de son père couvrait les morceaux qu'il connaissait le mieux : « Écoute ce passage, écoute ça. » Et il dessinait les mélodies dans les airs, une chaussure ou un burin à la main. Parfois il chantait sur la musique – des airs sans paroles –, de sorte que même sans pouvoir entendre correctement l'air à cause des commentaires de son père, Julius était emporté par son enthousiasme. Quand Dot et Jeanie étaient sorties, lui et son père tentaient de jouer certains morceaux entendus – son père au piano et Julius à la vièle, qu'il lui avait appris à appeler violon lorsqu'ils jouaient de la musique classique. « C'est ça, l'encourageait Frank. Tu le tiens. » Un mois environ avant la mort de son père, Julius l'avait surpris en pleine conversation avec un de ses copains du club. « L'entendre jouer, c'est comme un rêve, disait Frank. Un putain de rêve. » Julius s'était concentré pour bien entendre. « Elle tient ça de sa mère, évidemment, elles sont douées, toutes les deux. »

Jeanie rassemble les poules plus tôt que d'habitude et s'assied près de la tombe de Dot pour manger un sandwich qu'elle s'est préparé chez Bridget. Le monticule de terre a déjà reverdi, l'endroit est invisible pour qui l'ignore. Elle a le sentiment de devoir des excuses à Dot, les choses ont si mal tourné en si peu de temps, alors que sa mère était parvenue à les maintenir tous ensemble dans le cottage durant plus de cinquante ans. Tous ces efforts réduits à néant en deux semaines. Sans doute sa mère a-t-elle sa part dans la catastrophe en amont, mais cela, Jeanie n'arrive pas encore à se l'avouer ; tant qu'elle et Julius ne sont pas fixés quelque part, elle n'en a pas l'énergie. Elle se dit qu'il a trouvé un endroit, elle est enthousiaste, pleine d'espoir – comme toujours –, elle essaie d'oublier toutes les manœuvres et tous les plans qui ont échoué par le passé. Au lieu de cela, elle ramasse des épinards, de l'ail et le dernier chou d'hiver, puis elle enfourche son vélo et emmène Maude dans la remorque jusqu'à Cutter Hill, pour aller travailler dans le jardin de Saffron. Saffron et Angel ne sont pas à la maison, une enveloppe a été scotchée au guidon de la tondeuse à son intention, à l'intérieur se trouve un nouveau chèque. Jeanie se demande comment on sait si un chèque a été encaissé ou non – elle a entendu parler des comptes en ligne, mais elle est incapable d'imaginer le fonctionnement d'une chose pareille. Elle fourre l'enveloppe dans sa poche, consciente qu'exactement comme Julius avec Shelley Swift, elle travaille sans être payée.

Pour faire le trajet entre chez Bridget et chez Saffron, Jeanie n'a pas d'autre choix que de traverser le village à vélo. De l'autre côté du parc se trouve le fish & chips, déjà ouvert, avec une femme au comptoir et Doug qui la sert, cinq enfants escaladent le banc à l'intérieur, collent leurs mains et leurs visages à la vitrine. Jeanie aurait bien continué mais elle est épuisée, elle ralentit et finit par s'arrêter, en se demandant si elle a assez d'argent pour s'acheter quelques frites. Un des enfants, la voyant regarder, plaque sa bouche ouverte contre la vitre et gonfle les joues telle une créature marine, sa bouche est comme un trou rose. Au-dessus du fish & chips, les fenêtres crasseuses semblent trop rapprochées, la façade a l'air de loucher. Sans prêter attention au gamin dans la vitrine qu'un de ses frères tire en arrière, elle entend les notes d'une viele s'échapper de ces mêmes fenêtres ; la bête dans sa poitrine se soulève et cogne. Elle descend de vélo, prend la laisse de Maude et déambule devant la halle du village à proximité en faisant semblant de lire les annonces sur le tableau. Le violoniste fait deux ou trois faux départs, mais lorsque les notes s'enchaînent, elle ne reconnaît aucun air qu'elle aurait déjà joué avec son frère, et cependant elle sait que c'est Julius qui joue et que c'est l'appartement de Shelley Swift. C'est un morceau classique, quelque chose qu'il jouait avec son père l'accompagnant au piano. Du Bach ? Leur mère méprisait le classique : de la musique pour les riches, disait-elle, Jeanie n'a plus entendu ce morceau depuis des années, peut-être depuis que leur père est mort. La musique s'envole par les fenêtres, une note flûtée à la fois, d'une douceur violente, telle une poire lâchée dans sa gorge. Une fois le morceau achevé, elle entend les rires de Shelley Swift et de Julius, et c'est là que Jeanie sait qu'elle l'a perdu.

19

Dans l'ancienne chambre de Nathan, Jeanie fouille parmi les choses que Stu a rapportées du cottage. Non pas qu'elle ait besoin d'une confirmation que la vièle de Julius a bel et bien disparu, mais elle veut voir s'il a pris autre chose, quelque chose qui signifierait qu'il est parti lui aussi. La première chose sur laquelle elle tombe, c'est l'étui du banjo de sa mère, derrière la pile de cartons. Personne ne l'a ouvert depuis que Dot est morte. Elle s'assied sur le lit et le prend sur ses genoux. À l'intérieur l'odeur est la même que dans son souvenir. C'est celle de la poussière dans les crevasses du velours vert, cette odeur réconfortante de vieux bus : de rembourrage usé mélangé à de l'huile de moteur.

Elle ôte le banjo de son étui et gratte les cinq cordes, désaccordées bien entendu. Elle le dépose à côté d'elle et ouvre le compartiment supérieur : un petit chiffon jaune et un onglet de pouce que Dot n'utilisait jamais. Le deuxième compartiment, sous l'emplacement du manche, est plus petit, coincée dedans se trouve une enveloppe marron, épaisse. Jeanie la sort de son logement et voit un mot unique griffonné de la pauvre écriture de sa mère, elle tente de le déchiffrer mais ne parvient pas à dépasser la lettre S. À l'intérieur, il y a seize billets de cinquante livres.

Une fois de plus, tôt dans la soirée, Jeanie et Bridget se retrouvent devant l'évier de la cuisine à lorgner le jardin en friche en ignorant le bruit que fait Maude. Le seul moyen que Jeanie a trouvé de convaincre la chienne d'entrer dans la serre cette fois-ci a été de l'appâter avec un œuf dur bien gras, alors qu'elle avait déjà été nourrie plus tôt. Une fois l'œuf lapé, en moins d'une minute, Maude, comprenant qu'elle était enfermée, s'est mise à aboyer.

Bridget fait frire des morceaux de poulet et ajoute un bol de sauce blanche dans la casserole en appelant le tout la Soirée Poulet. Elle exécute une petite danse autour de la cuisine, remue ses coudes, fléchit ses genoux et chantonne des paroles sur sa sauce, Jeanie n'a aucune espèce d'idée de ce qu'elle trafique, et cependant Bridget continue, secoue la tête et rit, s'en retourne à sa casserole sur le feu. Jeanie suggère qu'elles ajoutent un peu des épinards et de l'ail frais qu'elle a rapportés, mais Bridget lui dit que Stu ne supporte pas l'ail, et puis elle lit la liste des ingrédients au dos du paquet de poulet et déclare qu'il y a déjà des carottes dedans, que donc ils n'ont pas besoin de rajouter des légumes.

« Désolée pour hier soir, lance Jeanie. Julius qui est rentré ivre. »

Bridget émet un grognement qui n'est synonyme ni d'excuses acceptées ni de pardon.

« Et pour le saladier cassé aussi. Je vous en rachèterai un.

— Eh bien. » Bridget se penche sur le ton de la confidence. « Il faut bien que j'admette que Stu a un sacré caractère quand quelque chose l'agace.

— Il s'énerve vite», approuve Jeanie, et Bridget se raidit comme si elle était la seule autorisée à dire que son mari se met en colère, et que Jeanie n'était pas autorisée à donner son approbation.

«Est-ce que Julius se joindra à nous pour dîner ce soir ?» Le ton de Bridget est emprunté. Elle verse du riz blanc dans une casserole et met la bouilloire à chauffer. Le fait qu'elle ne rince pas le riz au préalable irrite Jeanie ; une fois cuit, il sera plein d'amidon et totalement indigeste.

«Je l'ai vu tout à l'heure, mais il n'a rien dit.» Elle n'a aucune intention d'avouer à Bridget qu'il leur a trouvé un endroit où vivre. Bridget l'interrogerait, et comme Jeanie serait obligée d'admettre qu'elle n'en sait pas plus, elle lèverait les yeux au ciel en partant du principe que c'est encore un des délires de Julius. Elle entend presque le son que Bridget produit, ce *feuh* et sa main qui balaie l'air. S'ensuivrait l'interminable récit des innombrables choses que Julius a initiées sans jamais les achever et Jeanie serait aux prises avec l'envie de défendre son frère d'une part et d'abonder d'autre part. Par ailleurs, maintenant qu'ils ont trouvé l'argent, peut-être qu'ils peuvent arranger les choses et se réinstaller dans le cottage.

«Sans doute avec Shelley Swift, lâche Bridget d'une voix sciemment blessante. J'ai entendu dire qu'il traînait pas mal autour du fish & chips.» Elle rit comme si c'était la blague de l'année. Si elle veut rester un tant soit peu amie avec Bridget, pense Jeanie, il va falloir qu'elle quitte cette maison rapidement. Bridget change de sujet et lui raconte comment elle a rencontré Stu, ce jour où il était venu avec Ed vider la maison d'un de ses proches décédé. Le coup de foudre. Stu l'avait embrassée à peine une heure après leur premier regard. Jeanie a déjà entendu cette histoire, elle demeure incapable de comprendre les lois de l'attraction, pas seulement entre Bridget et Stu, mais entre n'importe qui. Elle n'a jamais ressenti aucune attirance, aucun désir, il faut que cela lui saute à la figure pour qu'elle le remarque chez les autres. Tandis que Bridget parle, elle repense à ce jour dans la cuisine du cottage, quand elle avait treize ans, où celle-ci était venue rendre visite à sa mère. Ce devait être vers la fin mai, neuf mois après la mort de leur père, les plants de tomates étaient prêts à être replantés à l'extérieur. Jeanie était assise à table, elle découpait des images dans un magazine. Bridget et Dot étaient installées dans le canapé, elles parlaient d'un fermier du coin.

« Apparemment il est mort en pleine action », avait déclaré Bridget. Dot avait eu un mouvement brusque de la tête, qui avait attiré l'attention de Jeanie sur leur conversation. Bridget avait ignoré les gros yeux que lui faisait Dot et continué son histoire.

« Tu te souviens du gros gabarit que c'était, son ventre allait de là à là, énorme. » Elle avait baissé la voix, mais pas assez pour que Jeanie n'entende pas. « Il est mort alors qu'il l'avait encore dedans, elle est restée coincée dessous pendant trois heures avant qu'enfin on l'entende appeler.

— Pauvre femme », avait dit Dot discrètement. Elle traversait une mauvaise passe.

« Pauvre type plutôt. Son cœur s'est arrêté d'un coup ! » Bridget avait claqué des doigts et Dot avait tendu la main vers celle de son amie pour la lui baisser et lui dire de se taire.

Plus tard, Jeanie était dans la serre, occupée à entasser des plants de tomates rempotés dans la brouette pour pouvoir les remettre dans la terre fraîche. Dot, assise sur un cageot renversé, s'était mise à parler comme une mitraillette, comme si elle avait quelque chose à dire et voulait en finir au plus vite. « Tu es au courant que lorsqu'une femme et un homme tombent amoureux l'un de l'autre, il peut leur arriver d'aller au lit ensemble ? »

Jeanie, qui n'arrivait pas à croire que sa mère était en train de lui parler de cela maintenant, avait gardé la tête baissée. « Ils dorment ensemble, ils font l'amour », avait continué Dot. Elle avait hésité, et pendant qu'elle hésitait, Jeanie espérait que sa mère n'était pas en train de penser aux fois où elle l'avait fait avec son père.

« Je sais tout ça », avait-elle répondu, voulant faire taire sa mère. Jeanie avait raté les cours d'éducation sexuelle à l'école, elle avait tenté de rassembler les bribes d'information collectées chez les autres filles, qui lui avaient raconté comment on leur avait fait dérouler des capotes en caoutchouc sur des bananes, après avoir fait sortir les garçons de la salle, puis regarder un film atroce sur la naissance d'un bébé. Mais il y avait des blancs dans ses connaissances et des termes qui lui demeuraient opaques.

« Cela peut être éreintant », avait fait remarquer Dot.

Jeanie avait songé à l'étalon qu'elle avait vu un jour monter un âne, tout en babines retroussées et sabots. « On l'a étudié à l'école, maman, l'année dernière.

— Oui, mais écoute. Si l'homme ou la femme a un cœur fragile, comme ce fermier, cela peut être dangereux. Et si son sperme arrive jusqu'à son ovule, ils peuvent fabriquer un bébé. » Même Jeanie se rendait compte que Dot sautait les détails. Jeanie avait mélangé le récit de ce film sur la naissance et le peu qu'elle savait et s'était figuré un minuscule bardot – fruit d'un étalon et d'une ânesse – dégoulinant d'entre les jambes d'une femme. « Et s'ils le font – le bébé, je veux dire –, c'est toujours une épreuve pour la femme, pour son cœur, de porter un bébé en elle neuf mois durant. Et tu sais, Jeanie, que ton cœur n'est pas comme celui de tout le monde. » Sa mère avait marqué une pause, la main sur son propre cœur, quelques larmes dans les yeux peut-être. Jeanie avait détourné le regard, embarrassée. « Il serait dangereux pour toi d'avoir un bébé. Ce serait mauvais pour ton cœur, Jeanie. Tu comprends ? » L'idée d'avoir un bardot plaisait bien à Jeanie, mais tout ce truc de sexe et de petit ami, c'était le cadet de ses soucis.

« Je comprends », avait-elle dit à sa mère.

Jeanie, Bridget et Stu regardent un nouvel épisode de la série policière, avec leurs plateaux sur les genoux, après quoi les deux femmes se retrouvent dans la cuisine – Bridget pour fumer et Jeanie pour vider et remplir le lave-vaisselle à nouveau ; elle a besoin de sentir qu'elle s'acquitte de sa part. Bridget raconte sa journée au cabinet, qui est venu avec quoi, c'est un long flot de maladies et de pronostics. Jeanie l'interrompt pour lui dire : « Stu m'a dit que maman lui avait emprunté de l'argent. »

Bridget cesse de parler et souffle sa fumée vers le plafond. « Il ne faut pas t'en faire avec ça maintenant. Vous vous en occuperez quand vous aurez atterri quelque part.

— Les Rawson prétendent qu'on leur doit des mois de loyer. Ils disent que maman avait accumulé du retard. Est-ce que Julius te l'a dit ? » Jeanie referme le robinet sous lequel elle rinçait les assiettes sales.

Bridget écrase sa cigarette et enfourne une pastille à la menthe. « Tu sais quoi ? Si on se faisait une bonne tasse de chocolat chaud ? » Elle se lève, ouvre le frigo et sort la bouteille de lait. La lumière du frigo lui donne l'air blafard.

« Stu a dit qu'elle avait emprunté huit cents livres.

— C'est à peu près ce que j'imaginais. Je l'ai laissé gérer le prêt.

— Est-ce que c'était pour Rawson ?

— Je crois effectivement qu'elle avait des loyers en retard.

— Alors elle payait pour le cottage depuis toutes ces années ?

— Il y avait une sorte d'arrangement, tu es au courant. » À la manière dont Bridget lui répond, on sent bien qu'elle tente désespérément d'éviter de dire tout ce qu'elle sait. Elle prélève des cuillerées de chocolat en poudre, en verse dans trois tasses, ajoute du lait et ouvre le micro-ondes.

« Quand Stu lui a-t-il prêté l'argent ? » Jeanie a l'impression de se débattre dans les profondeurs tandis que Bridget refuse de l'aider à sortir de l'eau.

Les parois du micro-ondes sont mouchetées de nourriture craquelée. Bridget appuie sur les boutons. « Pourquoi s'en soucier maintenant ?

— S'il te plaît. »

Bridget soupire. « Je suppose que c'était il y a un mois, peut-être plus. » Jeanie frappe le plan de travail du plat de la main, Bridget sursaute. « Ne te mets pas dans des états pareils, dit-elle. Tu sais bien que c'est pas bon pour toi. »

Les doigts sur ses côtes, par-dessus son cœur, Jeanie ferme les yeux. « J'essaie de comprendre. L'accord qui avait été conclu, c'était qu'on pouvait rester dans le cottage. Que le cottage nous appartiendrait jusqu'à notre mort. Et gratuitement. Il n'a jamais été question de loyer. Et voilà qu'on découvre que maman en payait un aux Rawson depuis tout ce temps. Qu'elle a emprunté de l'argent mais ne l'a pas utilisé pour rembourser cette dette, qui n'avait pas lieu d'être. Ça n'a aucun sens.

— Peut-être qu'elle l'a égaré », hasarde Bridget, optimiste.

Jeanie secoue la tête. « Il était dans l'étui de son banjo. Je l'ai trouvé aujourd'hui. Elle ne l'aurait pas oublié à cet endroit. » Jeanie attend de voir si Bridget va lui suggérer de rendre l'argent à Stu.

Le micro-ondes sonne, Bridget ouvre la porte, remue le chocolat chaud et reprogramme l'appareil. « Laisse tomber. Peut-être que ça vaut mieux que vous ne viviez plus au cottage, c'est trop humide, il tombe en ruine. Garde l'argent, utilisez-le comme garantie pour une nouvelle maison. Je ne dirai pas à Stu que tu l'as retrouvé. Vous n'aurez qu'à le rembourser plus tard.

— Ce que je ne comprends pas, c'est pourquoi elle ne nous a pas parlé de tout ça. Le loyer, les arriérés, l'emprunt à Stu. Sa maladie, même. On est des adultes. On aurait pu l'aider.

— Julius et toi, vous avez besoin de passer à autre chose, ça ira mieux après. Achète-toi quelque chose de joli, tu le mérites. » Le micro-ondes sonne une seconde fois. Bridget pose une tasse en face de Jeanie. « Prends-le au salon », dit-elle en sortant de la cuisine avec les deux autres tasses en main. Mais Jeanie ne la suit pas, elle reste devant le plan de travail, absorbée par le souvenir du chocolat chaud que préparait sa mère avec du chocolat en poudre et du sucre, du lait qu'elle réchauffait dans une casserole en plaçant un disque de verre au fond pour lui indiquer, d'après son tremblement, que le lait commençait à bouillir. Où est passé ce disque de verre à présent ? Probablement fissuré au sol, dans la boue, devant le cottage.

Plus tard, alors que Bridget est dans son bain et Stu toujours devant la télévision, Jeanie prélève cinq cents livres dans les billets, en laisse trois cents autres dans l'enveloppe et va dans le salon.

« Tiens », dit-elle à Stu. Il lui faut un moment pour détacher les yeux de l'écran – encore une série policière.

« Qu'est-ce que c'est que ça ? s'étonne-t-il.

— Cinq cents billets. Une partie de l'argent que maman t'a emprunté. »

Stu coupe le son de la télévision et se lève.

« Donc, juste pour être claire, dit Jeanie, on te doit encore cinq cents – trois cents pour le reste de la dette et encore deux cents pour le cercueil. Plus ce qu'il faudra pour la bière de la réception. » Rien que d'y penser, une fois de plus elle a la nausée de ce cercueil, de tout cet argent gâché, taillé à la hache par Julius et stocké dans la vieille laiterie pour servir de bois de chauffe – et alimenter le feu qu'ils ne feront plus jamais dans le cottage. « Voilà. » Elle lui tend la liasse, il la prend.

« Tu es sûre ? Tu peux me rembourser plus tard, une fois que tu seras tirée d'affaire.

— Je suis sûre. »

Il fourre les billets dans une poche de son short. Tandis qu'elle sort de la pièce, il lui lance : « Il paraît que Julius et toi allez jouer au Plough. »

Elle revient sur ses pas. « Qui t'a dit ça ? demande-t-elle.

— Ils ont mis une affiche. Dans huit jours.

— Eh bien, ils feraient mieux de l'enlever. On risque pas de jouer. »

Elle s'apprête à faire volte-face et à s'en aller quand Stu ramasse la télécommande et lance : « Je me souviens de ma mère qui jouait du piano. Du classique, mais sans les trucs chiants. J'avais quatre ans quand elle est morte, et c'est le seul souvenir que j'aie d'elle. Pas vraiment d'elle, d'ailleurs, seulement de sa musique et de ses chaussures. Des bottines marron sur des pédales métalliques.

— Malgré tout c'est un joli souvenir, commente Jeanie, impatiente de prendre congé.

— Ouais, dit Stu en se rasseyant, les yeux fixés sur l'écran. Sauf que j'ai vu ma tante il y a quelques mois. À une autre cochonnerie d'enterrement. Je ne l'avais pas revue depuis des années. Je lui ai parlé de maman qui jouait, et des chaussures. Elle m'a dit que maman n'avait jamais joué de piano. On n'en a même jamais eu à la maison. C'était de ma tante que je me souvenais. »

20

La ferme Pepperwood dresse sa façade à l'aplomb de la route, son grand jardin plein de lauriers soigneusement taillés et un abri bien tenu par un jardinier qui y passe une fois par semaine. Le chemin qui remonte jusqu'à la porte d'entrée découpe la maison de manière symétrique. Jeanie attache la laisse de Maude au portail en fer forgé, s'engage dans le chemin et laisse retomber le heurtoir sur la porte. Le bruit sourd résonne dans les profondeurs de la maison.

La veille, Stu a laissé échapper que les Rawson étaient rentrés. Il revenait du Plough où il était allé avec Ed et où, Jeanie avait compris, toutes sortes d'informations étaient entendues ou échangées. Elle avait eu envie de demander à Stu si Julius y était lui aussi – son frère était arrivé, calme et sobre, après le coucher de Stu et Bridget –, mais elle ne voulait pas déclencher une autre de ses colères, et encore moins connaître la réponse.

Jeanie s'attend à ce qu'une femme de ménage ouvre la porte chez les Rawson, elle a préparé ce qu'elle allait dire, se présenter et demander à voir M. Rawson. Si jamais on lui demande l'objet de sa visite, elle s'est entraînée à répondre que c'est personnel. À présent, elle se tient sur le seuil, le cœur fébrile, la créature cognant contre les barreaux de sa cage minuscule. Mais c'est Caroline Rawson qui lui ouvre, dans un jean blanc moulant et une petite veste en cuir qui ne protégerait pas beaucoup de peau si elle devait tomber de moto avec. Dessous, elle porte sa chemise rentrée sur le devant. Elle doit avoir deux à trois ans de moins que Bridget, mais elle a le teint d'une femme de quarante ans.

« Oh, s'écrie Mme Rawson, surprise, en train de fouiller dans son grand cabas au creux du coude. Jeanie. »

Jeanie est soudain consciente du gilet qu'elle porte depuis deux semaines au moins, de sa longue jupe épaisse, de son manteau élimé et de ses bottes en caoutchouc. Elle parvient à retrouver sa voix. « Je souhaiterais parler à votre mari. »

Mme Rawson déniche son téléphone au fond de son sac et appuie sur un bouton. « Je crains qu'il ne soit pas là, malheureusement. » Elle emploie un ton formel, professionnel, quoique pas aussi raide et insensible que lors de sa dernière visite au cottage. Elle regarde dehors, au bas du chemin, par-dessus l'épaule de Jeanie.

« Dans ce cas, puis-je vous parler ?

— En fait, je sortais. Ma sœur doit arriver d'une minute à l'autre.

— Ça ne prendra pas longtemps. »

Mme Rawson jette un nouveau regard du côté de la route, puis, ses bonnes manières prenant sans doute le dessus, elle finit par laisser entrer Jeanie. Elle la conduit au fond du hall vers une cuisine si aérienne et lumineuse que Jeanie en est éblouie. Une table et huit chaises transparentes brillent sous un plafond de verre face à une baie vitrée donnant sur un patio et une piscine. Plus rien ne ressemble aux souvenirs d'enfance de Jeanie. Les placards de cuisine blancs grimpent jusqu'au plafond, sans poignées, face à un îlot central en granit blanc, creusé de deux vasques surmontées de robinets métalliques en arc de cercle. Mme Rawson pose son sac à main sur l'îlot et se plante à côté. « S'il s'agit du cottage, ce sont les affaires de mon mari. Cela n'a rien à voir avec moi.

— Mais c'est vous qui êtes venue me voir, proteste Jeanie. Pour me dire que nous vous devions deux mille livres. » C'est si absurde qu'elle pourrait presque en rire.

Mme Rawson lâche son portable dans son sac d'un geste résigné. « Eh bien, oui, c'est vrai. » L'espace d'un instant, Jeanie a l'impression qu'elle va lui dire que c'était une erreur, toute cette histoire – l'argent, l'expulsion –, mais alors elle semble rassembler ses esprits, se redresse. « Comme je vous l'ai dit, les arriérés de Dot sont du ressort de mon mari. Je suis vraiment désolée que vous ayez perdu votre mère si soudainement, mais…

— Vous êtes au courant que nous avons été expulsés ? Chassés de notre propre maison ?

— J'ai eu connaissance de cela, oui. » Elle cligne des yeux et les garde fermés un instant de trop.

« Nathan vous a fait un rapport détaillé, à vous et à votre mari, j'imagine ? Vous avez bien dû payer ce jeune homme pour qu'il fasse votre sale boulot, n'est-ce pas ? » Jeanie secoue la tête de dégoût, elle songe à présent que le silence de sa mère en échange du cottage était bien trop généreux. Dot aurait dû aller voir la police et leur dire que Rawson était responsable de la mort de Frank. Leur montrer le boulon que Julius avait trouvé dans le champ du Prêtre. Envoyer Rawson en prison. Peut-être auraient-ils perdu le cottage à ce moment-là, mais quelle différence cela aurait-il fait – puisqu'ils l'ont perdu maintenant ?

« Nathan Clements perçoit un salaire pour son travail, répond prudemment Mme Rawson. Il a le choix d'accepter ou non.

— Bon Dieu, les gens comme vous. »

Mme Rawson sourit durement. « Bien, je dirai à mon mari que vous êtes passée. Je suis certaine qu'il sera curieux de savoir ce que vous étiez venue lui dire. »

Jeanie ne bouge pas. Elle laisse sa colère retomber. Elle n'est pas venue ici pour chercher querelle à Caroline Rawson ou à qui que ce soit. « Deux mille livres, vous avez dit ? N'est-ce pas ? »

Mme Rawson tend le bras pour indiquer le chemin vers la porte à Jeanie.

Jeanie reste plantée à côté du comptoir. « Je l'ai avec moi. Une partie de l'argent. Pas la totalité, mais une partie. » Elle sort d'une des poches profondes de son manteau l'enveloppe avec l'écriture de sa mère dessus. Elle n'a pas réussi à remettre la main sur son sac à main, même s'il n'y avait pas grand-chose dedans. Il n'est dans aucun des cartons entassés dans l'ancienne chambre de Nathan, il n'est pas non plus dans les choses qui traînent sur le chemin. « Peut-être que vous pouvez donner l'argent à votre mari, lui parler, comme ça mon frère et moi on pourrait se réinstaller. Au cottage. » Mme Rawson la fixe. « Mon frère et moi habitons chez des amis, enfin chez une amie de ma mère, mais ce n'est pas… ce n'est pas… idéal. Et ce cottage, vous savez, c'est chez nous. » Jeanie entend, mortifiée, sa voix vaciller, mais elle poursuit. « Julius et moi y sommes nés, nous y avons passé toute notre vie, notre mère y est morte, et... » Jeanie s'interrompt avant d'avouer que c'est aussi là qu'elle est enterrée. Sa main est tendue, l'enveloppe tremble sur la surface polie du comptoir.

Caroline Rawson entrelace ses doigts.

« Je vous en prie », la supplie Jeanie.

Mme Rawson ne la quitte pas des yeux. Son visage ne trahit aucune faiblesse. « Non, dit-elle.

— Non ? Non quoi ? » Jeanie retire sa main et l'enveloppe avec.

« Non, je ne peux pas accepter.

— Pourquoi donc ?

— Car apparemment votre mère avait déjà essayé de donner l'argent à mon mari. Elle est venue ici, comme vous, avec une enveloppe pleine de billets et il a refusé de la prendre. » Elle laisse échapper un rire étrange que Jeanie ne comprend pas.

« Pourquoi donc ? »

Une voiture klaxonne à l'extérieur. « Je suis désolée, mais ce doit être ma sœur.

— Pourquoi l'a-t-il refusé puisque vous prétendez qu'elle devait des mois de loyer ? »

Mme Rawson abandonne l'idée que Jeanie bouge et ramasse son sac. « C'est à mon mari qu'il faut que vous vous adressiez, pas à moi. » Elle avance dans le hall. « Alexa, éteins les lumières de la cuisine », dit-elle, et la pièce plonge dans la pénombre. Avant que Jeanie ait le temps de se demander comment une chose pareille s'est produite, elle entend la porte d'entrée s'ouvrir et se précipite derrière Mme Rawson. Dès qu'elles se retrouvent dehors toutes les deux, Maude se dresse sur ses pattes, impatiente. Sur le seuil de la maison, tout en verrouillant la porte, Mme Rawson reprend : « Écoutez, gardez l'argent, d'accord ? Servez-vous-en comme caution pour un autre logement. Je suis navrée. » Elle agite sa main libre devant son visage et se dirige d'un pas vif vers la voiture qui l'attend, une voiture de sport verte, basse, avec un long capot, elle s'engouffre côté passager. À travers le pare-brise, Jeanie regarde Mme Rawson et sa sœur s'étreindre, elles se serrent l'une contre l'autre deux bonnes minutes. Sa sœur fait un demi-tour en trois fois, et elles s'éloignent.

21

« C'est la grippe », déclare Bridget à voix basse en s'essuyant le nez. Jeanie et elle sont sur le palier devant la chambre de Bridget où Stu est au lit avec une boîte de mouchoirs et une tasse de décoction contre la grippe sur la table de chevet. « Mais il ne faut pas t'inquiéter – Stu a appelé Ed, il est en route. » Elle regarde sa montre. « Moi, je dois retourner travailler. »

Pas Ed, pense Jeanie. Tout mais pas Ed. « Peut-être qu'on devrait reporter en attendant que Julius ait un jour de congé ou bien que Stu aille mieux », propose-t-elle. Julius travaille toujours à la traite des vaches mais il dit que c'est trop loin pour faire les allées et venues et qu'il n'a pas d'autre choix que d'attendre entre deux sessions et de traîner autour du hangar des heures durant en pleine journée. Il envisageait de leur annoncer qu'il ne pouvait pas prendre le boulot, mais Jeanie a protesté, elle ne passerait pas une nuit de plus chez Bridget et Stu, ils avaient absolument besoin de son salaire.

« Mon Dieu, ça peut prendre plusieurs jours, une semaine, voire plus. » Bridget est déjà au pied, en train d'enfiler son manteau, Jeanie la suit en bas. « Ed doit une faveur à Stu. Ne le laisse pas te la faire à l'envers ; ce type ferait n'importe quoi pour un billet. »

Ed ramasse en vitesse les cartons et les valises qu'il trouve dans la chambre de Nathan, il monte et descend les escaliers avec jusqu'à son pick-up, pendant que Jeanie parvient à faire deux voyages avec quatre sacs. Il est costaud pour un homme si petit.

« Y a au moins deux fois plus que ce que Stu m'avait dit », se plaint Ed.

Durant tout son séjour chez Stu et Bridget – trois jours et quatre nuits –, Jeanie est allée à pied au cottage tous les matins pour s'occuper des poules, ramasser les œufs, entretenir le jardin et parler à sa mère. Les lieux l'appellent. Un après-midi, il s'est mis à pleuvoir à verse alors qu'elle devait aller à vélo chez Saffron, elle a fait de son mieux pour protéger leurs affaires sur le chemin avec le linge de maison qui restait dans la commode et une bâche qu'elle a traînée depuis la vieille laiterie. Le lendemain de sa visite à Mme Rawson, Jeanie a remarqué qu'il manquait une commode et une table de chevet, ainsi que la cuve en étain. Elle a envisagé de demander à Bridget s'ils avaient pu atterrir dans le garage de Stu, mais si c'était le cas, qu'aurait-il fait de toutes les cochonneries qu'il y avait déjà dedans ? Chaque fois que Jeanie repartait du cottage, elle emportait des petites choses dans deux cabas : une boîte de pansements, des fusettes de coton, des aiguilles, un réveil possiblement cassé, des chutes de tissu. Chaque fois qu'elle fouillait parmi toutes ces choses, elle espérait toujours tomber sur l'alliance de Dot mais non. Jeanie planquait les sacs dans la chambre de Nathan.

« Qu'est-ce que t'as là-dedans, des briques ? » Ed charge un carton supplémentaire dans le fond de son pick-up.

« Des choses et d'autres. » Jeanie se force à sourire.

« T'es au courant de l'endroit où on embarque tout ce bordel ? »

Elle déteste le mot *bordel.* Serre les dents, respire. « Un petit endroit dans les bois », répond-elle. C'est tout ce que Julius lui a dit.

« Ouais, c'est ça », confirme Ed en riant et en secouant la tête tandis qu'il soulève son vélo.

Une fois assise dans la cabine avec Maude – le sol et l'espace entre le pare-brise et le tableau de bord sont jonchés de gobelets de café usagés, de vieilles canettes, d'emballages de burgers et de morceaux de papier –, alors qu'Ed est sur le point de mettre le contact, Jeanie dit : « Quand tu auras déposé tout ça, j'aimerais bien que tu ailles prendre certaines choses qui sont restées devant le cottage aussi. Des choses qui ont été mises dehors au moment de notre expulsion. » Sans lui laisser le temps de refuser, elle ajoute : « Je te paierai. » Elle n'a pas encore avoué à Julius qu'elle a retrouvé l'argent ni qu'elle est allée voir Mme Rawson. Julius aurait d'autres idées pour dépenser ce qu'il reste : une de ses lubies idiotes, comme ouvrir un bar à cocktails au village ou détourner la rivière pour faire pousser du cresson, mais puisqu'elle ne peut pas avoir le cottage, Jeanie tient au moins à récupérer ses affaires.

Ed ressort la clé de son logement, s'enfonce dans son siège mais ne prononce pas un mot. Durant un moment, ni l'un ni l'autre ne parlent et elle craint qu'il dise non, qu'il dise qu'il est trop occupé. « J'ai l'argent, lâche-t-elle. Il y a trois allers-retours à faire, je pense.

— C'est devant le cottage, c'est ça ?

— Sur le chemin. C'est le reste de nos affaires.

— Quel genre ?

— Des ustensiles de cuisine, des vêtements, quelques meubles.

— Des meubles, hein ?

— Un canapé et quelques chaises, pas grand-chose.

— Mais je vais avoir besoin d'aide, en fait. Pour le transport, s'il y a un canapé. » Il sourit et elle remarque qu'il lui manque des dents à l'arrière. Sa voix est pleine de gencives, sa bouche pleine de langue.

« Je pensais à cent livres », dit Jeanie, et Ed semble réfléchir.

— Stu va pas pouvoir m'aider sur ce coup-là, pas du fond de son lit. Il va falloir que je trouve quelqu'un de libre aujourd'hui et il faudra le payer, bien sûr.

— Cent cinquante alors. » Elle veut garder une partie des trois cents qui lui restent pour les urgences, pour manger, pour l'électricité, le gaz et les impôts de leur nouveau logement. Parler d'argent lui donne les mains moites et des palpitations. Elle a besoin qu'il dise oui.

Il lorgne vers elle.

« Deux cents et je veux que tu sortes le piano du cottage », demande-t-elle dans un souffle, comme si le fait de le mentionner au passage pouvait rendre la tâche insignifiante, une petite chose de plus. Si le banjo de Dot fait partie du voyage, alors il faut que le piano de Frank en soit aussi. « La porte de derrière est ouverte, normalement.

— Récupérer un piano pour deux cents balles ? s'étouffe Ed. T'es au courant du poids que ça pèse, ces trucs-là ? Je pense pas que j'aurais le temps d'aller chercher tout ça. La seule raison pour laquelle je te dépose c'est parce que j'en dois une à Stu. J'ai un autre boulot à faire après et pour déménager un piano il faudrait que je loue un diable.

— Deux cent cinquante, tente Jeanie, et, inquiète soudain qu'il laisse complètement tomber, elle ajoute sans réfléchir : Et les poules. Dix poules, plus le poulailler et tout ce qui va avec. » Elle déteste l'idée de laisser ses poules à la garde de cet homme mais s'occuper de Maude et de Julius lui semble déjà insurmontable.

Il étudie sa proposition. « J'suppose que j'pourrais les proposer à un gars comme paiement pour m'aider mais il faudra quand même que je rajoute quelques billets. J'vais avoir besoin de trois cents.

— D'accord », dit Jeanie. C'est tout l'argent qu'il lui reste.

« D'accord », dit Ed avec un sourire qui signifie clairement qu'elle s'est fait avoir. « Faut me donner le fric maintenant. »

Elle tire l'enveloppe de la poche de son manteau et lui tourne le dos pour recompter. Elle sait que les trois cents sont là, mais elle veut vérifier néanmoins. Elle sort les billets, garde l'enveloppe vide et les lui tend. En remettant l'enveloppe dans son sac, elle a envie de pleurer. Maintenant il n'est plus question d'en parler à Julius. Ed recompte, glisse les billets pliés dans la poche de sa chemise et démarre le moteur.

La voiture sort du lotissement, traverse Inkbourne, passe devant le parc, Maude pose la tête sur le genou de Jeanie. Ils se dirigent vers le nord, sur six kilomètres, et s'engagent sur une route que Jeanie n'a jamais empruntée auparavant.

« C'est là », annonce Ed.

Il se gare sur une aire de repos, elle regarde par la fenêtre côté passager. Des pousses de grand plantain craquellent le sol en béton, tout le périmètre est envahi de ronces et de chardons. Des tiges de clématites se fraient un chemin dessous.

« Ici ? » interroge Jeanie. Il n'y a pas de maison.

Ed fait une courte marche arrière sur un chemin défoncé entre des aulnes hirsutes, il longe quelques monticules d'ordures au passage. Jeanie aperçoit les couleurs passées d'une pataugeoire, un bac à pain en plastique cassé, des plaques de plâtre en décomposition empilées sur un fauteuil éventré. Plus loin encore, dépassant d'un sureau, se trouvent une brouette avec le pneu à plat et un guidon de vélo d'enfant.

« Ça ne peut pas être ici », dit-elle. Ed doit avoir quelque chose à déposer dans une décharge sauvage, mais tout ce qui est au fond de la voiture est à elle. Il sort et ouvre le hayon pendant qu'elle reste assise à attendre. Il y a un coussin au fond du siège conducteur pour qu'Ed puisse atteindre les pédales et le volant. Elle regarde à l'arrière, les bras chargés de plusieurs sacs, il s'enfonce dans les bois broussailleux.

Jeanie laisse Maude sortir, la chienne part en courant, truffe au sol, puis elle sort à son tour. L'étroit sentier d'herbes piétinées qu'Ed a emprunté s'enfonce dans les bois épaissis de houx, d'aulnes et de ronces. Le chant des oiseaux résonne : corbeau et merle, le bruit de crécelle d'une pie. Jeanie entend au loin le bourdonnement intermittent des roues des voitures sur la route principale. Elle passe devant un cercle roussi, deux bûches disposées autour en guise de sièges et quelques canettes calcinées. Des gens viennent ici, pense-t-elle. Des ivrognes, des vagabonds, des drogués, des sans-abri.

Encore une poignée de buissons broussailleux, et au-dessus elle aperçoit un toit blanc et verdâtre.

« C'est là », crie Ed quelques mètres devant.

Quand enfin elle a une vue d'ensemble, de nouveau elle se dit qu'il doit y avoir une erreur. Ça ne peut pas être là. Ed dépose les sacs et grimace, comme s'il guettait sa réaction pour avoir une bonne anecdote à raconter au pub plus tard. Comment il a emmené cette frappadingue de Jeanie Seeder s'installer sur un terrain vague dégueulasse. Elle ne lui fera pas ce plaisir ; pas de larmes. Elle attend qu'il reparte chercher des affaires pour se laisser aller.

La caravane a dû être blanche autrefois, aujourd'hui elle est piquetée de taches vertes, plus foncées sur le toit où les feuilles sont tombées et se sont décomposées en une pâte gluante. Longue d'environ trois mètres, elle est trouée d'une seule fenêtre, verte elle aussi – du côté que regarde Jeanie, à gauche de la porte ouverte. Chaque extrémité repose sur des briques, une autre pile est disposée en escalier devant la porte. Tout près on distingue les vestiges d'un auvent par-dessus une structure en bois à moitié démolie par les plantes grimpantes. Elle se rappelle la caravane de la mère de Nick : blanche et propre. Elle n'arrive pas à se résoudre à avancer, elle scrute les bois au cas où Ed ait mal compris et qu'il y ait un cottage un peu plus loin.

« Stu a dit que ton frère avait mis un coup de nettoyage », lui lance Ed de l'intérieur. Elle avance jusqu'aux marches et jette un coup d'œil dedans. L'odeur l'assaille : des champignons, du bois détrempé, l'urine puante d'un animal, ou peut-être même d'un humain. Dans une lumière glauque de sous-marin, elle aperçoit le contre-plaqué poisseux, le plafond bombé, le lino rebiquant sur les bords au sol, du moisi vert dans les coins. Ça ne peut pas être ici. Elle s'avance pour entrer, et avant qu'elle puisse l'arrêter, Maude bondit à l'intérieur et parcourt au petit trot les quelques mètres entre la table et les banquettes d'un côté et le canapé une place de l'autre. Lorsque Jeanie entre à son tour, la caravane tangue. Le rembourrage des banquettes est taché et déchiré – on voit la garniture en mousse. Sur la table, elle découvre le balai dégarni et le ramasse-poussière en métal dentelé du cottage. Au-dessus du canapé se trouve une autre fenêtre, de la largeur de la pièce, verdâtre elle aussi. Maude saute dessus, tripotant et reniflant le coussin, ses griffes arrachant le tissu déjà élimé. Manifestement, d'après l'odeur et les résidus de matière, il y a eu un nid de quelque chose à cet endroit. « Descends de là ! Descends ! » Jeanie claque des doigts et la chienne saute, non sans fourrer ses naseaux dans le coussin. Jeanie se penche par-dessus la chienne et l'odeur rance pour tirer le rideau – le tissu est jauni mais on distingue néanmoins le motif des années soixante-dix d'un petit garçon sur un tracteur – et se retrouve avec un morceau de tissu arraché entre les doigts. Elle secoue la main de dégoût. De l'autre côté de la fenêtre, Ed, couleur de tourbe, en est déjà à son troisième voyage.

Elle regarde derrière elle. Ils ne peuvent pas vivre ici. Le long du côté opposé à la porte il y a un comptoir en laminé, elle en soulève la moitié et découvre une gazinière graisseuse à deux feux. Elle soulève prudemment le battant adjacent et pousse un hurlement. À l'intérieur, au fond d'un évier en plastique se trouve une main brûlée, coupée au poignet et racornie sur elle-même. Elle laisse retomber l'abattant, titube en arrière, trébuche sur Maude, qui crie à son tour et décrit un cercle autour d'elle, puis Jeanie se penche en avant, les mains sur les genoux, ralentit sa respiration. Elle se force à relever l'abattant de l'évier et, regardant de plus près, distingue un gant d'ouvrier, souillé et vide.

Ed est de retour, elle reste dans la caravane pour l'éviter. Est-ce qu'elle pourrait lui dire que finalement elle ne veut plus qu'il aille chercher le reste de leurs affaires au cottage, et bien entendu elle ne veut pas non plus qu'il lui rapporte le piano ? Elle se souvient de sa grimace et de la manière dont il a étiré son *d'accord* en acceptant. Non elle ne va pas lui annoncer qu'elle a changé d'avis ; elle va tout lui faire rapporter et le piano avec.

Mais comment vont-ils faire pour vivre ici, même seulement quelques jours ? La plupart de leurs affaires, en particulier les meubles, ne rentreront pas, et il n'y a qu'un lit. Comment vont-ils faire pour l'eau ? Pour les toilettes ? Une fois Ed parti chercher ce qui est sans doute le dernier carton, Jeanie sort et part en tournant le dos à la caravane sur une piste sans doute utilisée par les blaireaux, pliée en deux sous les branches, elle se fraie un chemin à travers les broussailles jusqu'à ce qu'elle arrive à une clôture en barbelés. De l'autre côté se trouve un jardin avec un abri et une brouette flambant neuve appuyée contre le mur. Il y a un tas de compost, peut-être le résultat de la première tonte de l'année, puis une grande pelouse et au fond une maison en briques. Une femme entre dans une pièce du rez-de-chaussée, elle porte un chat sur l'épaule.

Jeanie enroule ses doigts autour du barbelé, agrippe si fort le grillage qu'elle le sent s'enfoncer dans sa peau. La femme danse avec le chat, elle virevolte d'un côté puis de l'autre sur une musique trop lointaine pour que Jeanie l'entende, jusqu'à ce que leur danse conduise la femme et le chat dehors.

22

Jeanie passe un peu plus d'une heure assise sur un mur effondré, vestige sans doute d'un bâtiment de petite taille – un poste électrique ou une dépendance quelconque. Maude gambade autour d'elle, le museau à ras du sol, reniflant et fourrageant dans les buissons, toutes les deux à trois minutes, elle vient vérifier que Jeanie n'a pas bougé. Le vrombissement des voitures sur la route principale forme un bruit de fond intermittent, quand Jeanie ferme les yeux, elle croirait presque entendre le reflux des vagues sur les galets. Elle est allée à la mer une fois, c'était un voyage d'une journée organisé par le club auquel son père appartenait. Un geste charitable, songe-t-elle à présent, puisque Frank était mort l'année précédente. Le trajet en car lui avait semblé interminable, et même si elle avait été déçue que la plage soit couverte de galets au lieu du sable doré qu'elle avait imaginé, Julius et elle s'étaient précipités, serrés sous une serviette, pour ôter leurs vêtements malgré le vent pénétrant. Pendant que son frère boitillait sur les galets aussi vite qu'il pouvait avant de se jeter dans l'eau d'un coup, Jeanie se remémorait les recommandations de Dot qui avait bien insisté pour qu'elle ne s'aventure pas trop loin, qu'elle s'en tienne à barboter au bord de l'eau.

Lorsque enfin Jeanie entend des voix d'hommes – Ed et son acolyte avec le reste des affaires, suppose-t-elle –, elle époussette sa jupe et retourne à la caravane, Maude ouvrant la marche. À l'intérieur, elle fredonne un air, assez fort pour que les hommes l'entendent, tout en balayant frénétiquement. Elle ouvre le couvercle au-dessus de l'évier et balance le gant par la porte, puis soulève l'habillage de la banquette pour nettoyer dessous. Au moment où elle tire dessus, la garniture se déchire et quatre minuscules bestioles roses dégringolent à ses pieds. Maude les avale d'un trait, tandis que Jeanie pousse un cri effaré et jette le coussin dehors.

Ed est juste là, à côté des marches. « Un problème, chérie ? demande-t-il.

— Non. » Jeanie se serre les côtes. « Je fais juste un brin de ménage.

— Cette saleté de piano n'ira pas plus loin. Même avec le diable et des planches, on n'arrivera plus à le bouger.

— Où est-il ? »

Ed désigne du doigt l'aire de repos. « À mi-chemin environ. Près de l'endroit où des gamins ont fait un feu. »

Peu importe qu'il soit à mi-chemin ou à la caravane, au fond il ne serait jamais entré à l'intérieur.

« Vous allez retourner prendre le reste ?

— Y a rien d'autre.

— Les choses qui étaient devant le cottage, sur le chemin, comme on était convenus.

— C'est ce que je te dis, y a plus rien là-bas.

— Alors c'est où ?

— Comment je le saurais ? dit Ed. C'est vos affaires, fallait les surveiller.

— Il n'y a plus rien là-bas ? Tu es sûr ?

— Des morceaux de papier, des boîtes, des vieilles chaussures. J'ai pas pensé que t'en voudrais.

— Mais les meubles ? La table et les chaises ?

— Quelqu'un a dû les prendre.

— Qui ? Qui a pu les prendre ? » La panique monte, Jeanie revoit leurs affaires : le seau que leur père avait réparé, les jumelles avec lesquelles ils observaient les oiseaux ensemble, le tapis de chiffon que sa mère avait fabriqué avec de vieux vêtements. Ce sont des gens, des souvenirs, pas juste des objets.

Ed hausse les épaules, lui jette un regard qui sous-entend qu'elle est stupide d'avoir pensé que tout serait encore là. « On va y aller du coup, dit-il. Te laisser t'installer. » Ce sourire de nouveau, Jeanie songe à lui mettre son poing dans la figure, qu'il lui rende son argent, mais quelque chose chez lui l'effraie et elle le laisse partir. Elle s'assied sur les marches et enfouit son visage entre ses mains, Maude, perturbée, s'approche et lui tapote la jambe du bout du museau. Elle passe les bras autour de la chienne. « Tout a disparu », se désole-t-elle. Peut-être qu'elle pourrait rappeler Ed pour s'assurer qu'il ne s'est pas trompé – qu'il est allé au bon endroit, qu'il a suffisamment inspecté les lieux.

Julius pousse sa bicyclette et la remorque chargée derrière à travers les buissons jusqu'au début du petit terrain vague. Tout luit d'une verte fraîcheur, d'une clarté qu'il n'avait pas remarquées auparavant. Les contours des nouvelles feuilles sur un hêtre majestueux, les bourgeons velus hérissant une touffe de tussilage dans la brise légère. L'idée que sa mère est morte et que le cottage est perdu continue de l'assaillir à des moments incongrus, mais il ne peut refréner un sentiment de joie. Puis, parmi les herbes clairsemées autour d'une auréole formée par les restes d'un foyer où la lumière tombe en flaques jaunes surgit un piano. Un piano droit. Il abandonne son vélo et s'approche pour constater que c'est leur piano, celui du cottage, avec sa plaque ornée et ses chandeliers. Ici, de guingois, deux roues enfoncées dans la terre molle, on le croirait fantastique, tout droit sorti d'un conte de fées, alors il rit. Il soulève le couvercle du clavier et se penche pour jouer le début du prélude de Bach qu'il a joué à Shelley Swift sur sa vièle. Les notes montent et s'échappent comme jamais auparavant au cottage et dans l'appartement de Shelley Swift, elles résonnent dans les cimes des arbres et se perdent là-haut dans le ciel. Il a presque envie de sortir sa vièle pour voir comment elle sonne ici. Voilà trois jours qu'il fredonne cet air et à présent il est là, dans les bois, à le jouer sur leur propre piano.

Lorsqu'il a joué le morceau de Bach à Shelley Swift, elle a dit que c'était la chose la plus romantique qu'on ait jamais faite pour elle. Il l'a embrassée sur le canapé, et avant qu'il ait le temps de réfléchir, elle le chevauchait, une jambe de chaque côté de ses cuisses. Elle se collait à son torse, à son sexe en érection sous la toile de son jean, elle lui a pris les mains et les a collées sur ses seins. Quand ils ont arrêté de s'embrasser, il a dit : « J'ai trouvé un autre endroit où vivre aujourd'hui.

— Quoi ?

— Une caravane sur un petit terrain boisé. Le long de la route principale. Tu devrais venir me rendre visite un de ces jours. Je suis certain que ça te plairait.

— Une caravane ? »

Elle est descendue de ses genoux et a rajusté sa jupe. « Le camping et moi, ça fait deux. Les insectes, les mites. Aller s'accroupir dans les buissons. » Elle a ri.

« Ce n'est pas vraiment du camping, pas exactement. »

Elle avait une main dans le soutien-gorge, se remettait les seins en place. « C'est pour ta sœur aussi, non ? La caravane ? » Et le rire de Shelley Swift avait retenti de plus belle.

Depuis le bosquet derrière lui, Jeanie déclare : « Je le voulais » et Julius cesse de jouer comme s'il avait été pris la main dans le sac, en train de savourer un plaisir égoïste. Mais il n'arrive pas à décoller les doigts des touches, à s'arrêter de rire. « Ed l'a apporté jusque-là, Stu est encore alité. »

Il joue doucement et le prélude devient cette chose syncopée sous ses doigts qui s'agitent en tous sens.

« On ne peut pas vivre ici, Julius », lance sa sœur, il sait qu'il devrait s'interrompre et l'écouter, mais s'arracher à la musique lui coûte. Quelques notes encore, puis il se lève et se tient face à elle.

« C'est petit mais on va la rendre confortable. » Il croit vraiment à ce qu'il dit : Jeanie est une bonne maîtresse de maison, et il prendra soin d'elle. « Est-ce que le déménagement s'est bien passé ?

— Tout a disparu », lui apprend Jeanie. Elle fait exprès d'oublier des étapes pour qu'il comprenne que c'est sa faute. Elle a besoin d'un responsable.

« Qu'est-ce qui a disparu ?

— Tout. » Le ton de sa voix est froissé, violent, c'est celle d'une enfant fâchée. « Quelqu'un a tout pris. » Elle constate alors que la joie délicate qui s'était déposée sur le visage de son frère pendant qu'il jouait s'est envolée. « J'ai demandé à Ed d'aller les chercher, mais il n'y avait plus rien.

— Je ne comprends pas. Les affaires qui étaient chez Bridget ?

— Les affaires qui étaient sur le chemin, devant le cottage. » Elle lui répond méchamment, du tac au tac, comme s'il était trop stupide pour comprendre assez vite, ou trop coupable d'avoir éprouvé de la joie.

« Toutes les affaires ? Qui peut bien les avoir prises ? » Il referme le couvercle du piano.

« Je ne sais pas, Julius. Qui, à ton avis ? Nathan ou un de ses copains ? Rawson ou peut-être même Ed ? À toi de me le dire. Qui, à ton avis ? »

Julius se passe la main dans les cheveux, les rides sur son visage se creusent puis disparaissent. « Ce ne sont que des objets. Des choses. » Il tend le bras, et après une première réaction de résistance, de recul, il rattrape Jeanie et elle se laisse aller contre lui, se décrispe.

« C'est presque tout ce que nous possédons. » Elle est au bord des larmes.

« Allez, allez, la console-t-il. J'ai rapporté un peu d'eau et une bouteille de gaz. Viens, on va se faire une tasse de thé. Je suis crevé. »

Elle recule, aperçoit la remorque chargée d'un grand container d'eau et d'un cylindre de gaz orange, tous deux ficelés à l'aide d'une corde de tendeur.

« J'ai été payé aujourd'hui », dit-il.

Elle sait qu'il voudrait qu'elle le remercie, mais elle en est incapable. « Il y avait un nid de souris dans le coussin de la banquette et il n'y a qu'un lit une place, et pas de toilettes. On ne peut pas vivre dans cet endroit, Julius. C'est impossible. » Son cœur bat dans sa gorge.

« C'est temporaire, le temps que je trouve une autre solution. C'est mieux que chez Bridget et Stu, non ? » Sa voix cajoleuse se veut réconfortante.

« Tu dis toujours que tu vas trouver une autre solution, et regarde où on en est maintenant.

— J'essaie. Pour l'amour du ciel, je fais de mon mieux. »

La colère qui pulse sous sa poitrine la fait ployer, les mains sur les genoux, le souffle court.

« Je suis désolé. » Il lui frotte le dos. « Respire, allez, respire. Doucement. »

Lorsqu'elle arrive à se redresser, il dit : « Viens, je vais te montrer. » Il pousse le vélo et la remorque vers la caravane et Jeanie n'a plus d'autre choix que de lui emboîter le pas. Elle se dresse sur le seuil, tente de ne pas inspirer l'odeur immonde, tandis que Julius manipule la table et les bancs autour. « Tu vois, lance-t-il une fois son ouvrage terminé. Un autre lit. Il faut juste qu'on fasse quelque chose pour le matelas, qu'on refasse la garniture. Et voilà le lavabo. » Il soulève le comptoir pour lui montrer le lavabo qu'elle avait déjà trouvé. « Je vais raccorder l'eau de ce pas. » On dirait un gamin qu'on a autorisé à faire du camping pour la nuit, tout excité par les équipements de la caravane : les gamelles qui s'empilent les unes dans les autres, les cuillères-fourchettes et l'ouvre-boîte qui s'actionne avec un mouvement de levier manuel. Mais il n'a pas envisagé à quel point ces choses sont laborieuses à l'usage au-delà d'un week-end, ni ce moment, au milieu de la nuit, où il aura peur et voudra rentrer se coucher dans son vrai lit.

« Je vais raccorder le gaz et on pourra se faire une tasse de thé. Et j'ai une autre surprise pour toi – une petite douceur.

— Qu'est-ce qu'il se passera quand le propriétaire de ce terrain pourri nous trouvera là et voudra nous foutre dehors ? demande Jeanie de l'extérieur. Qu'est-ce qu'il se passera ?

— Il n'y a pas de propriétaire.

— Il y a toujours un propriétaire.

— Ce terrain a été oublié, découpé. Pourquoi cette petite merveille serait toujours là sinon ? tranche-t-il en tapant du plat de la main une paroi de placard. C'est juste le temps de retomber sur nos pieds. D'économiser un peu d'argent pour pouvoir louer un endroit correct. Ce sera marrant de vivre dans les bois. Regarde Maude, elle adore. » Derrière Jeanie, la chienne court partout, s'arrête, s'enfonce dans les tas de feuilles anciennes et repart. Julius ressort, va à la remorque et revient avec un grand cabas. « Fais bouillir un peu d'eau pour le thé, parce que j'ai ta surprise. » Il ouvre le sac et le laisse répandre son odeur sous le nez de Jeanie. « Fish & chips », claironne-t-il. Elle pense à Shelley Swift qui habite juste au-dessus du fish & chips et se demande s'il en a acheté pour elle aussi, mais son ventre vide gargouille et sa bouche se remplit de salive à l'odeur du poisson et du vinaigre. Alors, une fois de plus, elle lui pardonne.

23

Jeanie se roule en boule, les genoux serrés contre elle, sur le lit que Julius a reconstitué en assemblant la table et les bancs. Malgré la couverture par-dessus son sac de couchage, elle est gelée. À l'autre bout de la caravane, la respiration lente et calme de son frère endormi est à la fois rassurante et agaçante. Les coussins sous sa tête sont trempés, leur puanteur s'est infiltrée dans ses narines. Demain elle trouvera un autre endroit où vivre. Demain elle fera bouillir une casserole d'eau chaude et nettoiera la caravane de fond en comble. Demain elle sortira les coussins et les mettra à sécher au soleil. La veille, tant qu'il faisait encore assez clair pour y voir, ils ont rentré les instruments à l'intérieur et le maximum de cartons et de sacs ; le reste a atterri sous la caravane. Le piano est resté là où Ed et son copain l'ont abandonné.

Elle se tourne sur le dos et suit des yeux les contours des taches d'humidité qui bourgeonnent au plafond. Il est dix heures cinq à sa montre lorsqu'elle entend les premières gouttes de pluie taper sur le toit de la caravane. Un crépitement régulier d'abord, puis, en moins d'une minute, un déluge.

24

Dans un coin de la pièce principale du Plough, Jeanie et Julius accordent leurs instruments sous les yeux non dénués de curiosité de deux vieilles dames assises près de la fenêtre avec leurs manteaux sur le dos. Jeanie imagine parfaitement ce qu'elles pensent; ce qu'elles vont se murmurer l'une à l'autre tout à l'heure. Deux carafes de sherry, presque vides, sont posées sur la table en face des deux femmes. Derrière Jeanie, les bavardages et les tintements de verre et de couverts des gens qui mangent sous la véranda vont bon train, à sa droite le comptoir s'arrondit vers la salle où les conversations et les rires se chevauchent. Les tourbillons rouges de la moquette, le cuivre frappé de la cheminée, les lumières se reflètent dans les bouteilles et les miroirs se bousculent devant les yeux de Jeanie, et l'idée qu'il n'y ait que deux personnes dans le public la fait rougir de honte, même si l'éventualité que d'autres puissent venir les écouter – ou pire, les regarder – lui donne la nausée. Elle ne comprend toujours pas comment son frère a réussi à l'embarquer là-dedans.

Jeanie et Julius n'ont pas décidé de la chanson qu'ils joueront en premier. Quand ils jouent à la maison, l'un ou l'autre commence par une note et la chanson est lancée. Mais ici, mal à l'aise, ils tergiversent, commencent, s'interrompent et recommencent, avant que Jeanie, exaspérée, ne finisse par se fixer sur « As I Walked Out One April Morning[1] ». Une des deux femmes à l'autre bout de la salle ramasse leurs deux verres, les dépose au comptoir et repasse devant les musiciens sur le chemin des toilettes. Jeanie s'arrange pour ne pas croiser son regard. La chanson est un slow qui parle d'une fille française accusée d'avoir tué son amant et qui demande à son bourreau de rendre sa mort sous la guillotine rapide et brutale, Jeanie n'a pas mesuré à quel point la chanson est à la fois interminable et épouvantable jusqu'à ce qu'elle se retrouve à chanter dans la pièce silencieuse et quasiment vide. Elle coupe l'avant-dernier couplet, et Julius, ne se rendant pas compte de la soudaine résurrection de la Française, continue de jouer trois notes après la fin puis s'arrête brutalement et fronce les sourcils. La serveuse apparaît et remplit deux verres de sherry. La femme revient des toilettes.

« On ferait mieux d'y aller, lâche Jeanie du coin de la bouche.

— On ne nous demandera plus jamais d'autre concert.

— Je ne veux plus d'autre concert. »

La salle, calme, bruisse soudain de rires. Les femmes au fond du pub demeurent assises, à les fixer.

Julius lève sa vièle, laisse échapper une note et commence à toute allure.

Jeanie secoue la tête, elle ne peut pas faire ça, elle ne veut pas faire ça, mais Julius persiste, battant la mesure

1. « En sortant de chez moi un matin d'avril. »

du pied. Il chante : « *Hoi, hoi, a pretty little maid.* » Il crie ses paroles par-dessus le brouhaha qui lui parvient de l'autre pièce.

« *A pretty little maid*, répète Jeanie à contrecœur.
Had a demon lover.
Had a demon lover[1]. »

Les femmes à côté de la fenêtre se redressent. Après le couplet suivant, la serveuse revient du salon et pose ses avant-bras sur le comptoir pour les regarder. Un cri retentit de quelqu'un qui réclame à boire, elle répond en criant à son tour qu'ils n'ont qu'à venir commander au bar s'ils veulent un verre – elle écoute le groupe. Julius fait un clin d'œil à Jeanie. Il y a trois hommes et une femme dans le bar au moment où cette nouvelle chanson s'achève, deux autres encore quand ils entament la ritournelle de « Bryan O'Lynn ». Les nouvelles arrivées, d'âge moyen et assez ivres pour osciller sur leurs jambes, se tiennent par la taille et reprennent le refrain en chœur.

« *It'll do, do, do, do*
Says Bryan O'Lynn, it'll do[2]. »

Quelques clients lancent des titres de chansons, la plupart inconnues au bataillon pour Jeanie, mais ils jouent une version de « Scarborough Fair » qui fait danser leur public. Les gens dans la véranda terminent leurs plats et rejoignent le bar, d'autres encore arrivent de la salle. Jeanie aperçoit le Dr Holloway, souriant, et Bridget, prenant une photo avec son téléphone.

---

1. « Une jolie petite servante
Avait un amant endiablé. »
2. « Ça fera l'affaire,
dit Bryan O'Lynn, ça va le faire. »

Derrière elle, Stu, pinte à la main, trinque à leur santé. Elle sourit en retour, incapable de se retenir, puis baisse les yeux. Sur la table près de Julius et elle, les verres s'amoncellent.

Chaque chanson est exactement telle qu'ils la jouent depuis toujours et différente en même temps, enrichie de nouveaux accents, de mots changés, de modifications mineures, de celles qui ont toujours intrigué Jeanie : à partir de quel degré de mutation une chanson devient-elle une autre chanson ? Quand la foule reprend le refrain, elle doit tendre l'oreille pour percevoir encore leurs instruments et leurs voix à eux, mais elle distingue toujours celle de Julius – ses indications, la faisant passer en tête, ralentissant pour appuyer la mélancolie des paroles, marquant une pause avant la dernière ligne mélodique pour qu'ils terminent ensemble, même sous les applaudissements et les sifflements. Ils achèvent la soirée dans l'harmonie totale, avec « Polly Vaughn » :

« *He ran up beside her and found it was she*
He turned away his head for he could not bear to see
He lifted her up and found she was dead
A fountain of tears for his true love he shed
She'd her apron wrapped about her and he took her for a swan
And it's so and alas, it was she, Polly Vaughn[1]. »

1. « Il se précipita près d'elle et découvrit qui elle était
Il détourna la tête car il ne pouvait soutenir sa vue
Il la souleva de terre et vit qu'elle avait expiré
Et pleura des torrents de larmes pour son amour perdu.
Enveloppée dans son tablier, il l'avait prise pour un cygne,
C'est ainsi, c'est hélas, que finit Polly Vaughn. »

En rentrant à pied à la caravane, Jeanie se dit que peut-être elle est ivre, même si elle ne sait pas quel effet ce que cela fait et n'a bu que deux verres parmi tous ceux qu'on leur a offerts. Elle est étourdie, hilare, elle a envie de parler, de rire aux éclats. Avec Julius, ils passent en revue toutes les chansons qu'ils ont jouées, la réaction du public, ils entonnent des extraits à tue-tête en se bousculant, taquins. Sous la pleine lune, le terrain vague s'est transformé en un bosquet féerique. Les détritus sont invisibles, seuls les arbres et les buissons, noirs et blancs, demeurent. Ils s'arrêtent devant le piano. La pluie, déchaînée, a fait craqueler le vernis, l'eau s'est infiltrée par le haut et le couvercle du clavier ; certaines notes ne sonnent plus et celles qui sonnent encore sont sourdes, sans écho. Mais Julius pose néanmoins les mains sur le clavier et ils chantent des chansons insensées en chœur – « Il était une fois une grenouille vivant dans un puits », et « La tête du hareng » –, des chansons qu'ils chantaient enfants, avec leurs parents. Ils braillent chaque mot, inventent ceux qu'ils ont oubliés, ne prêtent pas attention aux notes manquantes et ne s'interrompent qu'à cause des aboiements de Maude qui leur parviennent de l'intérieur de la caravane, trop déchaînés pour être ignorés plus longtemps.

25

L'euphorie de ce concert au pub porte Julius durant toute la semaine, et peu importe que Holloway lui apprenne plus tard que l'homme censé venir les écouter jouer n'a pu être là. La prochaine fois, pense Julius. Son travail à la laiterie devient régulier mais désormais il rentre à midi entre les traites pour réparer la fenêtre de toit de la caravane, colmater les endroits par lesquels la pluie s'infiltre, raccommoder le store et creuser des latrines à fosse non loin, à l'orée du bois. Il sent vibrer en lui une énergie infatigable qui l'empêche de rester immobile. Tandis qu'il s'affaire, il réfléchit à des noms de groupe, se demande si un troisième musicien serait un avantage ou une rupture dans leur équilibre. Il les imagine jouant dans une plus grande salle, en tournée, à l'affiche d'un festival folk, il se voit en train d'observer la foule et remarquer au premier rang une femme avec des taches de rousseur, leurs regards se croiseraient et ils ne pourraient plus se quitter des yeux. Deux ou trois soirs, il pousse son vélo jusqu'au pub après le travail et descend quelques bières, qui lui coûtent une partie de sa paie ; une autre fois, il rend visite à Shelley Swift dans son appartement.

Julius revient à la caravane avec des chutes de planches de bois et un morceau de tôle ondulée trouvés par hasard et qu'il stocke dans un coin, à côté de la vieille brouette qu'il a tirée des orties où elle était emmêlée en se disant qu'il faudrait changer le pneu et recouvrir le fond rouillé. Un soir, il utilise le smartphone de Jenks pour faire des recherches sur la notion de *possession adversative* et s'imagine vivre dans le bosquet douze années durant pour en revendiquer la propriété. Il décide de ne pas le dire à Jeanie tout de suite, mais songe à fabriquer un panneau sur lequel il peindra le mot *privé* pour le clouer à un arbre près du terrain vague. Comme Jeanie ne parle plus de chercher un autre endroit où vivre, il pense qu'elle s'habitue à cette maison dans les bois. Certes elle continue à se rendre souvent au cottage pour travailler dans le jardin, mais elle passe aussi beaucoup de temps à astiquer la caravane, à balayer la petite clairière qu'ils se sont aménagée et à cuisiner sur les deux feux. Un midi, dans un rare moment de pause, ils s'installent dehors sur deux chaises de jardin en plastique qu'il a récupérées dans une benne, et comme s'il n'avait plus vraiment regardé sa sœur depuis longtemps, il constate avec étonnement qu'elle a l'air plutôt contente. Il se souvient de cette même expression apparaissant parfois à plusieurs années d'écart sur le visage de sa mère. Il y avait eu au cours de sa vie de longues périodes durant lesquelles Dot avait été manifestement malheureuse, jamais il ne lui était venu à l'esprit de lui demander pourquoi. Ce qui passait par la tête des autres était un mystère pour lui. Il se souvenait de ses parents s'adressant l'un à l'autre, à Jeanie et lui, par leur intermédiaire :

« Demande à ta mère de passer le beurre » ; « Dis à ton père d'enlever ses bottes dans la maison ». Une autre fois encore, sa mère l'avait envoyé dans le champ où son père travaillait porter un message sur un papier plié en deux. Julius l'avait fourré dans sa poche et avait traîné ses bottes jusque là-bas tout en cherchant des yeux une poignée de plumes dans les herbes hautes, l'endroit où un prédateur aurait fondu sur un malheureux oiseau. Avec un peu de chance, la tête aurait dégringolé du corps et il pourrait la récupérer, la faire bouillir et l'ajouter à sa collection. Lorsqu'il avait finalement atteint le champ où son père était censé travailler, son père n'y était pas. Julius avait alors sorti le message et lu : *Si tu ne reviens pas ici tout de suite pour réparer le portail du jardin comme tu l'as promis, je te quitte.* Julius avait eu la nausée. Il avait couru tout le chemin du retour, prêt à expliquer à sa mère que c'était sa faute, que c'était lui qui avait traîné. Dans la cuisine, Jeanie jouait du piano et ses parents dansaient autour de la table en riant. Plus tard, après la mort de son père, Julius avait pris sa collection de crânes d'oiseaux, les trente-trois, tous répertoriés et étiquetés avec le nom de l'espèce et l'endroit où le crâne avait été trouvé et il avait tout jeté.

Jeanie laisse la radio allumée pendant qu'elle travaille, elle écoute une adaptation radiophonique d'un reportage de *Vanity Fair* sur l'évolution des langues ancestrales, puis une interview sur l'impact du Brexit sur les prix du lait biologique. Elle fabrique de nouveaux rideaux, des garnitures de coussin, les coud à la main en se servant d'un patchwork de chutes de tissu. Elle écoute et coud, s'efforce de ne pas penser à ce que sera l'hiver dans la caravane, sans chauffage, avec les latrines extérieures, la boue, l'humidité. D'ici là, elle aura trouvé un moyen de récupérer la maison, elle en est certaine. Elle ne parle pas de ses réflexions à Julius. Il n'y a que la nuit, quand elle n'arrive pas à dormir, que sa colère contre lui reflue. À ce moment-là elle se refuse à utiliser les latrines extérieures, bondit hors du lit et pisse furieusement dans un seau derrière le rideau qu'elle a suspendu au milieu de la caravane, sachant très bien que le bruit va le réveiller.

Elle se rend au cottage avec Maude presque tous les jours. Rien n'a vraiment changé depuis qu'Ed a emmené les poules, sauf que quelqu'un – Rawson, suppose-t-elle – a dû rentrer parce que la porte arrière est de nouveau verrouillée. Alors c'est plus fort qu'elle, elle colle son visage aux fenêtres et songe à ce que sa vie était autrefois.

Le jardin détourne son attention, tout mûrit en même temps : des radis de la taille d'un pouce, les premiers choux-fleurs d'été comme des nuages blancs dans la terre, des groseilles duveteuses, des betteraves rafraîchies par leurs racines trempées et pointues. Si elle arrive à remettre la main sur quelques bocaux en verre, elle fera bouillir les betteraves et les préparera en saumure avec des œufs. Déterrer les premières pommes de terre est une immense joie renouvelée chaque année. Enfoncer la fourche dans la terre molle autour de la racine jaunâtre jusqu'à dénicher une grappe de ces pâles trésors. Installée sur le sol chaud, une douzaine de pommes de terre entre les mains, elle se remémore sa mère qui l'aurait taquinée du bout de la fourche en la rappelant à la tâche encore lourde qui l'attendait et devrait l'empêcher de rêvasser sur une poignée de patates fraîches. Elle reprend les livraisons de légumes chez Max ; il y en a trop de toute façon pour juste Julius et elle, à force elle sait qu'elle finira par avoir épongé la dette que sa mère a accumulée.

Elle se rend chez Saffron deux après-midi par semaine comme convenu, et malgré la pause qu'elle s'accorde en buvant le thé avec Saffron et sa fille, elle ne lui raconte pas où elle vit. Saffron continue de donner des chèques à Jeanie qui les range dans le sac plastique qu'elle utilise, faute d'avoir retrouvé son sac à main.

Jeanie apprend à connaître la topographie du bosquet, parcourir les contours triangulaires des lieux lui prend quinze minutes. La caravane est posée à peu près au milieu, le terrain vague et l'entrée se situent sur le côté le plus court, et l'arrière de plusieurs jardins jouxte l'angle de la clôture de barbelés. Personne ne la voit. Personne ne la regarde. Elle est invisible ; pour Julius aussi, pense-t-elle souvent. De temps en temps, il rentre à la maison plus tard que prévu mais elle ne lui pose aucune question. Il pose un verrou à l'intérieur de la porte de la caravane, puis un autre avec un cadenas pour l'extérieur, peu à peu elle commence à se sentir en sécurité, elle s'assied le soir près du petit brasero qu'ils ont fabriqué, sur une des chaises en plastique. Jeanie guette la visite de Bridget, et au début quand elle constate que Bridget ne s'annonce pas, elle est blessée, avant de se raviser, songeant qu'elles ont sans doute passé assez de temps ensemble pour un moment.

Les marches devant la caravane sont nouvelles. Julius les a fabriquées à partir de chutes de planches et de briques posées dans le sol pour servir de fondations stables. Jeanie est assise là, dans un rectangle de soleil, un saladier sur les genoux, elle épluche le reste des vieilles patates en observant le vol d'un papillon butinant les pétales rose et blanc d'un rosier sauvage. Dans la caravane, la radio diffuse un programme qui reprend les meilleurs moments de la semaine, il passe un extrait d'une interview d'un paysagiste japonais qui parle de ses chansons préférées. Julius n'est pas rentré entre les traites aujourd'hui, elle a mis à bouillir une casserole d'eau pour les pommes de terre et pour sa toilette quand il rentrera. L'autre jour, alors qu'elle était au village, elle a senti une odeur âcre en passant devant le magasin, elle s'est dit que peut-être un fruit avait roulé sous le comptoir et pourrissait là, à l'abri des regards. Dans un des rayons étroits, elle s'est retrouvée à côté d'un homme qu'elle a vu se retourner, le visage grimaçant de dégoût, c'est à cet instant qu'elle a compris que l'odeur venait d'elle, de ses vêtements. Depuis, elle en lave quelques-uns chaque jour dans le petit lavabo en prenant de l'eau dans la bouilloire, et puis elle les met à sécher sur le fil dehors ou bien à l'intérieur de la caravane, selon le temps.

Elle cesse d'éplucher en entendant le crachotement de deux motocross. Le bruit ne vient pas de la route principale, dont elle ne perçoit même plus le vrombissement à moins de tendre l'oreille, il vient de l'entrée du bosquet. Les motos ne longent pas le terrain vague, non, leur gémissement se rapproche, fend les arbres et s'accompagne d'encouragements et de cris. Elle pose le saladier au sol et se lève, claque des doigts pour appeler Maude. Des rires, de nouveaux cris, les moteurs pétaradant, s'interrompant, un silence suivi de quelques notes sur le piano, et puis un claquement qu'elle ressent jusque sous ses pieds en même temps qu'elle entend les cordes du piano tressaillir. Elle porte la main à sa poitrine. Avec un peu de chance, ils, qui que ce soit – et elle en a une idée assez précise –, se contenteront de rester près du piano et du brasier éteint.

Mais les moteurs se rapprochent et elle voit deux motocross jaune et noir passer à toute allure devant elle – chacune avec une partie centrale qui ressemble à un abdomen de guêpe. Leurs pneus projettent des particules de boue et de végétation déchiquetée tandis qu'elles freinent en dérapant dans la clairière, face à la caravane. Maude aboie, le poil et la queue dressés. Les motards, hilares, s'interpellent en descendant de leurs montures et en ôtant leurs casques : Tom sur l'une, Nathan sur l'autre avec Lewis à l'arrière. Jeanie se rapproche de la caravane, Maude vient se réfugier derrière ses jambes.

« On a entendu dire que tu vivais là, lance Lewis. C'est un putain de trou. »

Il donne un coup de pied dans le saladier plein d'eau que Jeanie a reposé, il se renverse, avec l'eau, les patates et les épluchures. Lewis rit. Jeanie s'avance vers les hommes, gagnée par la colère, mais Maude continue à aboyer dans le coin formé par la caravane et les marches. Jeanie claque des doigts pour la faire taire. Lewis se dirige à présent vers le fil à linge où leurs sous-vêtements sèchent, il se place derrière une paire de collants, colle sa tête contre l'entrejambe en enroulant les jambes autour de son menton, comme s'il avait mis un drôle de bonnet couleur chair.

« Apparemment vous avez rapporté un max de votre merdier avec vous », renchérit Tom en se pavanant.

Jeanie s'efforce de garder à l'esprit ce que Bridget lui a raconté sur sa mère.

« Ou ce qu'il en restait », reprend Lewis. Il sourit en parlant et Jeanie sait alors avec certitude qui a pris ce qu'il y avait devant le cottage.

Nathan est debout dans la clairière, il regarde autour de lui, prend note. Il porte un pantalon en cuir et une veste de motard. Ses cheveux sont aplatis à l'endroit où il a enlevé son casque, il a une barbe blonde de trois jours sur les joues.

« Je voudrais que vous partiez maintenant, dit-elle d'une voix basse et ferme.

— Elle voudrait que nous partions maintenant. » La mauvaise imitation que Lewis fait de Jeanie est étouffée par son propre rire.

« Mais on vient d'arriver », proteste Tom. Son nez et ses yeux sont trop gros pour son visage, comme s'il n'avait pas terminé sa croissance. « Nous, on a très envie de découvrir votre magnifique demeure. N'est-ce pas, Nath ? » Il pose un pied sur la première marche. Maude grogne mais ce n'est que de l'esbroufe.

À côté des chaises en plastique, Nathan hésite, puis décide de s'asseoir sur une bûche, comme s'il attendait une invitation en bonne et due forme pour s'installer correctement. « Ouais », répond-il sans enthousiasme. Il sort son paquet de tabac d'une de ses poches et commence à se rouler une cigarette.

« Remontez sur vos motos et partez, et on n'en parle plus », dit Jeanie. Tom grimpe une nouvelle marche. « Tu n'as pas le droit d'entrer. » Elle l'attrape par la manche de son sweat-shirt.

« Hé, madame ! » Tom dégage son bras d'un coup sec. « Qu'est-ce qu'il y a de si important là-dedans, hein ? » Il entre et Jeanie ne peut plus l'en empêcher. Son regard va de l'un à l'autre des deux hommes encore dehors, elle essaie d'imaginer ce qu'ils pourraient bien faire si elle cesse de les surveiller, puis elle suit Tom à l'intérieur.

« Dis donc, c'est une vraie machine à remonter le temps là-dedans ! » Il va du lit de Julius à la table, revient sur ses pas, examine les lieux. Elle éteint le gaz sous l'eau bouillante tandis qu'il décroche la photo de ses parents du mur où Jeanie l'a accrochée à côté de la peinture d'Angel, il l'inspecte, la repose de guingois. Des voix s'échappent de la radio, Tom joue avec le cadran jusqu'à ce que la conversation entre le paysagiste et le présentateur radio ne soit plus qu'un grésillement continu. Il regarde vite fait sous le long coussin posé sur le banc comme si Jeanie et son frère avaient l'habitude d'y cacher des choses. Dessous il y a un trou de la taille d'un doigt qui permet de soulever la planche et d'accéder à un casier de rangement. Il tire le couvercle, découvre un stock de casseroles, sacs plastique, bottes en caoutchouc, et laisse retomber le couvercle avec un claquement. Explorant les lieux, il ouvre un placard au-dessus de la cuisinière, soulève le couvercle du lavabo d'un doigt et le laisse retomber. « Il paraît que vous planquez autre chose que des tasses et des assiettes dans ce trou à rats. » À côté de la cuisinière, il s'accroupit et ouvre un placard, puis se relève et donne un coup de pied dedans pour le refermer. La vaisselle tremble à l'intérieur.

Jeanie éteint la radio. « Mon frère ne va pas tarder, ça ne va pas lui plaire de vous trouver là. » Elle n'a aucune idée de l'heure du retour de Julius ni s'il rentrera directement à la maison ou ira ailleurs d'abord.

« Je m'en voudrais de contrarier ta merde de frère. Je le croise de temps en temps, avec les deux pauvres pintes qu'il arrive à se payer au Plough. »

Elle ne réagit pas à ses provocations. Tom fait un pas en direction de la porte, elle souffle, mais c'est une feinte, il s'arrête en chemin et s'appuie sur le chambranle pour lui barrer la sortie.

« Je venais dans ces bois il y a des années, dit-il. Avant qu'ils abattent les arbres et se construisent de nouvelles maisons. Je tuais des lapins, des pigeons, et tout ce qui me tombait sous la main. Je reviendrai peut-être avec mon arme un de ces jours. J'vois quelques trucs sur lesquels je pourrais encore tirer. » Il tend son bras droit et le pointe sur elle, la main imitant un revolver – deux doigts devant, deux autres serrés en poing, le pouce levé –, puis il pivote et vise Maude, dehors. Il tire. « Pan, pan », lâche-t-il en faisant feu. Jeanie tressaille, Tom baisse son bras et regarde autour de lui tranquillement. « T'as juste à me dire où c'est et j'te fous la paix.

— Où est quoi ? »

Il tire violemment un tiroir, dont tout le contenu jaillit – couverts, écrase-purée, cuillères en bois et tison – et s'écrase au sol. « Oups, fait-il. Quel bazar.

— Dehors ! » Jeanie lui arrache le tiroir des mains et le brandit devant elle comme un bouclier.

« On m'a dit que t'avais un gros paquet de fric planqué quelque part ici. Une enveloppe marron pleine de billets. »

Elle pense au moment où elle a donné l'argent à Ed dans le pick-up en lui tournant le dos. Sans doute pas assez. Ou quand elle a agité l'enveloppe chez Mme Rawson, par-dessus l'îlot de sa cuisine. « On n'a pas de fric, espèce d'idiot. Tu crois qu'on vivrait ici si on en avait ?

— Chacun son truc. Je me disais que peut-être vous preniez votre pied à chier dans les bois. »

De l'extérieur lui parvient un battement, un rythme sourd régulier, elle le bouscule, le tiroir pressé contre sa poitrine, va jusqu'à la porte. Lewis est assis sur une chaise en plastique avec le saladier retourné coincé entre les genoux. Il bat la mesure de ses doigts raides. « Où est le fric ? Où est le fric ? Où est le fric ? » chante-t-il. Nathan est toujours sur la même bûche à fumer une cigarette, les yeux rivés au sol.

« Arrête ça, ordonne Jeanie à Lewis. Arrête ! Il n'y a pas de fric. » Elle s'avance vers lui et lui prend le saladier entre les jambes de sorte qu'elle se retrouve avec le tiroir dans une main et le saladier dans l'autre comme si c'étaient les seules choses qu'elle avait réussi à sauver d'une maison en feu ou d'un navire naufragé. Tom descend les marches et Maude recule pour se cacher sous la caravane.

« Jeanie ? Tu es là, Jeanie ? » lance une voix de femme, et une seconde plus tard, Bridget, le visage luisant et le sac à main à l'épaule, apparaît devant la caravane. « Alors c'est ici que tu te caches depuis deux semaines », récite-t-elle comme si elle avait répété sa réplique, mal à l'aise de ne lui rendre visite que maintenant. L'instant d'après, elle intègre tous les éléments de la scène : la caravane miteuse, les motocross, les deux jeunes hommes et enfin son fils. Son expression passe de l'étonnement à la confusion, à quelque chose que Jeanie déchiffre avec difficulté et qui est sans doute de la suspicion.

« Maman », dit Nathan. Il jette sa cigarette par terre et l'écrase sous sa botte.

« Qu'est-ce que tu fais là ? demande-t-elle. Et Lewis ? Et toi, Tom ? » Ses yeux passent de l'un à l'autre. Les amis de Nathan la gratifient d'un hochement de tête, marmonnent des bonjours. Alors seulement Bridget remarque que Jeanie tient un saladier et un tiroir à la main. « Qu'est-ce qui se passe ici ? »

Tom déplace sa moto, enfile son casque qu'il avait laissé sur la selle, enfourche sa bécane et la démarre. « Faut que j'y aille, madame Clements, lance-t-il par-dessus le bruit du moteur.

— Attends une minute », dit Bridget.

Tom se retourne vers Jeanie et sourit. « C'est très gentil à vous de nous avoir accueillis et fait visiter votre nouvelle maison, mademoiselle Seeder. Je reviendrai, comptez sur moi. »

Jeanie serre le saladier et le tiroir contre elle. Ils le regardent s'en aller.

« Jeanie ? l'interroge Bridget. Tu n'as rien ? » Elle s'avance vers elle, mais les six pommes de terre épluchées et tombées dans la terre au pied des marches l'arrêtent dans son élan. Leur chair pâle, nue est pleine de traînées sales, deux d'entre elles ont été écrasées sous une botte. Son regard va de Jeanie à ce gâchis puis jusqu'à Nathan.

« J'ferais mieux d'y aller moi aussi », déclare Lewis, avant de se retrouver à côté de la moto, surpris d'avoir besoin de Nathan pour partir.

Nathan se lève, il fait les cent pas autour de Jeanie et Bridget, à bonne distance, comme s'il craignait que sa mère l'attrape par le col.

« Nathan, reprend Bridget. Qu'est-ce qui se passe ici ? Pourquoi vous êtes venus voir Jeanie ?

— Laisse-le partir », intervient Jeanie. Elle a envie d'en finir.

« À plus, maman. » Nathan enfile son casque, monte sur sa moto et démarre.

« Qu'est-ce que vous trafiquez, Tom et toi ? Descends de ce truc et dis-moi la vérité tout de suite. » Elle élève la voix.

Nathan fait gronder le moteur, mais Lewis, sans doute gêné de décamper alors qu'elle – la mère de Nathan – est au milieu d'une phrase, traîne derrière. « On voulait juste se marrer un peu, c'est tout.

— Je n'ai pas l'impression que Jeanie rigole beaucoup.

— C'était sympa de vous voir, madame Clements », dit Lewis en prenant place derrière Nathan et en enfilant son casque.

Bridget est debout à côté de la roue avant de la moto. « J'espère que tu ne travailles plus pour ces Rawson, lâche-t-elle, furieuse. C'est ça que t'étais venu faire ici ? »

Nathan ne lui accorde pas un regard, pas une réponse. Lewis pose la main sur la taille de Nathan, la moto gronde et Bridget fait un bond en arrière.

Jeanie songe tout à coup, tandis qu'elles regardent Nathan et Lewis s'éloigner, que c'est bien Tom qui est venu chercher le fric, Nathan n'a pas pris part aux recherches ni aux menaces, il devait être là pour autre chose, quelque chose en rapport avec les Rawson, elle se demande de quoi il s'agit.

« Est-ce que tu es passée devant un piano ? » demande Jeanie à Bridget. Elle pose le saladier et le tiroir et s'accroupit devant la caravane en faisant claquer sa langue. Jeanie a l'impression d'entendre le halètement de Maude là-dessous, ses petits gémissements à chaque respiration.

« J'ai vu quelque chose qui ressemblait à un piano, oui », répond Bridget.

Jeanie tape sur sa cuisse mais la chienne ne se montre pas.

« Il était renversé. Ed a raconté à Stu que tu le lui avais fait porter jusqu'ici. À quoi tu pouvais bien penser ? Et qu'est-ce qui t'a pris d'inviter ce Tom ici ?

— Qu'ils aillent au diable. J'adorais ce piano. » Maintenant qu'ils sont partis elle tremble, autant de colère que de peur. « Je ne les ai pas invités, qu'est-ce que tu crois. Ils se sont pointés et ils ont commencé à tout mettre sens dessus dessous en nous menaçant, Maude et moi.

— Oh, Jeanie. J'enverrai Stu rendre une visite à Nath. Il faudra bien qu'il l'écoute cette fois.

— Et ces maudites pommes de terre sont foutues.

— Allez. Ne t'inquiète pas pour les patates. Assieds-toi. Ils sont partis. » Bridget serre le bras de Jeanie. « J'étais venue voir comment tu t'en sortais. Ça te plairait que je nous fasse une bonne tasse de thé ? » Elle jette un regard à la ronde, se demande si c'est faisable.

Jeanie ne veut pas s'asseoir, sa colère monte par vagues, plus que jamais elle meurt d'envie d'y céder, de la laisser couler dans ses veines, gonfler ses joues, irriguer ses gencives, réveiller les racines de ses dents et envahir son cœur jusqu'aux tréfonds. Elle se sent capable de tout – de boxer, de lutter, d'assassiner. Elle inspire profondément par le nez, pose un doigt sur son cou et expire lentement. « Je vais bien, Bridget. T'embête pas. Mais il y a un truc que je veux te montrer, quelque chose que je veux que tu fasses pour moi. » Jeanie se dirige vers la caravane, Bridget la suit, enjambant les pommes de terre et, une fois à l'intérieur, les couverts répandus au sol.

« Ce sont les garçons qui ont fait ça ? »

Jeanie sort l'enveloppe marron vide de sous le revêtement à l'intérieur du placard que Tom a ouvert.

« Je vais ramasser ce bazar, laisse-moi faire. » Bridget se penche vers le sol.

« Laisse. Assieds-toi, ordonne Jeanie, avant d'ajouter plus gentiment : S'il te plaît. » Bridget s'assied sur la couchette de Julius. « C'est l'enveloppe dans laquelle il y avait l'argent. Celle que j'ai trouvée dans l'étui du banjo de maman. J'en ai donné une partie à Stu pour lui rembourser un peu de ce que lui avait emprunté maman, j'ai donné le reste à Ed pour nous déménager ici. » Elle n'est pas prête à admettre l'erreur qu'elle a commise de le payer trop.

Bridget dépose son sac à main à ses pieds. « Je suis certaine que Stu attendra pour la suite. Mais tu n'étais pas censée payer Ed pour vous déménager, c'était supposé être une fav…

— Bridget. » Jeanie l'interrompt avant qu'elle ne continue et brandit l'enveloppe devant elle. « J'ai besoin que tu me dises ce qui est écrit dessus. »

Bridget saisit l'enveloppe avec précaution, sans toutefois la regarder.

« Je sais que c'est l'écriture de maman mais je n'arrive pas à déchiffrer le mot.

— Tu n'arrives pas à le lire ? Cela dit, maintenant que j'y pense, ta mère avait une écriture de cochon – je disais toujours qu'elle était illisible.

— Non, je ne sais pas.

— Tu ne sais pas lire ? » Bridget n'a toujours pas jeté le moindre coup d'œil à l'enveloppe, elle semble embarrassée pour Jeanie.

« Je ne sais ni lire ni écrire. Enfin, pas bien. Je sais que tu le sais. » Elle a toujours pensé que l'admettre à voix haute lui demanderait un effort considérable, cette défaillance, cette stupidité, mais les mots sortent facilement et elle n'éprouve aucune honte.

La bouche de Bridget s'entrouvre vaguement, puis se referme. «Eh bien, je m'en doutais, mais…

— Qu'est-ce qui est écrit ?» Jeanie lui désigne l'enveloppe du menton.

Bridget hésite, soupire, baisse les yeux et lisse le morceau de papier sur ses cuisses épaisses. Avant de lâcher : «Spencer.» Elle n'est pas étonnée.

«Spencer ? répète Jeanie. Quoi ? Le Spencer de Spencer Rawson ?

— Oui, Spencer Rawson.

— Maman a écrit le prénom de cet homme ?» Les rares fois où ils avaient parlé de lui, aucun d'eux, ni elle, ni Julius, ni leur mère, n'avaient jamais appelé Rawson par son prénom. Ils ne s'embarrassaient même pas d'un monsieur. Il lui paraît même impossible que Rawson possède un prénom parce que alors cela signifierait qu'il a eu des parents et qu'il a été un bébé un jour.

«Il n'est pas si terrible, Jeanie. Si seulement tu lui laissais une chance.

— Il a tué mon père.»

Bridget baisse les yeux, l'enveloppe à la main, et comme Jeanie, toujours debout, ne la prend pas, elle la pose à côté d'elle sur la couchette, s'agenouille et, avec un grognement, commence à ramasser les couverts et le tison.

«T'en fais pas pour ça», dit Jeanie mais elle laisse quand même Bridget tout ramasser. Bridget se relève péniblement et cherche autour d'elle le tiroir, puis elle semble se souvenir qu'il est resté dehors et abandonne les couverts sur le comptoir où ils se dispersent bruyamment.

« Qu'est-ce qu'il y avait entre maman et Rawson ? demande Jeanie.

— Mieux vaut pas en parler, dit Bridget. Ta mère n'est plus là. C'est fini. »

26

Après le départ de Bridget, Jeanie ramasse les pommes de terre. Deux d'entre elles sont enfoncées si profondément dans le sol qu'il lui faut creuser avec un couteau pour les récupérer. Elle les balance dans les buissons, furieuse contre elle-même de ne pas avoir davantage tenu tête à Tom, de ne pas l'avoir poussé hors de la caravane. Les pommes de terre restantes atterrissent dans une casserole, dans une poêle, elle fait griller six saucisses jusqu'à ce qu'elles virent au marron et ajoute aux pommes de terre une poignée de haricots plats cueillis ce matin-là.

Quand les saucisses et les légumes sont prêts, elle les sert dans des assiettes recouvertes de couvercles de casseroles pour garder leur repas au chaud et s'installe sur une chaise en plastique, une couverture sur les épaules, en attendant Julius. À vingt et une heures, alors que les buissons et les arbres ne sont plus que des ombres, elle pose l'assiette de Julius par terre et siffle pour faire venir Maude. Assise avec son assiette sur les genoux, elle dévore, enfourne les saucisses dans sa bouche avec ses doigts. Elle sait où est Julius. Il est avec Shelley Swift, confortablement installé sur son canapé, au chaud, devant la télévision, blotti contre elle, ses pieds sur ses genoux. Jeanie jette le reste de son dîner au sol, mais la chienne ne s'est pas montrée. Elle siffle plusieurs fois de suite. Elle est convaincue que Julius finira par rentrer. Il doit se lever tôt pour se rendre à la ferme Stockland, de l'autre côté de Froxfield, pour la traite. Elle se rassied, observe les chauves-souris, ombres noires, furtives, voletant parmi les arbres. Si Julius ne se dépêche pas de revenir, elle verrouillera la porte de la caravane, il sera obligé de tambouriner, et elle ne se gênera pas pour prendre tout son temps. Elle appelle Maude, puis rentre, laissant la porte ouverte derrière elle. Elle va commencer par préparer du chocolat chaud – le lait ne durera pas un jour de plus de toute façon. Une fois la casserole sur le feu, elle va à la porte et appelle une nouvelle fois mais la chienne ne revient toujours pas. Elle coupe le feu et va la siffler depuis la première marche. Tout à coup, l'idée lui vient qu'ils sont partis ensemble, Maude et Julius, qu'ils arpentent les alentours dans le crépuscule, sans elle. Julius n'a pas découché depuis des années, jamais il ne ferait une chose pareille sans la prévenir, quant à Maude, elle finit toujours par réapparaître. Mais c'était quand la dernière fois qu'elle l'a vue ? Peut-être avant tout cela. Jeanie songe soudain que Julius pourrait être blessé, qu'il a pris un coup de sabot d'une vache, qu'il a la mâchoire cassée et aucun moyen de la prévenir. Cet idiot.

Mais elle n'a pas besoin de Julius ; elle est parfaitement capable de prendre soin d'elle et de Maude. Cette satanée chienne. Elle appelle encore, prend la lampe torche, chromée et lourde comme un club de golf, écoute : guette des bruits de chien, le pas lourd de Julius rentrant à la maison, le vrombissement d'une motocross. Elle se souvient alors de Tom mimant un revolver avec ses doigts et tirant sur Maude. Rien d'autre que les bruissements et les froissements habituels dans les broussailles, le hululement d'une chouette, une voiture de temps en temps sur la route. Le bosquet l'effraie moins qu'au début et elle n'a jamais eu peur du noir, mais à présent c'est différent. Elle connaît l'emplacement de chaque buisson, de chaque arbre, les croisements de chaque sentier, par où passer pour éviter les ruines du bâtiment en briques. Une lune croissante luit, dans les zones d'ombre le noir est plus épais, mais là où la lumière tombe on y voit même sans lampe torche.

« Maude ! » crie-t-elle. Elle siffle devant la caravane, se retourne, siffle encore. Ses lèvres sont sèches et le sifflement semble ne porter qu'à quelques mètres à peine.

Elle marche jusqu'aux latrines. Julius a prévu de creuser un nouveau trou la semaine prochaine et de déplacer l'abri branlant qu'il a construit pour les protéger. Quatre planches courtes marquent le pourtour du trou pour sécuriser les abords. Une autre recouvre le trou, mais elle est pénible à manœuvrer, si bien que la plupart du temps ils ne s'embarrassent pas. Lorsqu'elle arrive aux latrines, elle appelle la chienne à nouveau, elle n'aime pas l'écho de sa voix si loin de la caravane, elle a l'impression qu'on pourrait l'entendre. Cela sent la terre humide, rien de bien méchant. Est-ce qu'elle aurait dû verrouiller la porte de la caravane ? Peut-être qu'on a appâté Maude pour l'appâter, elle – Jeanie –, à son tour. Elle oriente rapidement la lumière vers le trou – c'est sombre mais pas assez, si Maude était tombée dedans, pour qu'elle y ait disparu. Pas de chien là-dedans. Peut-être que Maude est déjà revenue à la caravane, mais quand Jeanie y parvient, il n'y a aucun signe d'elle, au sol les saucisses et le reste de la nourriture n'ont pas bougé.

Jeanie cadenasse la porte et parcourt le reste du bosquet en appelant et en sifflant. Au bout d'un tour complet, elle ne peut s'empêcher de courir à la caravane, persuadée qu'elle va trouver Maude couchée au pied des marches, pattes en avant, ou bien Julius, tapant du pied impatiemment sur une bûche, même si bien sûr l'un comme l'autre l'auraient entendue crier. Toujours personne. Pas de chienne. À l'intérieur, elle s'installe un moment à la table mais elle ne tient pas en place. Elle déverrouille la porte au moindre bruit, s'attendant à voir Maude, trempée et pleine de gadoue. Elle siffle depuis le seuil. Il est minuit et elle est furieuse contre Julius. S'ils ne vivaient pas sur cet affreux terrain vague, jamais ces hommes ne seraient venus et Maude ne se serait pas enfuie. Le bois est silencieux. Peut-être a-t-elle suivi un lièvre jusqu'à la route principale et est-elle en ce moment même en train de se vider de son sang sur le bas-côté.

Jeanie enfile ses bottes et part en petites foulées dans le bosquet, la main sur la poitrine avec son cœur à l'intérieur comme un œuf qu'il faut protéger. La route principale est plongée dans le noir complet, jusqu'à ce qu'une voiture déboule à toute allure, manquant de la renverser dans les haies, les gens au volant l'aperçoivent au dernier moment, font rugir leur klaxon et clignoter leurs phares. Elle rentre, chancelante, et s'étend sur la couchette de Julius, elle garde son manteau et ses bottes, la torche lourde à portée de main. Elle voit venir puis passer trois heures du matin à sa montre et finit par s'endormir.

Rien qu'une pinte, pense Julius en pédalant jusqu'au village après sa journée à la laiterie. On continue à lui donner du travail à la traite et il songe qu'à part l'odeur de fumier et les horaires il aime bien les vaches et qu'il a l'impression de bien se débrouiller dans son travail. Peut-être qu'il pourrait passer à plein temps, qu'il parviendrait à mettre assez de côté pour avoir une caution à déposer et à louer un appartement décent pour Jeanie et lui, il achèterait son propre troupeau, louerait un champ. Cela ne doit pas être si difficile ? En ressortant du pub, il ne résiste pas à la tentation de pousser jusqu'au fish & chips. Il pose son vélo contre la vitrine et envoie un texto à Shelley Swift : *Tu fais quoi ?* Il imagine qu'il entend le message tinter sur son téléphone au-dessus de sa tête. *Je lis*, répond-elle immédiatement. *T'es chez toi ?* demande-t-il. *Pourquoi ?* réplique-t-elle. *Regarde par la fenêtre*, écrit-il juste avant que la batterie de son téléphone ne lâche.

Il avait l'intention de rentrer à la caravane ; Jeanie lui aura préparé un repas et elle n'a pas l'habitude de rester seule après la tombée de la nuit. Mais elle a Maude, se dit-il, ça va. Shelley Swift l'invite à prendre un verre, puis à rester pour le dîner – du fish & chips d'en bas qu'il va acheter lui-même –, et du dîner ils passent au lit. Encore au milieu de la nuit, quand il se réveille, il se redit qu'il va s'en aller, pourtant il reste allongé dans la pénombre et songe aux efforts nécessaires pour trouver ses vêtements, disséminés sur le chemin du salon à la chambre, comme dans une scène de séduction d'un roman à l'eau de rose, sauf que des deux, c'était Shelley Swift qui menait la danse. Il lui caresse le dos et ils refont l'amour. Le lendemain matin, lorsqu'il tend la main vers elle pour la toucher encore, elle glousse et le pousse du coude en disant qu'elle doit aller travailler. Il entend la douche, puis la bouilloire dans la cuisine, et sent l'odeur des tartines grillées. Il est encore au lit quand elle revient pour enlever sa chemise de nuit et choisir des sous-vêtements dans un tiroir. Elle pose une moitié de tartine de Marmite[1] en équilibre sur une pile de livres de poche. Tandis qu'elle passe devant le lit, il tend la main pour l'attirer à lui et elle tombe à la renverse en riant. Il l'embrasse, le goût de la Marmite est épouvantable mais il a envie d'elle.

« T'as pas un boulot où on t'attend ? » lance-t-elle en l'esquivant. Elle ramasse son slip et le jette dans sa direction. Il est censé être à la ferme Stockland depuis trois heures, il s'en fiche. « Allez, espèce de bon à rien, il faut se lever et se bouger maintenant. »

Il se redresse sur les coudes et la regarde s'habiller. « Je peux te voir ce soir ? demande-t-il.

— Ce soir ? » Elle fourre le reste de sa tartine dans sa bouche et allume son portable. Il se souvient alors que la batterie du sien est à plat et que le chargeur est à la caravane. « Je sais pas, répond-elle la bouche pleine. Je vais peut-être plutôt rattraper le sommeil en retard de cette nuit. » Elle lui adresse un clin d'œil puis fixe quelque chose sur son écran, tape un message à toute vitesse, des deux pouces, et ne lui accorde son attention qu'une fois son message achevé. « Il faut que j'y aille. Ferme bien la porte en partant. » Et elle lui envoie un baiser volant depuis le seuil de la chambre.

1. La Marmite est une marque de pâte à tartiner salée à base de levure, appréciée ou détestée au Royaume-Uni mais inconnue en France.

Six heures viennent de passer quand la lumière du jour transperce les paupières de Jeanie et la réveille. Dehors, rien n'a bougé depuis son coucher : le brasero, les chaises en plastique, la ligne d'étendage. Le dîner de la veille a été chahuté par un renard ou quelque autre créature, ce ne peut pas être Maude, elle n'en aurait pas laissé. L'air est frais, vif, le soleil timide se réchauffe doucement tandis qu'elle tourne le visage dans sa direction. Elle siffle Maude, tend l'oreille : rien que le chant des oiseaux et la circulation tranquille du matin. Sans raison particulière, à part le fait qu'elle n'y a pas pensé hier, elle s'accroupit pour regarder sous la caravane. Des planches et de la tôle ondulée récupérées par Julius s'entassent à une extrémité, mais au centre l'herbe est haute, jaune, prise dans les broussailles. Un amas brun repose au milieu de la végétation, inerte. Jeanie cesse de respirer, s'allonge sur le ventre et rampe en protestant : « Non, non. » Elle se hisse jusqu'à la silhouette – qui a bel et bien la forme d'un chien, elle en est certaine à présent – sans prêter la moindre attention aux épines qui lui lacèrent la peau et les vêtements. C'est un carton, un de ceux qu'ils avaient oubliés sous la pluie le premier jour, ils ont dû le vider et le fourrer là-dessous pour ne pas buter dedans. Jeanie s'effondre, couchée là, seuls ses pieds dans les bottes en caoutchouc dépassent au niveau de la première marche de la caravane, sa tête retombe sur le carton pourri, et elle pleure.

27

Toute la journée, pendant qu'il remplit des pelles de fumier – c'est la corvée que son retard lui a rapportée –, des détails de la soirée de la veille avec Shelley Swift lui reviennent en mémoire par soubresauts. Sa tache de naissance couleur café sur la cuisse, ses ongles roses sans vernis, le creux où se rejoignent l'arrière de sa tête et sa nuque, ses cheveux noirs de sueur. Elle semblait apprécier cette attention qu'il lui accordait et le lui rendait en manifestant son plaisir avec plus d'enthousiasme, en donnant de la voix plus qu'aucune des trois autres femmes avec qui il avait couché quand il était plus jeune. Sur la route du retour à vélo, entre la laiterie et la caravane, Shelley Swift vibre dans ses veines comme un courant électrique.

En début de soirée, Jeanie est assise sur la plus haute marche, elle a rempli à nouveau le saladier d'eau, des carottes trempent au fond, elle les fait tourner contre les parois tout en essayant de se rappeler ce qu'elle est censée en faire. Sa tête lui paraît trop grande pour le reste de son corps, étourdie par la marche jusqu'au cottage et les champs qu'elle a arpentés en long et en large à la recherche de Maude. Il n'y a rien d'autre que ces carottes pour le dîner. Ni lait ni pain pour le petit déjeuner ou les sandwichs de Julius, pas d'œufs non plus, et elle s'en fiche. Elle attend et lave les carottes.

Elle entend Julius arriver, reconnaît le sifflement de son vélo qu'il pousse à travers le bosquet. Les branches qui craquent sous ses pieds.

« Salut, dit-il.

— Salut. » Le mot résonne à peine et pour rien au monde elle ne croiserait son regard.

« Bon, d'accord, finissons-en avec les excuses. Je te demande pardon. » Il appuie son vélo contre la caravane et s'accroupit à côté d'elle avec un grognement sourd de fatigue. « Je suis désolé d'avoir passé la nuit dehors. Je suis désolé de pas t'avoir prévenue. »

Elle entend le sourire dans sa voix. Les carottes sont propres maintenant, mais elle continue de les remuer et regarde la saleté se déposer sur le fond de la casserole. Même de là où elle est, elle sent sa sueur et l'odeur fétide et putride des vaches. Il n'y a pas d'eau chaude pour sa toilette. « Tu fais bien ce que tu veux, Julius, finit-elle par lâcher entre ses dents. Je ne suis pas ta mère et tu as cinquante et un ans. » La casserole sur le feu, c'est elle ; l'eau qui frémit, prête à bouillir, c'est elle.

« Qu'est-ce qu'il y a à manger ? » demande Julius, tentant de noyer le poisson. Il se redresse, s'étire.

« Je ne sais pas. Qu'est-ce qu'il y a à manger ?

— Ne fais pas l'enfant. J'ai passé la journée à bosser. Je meurs de faim. J'ai juste envie de me laver, manger et me coucher.

— Tu n'as pas assez mangé hier soir ? Ou dormi ? » Elle marmonne dans sa barbe.

« Qu'est-ce qui te prend ?

— Soit tu vis ici, soit tu ne vis pas ici.

— Nous vivons tous les deux ici.

— Pendant que tu vivais ici hier soir, Nathan et deux de ses brutes de copains sont venus avec leurs motos, ils m'ont menacée et ils ont tous mis sens dessus dessous. Ils croyaient qu'on avait du fric caché quelque part. Du fric !

— Oh, Jeanie. » Il ôte le saladier des genoux de sa sœur, le dépose au sol et lui prend doucement les mains pour l'aider à se relever. Si elle le laisse la prendre dans ses bras, toute sa colère va se dissoudre, elle le sait. Elle refuse de pleurer.

Elle tâtonne du pied derrière elle et recule en montant d'une marche pour se dégager de son étreinte. « Ça suffit avec les "Oh, Jeanie" ! Ce que tu ne sais pas non plus, parce que tu n'étais pas là, c'est que Maude a disparu. Je crois qu'ils l'ont fait fuir, ou bien ils l'ont carrément empoisonnée. Abattue, peut-être. J'ai bien cru que ces salauds allaient me tuer moi aussi ! » Elle ignorait qu'elle l'avait cru mais à présent qu'elle a prononcé ces paroles en tremblant comme elle tremble, elle voit bien que c'est la vérité.

« Tu aurais dû venir me chercher.

— Où ça ? Chez Shelley Swift ?

— Tu sais bien que j'étais à Stockland.

— Et à quoi ça aurait servi ? » Elle s'agrippe à l'encadrement de la porte, un million de coups de poing lui labourent le cœur.

« Faudrait savoir, je peux t'aider ou je sers à rien ?

— Ça n'a plus d'importance. Aucune importance. Je croyais qu'on était ensemble dans cette galère mais ce n'est pas le cas. »

Du bas des marches il tend le bras vers elle dans un accès de contrition ou de culpabilité. « Mais si on l'est, bien sûr que si. On sera toujours là l'un pour l'autre.

— Pas si tu n'es pas là ! Comment tu veux qu'on soit là l'un pour l'autre si tu n'es pas là ?

— Jeanie, je t'en prie. »

Soudain, elle n'a plus l'énergie de sa colère. « Retourne chez Shelley Swift. Vraiment. Il vaut mieux que tu t'en ailles maintenant. Je me débrouille. Je me suis débrouillée sans toi hier soir et je recommencerai s'il le faut. » Elle se cramponne à la porte. Le côté lui érafle le bras tandis qu'elle la tire à elle, il s'y accroche, mais elle la tire violemment et lui écrase un instant les doigts, il jure en les retirant. Elle se dépêche de la verrouiller et s'appuie dos à la porte, la tête balancée en arrière.

« Bon sang ! Ne sois pas stupide, Jeanie. Ouvre la porte. »

Elle appuie la main sur son cœur qui cogne dans sa poitrine, au même rythme que la main de Lewis contre le saladier.

« Va-t'en, Julius. Je n'ai pas besoin de toi. »

Elle l'aperçoit dans un angle de la fenêtre près de la porte. Avant qu'il ait le temps d'aller à l'autre fenêtre, elle tire les rideaux et s'assied sur la banquette. Elle se prend la tête entre les mains, étourdie, craignant de s'évanouir. Julius revient à la porte, elle sursaute en l'entendant frapper.

« Tu sais quoi ? crie-t-il. Tu es bien comme ta mère. Pourquoi je n'aurais pas le droit de passer un peu de temps avec une femme ? Une femme qui ne serait ni ma mère ni ma sœur ? C'est quoi, le problème ? C'est parfaitement normal. Elle avait toujours quelque chose à redire sur les gens que j'aimais, toujours à tenir la liste de tous leurs défauts jusqu'à m'en dégoûter. C'était rien d'autre qu'un moyen de me garder à la maison. Comme elle te gardait à la maison, toi aussi, Jeanie ! Eh ben maintenant elle est morte et il n'y a même plus de maison, putain, pourquoi je ne pourrais pas avoir une vie ? Quelqu'un que j'aime ? Tu l'as dit toi-même : on a cinquante et un ans. Cinquante et un ans ! Bon Dieu de merde. Tu devrais sortir, Jeanie, quitter la maison, enfin. Qui sait, ça pourrait même te plaire. »

Elle ne répond pas, n'ouvre pas non plus la porte, elle l'entend qui s'en va. Elle a la gorge serrée, la douleur lui descend jusque dans la poitrine. Elle se met debout, s'appuyant d'une main sur le comptoir, et crie le nom de son frère, mais il est déjà loin.

Le soir tombe et Julius pédale comme un fou jusqu'au village, quand il arrive, il est en nage. Il passe une heure assis au Plough à côté de Jenks. Il achète le dernier sachet de grattons suspendu à un présentoir et un paquet de cacahuètes salées, les arrose d'une deuxième pinte de bière. Le travail à la ferme lui donne toujours terriblement faim et soif. Il est fâché contre Jeanie de l'avoir mis à la porte, même si elle a de bonnes raisons de le faire. Puis, pris de remords, il se dit que demain il appellera la police ou la SPA pour la chienne, bien que, pour ce faire, il lui faille encore récupérer son fichu chargeur dans la caravane. Demain il ira voir Stu au sujet de Nathan et des autres, d'ailleurs il va directement aller voir Nathan, où qu'il soit, et lui dire deux mots.

Jenks redit à Julius que le concert était chouette, que Jeanie joue et chante incroyablement bien, comme si

Julius n'était pas l'autre musicien, comme s'il n'était pas là du tout en fait. Julius émet des sons d'approbation tout en pensant à Shelley Swift, il se demande si dans quelques mois ils en seront à se refaire le film de leur rencontre, du jour où ils sont devenus amants, compagnons, où ils se sont mis ensemble, quel que soit le terme qui convienne à ce qu'ils vivent, à cinquante et un ans : la fenêtre coincée, le voyant de la chaudière, leur premier baiser sur le palier, la fois dans les bois, le violon. À vingt et une heures trente, Julius a son compte des bavardages de match de foot et blagues de nichons et de prêtres de Jenks. Il se tient sur le seuil du pub. Il pleut et il se demande si Jeanie s'est assez calmée maintenant pour le laisser rentrer. Si c'est pour se rendre compte que non, cela fait un bout de chemin sous la pluie. Il enlève le cadenas de son vélo et se dépêche de traverser le village en le poussant.

La douleur dans la poitrine de Jeanie se change en brûlure impossible à ignorer. Elle avale deux antidouleurs avec une grande gorgée d'eau en s'enfonçant un poing au milieu de la poitrine. Est-ce que c'est fini ? Toutes ces journées à se reposer, toutes ces choses que sa mère lui a interdit de faire, tous les endroits où elle n'a jamais pu aller, tout cela pour en arriver là. Il peut se passer des heures avant le retour de Julius, si tant est qu'il rentre un jour. Elle imagine qu'on la retrouve dans la caravane demain ou dans une semaine. Mourante ou déjà morte. Étendue sur le lit, Jeanie pleure de douleur, pleure pour Maude, pleure pour elle-même. La pluie tambourine sur le toit de la caravane. Pour la première fois de sa vie, elle regrette de ne pas avoir de téléphone portable. Au bout d'une heure, plus aucune position, ni debout ni allongée, ne soulage sa douleur, il fait froid dehors, elle prend la lampe torche, verrouille la caravane et se met en route. Son manteau n'est pas vraiment imperméable, elle n'a pas pensé à prendre le parapluie quand ils ont quitté le cottage, la pluie ruisselle sur son visage et dans sa nuque. Elle est obligée de s'arrêter régulièrement, essoufflée, râlant, la lumière de la lampe éclaire les bouts crottés de ses bottes en caoutchouc. Arrivée au village, elle se dirige vers la cabine téléphonique près de l'arrêt de bus. Elle va appeler la police à propos de Maude, appeler Julius sur son portable – quoique, elle n'est pas certaine de bien se souvenir de son numéro –, appeler une ambulance. Mais lorsqu'elle ouvre la porte rouge, le téléphone a disparu, remplacé par une boîte jaune circulaire sur laquelle est imprimée une image représentant un cœur traversé d'un éclair et une silhouette penchée sur une autre allongée, les mains sur sa poitrine. L'image qui lui revient alors est celle de Julius, penché au-dessus du corps de leur mère sur le sol de la cuisine, il y a tout juste six semaines. Peut-être qu'elle trouvera Julius au Plough, assis au comptoir devant une pinte, plutôt que chez Shelley Swift. Je t'en prie, pense-t-elle, ne me force pas à aller frapper à la porte de Shelley Swift pour chercher mon frère ; en passant devant le fish & chips, elle évite soigneusement de lever les yeux. Il n'est pas encore vingt-deux heures et les lumières jaunes du pub en éclairent la vitrine. Comme une invitation à entrer, se mettre au chaud, au sec. Elle se dirige vers la salle du pub où quelques tables sont occupées, une machine à sous cliquette toute seule, le seul homme de la pièce se tourne et la dévisage.

« C'est Jeanie, je me trompe ? dit l'homme. Jenks. » Il la salue du menton. « Pourquoi tu te promènes comme ça sous la pluie ? Viens, je te paie un verre. T'as l'air d'avoir besoin d'un remontant bien chaud.

— Est-ce que mon frère est là ? demande-t-elle.

— Tu viens de le louper. Il est parti là-bas, en haut. » Jenks balance la tête vers l'avant avec un sourire entendu. « Tu sais. Au bout de la rue là-bas. Tu bois quoi ? »

Jeanie se cramponne au bar tandis qu'un nouveau spasme la saisit. Elle inspire et expire lentement. « Rien, merci. Est-ce que vous pourriez l'appeler ou lui envoyer un message ? »

Jenks ramasse son téléphone posé à côté de sa pinte. « Pas de problème. Un texto c'est peut-être mieux. On sait jamais, on pourrait le déranger au milieu de quelque chose. » Il hausse les sourcils. « Plus de forfait, hein ? T'es sûre que ça va ? »

Jeanie s'efforce de sourire. « Demandez-lui de rentrer à la maison, vous voulez bien ? À la caravane.

— Tu veux pas qu'il vienne ici plutôt ? propose Jenks.

— Le plus vite possible. C'est une urgence. À la caravane », répète-t-elle. Jeanie ne peut pas l'attendre au pub, faire la conversation à Jenks comme si tout allait bien.

« Le plus vite possible, dit Jenks.

— Et dites-lui… dites-lui que je suis désolée.

— OK », obéit Jenks en tapant avec son index.

Les lumières sont allumées dans le salon au-dessus du fish & chips. Julius pousse son vélo dans l'allée et met le cadenas. Il toque à la porte de Shelley Swift et entend son pas lourd dans l'escalier.

« Julius, dit-elle, surprise. Qu'est-ce que tu fais là ?

— Je pensais à toi, répond-il.

— Vraiment ? » rit-elle d'un rire joyeux ; d'un rire heureux de le voir. Mais elle reste plantée sur le seuil et ne l'invite pas à monter, il remarque le livre qu'elle tient à la main – *Death in the Afternoon*[1] – un doigt glissé à la page où elle s'est arrêtée. « Et qu'est-ce que tu te disais ? demande-t-elle.

— Des choses et d'autres.

— C'est-à-dire ? » Elle affiche un sourire timide, comme s'il y avait des mots magiques à prononcer pour qu'elle le laisse entrer.

« Que je ne suis jamais rassasié de toi. »

Elle paraît satisfaite de sa réponse. « Il vaut peut-être mieux que tu entres alors. »

Il la suit à l'étage. Elle porte un sweat-shirt informe et un bas de jogging gris avec le mot *JUICY* imprimé dans la longueur sur une jambe. Tout ce dont il a envie, c'est de poser les deux mains sur son gros derrière et de la ramener au lit, pourtant il n'a pas mis le pied dans son salon depuis deux minutes qu'il devient gauche, incapable de prononcer un mot, et, alors qu'il ne s'en était pas rendu compte au pub, il remarque soudain l'odeur immonde qu'il dégage, un mélange de fumier et de sueur. La colère reflue en lui contre Jeanie qui ne l'a pas laissé entrer dans la caravane, au moins pour faire un brin de toilette après le travail. Pas étonnant qu'elle se retrouve toute seule, même la chienne l'a abandonnée. Il éprouve aussitôt de la honte d'avoir de telles pensées. Pendant que Shelley Swift prépare du café, il va aux toilettes, mouille un coin de serviette

1. *Mort dans l'après-midi.*

et se frotte le cou avec. Il se renifle les dessous de bras et les lave aussi.

Julius s'assied sur le canapé à côté du chat géant de Shelley Swift. Des romans en éditions de poche sont empilés sur la table basse. « Tu savais, commence-t-elle en revenant avec deux tasses de café et un verre d'eau posés sur un plateau, qu'il y a une de ces anciennes cabines téléphoniques reconverties en bibliothèque à Cutter Hill ? Avec des tas de thrillers. C'est pas aussi facile que de lire sur mon Kindle, mais ils sont gratuits.

— Moi aussi, j'aime bien les vrais livres, dit Julius, avide de tomber d'accord avec elle.

— Ah oui ? demande-t-elle. Tu lis quoi en ce moment ? » Elle pousse du coude le chat et s'assied près de lui sur le canapé. Faute de réponse à sa question, il se penche en avant pour l'embrasser, mais elle le repousse gentiment.

« J'ai trop chaud pour tout ça », déclare-t-elle avant de ramasser un journal par terre et de le déplier devant elle. Son rire lui plisse les yeux en deux fentes charmantes qui donnent encore plus envie à Julius de l'embrasser. Elle ôte son sweat-shirt et son parfum se répand dans l'air, savon citronné et poussière de briques. Dessous, elle porte cette blouse soyeuse qu'elle avait l'autre jour dans les bois. Elle tire le tissu sur le devant. « Ce doit être une bouffée de chaleur. » Sa gorge et ses joues sont rouges, il ne peut pas décoller son regard d'elle. Les corps des femmes sont compliqués, ils font des choses que Julius ne veut même pas essayer de comprendre bien qu'il vive avec deux d'entre elles depuis cinquante et un ans. Cependant tout ce qui concerne le corps de Shelley Swift l'intrigue et le ravit au plus haut point. Elle repose le journal, porte le verre d'eau à son cou et l'applique sur sa peau, d'un côté puis de l'autre. « Il fait chaud ici, non ? ou bien c'est moi ?

— Je t'aime, Shelley Swift », déclare-t-il, et c'est une présence physique, comme une douleur dans son corps.

Elle rit de plus belle. « Ne sois pas bête, Julius Seeder. »

Il passe le bras autour d'elle, lui fait renverser un peu de son verre sur le canapé au passage.

« Attention », s'écrie-t-elle en se dégageant pour se lever. Elle repose le verre et pivote, bras en l'air, entre la table basse et la cuisinière.

« Veux-tu m'épouser ? » Les mots sont sortis de sa bouche avant même qu'il ait le temps d'y penser. L'image de Jeanie seule dans la caravane apparaît furtivement devant ses yeux, puis disparaît.

« T'épouser ? » Shelley Swift continue de tourner et de rire. « Tu plaisantes, n'est-ce pas ? »

Il l'imagine aisément braillant son récit à une copine au téléphone, ou tapant les mots en lettres majuscules dans un texto. « Qu'est-ce qu'il y a de si drôle ? dit-il. J'ai une bague. »

Elle s'interrompt. « Tu as quoi ?

— Une bague. Pas sur moi, mais j'en ai une. » Il n'arrive pas à se souvenir exactement de l'endroit où il a rangé la bague de sa mère. Peut-être dans le tiroir de la table de chevet avant qu'ils quittent le cottage. Qu'en est-il advenu ensuite ? La table de chevet était sur le bord de la route avec tout le reste, et puis quelqu'un l'a emportée.

Shelley Swift retombe lourdement à ses côtés sur le canapé. « Oh, Julius », dit-elle doucement. Elle a des taches sombres sous les aisselles, et il les aime elles aussi. « Tu es sérieux, n'est-ce pas ? Tu es un homme tellement gentil. Tellement démodé, avec ton violon. Mais je ne peux pas t'épouser. Je te connais depuis quoi, cinq minutes ?

— Laisse-m'en dix alors. » Il sourit.

« Je n'ai l'intention d'épouser personne. »

L'espace d'un instant, il se dit que c'est encore une de ses plaisanteries, que dans quelques secondes elle se remettra à rire et lui dira oui, mais elle se contente de le fixer avant de se décider à lui fournir une explication. « J'ai cet appartement, mon travail, poursuit-elle. Je pourrai prendre ma retraite anticipée dans quelques années. Pourquoi je voudrais me marier ? »

Par amour, a-t-il envie de répondre, pour être ensemble, mais il ne l'interrompt pas. Elle parle davantage pour elle-même qu'à lui.

« J'ai cinquante-deux ans, je suis trop vieille pour me poser. Je suis pas du genre à me marier. Tu me connais. » Elle le regarde tristement. Il songe qu'il ne la connaît pas. Mais qu'il aimerait bien.

« On peut vivre ensemble alors. » Il sait qu'il a l'air désespéré.

Elle pose la main sur son genou. « Pas mon genre non plus. J'ai Pixie, ça me suffit. Tu dois bien voir que ça ne marcherait pas. Tu es un homme adorable, Julius. Un homme bien. »

Bien. C'est le mot que tout le monde employait pour parler de sa mère. L'horreur que ce mot lui inspire doit se voir sur son visage, car elle lui serre le genou et continue : « Mais rien ne nous empêche de nous amuser un peu, hein ? » Elle remonte la main le long de sa jambe.

Il se lève. Il a envie de sortir de là, il voudrait ne jamais lui avoir posé la question. « Je ferais mieux d'y aller. » Il ramasse son pardessus trempé, enfile un bras dans la manche tandis que l'autre bras tâtonne à la recherche de l'autre manche.

« Ne sois pas vexé. Allez. » Elle tapote le canapé. « Assieds-toi. »

Le bras trouve son chemin dans la manche.

« La nuit dernière était merveilleuse, dit-elle. On n'a pas besoin de faire des projets d'avenir pour recommencer, si ? »

Pixie sort de sous la table basse, d'un bond souple elle reprend la place laissée vacante par Julius et s'installe dans un mouvement circulaire. Il ne sait pas comment dire à Shelley Swift qu'il ne se sent plus capable de la revoir un jour, qu'après cela il ne pourra plus jamais revenir. Toujours assise sur le canapé, elle tend le bras vers lui et lui prend la main, il regarde ses doigts mouchetés de taches de rousseur, éprouve la douceur de sa peau. Et puis retire sa main.

28

De retour à la caravane, Jeanie ôte ses vêtements trempés et en enfile des secs. La douleur dans sa poitrine a disparu d'un seul coup, comme si elle n'avait jamais existé, elle se dit que peut-être c'était juste une indigestion – est-ce que ce n'est pas censé ressembler à une crise cardiaque ? – et qu'elle aura fait revenir Julius à la maison pour rien. Elle n'aime pas ce sentiment d'être prise en faute, de devoir s'excuser d'avoir donné une fausse alerte. Sans prendre la peine de replier la table sous son lit, elle se rallonge sur la banquette de Julius en tendant l'oreille pour guetter le roulis de son vélo au milieu du roulement de tambour de la pluie sur le toit. Elle se réveille une heure plus tard, gelée, les articulations douloureuses, au bruit de coups portés sur la porte. Il fait aussi noir dehors que dedans, et bien qu'elle s'attende à trouver Julius, inquiet pour elle, de l'autre côté, elle déverrouille la porte prudemment. C'est un autre homme qui se tient sur la marche du bas, et il lui faut un instant pour reconnaître Rawson dans un costume trois-pièces avec une cravate jaune.

« Mademoiselle Seeder, dit-il. J'espère que vous n'êtes pas fâchée que je vienne taper à votre porte si tard. Je ne pouvais pas fermer l'œil. »

Elle hésite. C'est la dernière personne qu'elle a envie de voir.

« Puis-je entrer ? Rien qu'un moment. Il pleut de plus en plus fort. » Ses cheveux sont mouillés et ses épaules voûtées.

Peut-être qu'il veut lui parler du cottage. Peut-être qu'il a essayé de le vendre et qu'il s'est rendu compte que personne n'accepterait de vivre dans cet endroit dans l'état où il se trouve. Elle recule. Tandis qu'elle allume quelques bougies, il promène son regard autour de lui et s'essuie le visage – ces sourcils noir de jais et cette moustache blanche – à l'aide d'un mouchoir plié dans sa poche. Le haut de sa tête frôle le plafond de la caravane. Elle le voit prendre acte des piles de draps, de vêtements, de la nourriture qui ne tient pas dans les placards, des rideaux bricolés à la main et du lino qui rebique sur les côtés, puis il déclare : « Vous avez bien arrangé l'endroit. »

Jeanie croise les bras. La présence rassurante de Maude à ses côtés lui manque, même si cette chienne douce comme un agneau ne lui a jamais offert la moindre protection.

« Monsieur Rawson, dit-elle, circonspecte.

— C'est une vraie petite maison. » Il n'est pas très bon pour dissimuler le fond de sa pensée, elle voit bien à ses traits qu'il est choqué, peu importe ce qu'il prétend. « Même si elle n'est pas aussi facile d'accès que le cottage. » Leurs yeux se portent sur ses souliers vernis, et ce qui semble être une feuille collée au bout de l'un d'eux.

« Je devrais peut-être appeler la mairie et leur demander de venir construire un sentier entre la route et notre porte, pour que les visiteurs ne salissent pas leurs chaussures. »

Il esquisse un sourire, dans lequel elle lit non seulement de l'horreur mais de la pitié. « À propos du cottage, comment vous en sortez-vous avec le jardin ? Il doit y avoir beaucoup à faire à ce moment de l'année. »

Elle penche la tête sur le côté, elle tente de comprendre la raison de sa visite, où va ce bavardage. Il n'est certainement pas venu pour lui demander si la récolte de haricots plats est bonne.

« Qu'est-ce que ça peut vous faire que je continue à y aller ? Personne ne s'en occupe, que je sache. » Elle croit entendre le raclement d'un moteur quelque part dehors, plus proche que la route principale, sur le chemin peut-être.

« C'est bien vrai. Ce serait du gâchis de laisser tout pourrir. » Il adopte un ton doux, sincère dirait-elle si elle ne le soupçonnait pas d'avoir des motivations cachées.

« Les légumes sont à nous… à moi… peu importe. Nous les avons plantés. Ma mère et moi avons consacré des années de labeur à ce jardin.

— Dot, oui. » Il marque une pause. « Mais vous n'êtes pas allée que dans le jardin, si ? Je sais que vous êtes entrée. Vous avez laissé la porte de derrière déverrouillée et l'échelle n'était pas rangée correctement. » Elle se sent rougir de désagrément à l'idée d'avoir été découverte. « Est-ce qu'on peut s'asseoir ? demande-t-il. Discuter comme des gens civilisés ? »

Elle lui désigne la banquette d'un hochement de tête, le lit de Julius. Rawson jette un coup d'œil derrière lui et reste debout ; elle n'avait de toute façon aucune intention de s'asseoir à côté de lui.

« Caroline, ma femme, dirait sans doute que même si vous avez planté ces légumes, ils sont sur notre terrain et que vous les commercialisez, au bout du chemin et ailleurs.

— Et vous voulez une part ? C'est de cela qu'il s'agit ? » Elle part d'un rire aigre. « Ce que je gagne avec les légumes paie à peine de quoi nous nourrir.

— Non, non. » Il lève la main, paume en avant. « C'est sa façon de voir les choses, pas la mienne. Ce n'est pas une question d'argent, à mon sens. Il s'agit de votre attachement aux lieux, à cette terre, c'est de cela que je parle. Je suis un fermier, moi aussi. La terre coule dans nos veines, n'est-ce pas ? Caroline ne comprend pas, elle n'a jamais vraiment compris. Mais votre mère, elle, ressentait la même chose, elle aimait ce cottage, ce jardin. »

Jeanie se dit qu'elle voit ce qu'il essaie de faire : il essaie de trouver un terrain d'entente, des intérêts communs, en revanche elle ne voit pas pourquoi. Pas question qu'elle se laisse berner en tout cas.

Il y a définitivement un bruit de moteur dans le bosquet et plus elle en a conscience, plus son cœur s'emballe. « Ça ne vous a pas empêché de nous faire expulser. » Elle crache le dernier mot, il flanche.

« Ce n'était pas de mon fait. Caroline a insisté pour que nous allions… »

Elle le coupe. « Et d'ailleurs qu'est-ce que vous savez de ma mère ? » Elle avance d'un pas, prête à le jeter dehors.

« Plus que vous ne croyez. Vous lui ressemblez beaucoup.

— Vous ne savez rien du tout. Et moi je ne sais pas pourquoi vous êtes venu ici, mais maintenant vous allez partir. »

Il ne bouge pas. « Dot voulait un endroit à elle, dit-il. Avoir sa famille à ses côtés, un lopin de terre, la sensation du soleil sur sa peau. Comme tant d'entre nous, finalement.

— C'est pour ça que vous êtes venu ? Pour me dire des choses que je sais déjà sur ma mère ? »

Rawson se frotte les mains l'une contre l'autre dans un geste maladroit comme s'il se préparait. « Je voudrais vous rendre le cottage. »

Il agite un hameçon avec un vers au bout, pense-t-elle, et la bête dans sa poitrine bondit pour attraper l'appât. « En échange de quoi ? D'un loyer ? D'un loyer que nous n'avons jamais eu à payer et vous savez très bien pourquoi. Et votre femme a le culot de venir nous expliquer qu'on lui doit deux mille livres. Deux mille livres ! C'est de la folie. Et ensuite elle refuse de prendre le moindre sou ! » Jeanie va au placard et sort l'enveloppe de l'interstice pour l'agiter dans sa direction. « Alors maintenant vous allez me dire ce que vous êtes venu faire ici, oui ou non ? Vous avez refusé l'argent que maman avait emprunté, pourquoi je croirais à votre offre aujourd'hui ? »

Rawson se passe la main sur les yeux. « Votre mère ne m'a jamais dû d'argent, dit-il. Elle ne m'a jamais rien dû. Vous avez raison – je n'ai jamais demandé le moindre loyer, pas depuis la mort de votre père. »

Jeanie souffle un grand coup. Elle n'a pas envie de l'écouter ; elle a juste envie qu'il s'en aille.

« Je n'ai pas de mots pour vous dire à quel point je regrette cette expulsion. C'était entièrement le fait de Caroline. Elle a insisté pour que nous partions, que nous essayions de recoller les morceaux, disait-elle, et dans le même temps elle a tout arrangé pour que l'expulsion ait lieu pendant mon absence. J'aurais dû venir vous voir dès que je suis rentré, pour vous expliquer, mais… enfin, il y a des tas de choses dont nous devions discuter entre nous. Caroline était tellement en colère. Plus en colère que jamais auparavant. Je lui ai promis… je lui ai promis tellement de fois. »

Jeanie n'a aucune envie de savoir ce qu'il a promis à sa femme. Elle ne veut pas l'entendre. Et cependant il continue.

« Caroline a tout découvert, voyez-vous. À propos de moi… et de Dot. » Sa voix se brise en prononçant son nom et l'espace d'un instant Jeanie entrevoit l'homme malheureux derrière celui qu'elle a toujours détesté. « Cela a commencé une année environ après la mort de votre père…

— Tué par vous, le coupe Jeanie.

— Eh bien, commence-t-il. Nous pouvons ouvrir ce chapitre si c'est ce que vous souhaitez, mais ce n'est pas aussi simple qu'on vous l'a fait croire. C'était une des conditions qu'avait posées votre mère.

— Qu'est-ce que ça veut dire ? » demande-t-elle, agressive.

Rawson évite son regard, ne répond pas, et Jeanie froisse l'enveloppe en boule. Le bruit dehors est celui d'un moteur de moto.

« Vous êtes venu avec vos amis ? »

Rawson tend l'oreille. « Je n'ai rien à voir avec ça. »

Jeanie s'approche de la porte et tourne le verrou. Elle préfère encore rester à l'intérieur avec Rawson que de risquer d'ouvrir la porte à celui qui se trouve dehors.

« Nous savions que c'était mal, reprend-il. J'étais marié. Nous avons rompu tellement de fois et j'ai promis à Caroline. Je lui ai promis que cela ne recommencerait pas. Dot n'était pas à l'aise non plus. Mais nous ne pouvions pas nous séparer. Je l'aimais, dit-il, et sa voix s'adoucit, ralentit. Chaque fois que votre mère arrivait à s'échapper, nous nous retrouvions. Quand Caroline s'en allait quelque part, Dot venait à la maison. Souvent nous nous contentions de parler, de jouer du piano. Parfois nous n'arrivions à nous retrouver qu'une fois dans le mois.»

Jeanie a envie de se boucher les oreilles, les mains plaquées sur les lobes comme une enfant. Sa mère et cet homme. C'est impossible, même si elle sait bien que c'est la vérité, même si quelque part elle l'a toujours su. Elle tourne la tête, incapable de le regarder, mais elle le laisse poursuivre.

«Je l'aimais, répète-t-il. Et elle m'aimait aussi, je le sais. Peut-être qu'il ne s'agissait pour elle que d'échapper à une routine de labeur, à s'occuper de vous deux toute seule, sans mari pour l'aider, tenir une maison, mais je crois que c'était plus que ça. Nous parlions de la ferme, du jardin, de l'état du monde, du cottage. Je voulais le faire rénover, remettre la plomberie en état, lui donner un coup de neuf, mais elle pensait que vous et votre frère soupçonneriez quelque chose. Elle avait des idées arrêtées, votre mère. Des idées intéressantes. Et elle aimait me parler de vous et Julius. Elle vous aimait tellement tous les deux.»

Le tremblement dans sa voix, la tendresse, le chagrin, tout cela est insupportable pour Jeanie.

«Nous discutions souvent de l'éventualité de nous mettre ensemble de manière officielle, mais certaines choses… c'est-à-dire, certaines choses se sont produites il y a très longtemps entre Caroline et moi, qui font que je ne pouvais pas lui faire ça, je ne pouvais pas la quitter. Et votre mère disait que son devoir était de prendre soin de vous, et de Julius bien sûr. C'était une promesse qu'elle s'était faite à elle-même ; elle a toujours refusé de me dire pourquoi. Mais elle aimait être à la maison avec vous.

— Rien de tout cela n'est possible, dit Jeanie, furieuse. Je ne vous crois pas. » Une vision de la bague de sa mère posée sur le rebord de la fenêtre du cellier passe en flash dans sa tête et elle comprend que Julius et elle sont les derniers à l'apprendre.

« Je suppose que Caroline l'a mentionné quand elle vous a rendu cette visite malheureuse, mais il y a un livre de comptes à la maison. C'était une plaisanterie entre Dot et moi – elle apposait ses initiales dessus chaque fois que nous nous voyions. Lorsqu'elle est tombée malade, c'est devenu plus compliqué pour nous de nous voir. Je m'inquiétais terriblement pour elle, mais elle refusait de me laisser l'aider. J'imagine qu'elle se sentait coupable de ne rien m'offrir en échange du cottage, alors elle m'a proposé de l'argent. Je ne voulais pas de son argent. Je la voulais, elle, rien d'autre. »

Jeanie sent un picotement dans son nez, le sang battre à ses oreilles.

« Je lui ai toujours dit que le cottage lui appartenait, et à vous aussi bien entendu, aussi longtemps que vous en auriez besoin. J'ai dit que je le lui céderais officiellement, mais elle refusait. Quand elle le voulait, c'était la femme la plus têtue que j'ai rencontrée, refusant obstinément d'accepter le moindre cadeau de qui que ce soit, il fallait toujours qu'elle rende la pareille. Mais je n'ai pas dit à Caroline que Dot ne payait pas de loyer ; je lui montrais le livre de comptes et elle croyait ce qu'elle avait envie de croire. Et puis, quand Dot est morte, elle a tout découvert, qu'il n'y avait jamais eu de loyer et que nous étions toujours amoureux. » Il termine sa phrase dans un sanglot.

Jeanie pose les doigts sur son cœur, mais elle ne parvient plus à maîtriser sa voix. « Et donc, comme ça, par culpabilité ou je ne sais quel sentiment qui vous ronge, vous êtes venu m'offrir de nous rendre le cottage. C'est bien ça ?

— Je voudrais vous demander pardon. Arranger les choses entre nous. Julius et vous, vous pouvez vous réinstaller quand vous le voulez au cottage et je... eh bien, je serais ravi si vous vouliez venir me rendre visite à la maison de temps en temps. Caroline n'est plus là – nous avons décidé de nous séparer pour le moment, en attendant de voir. Dot parlait tellement de vous et de votre frère. » Ses mains se rejoignent, il se tord les doigts. « Je crains de ne pas avoir été très adroit. » Et soudain il regarde Jeanie, les yeux dans les yeux, ils se dévisagent dans la lumière des bougies. « Qu'en pensez-vous ?

— Qu'est-ce que j'en pense ? » Jeanie crie. « J'en pense que ce que vous voulez, c'est une famille à disposition. Parce que vous vous sentez un peu seul, maintenant que votre femme est partie et que votre maîtresse est morte, non ? »

Rawson a un mouvement de recul. « Je veux vous aider. Vous êtes les enfants de Dot – et de Frank, bien sûr –, je veux juste me sentir connecté à elle, d'une manière ou d'une autre. Juste ça.

— Dehors. »

Il ne bouge pas.

« Dehors ! » Elle jette l'enveloppe froissée, mais elle ne le frôle même pas et atterrit à ses pieds.

Rawson demeure immobile pendant que Jeanie, sans le quitter des yeux, se décale vers le tiroir de la cuisine. Elle le tire d'un coup sec et plonge la main à l'intérieur. Son geste le réveille de sa transe immobile, il est comme fouetté par un grand vent qui le libère brutalement, si bien qu'il pousse la porte de la caravane, s'empêtre un peu avec le verrou, tandis que Jeanie se tourne face au tiroir et en sort le tisonnier. Elle l'agite dans les airs, pointe en avant. Rawson disparaît dans le bosquet noir, laissant la porte béante derrière lui. La pluie s'est arrêtée mais tout autour on n'entend que les gouttes qui continuent de ruisseler des feuilles, puis de nouveau le moteur de moto. Elle recule à l'intérieur, remet le verrou et appuie le front contre la porte en serrant le tisonnier des deux mains.

Depuis trente-huit ans, pense-t-elle. Avec l'homme qui a tué son père. Elle n'y croit pas. Elle ne peut pas y croire. Elle ne veut pas y croire.

Durant plusieurs minutes, la moto décrit des cercles autour du bosquet, chaque cercle semble se rapprocher de la caravane. Puis le moteur s'arrête et elle entend des voix d'hommes qui s'interpellent. Elle s'agenouille contre la porte, tend l'oreille, le tisonnier à la main. Impossible de distinguer les mots exacts, mais le ton ne laisse pas de doute. Rawson, se dit-elle, et un autre – Nathan ? Silence, le temps d'une, deux, trois respirations et un cri qui est sans doute un nom. Puis un tir isolé. Si sonore et si proche qu'elle sursaute et se cogne contre le pied de la table avant de terminer roulée en boule au sol, les bras plaqués autour de la tête. Réduite aux battements de son cœur et aux pulsations de son sang. De l'extérieur lui parvient le bruit du moteur qui redémarre, accélère puis s'éloigne jusqu'à ce qu'elle croie l'entendre sur la route principale, puis ne l'entende plus du tout. Pourtant elle ne bouge pas, elle reste allongée sur le sol de la caravane, à attendre.

Plus rien ne vient, à part les gouttes d'eau qui tombent à intervalles irréguliers sur le toit de la caravane. Elle se redresse à quatre pattes et se relève enfin. Tend l'oreille à nouveau. Silence. Le tisonnier toujours à la main, elle déverrouille la porte et l'ouvre : le foyer, l'abri sous la bâche, des feuilles volant dans le noir, l'odeur de terre mouillée. Dans l'obscurité, tout semble inchangé.

29

Sur le seuil de la caravane, Jeanie repense à Tom, le bras levé, brandissant une arme imaginaire pour tirer sur sa chienne, puis elle a une vision de Maude étendue au sol, quelque part, semblable à un tas de cartons mouillés. Tom peut bien retourner la caravane à la recherche d'un argent qui n'existe pas, il peut bien prendre tout ce qu'il lui reste, tant qu'elle ne retrouve pas Maude blessée ou morte dans un buisson. Si c'était Rawson, alors il l'aurait bien mérité. Elle dévale les marches lourdement dans ses bottes en caoutchouc, le tisonnier à la main, se poste devant la caravane, à l'affût. Elle explore les alentours, se faufile dans le bosquet, pose un pied devant l'autre prudemment pour ne pas froisser une feuille ou casser une branche sous ses bottes. La moto est partie certes, mais peut-être pas l'homme armé ? Même dans le noir, la disposition exacte du bosquet est très claire dans son esprit, au fur et à mesure que les ombres se profilent, elle les reconnaît : le tronc du chêne solitaire, le houx – plus haut et plus gros que la caravane –, l'arbre abattu, les souches et les monticules des ruines enfouies. Elle brandit le tisonnier en l'air comme si elle en avait besoin pour fendre la jungle. Elle siffle encore, appelle Maude, espérant que quiconque l'entende s'imagine qu'il s'agit du cri d'un animal, elle se tient en retrait du chemin, se frayant une route à travers le lierre.

Près du piano renversé, une forme indistincte gît dans le sureau : elle est instantanément soulagée en voyant que ce n'est pas un chien. C'est une masse longue, étendue sur le dos, les jambes écartées. Un homme. Elle avance, tête basse, craignant un piège, que le corps se redresse tout à coup, arme à la main. Tisonnier en avant, elle s'approche de ses pieds en premier, de ses semelles de bottes, de son jean, de son manteau ouvert, de ses bras ballants. Durant un court moment, dans le noir, elle est incapable d'identifier le corps, les traits, d'assembler le puzzle. Puis elle se plaque la main sur les lèvres, lâche le tisonnier et s'agenouille à côté de son frère. Elle distingue son odeur de savon, tabac et sueur mélangée à l'humus écrasé et aux feuilles moisies. L'ombre le lui camoufle, aussi se décale-t-elle pour mieux le voir. Sa joue droite et son front sont criblés de trous : on croirait une statue d'église médiévale, singulière et majestueuse, rongée par les vers à bois. Il y a très peu de sang.

« Qu'est-ce que j'ai fait ? murmure-t-elle, songeant au texto qu'elle a demandé à Jenks d'envoyer. Julius ! » Elle le secoue par les épaules, presse les doigts contre le cou de son frère, mais dans son angoisse elle est incapable de savoir où chercher son pouls – elle qui prend pourtant le sien tous les jours. Elle appuie sur le poignet de Julius – rien –, se souvient de l'image dessinée sur le défibrillateur jaune dans l'ancienne cabine téléphonique, du bonhomme penché sur une silhouette au sol. Il faut pousser quelque part sur la poitrine, quelque chose comme ça, mais comment et combien de temps ? Ses pensées vont et viennent dans le désordre. Elle fouille dans le manteau et les poches de jean de Julius, finit par en sortir son portable, une poignée de pièces vient avec. L'écran reste noir, elle a beau taper sur les numéros et appuyer sur le bouton latéral en le tirant vers le bas comme elle a vu Julius le faire. À la fois indécise et paniquée, elle se relève d'un bond, laisse tomber le téléphone, puis retombe à genoux immédiatement et se met à secouer son frère, violemment cette fois. « Julius ! » Sa tête remue, amorphe.

Elle s'élance en courant à travers le bosquet, exécute une cabriole par-dessus le piano effondré, totalement indifférente cette fois au raffut qu'elle fait, à son cœur qui bondit dans sa poitrine, à la douleur dans ses poumons. Elle suit les traces de pneus de moto jusqu'au terrain vague où la voiture de Rawson devait être garée mais n'est plus là. Là elle hésite – à gauche vers le village après les champs et la première maison venue ? Elle tourne à droite. Sur la route principale, des voitures passent en trombe des deux côtés en faisant des appels de phare. Tandis que l'une de ces voitures approche, elle agite les bras et crie, mais la voiture, plus rapide et plus proche qu'elle ne l'avait anticipé, fait une embardée pour l'éviter non sans l'envoyer valser sur le bas-côté. Le véhicule klaxonne, puis disparaît au loin. Au bout de trois à quatre minutes, une autre voiture approche, de nouveau Jeanie fait de grands signes, et celle-là s'arrête un peu plus loin. Elle allume ses feux de détresse et Jeanie court dans sa direction. Le conducteur a baissé la fenêtre côté passager, elle l'entend crier.

« Ça va pas la tête ? Espèce de malade. C'est pas possible de faire du stop ici. Vous voulez vous faire tuer ? » Il est penché par-dessus le siège passager, lorsqu'elle s'approche de la fenêtre il se tait, surpris peut-être de tomber sur une femme âgée plutôt que sur un petit jeune. Jeanie se cramponne au rebord de la portière des deux mains. L'homme est vieux, dans les quatre-vingts ans, chauve, le visage allongé. « Montez. » Il s'étire pour lui ouvrir la porte. « Vite. Je ne peux pas m'arrêter ici. C'est trop dangereux. » Jeanie monte, ferme la porte. Son siège est bas, défoncé. « Mettez votre ceinture. J'ai failli ne pas vous voir, vraiment, vous allez provoquer un accident à faire du stop la nuit comme ça. Où est-ce que vous essayez d'aller ? » L'homme clignote et s'engage sur la route.

Jeanie reprend d'un ton étrangement calme et poli : « Mon frère s'est fait tirer dessus. Je crois qu'il est mort. Est-ce que vous avez un téléphone portable ?

— Quoi ? » L'homme la dévisage comme si elle-même s'apprêtait à dégainer une arme planquée dans sa poche ou à sa ceinture.

« Dans le bosquet. » Jeanie agite la main derrière elle. « Dans le bosquet ! » crie-t-elle comme s'il était censé connaître l'endroit. La voiture accélère brutalement, ils s'enfoncent violemment dans leurs sièges, et lorsque l'homme freine pour compenser, ils sont projetés en avant. Ses lunettes glissent au bout de son nez, mais il ne les réajuste pas, se contentant d'agripper le volant nerveusement.

« Je vais trouver un endroit où on pourra s'arrêter sans danger », dit-il, mais ensuite ils franchissent un carrefour puis un deuxième et elle se demande s'il la conduit au poste de police pour la livrer aux autorités comme si elle était une auto-stoppeuse détraquée. Il finit par se garer dans une zone industrielle inondée de lumières où des chariots élévateurs chargent des caisses à l'arrière d'une semi-remorque. L'homme passe le coup de téléphone lui-même. Jeanie n'arrive pas à tenir l'appareil, ses mains tremblent trop, son index semble incapable d'appuyer sur la touche 9 trois fois. L'interlocuteur à l'autre bout du fil cherche à localiser l'urgence et Jeanie donne à l'homme qui l'a conduite jusque-là le nom du chemin, elle s'efforce de décrire le terrain vague et le sentier qui mène au bosquet, tandis que l'homme dans le téléphone répète les indications. Jeanie coince les mains entre ses genoux, serre la mâchoire pour s'empêcher de trembler et fixe le parking illuminé autour d'elle, ces gens qui travaillent toute la nuit, font des métiers dont elle ne connaît rien. Ils sont obligés de faire demi-tour dans un coin du parking pour que la semi-remorque ait la place de tourner et s'en aller, un homme en gilet brillant vient vers eux, le chef d'équipe, et frappe à la vitre côté conducteur.

« Pas de véhicules privés, lance-t-il d'une voix forte.

— Pardon, pardon », s'excuse le conducteur avec un geste de la main et un sourire mais sans baisser la vitre. Il sort du parking derrière la semi-remorque et repart dans la direction opposée au bosquet.

« Il faut que j'y retourne, dit Jeanie. Vous voulez bien me ramener là-bas ?

— C'est là que nous allons, non ?

— C'est dans l'autre sens. » Elle se retourne dans son siège, regarde par-dessus son épaule, se demande si cet homme n'est pas trop vieux pour conduire.

De nouveau, ils attendent de trouver un endroit où il pourra faire demi-tour, et il conduit lentement, prudemment, comme Bridget, des voitures les doublent, même la nuit. Il remue dans son siège comme s'il était gêné de ne pas faire la conversation, il lui jette des regards en coin. Il finit par dire : « J'ai un frère. Il habite en Australie. C'était un sacré casse-pieds quand nous étions gamins, mais il me manque. » Elle n'a rien à répondre à cela.

Ils passent devant le virage vers le chemin et ne s'en rendent compte qu'après avoir croisé l'ambulance et ses lumières bleues dans l'autre sens. Encore une fois, comme dans une mauvaise comédie, il leur faut trouver un autre endroit pour que l'homme puisse faire marche arrière.

Lorsqu'ils atteignent enfin le terrain vague, deux voitures de police sont déjà là, en plus de l'ambulance. Jeanie ouvre la portière avant même que l'homme ait le temps de couper le moteur, elle court vers le bosquet mais deux officiers de police l'attrapent au vol et l'interrogent dans la lumière des phares de la voiture, qui est-elle, qui est Julius, quelle est leur relation. Dans les bois, il y a des lumières, des voix, des ordres.

Elle bouscule les officiers de police. « C'est mon frère, pour l'amour du ciel ! Laissez-moi passer. »

Ils lui disent de se calmer, que les ambulanciers sont avec lui. Ils la font asseoir à l'arrière d'une voiture de police et continuent de la bombarder de questions, quand elle voit deux personnes trébucher avec une civière le long du sentier, elle secoue la poignée de la portière, remue dans son siège.

« Il est vivant ? s'écrie-t-elle. Il est vivant ? »

Elle est assise devant une table dans une petite pièce, il y a une horloge et quelques affiches sur les murs avec des recommandations qu'elle s'efforce de déchiffrer, sans succès. Un homme passe une tête à l'intérieur et la prévient qu'ils viendront la voir dès que possible.

« Comment va mon frère ? demande-t-elle. Vous savez quelque chose ?

— Je vais me renseigner », dit l'homme, mais il ne réapparaît jamais.

Elle n'aurait pas dû accepter de suivre la police, pense-t-elle. Elle aurait dû insister pour aller à l'arrière de l'ambulance avec Julius. « Vous n'êtes pas en état d'arrestation, l'ont-ils prévenue. Nous aimerions seulement vous poser quelques questions supplémentaires, et ce sera sans doute mieux au poste. Nous vous tiendrons au courant de l'état de votre frère dès que nous aurons des informations. Vous êtes libre de partir quand bon vous semble. »

L'horloge indique douze heures tout juste passées, mais son corps n'arrive pas à savoir s'il s'agit de minuit ou de midi. Elle se penche au-dessus de la table, serre les pans de son gilet autour d'elle ; elle ne s'est pas arrêtée pour enfiler un manteau avant de quitter la caravane. Elle a envie de partir mais elle n'a aucune idée de l'endroit où ils ont emmené Julius et pas plus d'idées sur le moyen de s'y rendre. Alors elle attend. Il n'y a pas de fenêtre dans la pièce. Elle éprouve une douleur derrière les yeux, tous ses membres, tous ses muscles sont douloureux, ses organes pèsent une tonne ; elle aurait besoin de dormir, mais elle a l'impression que le sommeil ne reviendra jamais. La porte finit par s'ouvrir une seconde fois, elle se lève. Un homme et une femme se présentent à elle, le seul mot dont elle se souvient est *détective*. Ils déposent une tasse de thé devant elle et s'excusent de l'avoir fait attendre si longtemps.

« Comment va mon frère ? demande-t-elle, et la femme répond :

— C'est justement ce que nous essayons d'établir. J'ai demandé qu'on vienne nous prévenir dès qu'il y aura du nouveau. Asseyez-vous. »

L'homme pose un bloc-notes et un stylo sur la table comme s'il s'attendait à ce que Jeanie écrive quelque chose. À une époque, ces objets l'auraient fait paniquer, à présent elle n'a plus peur. Les détectives s'installent en face d'elle et lui demandent ce qui s'est passé, l'homme prend des notes.

Au début, l'histoire de Jeanie est confuse, désordonnée, compliquée. Elle leur parle de Shelley Swift, qui vit au-dessus du fish & chips, de Nathan, Lewis et Tom ; elle leur parle des couverts par terre, de l'expulsion. Elle dit que sa chienne a disparu, elle fond en larmes, la femme lui fait glisser une boîte de mouchoirs de l'autre bout de la table. « Est-ce qu'on vous a ramené un chien errant ? » s'enquiert-elle. Le détective lui dit qu'ils ne s'occupent pas des chiens errants, il faut qu'elle contacte le service des animaux domestiques de la mairie. Elle explique qu'elle se rend au cottage régulièrement pour s'occuper du jardin, que Rawson est venu à la caravane pour en parler avec elle. Elle raconte qu'elle a cru qu'elle était en train d'avoir une attaque cardiaque et qu'elle a demandé à Jenks d'envoyer un message à son frère pour qu'il rentre à la maison. La détective lui demande si elle a besoin d'un médecin, mais il est trop tard maintenant. Elle doit leur préciser qui est Jenks. Elle dit que Bridget Clements est venue à la caravane la veille, qu'elle a ramassé les couverts qui étaient par terre. Elle dit qu'elle a renversé des pommes de terre qui ont été piétinées, qu'il a fallu qu'elle les relave. Ils lui demandent de s'en tenir aux informations importantes. Elle a envie de répondre que les pommes de terre sont importantes, au lieu de cela elle leur parle du bruit de la moto, des voix des deux hommes qui se disputaient, du geste de Tom faisant semblant de tirer sur Maude. Ils lui demandent si elle connaît son nom complet et son adresse, puis ils sortent de la pièce un moment. Quand ils reviennent, elle leur parle du tisonnier, qu'elle a laissé sur le sol de la caravane, et du bruit affreux du tir dans la nuit.

Elle leur raconte absolument tout, sauf ce que Rawson lui a révélé sur sa relation avec sa mère.

La femme explique à Jeanie qu'ils vont avoir besoin qu'elle leur signe une déposition ainsi qu'un récit des faits qu'elle vient de leur exposer, dans l'ordre chronologique. L'homme pousse un formulaire et un stylo à travers la table. Jeanie les fait glisser dans l'autre sens. « J'ai des difficultés à lire et à écrire », déclare-t-elle, le menton relevé, s'attendant à ce qu'ils protestent. Ils échangent un regard rapide puis remontent le fil des événements tant bien que mal, l'homme écrivant sous la dictée de Jeanie et lui relisant les mots.

« Signez ici, dit-il.

— Une croix fera l'affaire », ajoute la femme.

Jeanie renifle, prend le stylo et signe en gribouillant la même chose qu'au bureau des registres.

Ils sollicitent l'autorisation de relever ses empreintes digitales et elle se demande s'ils vont aussi vouloir lui enfoncer un de ces grands cotons-tiges au fond de la bouche, lui faire ôter ses vêtements pour les mettre dans un grand sac plastique. Julius serait déjà en train de râler pour qu'on respecte ses droits et sa liberté, elle, elle les laisse rouler le bout de ses doigts dans l'encre et sur le papier. Quand ils lui annoncent qu'elle est libre de s'en aller, elle reste sans bouger sur sa chaise et ils sont obligés de le lui répéter.

À l'accueil, les néons projettent une lumière pénible. Un policier sort de derrière le comptoir et s'assied à côté d'elle sur les chaises en plastique. « Nous avons eu des nouvelles de l'officier qui patientait à l'hôpital », dit-il doucement. Elle imagine un sol carrelé, froid, un drap déployé sur un corps. Elle se souvient du corps de sa mère gisant sur le sol du salon, puis soudain, de manière ridicule, s'inquiète des sous-vêtements que porte son frère. « Votre frère est en train d'être opéré à l'hôpital John Radcliffe d'Oxford, annonce le policier. Nous ne disposons d'aucune autre information pour le moment, mais votre amie a appelé. Mme Clements ? Elle est en route, elle a dit qu'elle passait vous prendre. »

Vingt minutes plus tard, Bridget déboule en trombe à l'accueil. Elle ouvre les bras, et cette fois Jeanie s'accroche à elle comme à une bouée. « Oh, ma chérie, s'exclame Bridget. Que s'est-il passé ? »

Jeanie secoue la tête, qui frotte contre l'épaule de Bridget.

« Viens, dit Bridget en l'entraînant avec elle. Je suis garée juste devant. » Elle la saisit par le haut des bras, la redresse un peu. Elle la regarde droit dans les yeux. « N'oublie pas l'essentiel : il est vivant. »

Sur la route, elles voient le soleil se lever et répandre un jaune profond à la cime des arbres, comme si une cité lointaine brûlait à l'horizon.

«J'ai appelé l'hôpital, déclare Bridget. Ils ont refusé de me dire quoi que ce soit. Je savais bien qu'ils n'accepteraient de parler qu'à la famille proche, mais bon sang, je crois vraiment qu'il faut que tu te prépares au pire. Une blessure par arme à feu.» Elle secoue la tête.

Jeanie pose la tempe contre la vitre et ferme les yeux en se laissant aller au roulis du moteur, tandis que Bridget fume en continuant de parler.

«Je suis étonnée que la police ne m'ait pas demandé de faire une déposition tant qu'on était au poste, peut-être qu'ils viendront à la maison plus tard. Heureusement que Nath a appelé, je ne sais pas comment on aurait appris la nouvelle sinon. J'ai eu un affreux pressentiment quand j'ai entendu la sonnerie du portable de Stu. Tu sais? L'estomac qui se retourne quand le téléphone sonne en plein milieu de la nuit?» Jeanie ne sait pas, non, mais Bridget poursuit. «On pense toujours au pire. *Nath*, c'est ça que j'ai pensé. Et pas *Qu'est-ce qui lui est arrivé?* mais *Qu'est-ce qu'il a fait encore?* C'est horrible, non?» Bridget abaisse un peu sa vitre et tape sa cendre dans l'interstice.

«Enfin, Stu était au téléphone et faisait tous ces bruits, je savais bien que quelque chose de terrible s'était produit, et j'étais à deux doigts de lui arracher le portable de l'oreille quand il a recouvert le combiné de sa main et dit: “Julius Seeder a pris une balle, Jeanie est en train d'être interrogée au poste de police.” Puis il a continué sa conversation avec Nath. “Jeanie! me suis-je écriée. Jeanie a tiré sur Julius!” Et alors il a dit: “Ne sois pas bête, Bridgie. Ils prennent juste sa déposition.” Bon sang, je suis sortie de mon lit, je me suis habillée et je suis venue te chercher, toi ou Julius, quelqu'un. Je ne savais plus. J'ai enfilé mes collants à l'envers, j'étais dans un de ces états. Et puis Stu a ajouté : "Ils ont déjà attrapé celui qui a fait le coup." Et c'était ce Tom, celui qui traînait autour de la caravane le jour où je suis venue te rendre visite, celui qui habite avec Nath. »

Jeanie lève la tête. « Tom ? » Elle n'est pas surprise.

Bridget continue de secouer la tête, de tirer sur sa cigarette. « Je n'arrivais pas à y croire. Tom, avec un revolver. On a foncé directement chez lui, Nath était assis sur le canapé en caleçon. Juste assis là. Sidéré, blanc comme un linge, un fantôme, il tremblait. Sous le choc, je pense. J'ai voulu appeler SOS Médecins mais Stu a dit que j'en faisais tout un plat. La police avait déjà embarqué Tom. Apparemment il était revenu de chez toi, avec son arme, et puis il avait réveillé Nath. En larmes, a raconté Nath. Nath a appelé la police et ils ont emmené Tom. Bon Dieu. Nath doit aller au poste plus tard pour enregistrer sa déposition. » Bridget balance sa cigarette par la fenêtre et manœuvre d'une main pour en sortir une autre du paquet ; apparemment elle a renoncé aux pastilles à la menthe. « Tu arrives à y croire, toi ? Pauvre Julius. Et qu'est-ce qu'il fabriquait, ce type, là, dehors en pleine nuit, avec une arme, je voudrais bien le savoir.

— Il était venu nous cambrioler, je suppose. Il ne m'a pas crue quand je lui ai dit qu'on n'avait pas d'argent. » Jeanie ferme les yeux. Elle coince les mains sous ses cuisses – ses doigts sont gelés, toute la chaleur de son corps est ramassée dans son tronc, son cœur grandit, grandit, écrase ses poumons, compresse son estomac. « C'est ma faute, Bridget. J'ai demandé à cet homme au pub, Jenks, d'envoyer un texto à Julius pour lui dire de rentrer à la maison. J'ai cru que j'étais en train de faire une crise cardiaque.

— Une crise cardiaque ! Pourquoi tu n'as pas appelé une ambulance ? »

Jeanie secoue la tête. « Je ne sais pas. Je ne l'ai pas fait. La douleur s'est atténuée. Mais Julius est rentré à la maison. S'il était là, dans le bosquet, à ce moment-là, c'est à cause de moi.

— Oh, ma chérie. » Bridget aspire sa cigarette. « Tu ne dois pas penser des choses pareilles. Peut-être qu'il était en route pour rentrer de toute façon. Peut-être même qu'il n'a jamais vu ton message. »

Jeanie garde les yeux fermés, dans l'espoir que Bridget la croie endormie. Elle voudrait que Bridget accélère. Et si Julius mourait pendant qu'elles sont dans la voiture, juste parce que Bridget lambine sur la quatre-voies comme si c'était la promenade du dimanche ? Quand Jeanie ouvre les yeux, le ciel est blanc, le matin est là, les voitures les doublent, les unes derrière les autres, pleines d'employés prenant le premier service ou quittant le dernier. Jeanie regarde Bridget, son mascara en paquet au coin des cils, le corps penché en avant, concentrée sur la route, conduisant Jeanie à l'hôpital alors qu'elle pourrait être confortablement installée chez elle, à réconforter son fils.

« Est-ce que maman te rendait visite de temps en temps sans son alliance au doigt ? demande Jeanie.

— Qu'est-ce que tu veux dire ? rétorque Bridget en changeant de vitesse sans raison, sur quoi le moteur gémit avant qu'elle revienne à la vitesse initiale.

— C'est ce qu'elle racontait à Julius – qu'elle allait te voir. Tu étais son excuse, son alibi. Mais elle laissait toujours son alliance sur le rebord de la fenêtre du cellier, d'après les souvenirs de Julius. Et les miens aussi, peut-être. »

Bridget jette un coup d'œil à Jeanie, comme si elle vérifiait quelque chose, l'étendue de ce qu'elle sait sans doute.

« Rawson est venu à la caravane, poursuit Jeanie. Il m'a raconté pour lui et maman.

— Il t'a raconté ? » Bridget tourne la tête vers Jeanie, la voiture fait une embardée avant de revenir à sa place.

« Trente-huit ans. Comment avons-nous pu l'ignorer ? Tout ce temps. »

Bridget pousse un long, un interminable soupir, son corps se détend.

« Tu étais au courant, n'est-ce pas ? dit Jeanie. Tout le monde était au courant. »

— Elle m'avait fait promettre de ne rien dire. » Bridget hausse les épaules. « Elle disait que jamais elle ne vous en parlerait, à Julius et à toi, même si j'essayais de la convaincre du contraire. Je n'arrêtais pas de répéter que vous comprendriez.

— Qu'on la comprendrait ? Qu'est-ce qu'il y a à comprendre là-dedans ? Rawson est un homme épouvantable qui a profité d'une femme alors qu'elle venait de perdre son mari…

— Oh, Jeanie, non, ce n'était pas ça. Pas du tout. » Bridget tend la main vers elle avant de se raviser et de la reposer sur le volant. « Il y avait quelque chose entre eux avant même la mort de ton père. Dot disait qu'ils n'avaient jamais sauté le pas avant, je l'ai crue. Avec Spencer, il ne s'est rien passé pendant au moins un an après la mort de Frank. Les moments qu'elle passait avec lui, avec Spencer je veux dire, c'étaient les seuls moments de sa vie où elle se sentait davantage qu'une mère. Elle aimait sa compagnie, et sans doute aussi le sexe avec lui. Je sais que tu n'as aucune envie d'en entendre parler mais pourquoi n'aurait-elle pas eu le droit de s'amuser un peu, elle aussi ? Ton père était mort depuis longtemps déjà. »

Jeanie n'arrive pas à réconcilier l'image de sa mère avec celle de cette femme dont Bridget est en train de lui parler. Elle tourne le visage vers la fenêtre.

« Il n'y a que l'expulsion que je n'arrive pas à comprendre, lance Bridget. Pourquoi Spencer Rawson aurait tout à coup décidé de vous jeter dehors du cottage. Ta mère disait qu'il avait toujours eu un faible pour vous deux, Julius et toi.

— C'était sa femme, dit Jeanie. Je suppose que c'est elle qui emploie – employait – Nathan. »

Bridget soupire de nouveau. « Mais c'est Rawson le propriétaire, non ? De la ferme ? Du cottage ?

— Elle ne lui a pas dit qu'elle allait nous expulser. Elle a dû penser qu'elle pouvait faire ce qu'elle voulait puisqu'il n'était pas là pour l'arrêter. Il est venu me dire qu'on pouvait se réinstaller.

— Au cottage ? » La voix de Bridget est enjouée, pleine d'espoir pour Jeanie.

« Apparemment il a été pris d'une soudaine envie de jouer les familles heureuses. Comme si tout allait pour le mieux dans le meilleur des mondes. Et que Julius et moi allions lui rendre visite pour prendre le thé. Comme s'il pouvait remplacer papa. » Jeanie sent son cœur bondir avec insistance dans sa poitrine. Son souffle embue la vitre, elle se redresse.

Bridget jette un coup d'œil dans sa direction, la voiture dévie. « Est-ce que ce serait si grave ? Pas qu'il le remplace, mais il l'aimait, tu sais, et elle aussi l'aimait. »

Jeanie pousse un *pff* de dédain.

« Qu'est-ce que tu lui as dit ?

— Ce que je lui ai dit ? Tu as vraiment besoin de me poser la question ? Je lui ai dit de dégager. »

Elles sont en ville à présent, Bridget avance au pas, jusqu'à ce que quelqu'un freine brutalement derrière elles. « Fous le camp ! crie-t-elle, puis : Attends, veux-tu, il faut que je me concentre pour savoir où aller. » Elle plisse les yeux et se penche vers les panneaux de signalisation. Et lit à voix haute : « Hôpital, sorties A et E. »

30

Jeanie s'étend sur le canapé orange taché et ferme les yeux. Ils sont secs, ils la démangent, son corps est complètement desséché, comme si le tissu sous sa peau absorbait toute l'eau de son corps et qu'en restant allongée là elle finira par se changer en une écorce vide, une chrysalide géante dont aucun papillon n'émergera jamais. Elle sait bien qu'elle n'arrivera pas à dormir, elle sait aussi que Bridget en fera toute une histoire si elle n'a pas l'air d'essayer. Dans la pièce prévue pour les familles des patients, il y a une grande baie vitrée donnant sur un parking. Bridget est en bas, en train de fumer une cigarette et de mettre dans la voiture le ticket que lui a donné la réceptionniste de l'unité de soins intensifs (USI) du service neurologique. Jeanie commence déjà à apprendre la terminologie. Elle a envie d'ouvrir la fenêtre pour prendre un peu d'air mais il n'y a même pas de poignée. Le ciel est d'un bleu pâle sans nuages, elle pense à toutes les choses qu'elle doit faire : les plantations dans la serre qu'il faudrait arroser, le grillage, derrière le monticule de compost où les lapins nichent, qui aurait besoin d'être réparé, la lavande qu'elle vient de planter dans le jardin de Saffron dont il va falloir s'occuper. Il faut qu'elle appelle la mairie à propos de Maude ; où sont le téléphone de Julius et ses vêtements ? Il y avait un policier ici tout à l'heure, mais il est parti maintenant. Julius portait une belle chemise, il voudra la récupérer. Les pensées de Jeanie lui échappent. Avec Bridget, elles attendent depuis des heures. On leur a dit que quelqu'un allait venir les voir quand l'opération serait finie.

Lorsque Bridget revient, elle rapporte des sandwichs et deux thés dans des gobelets en carton et demande à Jeanie si elle a dormi, alors qu'elle n'est partie qu'une quinzaine de minutes. L'odeur de sa dernière cigarette flotte encore autour d'elle. Jeanie s'inquiète du prix des sandwichs et du thé, elle additionne le prix des choses dans sa tête en se demandant si Bridget s'attend à ce qu'elle finance la prochaine tournée. Elle mord dans son sandwich mais arrive à peine à avaler sa bouchée. Aucune envie de manger, aucune envie de parler. Au moment même où elle se rallonge, deux hommes entrent dans la pièce et elle se redresse. L'un des deux, en blouse bleue et charlotte assortie et, se présente comme M. McKenzie, le chirurgien qui a opéré Julius. L'autre, M. Jones, se présente comme médecin en soins intensifs, et comme il n'en dit pas plus, Bridget se penche vers Jeanie et lui glisse à voix basse : « C'est le médecin spécialisé dans les patients très graves. » Ils s'asseyent.

« Votre frère a survécu à l'opération, déclare M. McKenzie à Jeanie. Mais il est arrivé chez nous dans un état très grave. » Elle se demande s'il existe des protections semblables à sa charlotte, mais pour les barbes, ou bien s'ils se contentent de porter les charlottes à l'envers. « Trois éclats de balle sont venus se loger dans son cerveau et je ne suis malheureusement pas parvenu à les retirer. » Les chaussons du chirurgien sont arrondis au bout comme des sabots, ou ces Crocs que tout le monde portait il y a quelques années. Les siens sont éclaboussés de traces brunes. On a donné des protections en papier à Jeanie à la place de ses bottes pleines de gadoue. M. McKenzie continue de parler, il dit quelque chose à propos d'un morceau du crâne de Julius qu'on a recousu sur son abdomen. Elle a forcément mal entendu ? Elle sent la main de Bridget sur la sienne, qui la serre. Elle s'efforce de se concentrer.

« Je n'ai pas pu sauver son œil gauche, en revanche le droit est intact.

— Il pourra voir, alors, dit Jeanie. Un œil, ça suffit, non ? »

Bridget serre la main de Jeanie.

« C'est-à-dire, reprend M. McKenzie, ce n'est pas sa vue qui m'inquiète. » Il se penche en avant, ses coudes nus sur ses genoux bleus, ses mains jointes. « Pour le moment, on le maintient endormi, on attend de voir ce qui va se passer dans les prochaines heures et les jours qui viennent.

— Un coma artificiel ? » s'enquiert Bridget.

Jeanie voit les deux hommes échanger un regard entendu.

M. Jones reprend la parole : « Tant qu'il est dans le service, Julius sera sous ma supervision. »

Bridget remue la tête et dit : « L'unité de soins intensifs, USI. »

L'homme esquisse un sourire, Bridget ne remarque rien. « Il est sous monitoring constant, nous l'aidons à respirer, avec un peu de chance nous pourrons le désintuber rapidement et tenter un réveil, nous surveillerons de près sa réaction aux soins.

— Est-ce que je peux le voir ? » demande Jeanie.

Il y a quatre lits dans l'unité de soins intensifs de neurologie, ainsi que d'autres hommes et femmes en bleu occupés à vérifier des moniteurs et des graphiques, à prendre des notes. Julius est dans le lit le plus éloigné de la porte, tandis que Jeanie passe devant les autres lits avec Bridget, elle s'abstient de tout regard aux malades mais elle croise les sourires timides que lui adresse chacun des visiteurs. Julius porte une chemise de nuit d'hôpital, il a le drap remonté jusqu'au torse. La majeure partie de sa tête disparaît sous les bandages, un gros morceau recouvre également son œil gauche, une tache jaune colore les rebords du tissu. Un homme en blouse bleue se présente comme l'infirmier de Julius et leur explique à quoi sert chaque tube, chaque moniteur, chaque fil. Jeanie ne retient pas un mot de ce qu'il raconte. Il fait chaud, on étouffe. La personne qui se trouve dans le lit ne ressemble en rien à Julius, elle se demande même si on ne l'a pas conduite au mauvais lit, ou bien ce n'était pas Julius dans le bosquet finalement, peut-être qu'ils ont ramassé et opéré quelqu'un d'autre. Peut-être que son frère est à la caravane, en ce moment même, qu'il attend son dîner en râlant et en se demandant où elle a bien pu passer.

« J'aurais dû rapporter son pyjama », dit Jeanie. Bridget fait taire ses inquiétudes en passant le bras autour de ses épaules. L'infirmier parle mais sa voix semble lointaine. En baissant les yeux, Jeanie remarque une notice d'informations dans sa main avec une photo de l'hôpital sur la couverture. Quand lui a-t-on donné cela ? Elle a froid, pourtant son front est moite. Elle appuie les doigts sur sa poitrine, et l'œuf à l'intérieur se craquelle.

« Oh ! » s'exclame-t-elle.

Lorsqu'elle revient à elle, elle est étendue sur le sol dans un couloir, un oreiller sous la tête, les pieds sur une chaise. Bridget et des infirmiers s'affairent autour d'elle. Ne devraient-ils pas être en train de s'occuper de Julius ? « Elle a une maladie cardiaque. » Jeanie entend la voix de Bridget. « Une cardiopathie rhumatismale. Elle a eu des fièvres rhumatismales quand elle était enfant. »

Je suis vivante, pense Jeanie en se touchant la poitrine au-dessus du cœur. Pas de sang, rien n'a explosé de l'intérieur.

Ils veulent l'envoyer en médecine générale, on apporte une chaise roulante. Elle prend place dedans mais refuse de se laisser pousser, Bridget est déçue de ne pas pouvoir traverser l'hôpital derrière une chaise roulante. Au lieu de quoi, elle s'assied à côté d'elle et lui explique qu'on considère désormais qu'il est préférable, en cas d'évanouissement, de surélever les pieds plutôt que de se mettre la tête entre les jambes. L'infirmier qui les a aidées est contrarié qu'elle refuse d'aller en médecine générale et lui fait promettre de prendre rendez-vous avec son médecin traitant. Bridget pousse le fauteuil roulant jusqu'à Julius.

Dans la voiture, sur le chemin du retour, Jeanie pose la tête contre la vitre et tente de dormir mais elle a beau n'avoir jamais été aussi épuisée de toute sa vie, le sommeil ne vient toujours pas. Elle observe les ombres des conducteurs qui les dépassent sur l'A34, leurs phares balayant les rambardes. Elle cherche une forme bossue immobile sur le bas-côté puis elle secoue la tête en fermant les yeux pour chasser cette pensée. Maude lui manque au point de lui causer une douleur qui pulse au rythme de son cœur. Cette chienne était capable d'écouter sans répondre. Elle pense aux choses que Rawson lui a racontées, comment il a mis sens dessus dessous tout ce qu'elle a toujours cru savoir.

« Rawson a parlé de papa également, dit Jeanie.

— Je croyais que tu dormais, répond Bridget en tendant la main vers ses cigarettes.

— Il a dit quelque chose à propos de la façon dont papa est mort, continue Jeanie. Une autre chose que maman ne voulait surtout pas qu'on nous raconte. J'essaie de comprendre de quoi il s'agit. »

Jeanie tâche de mettre de l'ordre dans ses réflexions, de se réveiller. « Julius et moi, nous avons toujours cru que c'était Rawson qui avait fabriqué les chevilles d'attelage de sûreté du tracteur, que c'était lui qui avait insisté pour en bricoler de nouvelles avec des écrous et des boulons. Quand elles ont rompu, Julius a été projeté dans la haie et papa est mort. »

Bridget farfouille dans le petit casier de rangement devant le levier de vitesse, trouve le briquet et le fait tomber.

« Nous avons toujours cru que si nous avions été autorisés à rester au cottage gratuitement, c'était en échange du silence de maman qui n'irait pas voir la police ou l'assurance pour leur dire ce que Rawson avait fait. C'est ce que nous avons supposé, c'est ce qu'elle nous a laissé croire. Mais je ne suis pas certaine que ce soit la vérité. » Jeanie piétine entre les détritus à ses pieds, à la recherche du briquet, elle lui allume sa cigarette. Le visage de Bridget prend une lueur orangée.

« La raison pour laquelle nous avons pu rester au cottage, ce n'était pas parce que maman avait accepté de passer sous silence le rôle joué par Rawson dans la fabrication des chevilles. Nous avons pu rester parce qu'ils étaient… » Jeanie vacille devant le mot. « … amants. Ce qui veut forcément dire qu'il n'y avait absolument rien à passer sous silence, à cacher à la police ou à l'assurance. Du moins pas au sujet de Rawson, en tout cas. »

Un pétale rouge de cendre effleure la jupe de Bridget avant de s'envoler par la fenêtre.

Jeanie suit le cours de ses pensées, l'une après l'autre, dessinant un chemin devant elle : une enfilade de jalons qu'elle n'a jamais franchis auparavant. « S'il n'y avait rien à cacher à la police à propos de Rawson, cela veut dire qu'il n'a pas fabriqué les chevilles. Il n'a pas tué papa. C'était juste une histoire pour rendre crédible le fait que nous logions dans le cottage gratuitement. Maman a insisté sur ce mensonge pour que nous ne les démasquions pas, pour que nous ne découvrions pas leur aventure. Ce devait être l'une de ses conditions. C'est le mot que Rawson a employé à la caravane : ses *conditions*. Julius et moi détestons Rawson depuis toutes ces années car nous étions persuadés qu'il avait tué notre père, et c'était faux. C'est papa qui a fabriqué les chevilles, n'est-ce pas ?

— Oui. » Bridget ne quitte pas la route des yeux. « C'est lui. »

Jeanie soupire. « Aucun d'entre eux n'était tel que nous les imaginions. Ni maman, ni papa, ni Rawson. »

Quand Bridget bifurque vers l'ouest sur l'A4, Jeanie reprend: « La police m'a dit qu'il y a un service à la mairie qui s'occupe des chiens errants. Je me disais qu'ils auraient peut-être retrouvé Maude. Est-ce que je pourrais les appeler depuis ton portable demain matin ? La police a dû garder celui de Julius. Ou depuis ta ligne fixe si c'est plus facile. »

Bridget jette la fin de sa cigarette par la fenêtre et remonte la vitre. Sous les lumières faiblardes de l'habitacle, Jeanie voit le visage de Bridget soudain raidi, embarrassé. « Bien sûr que tu peux, je me disais que tu pourrais venir à la maison avec Stu et moi ce soir. Je sais que tu ne peux pas retourner à la caravane, mais il y a le canapé si ça te va ? Parce que, en fait, Nath est revenu à la maison. On l'a ramené quand on est allés le voir. Il est dans son ancienne chambre. Je crois que ça va lui faire du bien d'être avec nous, de passer un peu de temps avec Stu. Histoire de se remettre sur pied. »

Jeanie se sent tout à coup complètement à la dérive, bouleversée à l'idée que Julius ne soit pas là pour arranger les choses, élaborer un plan pour les sortir de là, si incongru soit-il. « Pas de problème, dit-elle, sachant très bien que Bridget n'a pas vraiment envie de l'avoir sur son canapé même si elle se sent obligée de proposer. C'est une super nouvelle – que Nathan soit rentré à la maison. Tu dois être soulagée. En fait, je crois que je vais pouvoir loger chez Saffron. La femme chez qui je jardine. Je suis certaine qu'elle n'y verra aucun inconvénient.

— Non, proteste Bridget. Tu devrais venir chez nous.

— Vraiment. Saffron sera d'accord.

— Sans même avoir été prévenue ?

— Elle est très sympa. Elle a un piercing au nez. Ça va aller. » Toutes ces politesses qu'elles se font. « Est-ce que tu peux me laisser ici ? Elle habite sur Cutter Hill. Près de l'ancienne cabine téléphonique. C'est elle qui l'alimente en livres.

— Tu es sûre qu'il n'y aura pas de problème ? Je ne travaille pas demain, je peux venir te chercher le matin et te raccompagner à l'hôpital.

— Je peux prendre le bus, répond Jeanie, quoiqu'elle doute d'avoir l'argent nécessaire pour le ticket.

— Ne sois pas bête. Je t'emmènerai. Le trajet en bus pour Oxford, t'en as pour trois changements et des heures à attendre. Le tour complet de tous les quartiers. Tu sais comment c'est. Je passe te prendre devant chez Saffron à huit heures et demie. Ça te va ? C'est où exactement ? » Elles sont déjà sur Cutter Hill.

« Là-haut, sur la gauche. »

Bridget gare la voiture devant l'allée et laisse tourner le moteur.

« Est-ce qu'elle va avoir quelque chose à te donner à manger ? Je peux l'appeler si tu veux. Elle est là au moins ? » Elles regardent à travers le pare-brise. Manger n'a pas traversé l'esprit de Jeanie depuis le biscuit qu'on lui a mis dans la bouche quand elle s'est évanouie à l'hôpital. « Peut-être que tu ferais mieux de rentrer avec moi, Nath n'aura qu'à dormir sur le canapé.

— Regarde, c'est allumé, dit Jeanie. Ça va aller. » Elle tire la poignée de la portière. « Tu es certaine de pouvoir m'emmener demain ? Tu peux me prendre au village plutôt ? Il faut que je voie Max pour lui parler des livraisons. Huit heures et demie, alors. » Jeanie a un pied hors de la voiture.

« Tu es sûre ? répète Bridget.

— Bien entendu », répond Jeanie, et elle sort, referme la porte. Tandis que la voiture s'éloigne, Jeanie pose une main sur le portail et agite l'autre.

Le ruban de police est fixé aux cônes en plastique orange placés à intervalles réguliers sur un périmètre délimité autour du terrain vague. Mais il n'y a pas de voiture de police garée non loin, pas d'officier en faction sur la zone pour se dresser devant elle et l'empêcher de soulever les rubans, se glisser en dessous et pénétrer la zone de crime. Elle emprunte le même chemin que les ambulanciers et la police avant elle – l'herbe est aplatie, la lune éclaire quelques résidus blancs dans les traces de pneus et de bottes. Ces lieux ne lui font pas peur, les contours et les bruits familiers la rassurent, c'est comme de rentrer à la maison, sauf qu'elle a l'impression d'être partie depuis des mois. Sous les rubans déchirés, une ombre tranche avec le décor habituel, jusqu'à ce qu'elle reconnaisse les contours carrés et les angles aigus du piano renversé.

La porte de la caravane est fermée, là aussi la police a mis du ruban, qui a été arraché, quand Jeanie ouvre, plus rien n'est à sa place. Les portes des placards sont ouvertes, leur contenu dispersé au sol, des vêtements en tas, le chargeur de téléphone de Julius, leurs sacs de couchage et oreillers. Le premier auquel elle pense c'est Tom, mais la police l'a embarqué, et Nathan est chez Bridget. Ce doit être Lewis, il n'a pas pu agir seul cependant ; ou bien Ed. Peut-être que l'un d'entre eux a parlé à quelqu'un de la caravane : pas de verrou, pas d'occupant, si ce n'est un gros paquet de fric, qui n'existe pas. Elle entre. Le sac plastique qu'elle utilise pour transporter ses affaires et le peu de monnaie qu'elle a est dans l'évier, elle le soulève, il a été vidé. La photo de ses parents est par terre, la vitre du cadre écrasée, l'anse tasse fétiche est cassée, le portrait qu'Angel a peint de Maude est déchiré. Elle se demande si la police a récupéré le portefeuille de Julius en même temps que son portable et ses vêtements, et combien d'argent il avait sur lui. Les casiers sous les bancs de part et d'autre de la table sont grands ouverts, leur contenu sens dessus dessous, elle vérifie, le pistolet de Julius a disparu – très probablement embarqué par la police –, mais les étuis du banjo et du violon manquent également à l'appel. C'est ce qui finit par déclencher sa colère, elle crie, shoote dans les objets au sol – la gamelle d'eau de la chienne, le saladier, une poêle –, frappe du plat de la main contre les murs de la caravane qui tremble sous les coups, et quelque chose tombe du haut d'un placard. Elle pousse des hurlements incohérents, envoie valser les détritus qui jonchent la couchette de Julius, ouvre le dessus et trouve, de manière inattendue, son étui à guitare, qui pèse son poids lorsqu'elle le soulève. Elle sort la guitare et la serre contre elle en pleurant, ses larmes retombent sur le bois. Au bout d'un moment elle commence à jouer.

« *Then home he did run with his dog and his gun,*
Crying, "Mother, dear Mother, have you heard what I have done?
I met my own true love, I mistook her for a swan,
And I shot her and killed her by the setting of the sun."

She'd her apron wrapped about her and he took her for a swan
And it's so and alas, it was she, Polly Vaughn[1]. »

À la fin du morceau, elle se lève et verrouille la porte, met la main sur son manteau et l'enfile, puis s'allonge sur le lit de Julius. Ses membres sont douloureux comme si elle avait attrapé la grippe, sa tête bat. Elle pose la main contre son cœur, mais son rythme est régulier.

Quand elle rouvre les yeux, une lumière verdâtre inonde la fenêtre. Des oiseaux chantent autour du buisson de houx, les voitures défilent en vrombissant, là-bas sur la route principale. Elle passe la langue sur ses dents cotonneuses et se redresse dans un grognement. Il est six heures tout juste passées. Elle déniche une tasse et la met sous le robinet en pompant l'eau à la pédale. Arrivée à la moitié de la tasse, l'eau crachote une dernière fois puis s'épuise. C'était Julius qui rapportait de l'eau et remplissait la bouteille de gaz. Elle se brosse les dents, boit ; elle voudrait pouvoir se laver mais c'est impossible. Il faudra qu'elle aille chercher de l'eau et peut-être du gaz à vélo, avec la remorque, et cependant elle a déjà compris, avant même de mettre un pied dehors pour vérifier, qu'ils ont été volés eux aussi. Le vélo de Julius, qu'il était certainement en train de pousser à travers le bosquet,

---

1. « Puis, courant chez lui, avec son chien et son arme au collet,
Il pleurait : "Mère, ma chère mère, as-tu su ce que j'avais fait ?
Je l'ai prise pour un cygne, mon grand amour, mon amour vrai,
J'ai tiré et je l'ai tuée dans le soleil qui déclinait."
Enveloppée dans son tablier, il la prit pour un cygne
C'est ainsi, c'est hélas, que finit Polly Vaughn. »

n'est plus nulle part – l'a-t-elle vu lorsqu'elle l'a trouvé dans les bois ? Dans un placard, il y a une boîte de haricots en sauce, au sol une casserole, elle réchauffe son repas sur le feu et mange les haricots à même la casserole à l'aide d'une cuillère qu'elle commence par essuyer sur son gilet. Les haricots lui donnent soif. Elle change de vêtements et de sous-vêtements, et met sa brosse à dents, un tube de dentifrice, un pain de savon, une autre boîte de haricots et un peu de soupe dans son sac plastique. Comme la boîte de soupe n'a pas de capsule, elle se met en quête de l'ouvre-boîte et tombe en même temps sur un pyjama et une serviette de Julius. Elle emporte aussi le cendrier à tête d'ours avec des billes à la place des yeux. Son sac plastique est rempli à présent, alors elle cherche le sac à outils de Julius mais il a disparu également. Elle trouve un grand cabas avec d'autres à l'intérieur, dans le plus grand elle fourre un sac de couchage et un pull, des sous-vêtements propres, sa brosse, la cuillère. À l'aide du couteau à pain, elle découpe les sacs pour emballer de son mieux l'étui de sa guitare – avec la guitare à l'intérieur. Avant de s'en aller, elle la planque sous la caravane, cachée sous les cartons en décomposition.

Ses deux sacs plastique à la main, elle se met en route pour le village et marche jusqu'aux toilettes publiques qui jouxtent le centre commercial. Le bloc de béton marron est strié de branches mortes de lierre, blanchies par les herbicides dispersés aux racines par la mairie. Côté femmes, un sèche-mains, deux lavabos et deux blocs W.-C. avec des portes en bois bleues et des toilettes blanches – dont l'une n'a plus de lunette. Les murs sont carrelés de blanc, le sol est coulé dans une sorte de plastique bleu. La pièce empeste – la pisse et l'eau croupie –, de la saleté s'accumule dans les coins et le long des joints.

Au-dessus des lavabos, il y a un panneau avec plusieurs mots et le symbole d'un robinet barré d'une ligne rouge. Elle sait ce que cela signifie, pourtant elle met ses mains en coupe sous l'eau et boit, puis lave son visage et ses aisselles avec le savon et la serviette.

31

Dans l'unité de soins intensifs, rien n'a changé : Julius est toujours sous assistance respiratoire, monitoring et connecté à tout un tas de tuyaux qui pompent des liquides autour de lui. À l'heure du repas, alors que Jeanie défaille de faim, Bridget achète des sandwichs et des chips, qu'elles mangent toutes les deux dans la pièce réservée aux familles.

« Quand Julius ira mieux et qu'il sera rentré à la maison, je me disais qu'il devrait peut-être se chercher un travail régulier, quelque chose de durable. Apprendre un métier », déclare Jeanie en mordant dans son crevettes-mayonnaise. Elle rêve de manger à toute allure, d'engloutir son sandwich en une bouchée, mais elle se force à mâcher lentement pour que Bridget ne sache pas qu'elle est affamée. Bridget hausse les sourcils en l'écoutant. « Quoi ? » dit Jeanie. Si reconnaissante qu'elle lui soit pour son aide, elle en a assez de Bridget. De sa façon de se considérer comme experte médicale. « Il n'est jamais trop tard pour apprendre quelque chose de nouveau. » Les mots de Jeanie claquent.

« Ce n'est pas ça, répond Bridget. Est-ce que quelqu'un t'a donné un pronostic pour Julius ? S'il se remet, et Dieu sait que c'est tout ce que j'espère, il y aura des séquelles, Jeanie.

— Son œil…

— Des séquelles cérébrales.

— Tu n'en sais rien. Personne n'en sait rien tant qu'il ne s'est pas réveillé.

— Il a pris trois balles dans le cerveau. » Bridget prononce ces mots en douceur, comme si elle l'annonçait pour la première fois à Jeanie.

« Des éclats de balle, rectifie Jeanie.

— Peu importe. Ils ont forcément fait des dégâts. Des dégâts au cerveau.

— Mais il reviendra à la maison.

— Où exactement ? »

Elles se regardent.

« À la caravane ? » demande Bridget dans un murmure. Jeanie secoue la tête, elle n'a aucune envie d'avoir cette conversation. « Il sera peut-être en chaise roulante, il aura sûrement besoin de beaucoup d'aide. Je ne vois pas comment ça pourrait marcher. Il n'y a même pas de toilettes là-bas. »

Jeanie porte à sa bouche la seconde moitié de son sandwich et se rend compte qu'elle l'a déjà mangée. « Je ferais mieux d'y retourner. » Elle prend les chips.

« Ça fait beaucoup de choses à assimiler, et puis tu as raison, qui sait ? »

Jeanie n'aime pas le ton condescendant de Bridget, et sa voix qui, quoi qu'elle dise, semble trahir sa conviction que Julius ne survivra pas.

Avant de quitter la pièce réservée aux familles, une trêve temporaire est conclue entre elles lorsque Bridget lui propose de chercher le numéro du service des chiens errants à la mairie. Jeanie est mise en relation et demande si un lurcher au poil fourni couleur biscuit avec un collier sans étiquette aurait été trouvé, mais aucun chien correspondant à la description ne leur a été amené.

Bridget se rend dans le centre d'Oxford pour faire quelques courses, pendant ce temps Jeanie, en jetant les emballages de leurs sandwichs, aperçoit deux bouteilles en plastique dans la poubelle. Elle les en sort et les fourre dans son petit cabas – elle a dissimulé le grand derrière les W.-C. au village. Dans les toilettes adjacentes à la pièce réservée aux familles, elle remplit les deux bouteilles au robinet d'eau froide. Cette fois, il n'y a pas de panneau au-dessus du robinet.

En l'absence de Bridget et de tout personnel soignant dans l'unité de soins intensifs, Jeanie sort le pyjama de Julius de son sac. Elle rabat le drap jusqu'à ses pieds, gênée que la chemise de nuit d'hôpital soit remontée sur son ventre, laissant ses parties intimes à nu. À la hâte elle dispose le pantalon, ramasse les jambes en deux petits tubes, tandis que le souvenir d'une odeur de romarin lui revient en mémoire, celui du buisson devant la porte de la cuisine du cottage. Elle réussit à manœuvrer les deux jambes de tissu par-dessus les orteils blancs et poilus de Julius. Ses talons sont plus lourds et plus difficiles à manipuler qu'elle ne s'y attendait. Elle a tiré le pyjama jusqu'aux chevilles, un côté puis l'autre, quand l'infirmier de Julius arrive et l'arrête. Calmement il lui explique les règles d'hygiène, de lutte contre les infections, Jeanie a envie de lui dire que les vêtements de Julius sont toujours propres, mais elle se rappelle alors qu'elle a ramassé le pyjama de Julius par terre, au milieu du chaos de la caravane, ce matin même, puis qu'elle l'avait encore avec elle lorsqu'elle est allée aux toilettes publiques du village. Elle laisse l'infirmier le lui enlever et le regarde lui passer un linge imbibé de produit désinfectant sur les jambes. « Vous devriez lui parler », dit l'infirmier, Jeanie prend donc place sur une chaise à hauteur de la tête de Julius et lui explique qu'elle ne sait plus quoi faire maintenant.

Sur le chemin du retour vers Inkbourne, Bridget annonce à Jeanie qu'elle doit aller au travail le lendemain, mais qu'elle s'est organisée avec une association de transport bénévole pour que quelqu'un vienne chercher Jeanie chez Saffron le matin, l'accompagne à l'hôpital et la raccompagne chez elle demain, ainsi que les autres jours où Bridget devra aller travailler. Jeanie sait bien qu'il s'agit de charité, peu importent les termes choisis, mais elle n'a pas d'autre choix, par ailleurs elle a eu sa dose de Bridget, et elle sait bien que Bridget en est au même point vis-à-vis d'elle.

Tout en conduisant, Bridget parle de Nathan et fume cigarette sur cigarette. Elle est intarissable sur la nouvelle relation que Nathan est en train de tisser avec son père.

« Tu te souviens de cet après-midi où Nath et les autres sont venus à la caravane ? » demande Bridget.

Jeanie ne répond pas ; comment pourrait-elle oublier ?

« Eh bien, Nath m'a dit que c'était bien Caroline Rawson qui lui avait demandé d'aller là-bas. » Au ton de sa voix, on dirait qu'elle déroule le scénario d'un feuilleton à suspens. « Ça n'avait rien à voir avec le fric que Tom cherchait ; c'était parce qu'elle se sentait mal. Tu imagines ? Elle l'a envoyé là-bas pour voir comment tu allais, s'assurer que tu t'en sortais. Enfin, Nath ne travaille plus pour elle de toute façon. Stu le lui a interdit. Il se cherche un boulot dans un pub ou un entrepôt. Tout ce qu'il pourra trouver. »

Jeanie n'écoute plus. Même si Nathan était venu à la caravane pour vérifier qu'elle et Julius allaient bien, ce n'est pas une excuse, pense-t-elle. Il aurait pu empêcher Tom d'entrer, il aurait peut-être même pu l'empêcher de revenir avec une arme. Elle laisse Bridget pérorer jusqu'à ce qu'elle lui pose la question : « Ça a été hier soir chez Saffron ? Est-ce que tu veux que je te redépose là-bas ? » À ce moment-là, Jeanie se rend compte qu'elles sont presque arrivées.

« Au village, s'il te plaît, répond Jeanie. Je dois passer chercher des choses au magasin. »

Jeanie agite la main pour dire au revoir à Bridget puis elle va récupérer son grand cabas derrière les toilettes publiques. L'odeur de pisse est encore plus forte à l'arrière du bloc W.-C. qu'à l'intérieur et Jeanie se demande comment on peut avoir l'idée de faire ses besoins dehors plutôt que dedans alors que c'est ouvert en permanence, de jour comme de nuit, et qu'il faut passer par l'intérieur pour atteindre les portes donnant à l'arrière. Elle s'assied sur le banc posé dans la pelouse. Le fish & chips est fermé les mercredis soir, Jeanie est soulagée ; renifler l'odeur de la friture sans avoir la possibilité de s'acheter à manger aurait été intolérable. Les lumières sont éteintes dans l'appartement du dessus, est-ce que quelqu'un aura pensé à prévenir Shelley Swift de ce qui est arrivé à Julius ? Elle ouvre la boîte de haricots qu'elle a emportée de la caravane et plonge sa cuillère à même la boîte en espérant que personne ne passe. Elle a beau racler le fond de la boîte, elle a encore faim, mais elle décide d'attendre qu'il fasse nuit pour ouvrir la conserve de soupe avec l'ouvre-boîte. C'est une crème de champignons concentrée, épaisse comme de la gelée ; salée et délicieuse. Cette soupe, qu'elle a connue toute sa vie, n'a jamais été aussi bonne. Le temps passe lentement tandis qu'elle attend sur le banc que le pub se vide, la température refroidit, elle est contrainte de se lever et de frapper les pieds au sol, les bras serrés autour de ses épaules pour se réchauffer. Quand le village se tait enfin, elle regagne les toilettes des femmes et sous les robinets, à même le sol dur, tout habillée, elle se faufile dans son sac de couchage, avec son manteau et son pull roulé en boule dans le sac en plastique en guise d'oreiller. Des moucherons et de minuscules papillons de nuit volettent autour du néon au-dessus de sa tête tandis que les cocons de leurs ancêtres oscillent dans des toiles filandreuses.

Au bout d'une heure, Jeanie a si froid qu'elle n'arrive plus à maîtriser le claquement de ses dents et le tremblement de ses membres. Elle enfile son pull et son manteau et se pelotonne dans un coin, dos au mur. L'absence douloureuse de Maude se réveille comme une blessure l'obligeant à s'agenouiller, gémissante. Elle ne dort pas de la nuit.

Vers cinq heures moins le quart, le jour se lève dehors, elle se lève à son tour pour aller aux toilettes. Lorsqu'elle referme la porte, la saleté, la poussière et les insectes morts dégringolent du plafond le long du chambranle. Celui ou celle qui fait le ménage dans ces toilettes le fait manifestement avec les portes ouvertes. Jeanie se lave, se brosse les dents, mais elle se sent crasseuse et s'inquiète de son odeur. Les lavabos sont trop petits pour qu'elle puisse s'y laver les cheveux et elle n'a pas de shampooing. Elle change de sous-vêtements et fourre son sac de couchage dans le grand cabas qu'elle remise à l'arrière du bloc. Elle regrette maintenant de ne pas avoir gardé la soupe pour le petit déjeuner. Sur le chemin vers la maison de Saffron, son estomac gronde, se rebelle contre le vide. Elle craint que le conducteur bénévole ne soit là avant elle et s'efforce de presser le pas pour arriver à temps et héler la voiture avant qu'elle ne s'engage dans l'allée de Saffron.

Le conducteur – un ancien militaire qui porte une cravate et une chemise avec des plis de fer à repasser – ne lui adresse la parole que pour se présenter : Alastair. Elle est ravie qu'il garde le silence même si elle a l'impression qu'il attend des remerciements de sa part, le genre de reconnaissance qui motive son geste charitable et dont elle n'a aucune intention de le gratifier. Elle entend d'ici Julius : *Ta fierté te perdra.* Alastair ne peut pas passer toute la journée à Oxford, ils conviennent donc qu'il viendra la chercher à midi à l'entrée de l'hôpital pour la ramener chez elle.

L'unité de soins intensifs lui est déjà familière – l'odeur de désinfectant, les bips des machines, les autres visiteurs qui la saluent d'un hochement de tête mais n'ont aucune envie d'engager la conversation, pas plus qu'elle d'ailleurs. Julius est inchangé, son infirmier l'informe cependant qu'ils ont réduit la dose du médicament qui le maintient endormi et qu'ils ont l'intention d'essayer d'enlever le respirateur artificiel dans l'après-midi. « Nous avons votre numéro, nous vous tiendrons au courant dès que nous en saurons davantage », dit l'infirmier. Jeanie ne le contredit pas ; elle se demande quel numéro ils ont, si tant est qu'ils en aient bien un. Elle imagine le téléphone de Julius, sonnant dans quelque sachet plastique de pièces à conviction dans un placard au poste de police. Le message sur son répondeur lui annonçant sa propre mort.

Au bout d'une heure assise à côté de Julius à tâcher de trouver des choses à lui dire, Jeanie demande à l'infirmier le chemin de la cafétéria. L'odeur de cuisine – bacon, chips, pain grillé, café – lui donne des vertiges affamés. Elle se trouve un siège devant une longue table presque vide, à plusieurs chaises de distance d'une femme et d'un homme assis face à face, picorant la nourriture qu'ils ont achetée, posée entre eux. Dix minutes plus tard, ils se lèvent et s'en vont, et avant que quiconque ait le temps de l'interroger ou de l'arrêter, Jeanie se lève à son tour et va s'asseoir sur la chaise de l'homme, sur le plastique moulé encore désagréablement chaud. Elle prend son couteau et sa fourchette. Il a froissé sa serviette en papier et laissé retomber la boule sur son assiette. Elle l'ôte et se jette sur la nourriture. La moitié d'un œuf au plat, des pommes de terre sautées, des haricots, encore, et une saucisse presque entière. Elle avale le reste de son thé tiède puis elle échange les plateaux et mange le reste de la salade de fruits de la femme : essentiellement des quartiers de pomme verte ayant viré au brun. Elle glisse dans sa poche une petite barquette de beurre intacte, un pot de confiture miniature entamé, puis elle empile les couverts, les deux plateaux et les dépose sur le chariot où les visiteurs sont invités à ranger leurs assiettes sales. Là encore, sur un autre plateau, elle met de côté dans une serviette en papier une moitié de tranche de pain grillé et un bout durci de croissant et les glisse dans sa poche. Elle voudrait prendre plus – il y a tellement de restes – mais son cœur s'emballe, elle s'attend à tout moment à être interpellée, interrogée sur ce qu'elle est en train de faire. Elle part sans jeter un seul regard autour d'elle.

Jeanie demande à Alastair de l'attendre un moment près des toilettes publiques du village avant de la déposer au bas de l'allée qui mène à la ferme des Rawson, elle convient avec lui qu'il revienne la prendre au même endroit le lendemain matin. Elle le laisse croire qu'elle doit faire une pause pipi mais va chercher son grand cabas à l'arrière du bloc, et si Alastair remarque qu'elle revient avec un sac de plus, il n'en dit rien.

Elle ne s'est absentée que cinq jours, mais le jardin est totalement hors de contrôle. Les herbes sont si hautes entre les rangées de légumes qu'elle ne voit même plus les fanes de carottes ou les feuilles des betteraves dépasser ; le liseron serpente entre les piquets de haricots nains, le chiendent envahit les abords des plants, les épinards se sauvent. Elle sait ce qu'elle devrait faire, récupérer sa pioche et se mettre au travail, au lieu de quoi elle ramasse quelques carottes et des tomates cerises dans la serre et va les manger à côté de la tombe de sa mère, avec le pain et le morceau de croissant qu'elle a pris sur le chariot de cantine de l'hôpital. Le petit carré de beurre a ramolli, elle le lèche à même l'emballage et racle le minuscule pot de confiture au doigt. Cela ne suffit pas. Elle repense à sa mère, à la femme qu'elle était vraiment pour avoir entretenu si longtemps cette relation avec Rawson. Elle aurait tellement de questions à lui poser maintenant. C'était comment la première fois qu'elle a laissé son alliance sur le rebord de la fenêtre du cellier pour aller à la ferme ? Est-ce qu'elle était déjà attirée par Rawson quand elle était encore mariée, ainsi que Bridget le lui a suggéré ? Comment a-t-elle pu laisser ses enfants penser que Rawson, l'homme qu'elle aimait, était un ennemi, qu'il avait assassiné leur père ? Elle avait préservé le souvenir de Frank et gardé son secret à l'abri, mais à quel prix ?

Jeanie s'était dit qu'elle passerait la soirée à travailler dans le jardin puis qu'elle casserait un carreau et dormirait dans le cottage, mais lorsqu'elle regarde par la fenêtre du cellier, les lieux sont si chargés de souvenirs qu'ils lui semblent plus mouvants encore que le sol des toilettes publiques. Dans la vieille laiterie, elle se fabrique un matelas fin avec des chutes de toile, de carton et de vieux journaux et s'installe dans son sac de couchage en pull et manteau. Le message qu'elle a demandé à Jenks d'envoyer à Julius quand il était avec Shelley Swift tourne dans sa tête. Quoi qu'il se fût passé entre eux, Shelley Swift n'est pas venue voir Julius ni n'a tenté de contacter Jeanie. Elle voudrait avoir eu le courage de frapper à la porte de cette femme ce soir-là. Peut-être qu'elle l'aurait invitée à monter, lui aurait proposé une tasse de thé pendant que Julius enfilait ses bottes. Elle s'imagine regardant par les carreaux sales de ses fenêtres, observant le village depuis cette nouvelle perspective : le parc, l'épicerie et le magasin sous un angle différent. Puis Jeanie s'imagine raconter à Shelley Swift qu'on a tiré sur Julius. Shelley Swift s'effondrant, s'arrachant les cheveux, les joues barbouillées de son rouge à lèvres orange. Jeanie trouve un plaisir amer à cette histoire qu'elle se raconte, mais elle dérive dans le sommeil avec un sentiment de compassion, et dans son rêve éveillé, elle passe les bras autour de Shelley Swift et pleure avec elle.

Au milieu de la nuit, Jeanie est réveillée par une sensation de frôlement, comme une plume passant sur son visage – une araignée ou quelque autre insecte nocturne –, elle bondit hors de son sac de couchage en hurlant, en se frottant frénétiquement le corps et en se secouant les cheveux. Elle se souvient d'une émission de radio sur les insectes qui rampaient ou nichaient dans les corps des êtres humains pendant leur sommeil. Le lendemain matin, elle avale autant de carottes et de radis qu'elle le peut, jusqu'à en avoir la bouche en feu et courir aux toilettes. Alastair l'attend au bas de l'allée à huit heures et demie, sa veste suspendue au-dessus de la banquette arrière à un crochet dont elle ignorait qu'il en existât dans les voitures. Jeanie dort durant tout le trajet et se réveille sur le parking de l'hôpital, un filet de bave coulant sur le menton.

Dans l'unité de soins intensifs, Julius a pâli, ses joues se sont creusées. Quand Jeanie parle avec l'infirmier, il lui explique : « Julius a eu une nuit difficile, mais il va aussi bien que possible. M. Jones sera là cet après-midi, vous pourrez en discuter avec lui. » Mais Alastair ne peut pas rester l'après-midi et elle n'a pas envie de solliciter un autre conducteur. Jeanie quitte un moment le chevet de Julius et retourne à la cafétéria où cette fois elle termine un sandwich œuf-mayonnaise et racle le fond d'un yaourt. Elle est obligée de vérifier l'image sur l'opercule pour comprendre qu'il est censé être à la cerise.

De retour au cottage l'après-midi, elle sort la double cuve de la vieille laiterie ainsi que les tréteaux et les lamelles de bois que Julius avait taillées dans le cercueil pour le transformer en bois de chauffe, elle forme un tas dans la cour. Une fois la pièce vidée, elle balaie, détruit toutes les toiles qu'elle trouve, chasse les araignées de son balai. C'est plus propre mais au petit jour le froid s'infiltre par le sol en béton, et les frimas pénètrent par le carreau cassé, son sommeil est agité de rêves dont elle ne se souvient pas au réveil mais qui la laissent dans un état d'anxiété dont elle n'arrive pas à se débarrasser. Au lever, ses articulations sont douloureuses, ses chevilles si faibles qu'elles sont instables et elle se dirige lentement vers le robinet du jardin pour faire sa toilette, se brosser les dents et rincer ses sous-vêtements. Elle avale quelques légumes crus pour tenir le coup jusqu'à la cafétéria. Elle a peur que ses vêtements ne sentent mauvais, elle a peur de sentir mauvais tout court.

À l'hôpital, Julius est de plus en plus émacié, sa peau a pris une teinte jaunâtre.

« Je croyais que vous aviez prévu de lui ôter le tube pour respirer », dit-elle à une nouvelle infirmière qui vient de prendre sa garde. L'infirmière lui sourit – d'un air professionnel, mélange de compétence et de compassion.

« Nous avons tenté de l'enlever hier après-midi, mais Julius a eu du mal à respirer tout seul. Nous allons réessayer demain ou après-demain.

— Est-ce qu'il va aller mieux ? » Jeanie sait que c'est une question stupide mais elle a envie d'être rassurée.

L'infirmière sourit de nouveau. « Pourquoi ne pas apporter un livre et lui faire la lecture ? Les patients réagissent souvent très bien quand on leur parle.

— Je ne sais pas lire », rétorque Jeanie, les mots sont sortis, féroces, amers, elles savent toutes les deux que le but était de mettre l'infirmière mal à l'aise.

Jeanie a l'impression de la voir ravaler sa salive, ravaler sa réplique, mais quoi qu'elle ait eu l'intention de dire, elle s'en tient à : « Il suffit de lui parler de choses et d'autres, du temps qu'il fait, n'importe quoi. »

Les jours suivants, Jeanie transporte des affaires de la caravane à la vieille laiterie, un peu chaque fois : des vêtements, des draps, la radio qui étonnamment n'a pas été volée, des casseroles et une poêle, des couverts, tout ce qu'il reste de nourriture en conserve et sa guitare. Les après-midi, elle travaille dans le jardin, elle ne va plus chez Saffron ; elle a peur de la croiser, elle ne saurait pas quoi lui dire. Le soir, elle ménage un petit feu à côté de la tombe de sa mère, fait bouillir des légumes et les mange avec ce qu'elle a glané à la cafétéria de l'hôpital. Elle pense à Dot, et ce qu'elle a appris sur sa mère et Rawson se dilue lentement dans ses pensées et ses émotions, se sédimente et forme un dépôt dans lequel elle apprend à évoluer. De temps à autre, le limon est bousculé, soulevant de nouvelles questions. Comment faisaient-ils pour se passer des messages alors que Dot n'avait pas de téléphone et que Caroline Rawson était si souvent là ? Qu'a-t-elle raconté exactement à Bridget ? Elle se demande quels morceaux ils jouaient ensemble, regrette que sa mère n'ait pas laissé Rawson lui venir en aide quand elle était malade. Un nouveau souvenir surgit, datant d'il y a cinq ou dix ans : Dot, au comble de la nervosité, en retard pour un rendez-vous chez le dentiste, mettant du rouge à lèvres devant le petit miroir suspendu dans le cellier. « Du rouge à lèvres pour aller chez le dentiste ? » avait demandé Jeanie. Sa mère avait ri, d'un rire précipité, embarrassé. « Oh, quelle idiote je fais », avait-elle dit en l'essuyant avec un mouchoir avant de sortir en courant. *Une femme avec des opinions tranchées et des idées intéressantes.* Les mots de Rawson lui reviennent en mémoire. Jeanie adorerait parler avec cette femme.

Un matin, alors qu'elle attend Alastair, inhabituellement en retard, au bout de l'allée, c'est une autre voiture qui s'arrête devant elle, une vieille voiture, dont Saffron sort.

« Je viens d'apprendre ce qu'il s'est passé, lance-t-elle. Pourquoi ne m'avoir rien dit ? »

Jeanie se penche pour regarder sur la banquette arrière ; personne.

« Angel est avec ma mère. Votre amie Bridget a frappé à ma porte hier soir, elle vous cherchait. Elle pensait que vous habitiez chez nous. Où dormez-vous ? J'ai trouvé la caravane mais vous n'y étiez pas. C'était le chaos là-bas. Est-ce que vous savez qu'il y a un piano renversé dans les bois ?

— Je vais bien, dit Jeanie en croisant les bras.

— Vous avez l'air amaigrie et épuisée. Allez, montez, je vous emmène.

— J'attends la voiture qui doit m'emmener à l'hôpital.

— C'est moi qui vous emmène aujourd'hui. J'ai tout arrangé, montez maintenant. »

Sur le chemin, Saffron lui explique qu'elle a appris la nouvelle par le journal local, c'était en une. Il y avait une photo de la caravane et une autre de Julius, souriant devant le pub, où ont-ils pu la dénicher, mystère, mais Saffron n'avait pas fait le lien avec Jeanie.

« Quelqu'un a vandalisé la caravane, dit Jeanie, tout saccagé, et la police en avait sans doute fait autant auparavant.

— Vous êtes retournée dans votre ancienne maison, c'est ça ? Bridget m'a dit que Julius et vous viviez dans un cottage en haut du chemin.

— C'est ça.

— Comment va Maude ? demande Saffron. Est-ce qu'il y a quelqu'un pour s'occuper d'elle ? »

Le menton de Jeanie retombe au souvenir du souffle chaud de Maude, de ses yeux qui la suivaient partout, de son museau qu'elle venait tapoter contre ses jambes quand elle voulait manger ou aller se promener. Jeanie refuse de pleurer devant Saffron. Elle ne pleurera pas. Et pour faire refluer les larmes, elle rabroue ses tremblements de colère et les reporte sur un autre sujet : « Ils ont pris le violon de Julius et le banjo de maman. » Elle est convaincue que le cambriolage et la mise à sac de la caravane sont l'œuvre d'Ed ou Lewis.

Saffron lui jette un regard. « Est-ce que vous avez porté plainte ? » Jeanie ne croise pas son regard. Elle l'aime bien mais Saffron vient d'un autre monde, d'un monde où les choses perdues sont retrouvées, où les gens malades survivent.

« Comment va le jardin ? s'enquiert Jeanie pour changer de sujet.

— Il est magnifique. Vous devriez venir voir. Je vais commander les graines de fleurs sauvages pour la fin septembre. Vous les planterez pour moi, vous voulez bien ? »

Jeanie ne répond pas.

« Il y a autre chose que je voulais vous demander à propos du jardinage. » Saffron s'exprime calmement, sans quitter la route des yeux. « J'ai remarqué que vous n'aviez encaissé aucun des chèques que je vous avais donnés. Et je me demandais : est-ce que c'est parce que vous n'avez pas de compte en banque ? » Jeanie n'arrive pas à maîtriser le frisson qui lui secoue les épaules, sa tête qui se tourne légèrement. « Je me suis dit que c'était peut-être ça. J'ai l'argent en liquide et je peux vous aider à ouvrir un compte si vous le souhaitez, ce n'est pas compliqué.

— Bridget vous a tout raconté, alors ? » Jeanie a dépassé le stade de la colère.

« Elle m'a dit que vous n'aviez pas pris rendez-vous avec le médecin. »

Jeanie songe que Bridget a la langue trop bien pendue quand il s'agit de raconter la vie des autres. « Je n'ai pas eu le temps », répond-elle.

Lorsque Jeanie arrive, ils sont en train de déplacer Julius dans une autre chambre, Saffron et elle patientent dans la pièce réservée aux familles. Au bout d'une demi-heure, M. Jones et l'infirmier habituel de Julius viennent les voir, Jeanie voit bien que ce ne sont pas de bonnes nouvelles. Ils l'abreuvent d'informations concernant Julius, ses poumons, sa respiration, sa température, elle ne comprend rien, mais elle devine à leur ton, à leurs voix, que ce qu'elle est en train d'entendre est un avertissement, une préparation. Pas pour tout de suite mais pour bientôt.

« Est-ce que vous voulez que je vienne avec vous ? » demande Saffron. Jeanie secoue la tête. L'infirmier la conduit à la chambre où Julius gît, plus pâle et plus maigre encore, si c'était possible. Il n'a toujours pas rouvert les yeux, il ne lui a pas reparlé, ne lui a pas dit ce qu'elle devrait faire.

L'infirmier contrôle les moniteurs, les fils, les tubes et annonce : « Je vous laisse un moment. »

Jeanie s'assied, tient la main de son frère, caresse son bras et touche sa joue de la jointure des doigts. Elle se demande comment elle va pouvoir faire pour l'enterrer à côté de sa mère.

« Tu peux t'en aller si tu veux, murmure-t-elle. Je vais m'en sortir. Ça va aller. »

32

Saffron insiste pour que Jeanie l'accompagne chercher Angel chez sa grand-mère, puis au bungalow prendre une tasse de thé et voir le jardin, même si Jeanie refuse de rester pour la nuit. Elle prépare un plat de pâtes à la sauce tomate, et Jeanie a beau prétendre ne pas avoir faim, elle avale son assiette en quelques secondes. Elles parcourent le chemin qui traverse le pré. Il faudrait passer un coup de tondeuse – Saffron dit qu'elle n'a pas eu le temps : quand elle est à la maison, elle travaille, s'occupe d'Angel ou bien elles dorment toutes les deux. Elles s'installent sous le marronnier de l'Himalaya en fleur et mangent les cupcakes qu'Angel a cuisinés avec sa grand-mère : avec du glaçage bleu plein de traces de doigts d'enfant. Angel grimpe en courant en haut du pré pour redescendre en roulant sur le dos, elle recommence à l'infini, roule en biais dans les herbes hautes, remonte en courant en leur criant de la regarder. Le portable de Saffron sonne, Jeanie frissonne – avec celui de Bridget, ce sont les deux numéros qu'elle a donnés aux infirmiers en cas d'urgence –, mais ce n'est que la mère de Saffron lui rappelant d'apporter un manteau de pluie pour Angel le lendemain car il risque de pleuvoir.

Saffron raccompagne Jeanie en voiture jusqu'à la route de la ferme et demande si elle peut venir au cottage.

« J'aimerais beaucoup voir où tu vis », dit-elle à Jeanie.

Jeanie regarde à l'arrière, Angel s'est endormie sur la banquette, heureusement. « Ce serait dommage de la réveiller.

— Alors une autre fois, hein ?

— Une autre fois », confirme Jeanie en sortant.

Saffron descend la vitre côté passager et Jeanie se penche. « Mais tu veux bien que je vienne te chercher si jamais je reçois un appel ? »

Jeanie opine. Elle a avoué à Saffron que le portable depuis lequel elle l'avait appelée la première fois à la suite de son annonce était celui de Julius et que la police devait l'avoir gardé. D'une manière ou d'une autre il faudra qu'elle trouve un moyen d'avoir son propre téléphone.

Elle presse le pas le temps de longer la ferme – depuis dix jours qu'elle dort dans la vieille laiterie, elle n'a pas croisé Rawson une seule fois. Sur la bande centrale du chemin, l'herbe est haute, et voilà qu'elle remarque qu'elle est tout aplatie, à ras du sol, les pousses, brillantes comme de la panne de velours, pointent en direction du cottage. Le van de Stu est garé devant, et son cœur bondit dans sa poitrine en songeant qu'il est forcément venu déposer Bridget avec de mauvaises nouvelles venant de l'hôpital. Elle envisage de faire demi-tour, d'aller ailleurs, mais elle poursuit sa route, passe près du van et de la vitre baissée côté conducteur. Ni Stu ni Bridget ne sont à l'intérieur. Elle comprend en même temps que c'en est fini pour elle de dormir dans la vieille laiterie – ils ont forcément découvert que le cottage est fermé à double tour, vide, peut-être même qu'ils ont trouvé la couche de fortune qu'elle s'est fabriquée avec deux garnitures de banquette rapportées de la caravane.

Jeanie fait le tour du cottage par l'arrière et entend un bruit, un bâillement ou bien quelqu'un qui tousse. Avant d'atteindre la cour, elle voit un chien arriver sur elle en courant, il lui saute dessus et la fait vaciller, il traîne une vieille corde accrochée à son collier. Stu est là, dans la cour, qui l'attend, assis sur un seau retourné. Il se lève et sourit.

« Maude ? demande Jeanie. C'est Maude ? » La chienne gémit, halète d'excitation, recule, oscille d'une patte sur l'autre, la queue se balançant, jusqu'à ce que Jeanie s'effondre à genoux, laissant Maude – ses pattes rachitiques sous sa grosse tête – essayer de lui grimper sur les jambes.

« L'un de mes gars l'a trouvée, explique Stu. Près de Devizes, elle traînait autour d'une vieille grange. Je te l'ai ramenée tout de suite, je me suis dit qu'une bonne nouvelle ne te ferait pas de mal. Vu son état, elle a survécu avec ce qu'elle trouvait dans la nature.

— Tu t'étais enfuie, c'est ça ? l'interroge Jeanie. Où étais-tu, idiote de chienne ? Où étais-tu ? » Elle rit, Maude lui lèche la bouche, les yeux, les larmes sur ses joues. Elle est amaigrie, elle sent mauvais, son poil est noirci par la saleté, mais c'est Maude, c'est bien elle.

33

À la fin du mois de septembre de l'année suivante, le soleil brille plus d'une semaine durant. La couche arable de la terre se craquelle, la peau des courges récoltées durcit : la bleue de Hongrie et la patidou sont tendues comme du linge lourd sur une corde entre deux poteaux. La lumière délave les planches de bois disposées entre les rangées de légumes et flétrit les bourgeons du chiendent qui a glissé ses doigts blancs sous la clôture. Le soleil fait rougir les tomates, tire sur leur peau jusqu'à ce qu'elle se fende, tandis que la chaleur dessèche le chaume du toit et force les souris et les insectes à se réfugier à l'intérieur en quête d'ombre et d'humidité. La cloche à fruits est déchirée à un endroit, Jeanie a déjà dû chasser des oiseaux deux fois. Il faut qu'elle la répare. Il y a des tas de choses qu'elle doit faire. Elle se fraie un chemin entre les framboisiers, récoltant des baies dans un saladier coincé au creux de son bras. Quand elle l'a rempli, elle ramasse son panier et redescend à travers le jardin. Elle passe devant les pommiers, où l'herbe et les fleurs sauvages ont repoussé, ne laissant plus dépasser qu'un discret monticule invisible pour qui ne saurait pas que quelqu'un est enterré là. Elle franchit le portail de la cour, disperse les poules. À côté de la porte arrière, le buisson de romarin a besoin d'être taillé. Maude est allongée sur le côté, pantelante dans l'ombre étroite projetée par le cottage, elle relève la tête, prudente, puis la repose en voyant Jeanie passer sur le chemin du cellier.

Jeanie dépose le panier sur l'égouttoir : betteraves, tomates – celles qui ont de vilaines formes et dont Max ne veut pas pour l'épicerie –, les derniers petits pois, les premiers poireaux. De l'autre pièce parviennent des voix, une conversation calme, posée. Elle se lave les mains dans le lavabo et demande : « Tout va bien là-dedans ? » Pas de réaction. Elle prend une poignée de framboises et entre dans la vieille cuisine pour éteindre les voix de la radio. De ce qu'il y avait dans cette pièce quand Jeanie l'a quittée la dernière fois ne restent que le placard et le poêle. La grille est propre et le foyer toujours éteint maintenant qu'il y a une bouilloire et une cuisinière dans le cellier, cette pièce qu'elle appelle désormais la nouvelle cuisine. Stu est venu le jour où elle s'est réinstallée, sept semaines auparavant, il a apporté une table, plus petite que la précédente, mais avec un plateau facile à nettoyer – une surface pleine de griffures, d'encoches – et trois chaises droites sorties d'un vide-grenier, ainsi qu'un matelas qu'il avait porté à l'étage. Elle est certaine qu'il a vu son lit de fortune le jour où il lui a ramené Maude, elle se dit que sans doute ces cadeaux tentent de gommer la culpabilité jamais exprimée qu'il éprouve par rapport à l'implication de son fils dans son malheur. Jeanie préfère penser que ce sont là ses raisons, plutôt que sa pitié.

Stu était revenu le lendemain.

« J'ai quelque chose d'autre pour toi dans le van », avait-il dit.

Jeanie l'avait suivi sur le chemin. Il avait ouvert les portières arrière, à l'intérieur il y avait son vieux poulailler, démonté, et quelques-unes de ses poules.

« Il en manque cinq, avait expliqué Stu. La femme d'Ed a tordu quelques cous pour leurs repas du dimanche. »

Une semaine plus tard, le Dr Holloway était arrivé avec une bergère dans sa jeep. Il l'avait transportée à l'intérieur du cottage et installée devant la fenêtre, là où se trouvait le canapé auparavant.

Julius est assis là maintenant, face au jardin de façade.

« Il fait trop chaud pour un mois de septembre, lui dit Jeanie. Il va falloir que j'attende un peu pour arroser aujourd'hui, ou bien les feuilles vont griller. Au moins ici, tu as une petite brise qui souffle. »

Julius émet un son guttural, sa bouche se tord dans tous les sens.

« Oui, il fait chaud. » Elle se perche sur l'accoudoir du fauteuil. « Regarde ce que je t'ai rapporté. » Elle déplie la main et lui montre les petits diamants rouges amassés dans sa paume. Elle glisse une framboise entre les lèvres de son frère et le regarde faire rouler le fruit sous sa langue et l'écraser contre son palais.

Un grognement plus haut perché, de surprise et de plaisir. La parole ne lui est pas encore revenue, mais la plupart du temps elle arrive à interpréter ce qu'il veut dire.

« Encore ? » Elle rit. « Voilà. » Elle en glisse toujours plus, l'une après l'autre, dans sa bouche. « Et voilà, tu les as toutes finies. » Elle lui montre ses mains vides.

«Je vais nous préparer un déjeuner. Le reste de la purée d'hier soir avec des petits pois et des poireaux, et un peu d'œufs brouillés ? Ça te va ? » Jeanie continue de s'inquiéter pour l'argent et les factures – l'électricité, les impôts locaux, la quantité de graines qu'elle sera en mesure d'acheter pour l'année prochaine, le loyer qu'il faudra bien finir par payer à un moment ou un autre, le reste de l'argent qu'elle doit encore à Stu. Bridget a dit qu'elle n'avait pas besoin de les rembourser mais Jeanie n'a pas l'habitude d'accepter qu'on lui fasse l'aumône, elle ne va pas commencer aujourd'hui. Au moins a-t-elle réussi à éponger la dette qu'elle avait auprès de Max, à présent elle gagne un peu d'argent en vendant ses légumes et en travaillant pour Saffron.

« Tu vas avoir de la visite, cet après-midi. » Jeanie se redresse. « Bien, il vaudrait mieux qu'on se prépare. » Elle parle autant pour elle-même qu'à Julius, elle a besoin que des voix résonnent dans la maison, une conversation, même si c'est un monologue.

Plus tard, elle s'assied près de lui tandis qu'il mange avec une cuillère, elle s'efforce de ne pas intervenir lorsqu'il rate sa bouche, se contente de lui essuyer le menton avec un linge mouillé à la fin. Elle peigne ses cheveux qui ont poussé en arrière, de part et d'autre de la cicatrice à l'endroit où on lui a ouvert le crâne, sorti, puis remis en place un morceau de cerveau. Ce matin, Jeanie l'a rasé, elle n'est pas très douée pour cela, elle repère une touffe de poils sous sa joue mais il est trop tard pour faire quoi que ce soit maintenant. Les trois traces grêlées sur son visage se sont effacées, fondues dans la même teinte que sa peau ou presque, en revanche son mauvais œil a été remplacé par un œil de verre temporaire – d'un rose délavé, de la même couleur que l'orbite. Jeanie n'en conçoit plus le moindre effroi désormais, et puis un rendez-vous est prévu pour lui trouver un nouvel œil, mais Jeanie se demande si elle ne ferait pas mieux de lui mettre un pansement en attendant. Encore une chose à rajouter sur sa liste des choses à faire, qu'elle garde toujours en tête.

Shelley Swift frappe à la porte à cinq heures. Elle porte une longue robe d'été à pois, qu'on croirait sortie des années cinquante, elle s'est maquillé les lèvres et les yeux, Jeanie se demande si elle a pu imaginer qu'elle allait à une sorte de rendez-vous galant. Il y a quelque temps, Shelley Swift a envoyé un mot au cottage, adressé à Julius, Saffron l'a lu à Jeanie. Elle disait qu'elle avait été navrée d'apprendre l'accident – c'était le mot qu'elle employait –, elle s'excusait de ne pas lui avoir rendu visite avant, mais elle avait cru comprendre qu'il rentrait bientôt à la maison et elle serait heureuse de venir le voir. Jeanie avait dicté sa réponse à Saffron en essayant de mettre en garde Shelley Swift sur le spectacle auquel elle devrait s'attendre, mais qui était-elle pour refuser à Julius le droit d'avoir des visiteurs ?

« Il est dans son fauteuil, il dort, explique Jeanie. Entrez. »

Maude pénètre elle aussi, renifle la visiteuse, lui lèche la main, puis va voir Julius.

Jeanie observe Shelley Swift qui regarde la vieille cuisine autour d'elle, cramponnée à la chaîne dorée de son sac à main, ses lèvres orange coincées dans un sourire crispé. Si ses yeux enregistrent ce qu'ils voient, ils passent sur la photo de mariage de Dot et Frank, posée sur la commode, à côté de l'ours aux yeux en billes portant le cendrier entre ses pattes, ainsi que la tasse fétiche dont l'anse a été recollée et suspendue à un crochet.

« Prenez une chaise, dit Jeanie. Je vais nous préparer une tasse de thé. Dès que je l'aurai réveillé.

— Est-ce qu'il va bien ? demande Shelley Swift, toujours debout.

— Bien ? reprend Jeanie, s'interrompant pour la regarder tandis qu'elle se penche sur Julius. C'est une bonne journée, si c'est le sens de votre question. » Elle se retourne vers son frère et lui caresse le bras. « Il est l'heure de se réveiller. »

Julius pousse un gémissement de gorge profond, voluptueux et désinhibé. Jeanie est embarrassée, elle n'ose pas regarder Shelley Swift. Elle sait très bien que ce bruit qu'il fait semble sexuel, même si elle n'a jamais entendu aucun autre homme en produire de pareils. Elle a envie de le faire taire, mais elle sait que c'est son problème à elle, cette honte, pas le problème de son frère. Son œil valide cligne, roule dans son orbite, tente d'identifier le corps auquel il appartient.

« Shelley Swift est venue te voir », annonce Jeanie d'une voix forte. Les médecins n'arrivent pas à déterminer à quel point son ouïe a été affectée. Jeanie reporte son regard sur la femme et voit que son sourire a disparu, remplacé par une horreur non dissimulée – sa bouche est grande ouverte, ses yeux exorbités. Apeurée à l'idée que Shelley Swift se mette à crier ou s'évanouisse, Jeanie tire une chaise. « Asseyez-vous, répète-t-elle, et la femme se laisse retomber lourdement. Je vais mettre la bouilloire en route. »

Jeanie s'avance vers la nouvelle cuisine, mais avant qu'elle ait eu le temps de faire deux pas, Julius se met à gémir et à se débattre. Sa tête bouge de gauche à droite, coudes repliés, poings serrés et projetés en avant. Il glisse dans son siège jusqu'à ce que son derrière se retrouve au-dessus du vide et que Shelley Swift bondisse sur ses jambes, faisant crisser les pieds de sa chaise sur les pierres au sol. Maude, sous la table, rouspète, pendant que Jeanie enjambe la taille de Julius et passe les bras autour de son torse pour l'empêcher de dégringoler.

« Aidez-moi, voulez-vous, lance-t-elle à Shelley Swift, dont le regard affolé cherche autour d'elle dans la pièce comme si Jeanie avait quelqu'un d'autre à qui demander de l'aide.

— Vous avez un coussin ? s'enquiert Shelley Swift. Un oreiller ?

— À côté, répond Jeanie en désignant le salon. Sur son lit. » Elle étend son frère sur le sol tandis que sa crise commence, tient son crâne dans ses paumes jusqu'à ce que Shelley Swift reparaisse avec l'oreiller. Au bout de deux minutes, la crise est passée et elles le font rouler sur le côté.

« Il va dormir une heure environ. On peut le laisser maintenant. »

Les deux femmes prennent le thé en silence, assises sur le banc qui domine le jardin, Jeanie se remémore un jour avec son frère, sur ce même banc, quand ils étaient enfants, sept ans, pas plus, Dot les avait envoyés dans le jardin après avoir jeté un vieux panier plein de vers dans le poêle. Un grondement s'était échappé de la cuisine par la cheminée, dehors avec Julius, ils dansaient et criaient entre les rangées de légumes en tentant d'attraper les pétales charbonneux qui retombaient dans les airs. Dot était-elle partie en courant téléphoner depuis chez Spencer Rawson ? Jeanie ne se souvient pas de ce qui s'est passé ensuite, sauf qu'à leur plus grand regret le chaume n'avait pas pris feu et ils n'avaient pas pu voir de camion de pompiers.

« J'imagine que vous ne reviendrez pas, dit Jeanie à Shelley Swift.

— Je ne m'attendais pas à cela. »

Elles regardent par-dessus le cottage, les bois au-delà. Un corbeau chante dans un pommier.

« Non, je vois ça.

— Mon petit frère était épileptique, confie Shelley Swift. Il a fini par s'en sortir en grandissant.

— Les médecins essaient d'ajuster le traitement de Julius, il y a des petits réglages, encore. Il suit une thérapie physiologique et orthophonique, on va lui mettre un nouvel œil aussi, enfin… » Sa voix s'éteint peu à peu, elle a peur d'avoir l'air de vouloir convaincre Shelley Swift que Julius finira par aller mieux, alors que la personne qu'elle doit convaincre, c'est elle en fait. « La plasticité du cerveau est incroyable », ajoute-t-elle résolument. C'est une des expressions de Bridget et Jeanie n'est pas certaine de comprendre tout à fait ce que cela signifie, mais elle assiste à des changements chez Julius presque quotidiennement. Tout à coup il est capable de faire quelque chose qu'il ne pouvait pas faire la veille et qu'elle est la seule à remarquer : l'aide qu'il parvient soudain à lui fournir pour l'asseoir dans son fauteuil, le dentifrice qui va un peu plus sur la brosse à dents que dans le lavabo, la radio qu'il écoute plus longtemps avant de s'assoupir.

Shelley Swift et Jeanie boivent leur thé. Jeanie hésite à lui demander si Julius et elle avaient prévu de se marier, s'il lui avait donné la bague de leur mère. La dernière fois qu'elle a vu la bague, elle était encore au doigt de sa mère, sur son cadavre étendu dans le salon. Les mots sont sur les lèvres de Jeanie lorsque Shelley Swift déclare : « Vos haricots plats ont l'air délicieux.

— Vous en voulez ? »

Et elles se lèvent.

34

Une lettre arrive le lundi suivant la visite de Shelley Swift, le même jour que le rendez-vous de Jeanie chez le médecin. Très peu de lettres parviennent au cottage – uniquement des factures et des convocations –, cela dit la nouvelle factrice accepte, pour le moment, de rouler jusqu'à leur porte. Cette lettre, comme les autres, est sous enveloppe à fenêtre blanche, non timbrée, marquée par une machine à affranchir. Sans réfléchir, Jeanie l'abandonne dans la cuisine et ne l'ouvre pas.

Il fait toujours aussi chaud pour un mois de septembre, toutes les portes et les fenêtres du cottage sont ouvertes dans l'espoir d'attirer les courants d'air. Saffron arrive avec une heure d'avance, Angel déboule en courant, poursuivie par sa mère. Maude se redresse d'un seul coup, danse sur ses pattes tandis qu'Angel rit aux éclats en lui caressant le cou. Le bruit réveille Julius qui laisse échapper son grognement guttural. Jeanie, toujours aussi embarrassée, s'est sentie obligée de s'excuser auprès de la dame de l'assurance santé, de l'infirmière de secteur, de la kinésithérapeute, de l'inspecteur venu évaluer l'état de Julius pour sa prestation d'autonomie personnelle. Elle n'est pas très à l'aise avec l'idée que Julius perçoive de l'argent du gouvernement : de l'argent donné à un homme qui n'a jamais cotisé à l'assurance maladie de toute sa vie. Mais Bridget la réprimande, elle est idiote de faire des manières, comment pourraient-ils se débrouiller pour payer tous les soins nécessaires à Julius, par ailleurs comme elle s'occupe de lui à domicile, cela coûtera beaucoup moins d'argent au gouvernement que s'il était en maison. Elle a accepté de laisser Bridget l'aider à remplir le formulaire d'indemnisation des victimes d'actes criminels, mais Jeanie n'est pas encore certaine de vouloir réclamer l'allocation du proche aidant. Julius est son frère, elle n'a pas besoin qu'on la paie pour l'aider.

Parfois Jeanie est furieuse de ce qui lui est arrivé, de ce qui leur est arrivé à tous les deux. À d'autres moments, elle est stoïque, et sinon satisfaite, du moins résignée. De même qu'elle avait appris le vocabulaire de l'unité de soins intensifs, elle a intégré les expressions et les mots de la police : *bureau des poursuites pénales*, *détention provisoire*, *renvois* et *procès pénal*. L'officier de police chargé du dossier était venue leur rendre visite dans le service de rééducation, puis, comprenant sans doute que c'était inutile, elle a appelé Jeanie sur son nouveau portable pour lui donner les dernières nouvelles de l'enquête. Elle s'est présentée sous le nom de Détective Alisha Kapoor et Jeanie a reconnu la voix de la femme qui l'avait interrogée au poste de police. La détective Kapoor a dit qu'ils étaient en train de rassembler des preuves, que le procès n'aurait pas lieu avant des mois et que Tom serait en détention provisoire d'ici là. Elle a prévenu Jeanie qu'elle serait appelée comme témoin, contrairement à Julius, en raison de la gravité de ses blessures.

L'année suivant l'agression, quand elle vivait encore chez Saffron, Jeanie pensait souvent à Tom, à ce que devait être sa vie en prison, à ce qu'avait été sa vie après la mort de sa mère et si une chose avait entraîné l'autre. L'opinion de Bridget, en revanche, est aussi inébranlable que véhémente : quiconque s'aventure en direction d'une caravane en plein milieu de la nuit avec un pistolet chargé à la main a la ferme intention de s'en servir. Et si ça n'avait pas été Julius, ça aurait aussi bien pu être Jeanie. Parfois, Jeanie se dit qu'elle aurait préféré.

Les mois ont passé après l'appel de la détective Kapoor, puis il y a quinze jours, vendredi dernier, quelques semaines seulement après que Julius s'est installé au cottage, alors que Bridget avait renoncé, la détective a reparu, cahotant sur le chemin dans sa voiture. Cette nuit-là au poste de police, Jeanie n'avait pas remarqué à quel point elle était jeune ; elle ne doit pas avoir plus de vingt-cinq ans. Dans la vieille cuisine, la détective Kapoor oscille maladroitement, dos au placard, semblant ne pas savoir quoi faire de ses mains – décidant finalement de les joindre devant sa jupe. Jeanie se demande depuis quand elle fait ce métier. Elle a entendu une émission à la radio sur le problème des détectives recrutés à la va-vite : trop verts, trop naïfs. Elle accepte une tasse de thé – noir, sans sucre –, leur demande de l'appeler Alisha et s'assied à table avec Jeanie et Bridget, les mains sagement posées sur les genoux.

« Je suis venue vous dire que Tom avait plaidé… commence-t-elle en s'adressant à Jeanie, avant manifestement de se rendre compte qu'elle devrait s'adresser à Julius plutôt et de rectifier en se tournant vers lui : … coupable. »

Bridget étale ses paumes à plat sur la table et laisse échapper un profond soupir. « Oh, quelle bonne nouvelle. » Jeanie essaie de deviner à quelle nouvelle horrible elle s'attendait.

« Il faut que vous parliez plus fort, dit Jeanie à Alisha. Mon frère comprend beaucoup de choses mais il n'entend pas très bien. »

Alisha remonte le col de sa chemise de ses doigts minuscules – pas plus grands que ceux d'un enfant – et répète ce qu'elle vient de dire plus fort et plus lentement. Julius balance la tête, écrase les dents sur ses lèvres et fait un bruit incohérent. Alisha lui sourit et regarde Jeanie.

« Je ne crois pas qu'il trouve que c'est une bonne nouvelle », traduit Jeanie.

Alisha s'éclaircit la gorge. « C'est une bonne nouvelle dans le sens où il n'y aura pas de procès. Vous n'aurez pas à affronter ce stress. Vous et Julius n'aurez pas à vous retrouver face à Tom dans un tribunal, vous n'aurez pas à subir d'interrogatoire, à revivre cette nuit-là.

— Et c'est une mauvaise nouvelle dans quel sens ? demande Jeanie.

— Ce n'est pas une mauvaise nouvelle en soi, mais c'est une occasion manquée d'avoir une explication. Je sais que certaines victimes et leurs familles ont besoin de comprendre. Et votre frère… » Elle regarde Julius, puis détourne la tête. Jeanie se demande si ce qu'elle hésite à dire est que l'explication ne pourra jamais venir de lui.

« Tom vous le dira à vous, non ? À la police ? l'interroge Bridget. Vous ne pouvez pas simplement lui demander ? » Sur quoi Jeanie éprouve un plaisir coupable à l'idée que Bridget n'ait pas toutes les réponses.

« Il n'a absolument aucune obligation de le faire », répond Alisha.

Jeanie a repensé à cette nuit-là des tonnes de fois, elle s'est imaginé ce qui s'était passé entre les deux hommes, Alisha a raison – Julius est incapable de le lui révéler, du moins pour le moment. Ce qu'elle croit, c'est qu'en réalité il n'y a pas grand-chose à dire ; c'est une histoire simple, même si c'est une histoire dont elle se considère comme responsable. Tom est revenu à la caravane, armé, il est revenu chercher l'argent qu'il était persuadé de ne pas avoir trouvé la première fois, Julius rentrait à la maison à cause de l'insistance de Jeanie, qui croyait qu'elle était en train de mourir. Julius, se souvenant peut-être que Tom avait menacé Jeanie, l'avait attaqué bille en tête, ils s'étaient disputés et Tom avait tiré. Peut-être uniquement pour lui faire peur puisque trois éclats de balle seulement avaient atteint leur cible.

« Il faut également que je vous dise, continue Alisha, qu'il a été accusé et plaide coupable pour les charges de coups et blessures graves, dommages corporels graves et détention illégale d'arme à feu.

— Pas tentative de meurtre ? s'étonne Bridget, et Jeanie pose la main sur son bras pour la calmer.

— Nous ne pensons pas qu'il soit allé à la caravane dans le but de tuer.

— Non, mais…

— Et comme il a plaidé coupable, poursuit Alisha, ayant enfin trouvé son rythme, il y a eu une négociation de peine. Le juge a déjà rendu son jugement.

— Déjà ? Quoi ? » s'exclame Bridget. Elle doit avaler une gorgée de thé avant de pouvoir de nouveau parler. En un coup d'œil, Jeanie a deviné que Julius n'a pas suivi la discussion, trop rapide, trop basse, trop. Il faudra qu'elle la lui raconte plus tard.

« Tom a été condamné à huit ans de prison.

— Huit ans ! » Bridget repose violemment sa tasse sur la table, un peu de thé passe par-dessus bord. « Huit ans, putain. C'est pathétique. Regardez ce qu'il lui a fait. » Elle fait un geste en direction de Julius, qui bouge la tête, marmonne de nouveau, Alisha le regarde puis elle baisse les yeux sur son thé.

« Je suis désolée, dit-elle.

— Bridget, stop », intervient calmement Jeanie. Elle a besoin de digérer les informations.

« Il sera sorti d'ici quatre à cinq ans s'il se comporte bien. Et après, comment garantirez-vous la sécurité de Jeanie et Julius dans cette cambrousse au milieu de nulle part ? Huit ans, putain. » Bridget secoue la tête.

Deux à trois fois après la visite d'Alisha, Bridget remet le sujet de Tom et de sa peine de prison sur le tapis en insistant pour que Jeanie considère au moins la proposition du travailleur social qui lui a dit qu'il pouvait organiser un parloir avec Tom pour Julius et elle. Le travailleur social appelle cela la *justice réparatrice*, mais Jeanie a décidé que Tom ne mérite pas d'occuper ses pensées davantage et refuse de l'envisager. Rencontrer Tom aujourd'hui, pense Jeanie, ce serait ou trop tôt ou trop tard.

Dans la vieille cuisine, Saffron annonce : « J'ai apporté quelques livres d'Angel avec moi. Je me disais que tu pourrais essayer de les lui lire. Tu y crois toi, à ce temps ? » Elle va dans la nouvelle cuisine et remplit un verre d'eau.

Jeanie pose un plateau sur la table et sort une boîte de boutons achetée dans une braderie locale. Elle installe un coussin sous les fesses d'Angel assise sur une chaise droite et tourne Julius vers elle pour qu'il puisse la voir. Angel pose les boutons un à un sur le plateau tandis que Saffron continue de parler depuis la pièce voisine.

« Qu'est-ce que c'était ? » lance Jeanie. Elle aime le bruit et l'agitation qui règnent dans la maison quand Saffron et Angel sont là – avant chaque visite elle réfléchit à tout ce qui pourrait faire plaisir à la petite, et elle adore ranger le désordre qu'elles laissent derrière elles –, puis le calme qui retombe après leur départ.

Angel ramasse chaque bouton, les présente les uns aux autres en prenant des voix grinçantes puis les fait glisser devant elle. Saffron se poste sur le seuil de la vieille cuisine avec la lettre encore enfermée dans son enveloppe blanche à la main. La plupart du temps, c'est Saffron qui lit le courrier à Jeanie – les lettres de l'hôpital précisant chaque détail et rendez-vous médicaux pour elle et Julius –, mais Jeanie sait que cette lettre ne vient pas de l'hôpital et elle sait qu'elle aurait dû la jeter aux ordures avant que Saffron ne l'ouvre.

« C'est bizarre, dit Saffron tout en continuant de lire. Ça vient du bureau général des registres de Southport.

— Tu veux bien mettre la bouilloire en marche ? demande Jeanie en se penchant sur la table pour disposer les boutons en cercle sur le plateau.

— Non », proteste fermement Angel en ratissant les boutons. Jeanie se redresse.

« Je crois que c'est à propos de ta mère. C'est écrit Dorothy Seeder. » Saffron fronce les sourcils, relit et relève la tête. « Apparemment ils demandent un formulaire détachable du certificat d'enterrement ou de crémation. Le document n'a jamais été retourné par l'établissement funéraire ou le crématorium, mais manifestement ils ne savent pas de quel établissement il s'agit. » Saffron tient la lettre devant elle.

« C'est la troisième qu'ils envoient. Il a dû y avoir une erreur. » Jeanie est debout à côté de Saffron, elle regarde la feuille, mais Saffron a beau lui donner des cours pour apprendre à lire, son cœur tambourine si violemment qu'elle ne distingue pas un seul mot. « Qu'est-ce qu'ils disent qu'ils vont faire ? » Elle s'efforce de prendre l'air dégagé.

Saffron va au bas de la page. « Eh bien, rien, je crois. D'après la formulation, ils semblent suggérer qu'ils vont abandonner le dossier.

— J'espère bien, oui, dit Jeanie. Tout le monde perd son temps dans cette histoire. » Elle prend la lettre des mains de Saffron et l'emporte dans la nouvelle cuisine, où elle la plie en quatre et la cale sous le bac à compost dans lequel elle jette les épluchures de légumes.

Sur le chemin du cottage avec Angel, Saffron tient Maude par le collier. « Tu roules lentement, hein ? » dit-elle tandis que Jeanie pousse son vélo hors du chemin. Jeanie l'a achetée d'occasion à Kate Gill, dont le mari lui avait acheté un nouveau modèle pour son anniversaire. Il est bien mieux que la vieille bicyclette de Dot.

« Je serai partie une heure et demi maximum, répond Jeanie.

— Prends autant de temps que tu voudras. » Saffron reste plantée sur le chemin pendant que Jeanie s'éloigne en pédalant. Il fait une chaleur affreuse, et même si elle ne dirait pas non à une petite brise sur son visage et sur son corps, Jeanie n'accélère pas. Elle fait attention à son cœur ces derniers jours – l'idée de ce qui pourrait arriver à Julius si elle venait à mourir est tellement épouvantable qu'elle n'ose même pas l'effleurer. Durant un an après avoir quitté l'unité de soins intensifs, Julius avait été placé dans le service de rééducation. Alastair y conduisait Jeanie deux fois par semaine, elle y assistait à ses progrès : il réapprenait à marcher avec un déambulateur, à se nourrir, à aller aux toilettes. Mais entre l'hôpital et le retour au cottage, il avait eu besoin de passer un moment dans une maison pour grands blessés : un endroit sale, puant et désespérément à court de personnel, où son humeur oscillait de la colère à la dépression.

Dans le cabinet médical, Jeanie, assise sur une chaise rembourrée, attend patiemment que les haut-parleurs appellent son nom. Bridget ne travaille pas aujourd'hui. Jeanie a mis un peu de rouge à lèvres avant de partir, d'un rouge éteint qui devait appartenir à Dot, caché au fond d'un tiroir du placard. Elle frotte ses lèvres l'une contre l'autre, sent la traînée de rouge collant et se redresse, encouragée par ce maquillage. Ridicule, pense-t-elle. Lorsqu'elle entre, le Dr Holloway, debout, lui serre la main et l'invite à prendre une chaise devant son bureau. C'est une pièce étriquée, par la fenêtre on voit le soleil rebondir sur les pare-brise des voitures garées dans le parking. Le Dr Holloway sacrifie aux préliminaires d'usage, s'extasie sur l'installation si réussie de Julius au cottage, les nombreux progrès encore possibles de son état, notamment de son épilepsie. Il dit qu'il s'en sort très bien. Jeanie n'est pas de cet avis.

« Donc, reprend le Dr Holloway, vos résultats. »

Elle s'attend à ce qu'il ouvre un dossier sur son ordinateur, chausse des lunettes de lecture, imprime des documents – quelque chose –, au lieu de quoi il se tourne vers elle et déclare : « Il n'y a aucun problème avec votre cœur. Tout est parfaitement normal. »

Sans même s'en rendre compte, elle porte la main à sa poitrine, guettant la présence de la chose à l'intérieur. Elle est certaine que la bête est encore là, à se tourner et à se retourner, recroquevillée dans sa coquille. « Quoi ? dit-elle.

— L'électrocardiogramme n'a révélé aucune anomalie sur les valves de votre cœur, le débit sanguin est normal, il n'y a pas de murmure. Vous n'avez pas de maladie cardiaque. »

Jeanie sent son visage se replier sur lui-même, se froisser, les picotements dans le nez qui précèdent les larmes.

Le Dr Holloway lui touche le bras. « Ce sont de bonnes nouvelles, Jeanie.

— Vraiment ? »

Il lui tend un mouchoir qu'elle porte à ses yeux, jusqu'au moment où elle revoit sa mère dans ce même genre de pièce, à des années de là.

« Bien sûr. »

Jeanie secoue la tête. « Est-ce que je l'ai jamais eue ? » parvient-elle à articuler. Durant son premier rendez-vous, pour lequel Saffron et Bridget lui ont clairement forcé la main, elle a raconté au Dr Holloway sa visite chez le médecin quand elle avait treize ans et ce que Dot lui avait expliqué après.

« Est-ce que vous avez eu cette maladie un jour, vous voulez dire ? demande le Dr Holloway. J'ai remis la main sur vos examens avec le vieux Loyd George – nous en avons une pièce entière remplie. » Il se penche en avant. « Il n'y a absolument rien là-dedans qui indique que vous ayez jamais eu le moindre problème cardiaque. Il y a eu un examen complet après la disparition de vos symptômes de fièvre rhumatismale, mais rien qui mentionne une cardiopathie rhumatismale. » Il recule sur son siège, ramasse son stylo-bille et le fait tourner entre ses doigts. « Et pour être honnête, si vous aviez eu cette maladie, ou même juste un murmure cardiaque, il me semble que vous auriez été suivie, ou même sous traitement médical. Vous n'avez jamais trouvé que c'était bizarre ? De ne rien prendre ?

— Je la croyais, c'est tout. Elle disait que j'avais le cœur fragile, je la croyais. » Soudain Jeanie est furieuse. « Elle m'interdisait tout. Je n'avais le droit ni de courir, ni de grimper aux arbres, ni de m'exciter trop. Je n'avais pas le droit d'avoir un travail, bon sang ! Et quoi ? Tout ça était un mensonge ? » Elle crie, elle sent son cœur battre à tout rompre, son sang pulser. Elle a encore peur et ne peut s'empêcher de prendre de longues inspirations, comme Dot le lui a appris.

« Je suis désolé, dit le Dr Holloway.

— Et Julius, murmure-t-elle. Elle l'a gardé à la maison, lui aussi, pour prendre soin de moi. » Leurs vies auraient pu être si profondément différentes que c'en est trop énorme à appréhender. Elle aurait pu avoir un mari, un enfant, comme Bridget. Ou pas, autre chose. Un enfant, mais pas de mari, comme Saffron. Elle aurait pu devenir une vraie jardinière, une paysagiste, au Japon même, ou bien une ingénieure. Elle aurait pu devenir tout ce qu'elle aurait voulu. Et le pauvre Julius. Si Dot ne lui avait pas fait croire qu'elle avait le cœur fragile quand elle avait treize ans, se serait-il retrouvé au milieu d'un terrain vague, en pleine nuit, à revenir en courant à la caravane ? Est-il possible de remonter à l'origine de cet événement ?

« Pourquoi a-t-elle fait une chose pareille ? »

Le Dr Holloway ne peut que secouer la tête.

35

Le vendredi soir, après leur repas, Jeanie accompagne Julius dans leur nouvelle salle de bains. Tout ce qu'elle a besoin de faire, c'est rester à côté au cas où il l'appelle, ce qui lui arrive rarement, mais elle se balance d'un pied sur l'autre dans la cuisine, se demande comment il fait son compte pour qu'aller aux toilettes, se brosser les dents et se laver le visage lui prenne autant de temps. Durant les quatre derniers mois, des ouvriers ont transformé la vieille laiterie et l'ont raccordée à la maison en construisant un couloir avec une rampe menant à l'ancien cellier. La salle de bains est équipée d'une douche sans porte ni bac à douche, il y a des rampes autour des toilettes, accrochées aux murs, à l'endroit même où Jeanie s'est étendue autrefois en essayant de trouver le sommeil.

Quand Julius ressort, elle le suit, évoluant entre les rampes qui coulissent jusqu'au salon, mais ce soir, son pas traînant, méthodique la fait grincer des dents de frustration. Elle envie Saffron qui vit entourée par le bruit et l'énergie d'Angel.

Dans le salon – qui est désormais la chambre de Julius –, elle l'aide à se déshabiller, à enlever ses chaussons, à baisser son pantalon et son caleçon tandis qu'il se tient debout à l'aide des rampes. Il a perdu du poids au niveau des jambes et des bras, les muscles qui étaient là auparavant ont fondu à force d'inactivité, il a une petite bedaine qu'il n'a jamais eue autrefois. Elle lui enfile une jambe après l'autre son bas de pyjama et le remonte jusqu'à sa taille. Elle ne remarque même plus qu'elle voit ses parties intimes. Ils connaissent leur routine par cœur, Julius s'installe dos au lit, s'assied. Jeanie déboutonne la chemise de Julius, sort un de ses bras de sa manche, puis l'autre, mais ce soir il réagit lentement à ses gestes, ne les accompagne pas de mouvements des épaules ou des coudes comme d'habitude.

« Allez, lance Jeanie, manifestement agacée. Je sors, il faut que je me prépare. » Elle ne lui a pas dit qu'elle a prévu d'aller voir Rawson pour la deuxième fois ce soir. « Bridget va venir faire du baby-sitting. » Julius se racle la gorge, ses épaules frémissent et son visage se tord en une grimace.

« Pas du baby-sitting, se reprend-elle. Juste veiller sur toi. Je sais que tu n'es pas un bébé, Julius, je sais. Peut-être même que bientôt tu n'auras plus besoin que quelqu'un vienne chaque fois que je dois m'absenter. » L'ergothérapeute a dit qu'il fallait lui acheter un téléphone portable avec de gros boutons dont il pourrait apprendre à se servir en cas d'urgence. Encore une chose à rajouter à la liste de tout ce qu'il y a à faire.

Jeanie entreprend de lui enfiler un bras dans une des manches de son haut de pyjama, mais il se dégage, secoue le torse en braillant.

« Reste tranquille, dit-elle, fâchée. Je ne peux pas y arriver si tu ne restes pas tranquille. »

Ses mains se retournent, ses doigts se crispent, ses bras s'agitent en tous sens. L'un de ses coudes atterrit dans les côtes de Jeanie, sous le coup de la douleur, elle pousse un cri puis s'effondre à côté de lui sur le lit, le haut de pyjama sur les genoux. Alors seulement elle se souvient que ce matin-là, tandis qu'ils étaient tous les deux agenouillés sur les pierres à côté du corps de leur mère, Julius ne portait pas de haut de pyjama ; peut-être n'a-t-il jamais aimé porter de haut de pyjama ? Comment pourrait-il le lui signifier autrement qu'en lui résistant ? Elle lisse les manches du pyjama, plie le haut. « Il fait trop chaud pour mettre le haut aujourd'hui, n'est-ce pas ? » dit-elle.

Jeanie se demande ce qu'il a pu comprendre de la situation lorsqu'elle est revenue de son rendez-vous avec le Dr Holloway l'autre jour et que, dans la vieille cuisine, elle a fondu en larmes dans les bras de Saffron qui lui caressait les cheveux comme elle le fait parfois pour Angel quand la petite est contrariée. Jeanie ne lui a pas encore parlé du mensonge de leur mère, de même qu'elle ne lui a pas dit qu'elle n'était pas en train de mourir quand elle a demandé à Jenks de lui envoyer ce texto pour qu'il rentre à la maison. À présent, elle comprend que toutes ces fois où elle a pensé que son cœur s'emballait, ces jours d'école manqués, passés assise sur le canapé à imaginer la bête prisonnière en elle, effrayée par sa propre douleur… que tout cela n'était qu'une projection, puisqu'elle n'avait aucun problème. Il est si difficile de réécrire sa propre histoire.

Julius est allongé dans son lit, Jeanie remonte un drap simple sur son torse. Elle va chercher sa guitare, s'assied sur une chaise et accorde son instrument à la va-vite, sachant que ces gestes seuls suffisent à l'apaiser et à ralentir sa respiration. Lorsqu'elle a commencé à jouer la première fois, elle s'inquiétait que la musique le contrarie, lui rappelle trop ce qu'il manquait, mais elle a découvert que cela l'aidait à se calmer et qu'après il s'endormait plus facilement. « Qu'est-ce qu'on joue ? » l'interroge-t-elle, prête à attaquer les premières notes de « Polly Vaughn », puis se ravisant en se souvenant des paroles, elle s'arrête au bout de deux notes et recommence :

« *Before our singing is through*
And our voices lie broken
Before the silence speaks true
And all the lies we led have spoken
For here we would stay
With all that we borrow
And owe to the day
For holding back tomorrow
Do you know, where then we'll go?[1] »

Lorsque la respiration de Julius se fait plus profonde, elle repose la guitare et sort dans le jardin, Maude sur ses talons. Elle ne pleurera pas, pense-t-elle. Pas cette fois.

Jeanie ressort de la salle de bains enveloppée dans une serviette et trouve Bridget assise à la table de la vieille cuisine, feuilletant un magazine people qu'elle a apporté.

---

1. « Avant la fin de nos chansons
Avant nos voix épuisées
Avant le silence et ses révélations
Et tous nos mensonges dénudés
Puisque nous resterons ici
Avec tout ce que nous empruntons
Et devons à aujourd'hui
Pour avoir retenu demain
Sais-tu, toi, où irons-nous à la fin ? »

« Tu es en avance, dit Jeanie.

— Nath m'a déposée. Ma voiture est au garage, elle sera prête demain.

— Nathan ?

— Il est rentré à la maison. Des histoires de travail, d'argent, je ne sais pas. » Elle lève les yeux au ciel. « Il n'avait pas le temps d'entrer dire bonjour. Il m'a dit de te saluer.

— Est-ce qu'il va revenir te chercher tout à l'heure ?

— Stu a dit qu'il viendrait me reprendre vers dix heures et demie. Ça te va ?

— C'est gentil de sa part.

— Il n'est pas mal comme mari quand il s'y met. Il a dit que les gens demandent des nouvelles de Julius au Plough. Je lui ai répondu qu'ils n'avaient qu'à venir. Ce serait bien pour Julius d'avoir des visiteurs de temps à autre, pour te dégager un peu de temps. Tu pourrais emmener cette chienne faire une vraie promenade pour changer. » Elle saisit Maude au vol et lui secoue la tête, enfonçant les doigts dans son pelage.

« Je n'en suis pas si sûre, dit Jeanie. Shelley Swift est venue la semaine dernière et Julius a fait une crise. Il s'est retrouvé par terre, la bave aux lèvres, la totale.

— Alors elle ne risque pas de revenir. » Bridget tourne une page de son magazine. À l'envers, on dirait une BD.

« Je ne sais pas, peut-être que si. » Jeanie s'engage dans l'escalier de gauche vers sa chambre.

« Stu m'a raconté que Chris du Plough voulait savoir si tu serais d'accord pour faire un autre concert, quand tu seras prête. Il a dit qu'un type était venu, qu'il avait demandé après toi et ta musique. Qu'il n'avait pas pu venir la dernière fois. Un truc à propos d'une interview ou d'un enregistrement ? »

Jeanie s'immobilise au milieu de l'escalier, d'où Bridget ne peut pas la voir. Elle pense à la soirée où ils ont joué au pub : les cheveux de Julius qui lui retombaient sur le visage, le chant, le plaisir qu'ils avaient pris. Par habitude, sa main se porte à sa poitrine.

« Je ne crois pas que je pourrais recommencer. Pas sans Julius, lance-t-elle de là-haut, la voix plus fragile qu'elle ne voudrait.

— C'est ce que je lui ai dit, mais apparemment c'était toi en particulier que ce type voulait voir. » Jeanie l'entend tourner une nouvelle page, elle ne sait pas quoi penser.

« Bridget, hasarde-t-elle. Tu veux bien faire quelque chose pour moi ? » Une autre page. « Tu veux bien me lire une lettre de Rawson ? » Elle n'arrive pas à s'habituer à l'appeler Spencer. Jeanie pose la paume à plat sur la cloison en bois qui sépare la vieille cuisine de la cage d'escalier. La peinture blanche, dont elle ne se rappelle pas qu'on l'a réalisée de son vivant, est griffée, tachée, jaunie.

« Une lettre ? »

Elle sent bien qu'elle a piqué la curiosité de Bridget.

« J'ai essayé, mais je n'arrive pas à déchiffrer son écriture.

— Bien sûr que je peux la lire. Aucun problème.

— D'accord. Je m'habille et je te montre. » Jeanie prend appui sur la cloison et grimpe les dernières marches de l'escalier. Elle enfile une robe propre, une robe qu'elle a depuis des années. Il fait trop chaud pour des collants.

Dans l'ancienne cuisine, Jeanie est assise en face de Bridget, la lettre est posée entre elles, sous une enveloppe couleur crème, les mains de Jeanie à plat dessus. Elle sait que c'est son nom que Rawson a écrit dessus.

« Je suis allée voir le Dr Holloway pour les résultats de mon examen, commence Jeanie.

— Je sais. » Bridget louche sur l'enveloppe tout en s'efforçant de ne pas trahir sa curiosité.

« Et je suppose que tu sais aussi ce qu'il en est ? » dit Jeanie sur un ton sarcastique.

Bridget hausse les sourcils, met une pastille à la menthe dans sa bouche. « Bien sûr que non, c'est confidentiel.

— Est-ce que tu veux savoir ?

— Vas-y, je t'écoute. » Bridget s'adosse à sa chaise. Jeanie essaie de déterminer, d'après son expression, si elle est au courant des mensonges de Dot, impossible, elle est indéchiffrable.

« Tout va bien. Il n'y a aucun problème avec mon cœur. »

Le sourire de Bridget, sur son gros visage rond, est un sourire de pur ravissement. « C'est une excellente nouvelle.

— Mais ce n'est pas parce que je vais mieux. Je n'ai jamais eu aucun problème.

— Qu'est-ce que tu veux dire ?

— Je n'ai jamais eu de maladie cardiaque, ni à treize ans ni jamais.

— Mais tu as été diagnostiquée, non ?

— Maman m'a dit que je l'avais été, pas le médecin. Et je crois qu'elle a tout inventé. Qu'elle m'a fait croire que j'étais malade alors que je ne l'étais pas.

— Quoi ? Pourquoi aurait-elle fait une chose pareille ? » Bridget referme son magazine.

« Pour me garder à la maison, j'imagine. Elle me l'a dit durant l'année qui a suivi la mort de papa, quand elle était à moitié folle, avant le début de sa liaison avec Rawson. »

Jeanie y a pensé toute la semaine et ce matin, finalement, elle a décidé que c'était encore une autre histoire simple : Frank est mort, dans l'année qui a suivi Dot a compris, ou cru du moins, qu'un jour elle finirait toute seule. Peut-être qu'au fond ses larmes dans le cabinet du médecin n'avaient rien à voir avec le diagnostic de Jeanie, puisqu'il n'y en a jamais eu, c'étaient des larmes de soulagement, ou bien la mort de son mari qui continuait à se déverser d'elle. Quoi qu'il en soit, au moment de toucher le fond, elle avait raconté à Jeanie que son cœur était fragile pour pouvoir la garder à la maison. Puis le mensonge avait grossi et était devenu impossible à dénouer ; Jeanie – et Julius aussi – resteraient au cottage avec elle.

« Oh, Jeanie », dit Bridget en tendant la main de l'autre côté de la table. Jeanie répond à son geste en touchant les doigts de Bridget à son tour, rien qu'un moment, puis elle secoue la tête en pensant à sa mère, ravalant ses larmes pour la deuxième fois de la journée. Bridget rebondit, elle veut en discuter, décortiquer, analyser, mais Jeanie ne peut pas faire une chose pareille, pas encore.

Elle ramasse l'enveloppe, la plaque contre la table. « Cette lettre, donc. Il me l'a donnée quand je suis partie la dernière fois en disant qu'il n'était pas très doué pour exprimer les choses à voix haute. Je ne lui ai pas avoué que je ne savais pas lire. » Jeanie la lui passe, sans enthousiasme.

Bridget sort la lettre couleur crème de son enveloppe ; du papier épais, luxueux. Elle la déplie. Jeanie sait qu'elle porte l'adresse de la ferme en en-tête, elle sait aussi qu'elle commence par *Chère Jeanie*.

« Chère Jeanie, commence Bridget. Pardonne-moi de mettre cela par écrit plutôt que de te le dire simplement, mais il me semble mieux m'exprimer ainsi et je veux être certain de dire les choses correctement cette fois-ci.

» Ta mère comptait beaucoup pour moi. Peut-être aurions-nous dû nous forcer à ne pas nous voir pour le bien de Caroline, mais je refuse de croire que notre amour était mauvais. Dot me manque chaque jour qui passe, comme elle vous manque à ton frère et à toi, j'en suis sûr. Je suis sûr aussi que la nature de notre relation est un choc profond pour toi, en particulier à cause de la manière dont tu me considères depuis toutes ces années, mais je me suis toujours inquiété de votre sort, à Julius et à toi, de votre santé, même de loin, et je n'ai pas les mots pour te dire à quel point j'ai été dévasté en apprenant les blessures dont souffrait Julius. Rénover le cottage et le rendre accessible pour lui étaient le moins que je puisse faire.

» Et c'est la raison pour laquelle je t'écris. Je voudrais solliciter ton autorisation pour demander à mon notaire de transférer le titre de propriété du cottage et des terres qui l'entourent à vos noms, Julius et toi.

— Quoi ? » lance Jeanie.

Bridget lève la main en l'air et poursuit. « Dot, ainsi que j'ai essayé de te l'expliquer quand je suis venu à la caravane, ne m'a jamais laissé le faire, mais j'espère que tu seras d'accord pour convenir avec moi que les circonstances ont changé à présent, pour nous tous. J'espère que la prochaine fois que nous nous rencontrerons tu pourras me communiquer votre décision à Julius et à toi. Sincèrement, Spencer. » Bridget replie la lettre. « Eh bien ! s'exclame-t-elle. Tu y crois, toi ?

— Il nous donne le cottage ?

— Et les terres.

— Non, je n'arrive pas à y croire.

— Je me demande ce que sa femme va penser de tout ça. » Bridget serre les plis du papier entre ses ongles de pouce et d'index.

« Je crois qu'elle est partie cette fois, elle l'a quitté.

— Vraiment ? C'est sans doute mieux comme ça. »

Elles restent assises un moment, le temps d'assimiler le sens de tout cela.

« Alors, qu'est-ce que tu vas lui répondre ? demande Bridget.

— Il faut que j'en parle à Julius.

— Mais tu vas accepter, n'est-ce pas ? »

Jeanie reprend la lettre des mains de Bridget. « Je vais lui dire que je dois y réfléchir. » Elle rouvre la lettre, balaie des yeux l'écriture en pattes de mouche comme s'il y avait une erreur quelque part, et puis elle la remet dans son enveloppe. « Il reste de la soupe dans une casserole sur la cuisinière si tu en veux. Julius dort. Je doute qu'il se réveille, mais si jamais… eh bien, tu connais la musique.

— OK, OK, dit Bridget avec un geste de la main.

— Merci beaucoup d'être venue une fois de plus.

— Oui, oui, allez, je sors fumer une clope. »

La première visite de Jeanie à la ferme était maladroite, guindée, elle était là, assise dans le salon tout blanc de Rawson, à boire du thé et parler de la ferme et de la météo, mais elle est convaincue que ce sera de plus en plus facile. Cette fois-ci, ou la suivante, elle espère bien pouvoir discuter de toutes ces choses dont elle entend parler à la radio : l'histoire, la politique, l'agriculture, et de Dot bien sûr. Elle a envie de lui soumettre ses idées sur ce qu'il faudrait faire pour que le jardin devienne une affaire rentable. Jeanie sait qu'elle aussi, comme sa mère, est une femme qui a des opinions tranchées et des idées intéressantes.

Dans la chambre de Julius, elle tire son drap jusqu'en haut. Il est allongé sur le côté gauche, de sorte que ni les cicatrices ni son mauvais œil ne sont visibles. Elle ne peut pas s'en empêcher, l'homme qu'il était avant les blessures lui manque : ses plaisanteries, ses taquineries, ses idées loufoques. Elle voulait qu'il reste avec elle au lieu d'aller voir Shelley Swift, elle voulait revenir au cottage, en fin de compte, n'a-t-elle pas eu exactement tout ce qu'elle voulait ?

Jeanie sort dans la cour, Bridget est en train de fumer tout en reniflant une branche de romarin qu'elle a arrachée au buisson.

Bridget lui jette un coup d'œil quand elle passe devant elle. « Tu dis oui, hein, tu me le promets ? »

Elle lui sourit. « À tout à l'heure. »

Jeanie sort du jardin, fait le tour du cottage et franchit le portail à l'avant de la maison. Elle tourne à droite et s'engage dans le chemin qui mène à la ferme où Spencer Rawson l'attend.

REMERCIEMENTS

Il faut beaucoup de gens pour faire un livre. J'aimerais remercier tous les premiers lecteurs de *Terre fragile*, notamment Indigo Ayling, Henry Ayling, Dawn Landau, Louise Taylor et Judith Heneghan et bien sûr tous les autres Taverners qui m'ont donné leurs sentiments chapitre après chapitre, notamment Amanda Oosthuizen, Richard Stillman, Paul Davies, Beth O'Leary, Emma Scattergood, Claire Gradidge, Susmita Bhattacharya et Jake Wallis Simons. Merci aussi à tous les Prime Writers pour leur infaillible soutien sur la toile et dans la vie. Merci à l'incroyable Jane Finigan, à Fran Davies et à tout le monde chez Lutyens and Rubinstein, ainsi qu'à l'adorable David Forrer. À toute l'équipe de Penguin et Fig Tree (et au-delà), notamment Assallah Tahir, Natalie Wall, Jane Gentle et Karen Whitlock, mais en particulier et surtout Juliet Annan. Immense merci à Masie Cochran et à tout le monde chez Tin House, notamment Win McCormack, Craig Popelars, Nanci McCloskey, Molly Templeton, Yashwina Canter, Diane Chonette, Elizabeth DeMeo et Alyssa Ogi, sans oublier Anne Horowitz. Merci à Ursula Pitcher, à Stephen Fuller et à Heidi Fuller pour leur amour et leur soutien. De nombreuses personnes m'ont aidée et conseillée dans mes recherches, merci donc à : Jill Kershaw, Paul Ayling, Sam Hodgson, Sarah Kirwan, Caroline Mitchell, Mark Harbord, Lesley Ann Ritchie, Paul Morris, Dave Sell, Olivia Kane, Jane Bartlett, Martin Stallion, Iain Steel et Enda Gallagher. Merci à Henry Ayling et à Tia Blake pour la bande originale de mon écriture.

Et tout mon amour, toujours, à Tim Chapman.

De la même autrice :

Les Jours infinis, Stock, 2015 ; Le Livre de Poche, 2018
Un mariage anglais, Stock, 2018 ; Le Livre de Poche, 2019
L'Été des oranges amères, Stock, 2020 ; Le Livre de Poche, 2022

PAPIER CERTIFIÉ

Le Livre de Poche s'engage pour l'environnement en réduisant l'empreinte carbone de ses livres. Celle de cet exemplaire est de :
150 g éq. CO_2
Rendez-vous sur
www.livredepoche-durable.fr

Composition réalisée par Belle Page

Achevé d'imprimer en août 2025 en Espagne par
BLACKPRINT
Dépôt légal 1re publication : septembre 2025
LIBRAIRIE GÉNÉRALE FRANÇAISE
21, rue du Montparnasse – 75298 Paris Cedex 06

marketing@livredepoche.com

68/2701/1